定本 清岡卓行 全詩集

T. Kiyooka

思潮社

1970年2月（芥川賞受賞のころ）東京都大田区池上の自宅で

耳を通じて

心がうらぶれたときは　音楽を聞くな。

空気と水と石ころぐらいしかない所へ

そっと沈黙を食べに行け！　遠くから

生きるための言葉が　谺してくるから。

清岡卓行

定本　清岡卓行全詩集

定本

清岡卓行全詩集

思潮社

定本　清岡卓行全詩集　目次

『ひとつの愛』Ⅲ　1970

『駱駝のうえの音楽』 1980

『夢のソナチネ』から 1981

散文詩

四行詩　＊2

『初冬の中国で』 1984

『円き広場』 1988

『ふしぎな鏡の店』 1989

『ひさしぶりのバッハ』 2006

全詩集のためのあとがき

註…＊1の作品の本文はその再録先の『幼い夢と』にある。
＊2の作品の本文はその再録先の『ふしぎな鏡の店』にある。
＊3の作品の本文はその初出の『ひとつの愛』にある。
＊4の作品の本文はその初出の『初冬の中国で』にある。
＊5の作品の本文はその初出の『ふしぎな鏡の店』にある。

装幀　菊地信義

詩集

氷った焔

1959

I

石膏

氷りつくように白い裸像が
ぼくの夢に吊されていた

その形を刻んだ鑿の跡が
ぼくの夢の風に吹かれていた

悲しみにあふれたぼくの眼に
その顔は見おぼえがあった

ああ
きみに肉体があるとはふしぎだ

★

色盲の紅いきみのくちびるに
ひびきははじめてためらい

白痴の澄んだきみのひとみに
かげはははじめてただよい

涯しらぬ遠い時刻に
きみの生誕を告げる鐘が鳴る

石膏のこごえたきみのひかがみ
そこにざわめく死の群のあがき

★

きみは恥じるだろうか
ひそかに立ちのぼるおごりの冷感を

ぼくは惜しむだろうか
きみの姿勢に時がうごきはじめるのを
迫ろうとする　台風の眼のなかの接吻
あるいは　結晶するぼくたちの　絶望の
鋭く　とうめいな視線のなかで

★

石膏の皮膚をやぶる血の洪水
針の尖で鏡を突き刺す　さわやかなその腐臭
石膏の均整をおかす焰の循環
獣の舌で星を舐め取る　きよらかなその暗涙
ざわめく死の群の輪舞のなかで
きみと宇宙をぼくに一致せしめる
最初の　そして　涯しらぬ夜

ある娼婦に

きみの瞳のなかに廃墟がうつり
きみの瞳はなにもみつめない

きみの腕のなかを群集がとおり
きみの腕はだれもとらえない

きみはすでに立っているから
衣裳がつつむ裸体は街燈の照明を浴び

きみはまさに倒れようとしているから
裸体がつつむ記憶は汚水の氾濫に浮かびあがる

★

きみがひらくのはきみの肉体ではない
きみが化粧した三葉虫の化石だ

しかしきみはイエロー・ストゥール
そしてパンパンという滑稽な名前をもつ
きみのアリバイはきみの肉体にはない
きみが生み落した隕石のなかだ
そしてきみはバタフライ
またはオンリーという奇妙な身分をもつ

★

きみを支えるものはなにか
腐敗とかすかな新生が原色に凍りつく朝
きみはベッドのうえで愚かな夢をみる
脱獄囚のように飛び交う奇蹟と奇蹟を
それは　死骸にのびる爪と爪
世界をおおう蜜よりも甘い死
はるかな未来の屈辱に耐える敗北のうた

★

きみは見ないか　それらの墓場に
死よりも美しいこの屈辱の土壌のうえに

きみのけだるい亡霊が
空しく腕をさしのべ　瞳をうるませるのを

群集のなかから躍りでるこいびとを
きみの記憶にはないまぼろしが
きみを呼ぶために廃墟の地平線から燃え上るのを

きみがぼくの眼の中で

きみがぼくの眼の中で探しているもの
または　掠めとろうとしているものは
ぼくが未来に描いている

きみの　誰かから拝跪された裸体
だから　きみの挑みかかる視線は
剝製動物のそれに似ていて
ぼくを無関心につらぬき
遠のいて行くぼくたちの　暗い今日の
しかし　取返しのつかない背景に
鋭く　むなしく　突き刺さっている
ぼくは眼をひらいたまま
盲目となり
影のない石となり
砕かれた鏡となり
きみがいつ　秘かに傷ついて
ぼくの前に戻ってくるのかを知らない

★

ぼくはなお賭けるだろうか
きみの手がもうひとりのきみを
摑みそこなって　血だらけなのは
やがて序奏される　ぼくの無言の

長く　ためらいがちな　包囲のために
きみが　はじめて美しく
怒りに狂うさきがけなのだ　と
ぼくは弁解しない　なぜなら
きみはぼくの眼の中に
逃走したもうひとりのきみではなく
世界にひとりで立たされた
見知らぬぼくを見いだすだろうから
そして　きみの誕生の前の
海や羊歯類に似た　輝かしい記憶に
それがいつのまにか重なり
ぼくはついに消えて行くだろうから

決闘

踝へは　くるおしい歯車
腸へは　ひからびた地球儀
そうして　水銀をぎごちなく

口にふくむくちづけは
いけないことのような　そののちに
勝利の頂上のはげしい羞恥と
敗北の底にのたうつ　うつろな笑いと
なぜ　ふたつながら同時に
額縁でふちどられたベッドの上で
かれらそれぞれの　渇いた裸体の
しだいに発熱する　ガラスの皮膚の
奥深く閉じこめる予感であったか
戦いはどこから来たか　たがいに
ありとあらゆる愛は　造花で飾られ
なぜ　偶然に選びあった
ただひとつの肉体への殺意となったか
それはむしろ　あたえあう自殺
舌には舌の　燃えつきる星たち
項には指の　魘された鍵束
瀕死の瞳が刺しちがえる二重の宇宙に
かれらそれぞれの　あえぐ魂は
どのような光を　また闇を
捉えようもなくかいま見たか

II

氷った焔

1

朝
きみの肉体の線のなかの透明な空間
世界への逆襲にかんする
最も遠い
微風とのたたかい

2

きみはすでに落下地点で眼覚めている
きみはすでに絶望している

3

きみの物語にはいない　きみである動物の
不眠の　瞳が
きみの悔恨を知らない　きみである液体の
滑走する皮膚と
そのための　幻覚の虹が
絶えず出発している現在の合図に
どうしてただちに滅されるのか
――きみはそれを見ない
きみの鋭く　優しい　爪の動機であるうちに
きみの姿勢　きみの呼吸のなかから
死灰が層をなしている地球の表皮から
それらはどのようにして飛び去るのか
――きみはきみの絶望を信じていることを知らない

4

きみの意識がきみに確かめられるのはそれからだ
すると逆流する洪水のなかで化粧するきみがいる

5

生活への扉　ときみが信じる時刻に
きみは見る
遮断された未来の壁に
そこに嵌め込まれたバック・ミラーに

でこぼこの飛行場のうえの
果物にとりかこまれた
昆虫の視線を怖れない
おお　ふしぎに美しいきみの骸骨

6

きみの記憶の組合せは気まぐれだ　このとき
過去を　あるやりかたで
記録することにしかきみの自由がないかのように

7

倒れようとするビルディングに凭れて聴いた
地底からの音楽の
鉄条網にひっかかった
夢みる熱帯魚の
砂浜のなかに埋れて行く
水平線への投身の
力学的な矩形を弛緩させ燃えあがらせる
長く冷たい凝視の
そして　いつも愛情で支払われたきみの
幼く成熟した肉体の
それらの　ちぐはぐな思い出
おびただしい初演のなかのきみの仮死

8

起点も終点もない　あやしげな
地球の円周のうえを
それでも交錯する探照燈の脚光を
ときおり浴びながら
きみのハイ・ヒールだけが斜めに歩く
きみに背負わされたものは　きみの肉体
きみを隠匿する　その親しい他人
きみの企む復讐の実験の
重すぎる予感

9

きみの白い皮膚に張りめぐらされたそこびかりする銃眼
すでに氷りついた肉の焔たちの触れあう響き
弾丸も煙幕もない武装の詭計
きみだけが証人である
みじめな勝利

きみはまだきみが信じたきみだけの絶望に支えられている
きみが病患のなかに装塡したものはほんとうは
もうひとつの肉体の影像
世界への愛
希望だ

10

どこから世界を覗こうと
見るとはかすかに愛することであり
病患とは美しい肉体のより肉体的な劇であり
絶望とは生活のしっぽであってあたまではない

きみの絶望が希望と手をつないで戻ってくることを
きみの記憶と地球の円周を決定的にえらぶことを
夜の眠りのまえにきみはまだ知らない

セルロイドの矩形で見る夢

1

ぼくがぼくの体温を感じる河が流れ
その泡のひとつは楽器となり
それを弾くことができる無数の指と
夜のちいさな太陽が　飛び交い
ぼくのかたくなな口は遂にひらかず
ぼくはぼくを恋する女になる

2

ぼくであるきみの夜が急に明け放たれる
そのあまりにも細長い影は誰の影か
まぶしげなきみの瞳に映っている
涯しのない墓場の風景
今日　おびただしい鸚鵡が遠くで生れた

きみの裸体は火葬の扉に似ている

3

最も微かな風よりも軽い接吻
きみは　夢の中の夢から
ぼくは　夢の中の現実から
ともに眼覚め　それは別れの合図
きみが気体でできているのは
ぼくがその中を歩いているから

4

きみが見えなくなったぼくの空白
おお　ぼくの物語を知るひと
それは　地球の中心部にある
壮麗で人間のひとりもいない円形劇場
ぼくは捉えられない自分にわななき
明日の見知らぬ歓笑の中で足が凍える

ほぐれてくる昏睡

求められた昏睡
昼夜をわかたぬ眠りのための眠り
病患よりも深く
倦み疲れた脳髄を記憶の底に沈める
その仮死のはてには
なぜ
長いトンネルの中から見た夜明けのような
一枚の円く　古びた鏡がかかり
そうしてなぜ
その曇りを拭うために
ぼくの痙攣する右手は　空中に
蝶ののびてゆく舌などを描くのか

その鏡の表面にとつぜん現れるものは
例えば
肉の厚いサボテンのちいさな花であり

その花瓣が舞い落ちる剃刀
その刃で切られた
フランス綴の重たい物語
その挿絵の見知らぬ女の横顔である

そうしてまた　例えば
海から突きでてくる螺旋階段であり
そのてっぺんに載せられた乳母車
その中に誰かが捨てた
銅のうすっぺらな徽章
そこに彫られた見知らぬ女の肖像である

ぼくは　その罠
夢であることを知りながら夢を
つい　見てしまう
自分で自分にしかける奇妙な手品に
むしろ自然に
むしろ快く
ひっかかってゆく
――鏡の中にはいり込むのだ

ヒロインが登場してからは　しかし
どうして　いつも
幼く単純な舞台に変ってしまうのか
彼女は今日の夕ぐれも
さびしげにひとり虹色の髪をなびかせ
馬蹄形の湖のへりを
踊るように　また　泳ぐように
ぐるぐると廻るばかり
煉瓦とペンキでできた町には
いっせいに灯がともされ
家からこっそり透明な釣竿をもちだして
彼女を釣りに出かける楽しさが
羊雲のように　空深く流れている

それは遙かな故郷の日に
うすら明けてゆく性の記憶だろうか
空想された最初の女性の
決してかたどることのできない
顔と　肢体と　身ぶりと　言葉が

溶けたままの合金の状態で
ぼくの血管の中によみがえり
ぼくの心臓の瓣を微かに鳴らすのだろうか

ああ　鳴っている　遠く　ほのかに
剝製の虎が見張っている広い客間に
文字盤の消えた置時計が鳴っている
錆びついたその音の　促すような響きと
彼女にあたえる乾葡萄の臭いが
縺れあうように
あたりいちめんにひろがっている
——もう　黄昏の薄い光も消えてしまった
　いつまでそうして待っているの？
　夜のように　怖しいひとよ
　ああ　どこにも！
　抜け出る焼絵硝子の窓なんかありはしない

求められた昏睡
眠りのための眠りのはてには
夢であることを知りながら夢を

つい　見てしまう
羞じらいに満ちた秘密があり
愚かにも幼い　その鏡の中の世界から
眩しい外光の中へ投げ返されると
現実の女たちがみな動物に見える

失踪

かれはかれのいなくなる履歴書である

原始林のなかにある　誰も知らない
磨きぬかれたプラットフォームにも
その何番線かしらに上陸した
巨大な潜水艦のトイレットにも
かれの　とつぜん行方不明となった
スープのガラのように古典的な
あの優美な姿は　もはやあらわれない

かれのアリバイは夢精のなかでひからびている

出発する虫類や魚類の
明るすぎる座席のあいだと
見送る化石たちの　忘れられた
暗すぎる地層のなかを
かれの　テープに刻まれた
うつろな笑い声だけが
狂った時計の秒針のように旋回する

かれはまたかれという致命的な宇宙なのだ

誰かとの別れの合図ばかりは
その天体の底でこだましているが
小児麻痺にかかったその音楽を
かれはひそかに愛しているが
かれの　乞食のように落ちぶれた
甦る系譜の屈辱をひきずる恋人は
思い出を一本の毛で磔刑にする

彼女はかれの影から脱れて行く唯一つの遊星である
かれはいる
限りなく多くのかれを殺したかれがいる
盲人が撫でる隕石の皮膚は
かれの体温をかすかに残し
夢のなかで金属さえも空中分解するとき
風に乗ったかれの挨拶が聞えてくる
かれはどこにいるか

愉快なシネカメラ

かれは眼をとじて地図にピストルをぶっぱなし
穴のあいた都会の穴の中で暮す
かれは朝のレストランで自分の食事を忘れ
近くの席の　ひとり悲しんでいる女の
口の中へ入れられたビフテキを追跡する
かれは町が半世紀ぶりで洪水になると

水面からやっと顔を突き出している屋根の上の
吠える犬のそのまた尻尾のさきを写す
しかし　かれは日頃の動物園で気ばらしができない
檻からは遠い　とある倉庫の闇の奥で
剝製の猛獣たちに優しく面会するのだ
だからかれは　わざわざ戦争の廃墟の真昼間
その上を飛ぶ生き物のような最新の兵器を仰ぐ
かれは競技場で　黒人ティームが
白人ティームに勝つバスケット・ボールの試合を
またそれを眺める黄色人の観客を感嘆して眺める
そしてかれは　濁った河に浮んでいる
恋人たちの清らかな抱擁を間近に覗き込む
かれは夕暮の場末で親を探し求める子供が
群集の中にまぎれこんでしまうのを茫然と見送る
かれにはゆっくりとしゃべる閑がない
かれは夜　友人のベッドで眠ってから
寝言でストーリーをつくる

Ⅲ

引き揚げ者たちの海

とある大陸によみがえる解氷の季節
引き揚げ者収容所からの行列は　一瞬
はるかな海へ歩きはじめる　一歩　一歩
罪障の道を　逆に　たどりはじめる

――どうしてきみは　そこにいたのか

やがて　移動する夜空の
振りつづける　異国への　無数の手
そして　船腹をめぐる潮流の
投げかける　過去への　無数の瞳

海に浮ぶ人間たちは　蜃気楼のように
身をすりよせて動かない
海が過ぎ去るのを待っている
言葉が戻ってくるのを待っている

——どうしてきみはそのとき　嬰児を生んだのか

海はほんとうは動いていないのに
過ぎ去るものは
海に眠る人間たちであるのに
長い年月の植民地生活から
明日の生活の見知らぬ廃墟へ
その隠された落し穴へ
かれらが絶え間なく運んでいるものは
死だけであるかもしれないのに

——どうしてきみは　なお輝かしい裸体であったのか

時間をうばわれた引き揚げ者たちをとりまく

暗い　無言の　泡だつ鏡
その海と空に尚時おり変貌する　かれらの
遠く失われた　驕慢の日日
突如　円陣をつくって　襲いかかる
無国籍の　見知らぬ水平線
そして　ひしめきあう　空白な
忘れられた人間たちのために

――どうしてきみは　海にのぼる太陽となったのか

不吉な恋人たち

あれから　もう　何千回になるだろう
唾液にぬれた地球の回転をそっとまさぐりながら
かれらはおたがいの不在を確かめてみる

★

それは血のように爛れた空

焼跡から
飢餓の行列から
かれらを追いたてた匿名の愛撫の手

接吻の周囲で恐怖する都会
口のなかの他人の舌
灰となった時間
かれらのなかに追いつめられた種族の奴隷

★

かれらは忘れることができない
あの　謎めいた最後の真昼を
消えて行く空襲警報のなかの
お互いに気味が悪くなった恋人の性器を
〈戦争ももう終りね……〉
かれらの凝視のなかの最初の驚きは何であったか

あの親しくおおっぴらな暗号
うちひしがれた秘密の合鍵
偶然は　そのとき
退いて行く死の海の鼓動のなかで
すでにその黒く眩しい輝きを消そうとしていた
〈ああ　愛するものの頭蓋骨を
　瓦礫で打ち砕いたならば……〉
人間はどうしてそんなことを考えるのだろう
お互いに何番目かの偽りの他人であったかれら
危うく欲望を支えあったかれら
しかし二人は遠のいて行く地平線のなかで
もはやお互いを識ることはできなかった

★

かれらは再びめぐりあうであろうか
死の灰のけぶるなかに
焼けただれた海綿
風に舞う虹
舗道のうえの淡い光となって

かれらは再び相抱くであろうか
腐爛する孤独
お互いの復讐を確かめるために

かれらはそれを夢みる
性のなか
すでに人間のいない風景のなかに
すでに生物のいない風景のなかに

★

かれらはぼくらのなかに生きている

泥酔

きみがある朝　眼をさますと
頭は下痢だ

きみは　どうしても
なにか犯行がなければならなかったと考える
しかしきみは　共犯者について
その手のひらを思い出すことができない
きみは　どうしても
なにか恋愛がなければならなかったと考える
しかしきみは　恋人について
その足のうらを思い出すことができない

きみの苛立たしい悔恨には理由がない
きみの頭の中のしだいに拡がるエア・ポケットで
そのとき
昨日が死に
今日が生れる

すると　きみは気がついたように思い出す
きみの存在のなかへ
巨大な隕石のようにはげしく落下してくるもの
それがきみ自身の肉体であることを
世界の狂うかもしれない

政治の鼓動のなかに
おどおどと
生れてはじめていっせいに裸で降り立たされた
人類というもの
原水爆に怯える人類というものの
一人であることを

迷惑なきみの朝ではある
近頃は泥酔からの脱皮にまで
政治が浸透している

子守唄のための太鼓

二十世紀なかごろの　とある日曜日の午前
愛されるということは　人生最大の驚愕である
かれは走る
かれは走る
そして皮膚の裏側のような海面のうえに　かれは

かれの死後に流れるであろう音楽をきく
人類の歴史が　二千年とは
あまりに　短かすぎる
あの影は　なんという哺乳動物の奇蹟か？
あの　最後に部屋を出る
そのあとで　地球が火事になる
なにげなく　空気の乳首を嚙み切る
動きだした　木乃伊のような恐怖は？
かれははねあがる
かれははねあがる
そして匿された変電所のような雲のなかに　　かれは
まどろむ幼児の指をまさぐる
ああ　この平和はどこからくるか？
かれは　眼をとじて
誰からどのように愛されているか
大声でどなった

Ⅳ

――間奏ふうに

ある名前に

かつてその病弱な頭脳に
つと　走り過ぎたすがた
ああ　絹糸のように
細くきらめいて

名よ
それは愛のかなしいあかしとして

かつてその病弱な頭脳に
恐らくは　甘い香りもて
郷愁のごと

やさしくきらめいた名よ
名よ
それは憧憬《あこがれ》のかなしいあかしとして

ひたむきに縁どったすがたが
いつの日か
跫音ひそやかに去り行き
かよわい花床に
絶えいるばかり息づいた苗草の
いつの日か　枯れ果てて

名よ
それは記憶のかなしいあかしとして

唯美

病み臥す美しいものの
それでなくてさえ

細細とした白い頬の
潤んだ　冷たい瞳は
それでなくてさえ
病毒を含んでいたのに

わたしの心のものであり
わたしの眼のものではない
凍えた魂の
美しいものの本能の
清潔に身をうずめる驕りの夜は
今宵なのか

遠く　ひよわな肉体よ
悲しいものと美しいものを
わたしに一致せしめる
青白い性欲よ
わたしが　初めて
おまえをひとり想うのは
今宵なのか

わたしの胸に住み
わたしの瞳に住まない
いばらの魂の
美しいものの情痴の
氷れる肌に身をつつむ驕りの夜は
今宵なのか

★

うつろな笑い声を立て　確かに
またぞろ　扉を叩いていた
蝶番《ちょうつがい》の　抜け落ちた一本の釘が
胸を刺しつらぬき
その尖端からは　霧が　そして血が
抑えようもなく　噴出していた
ああ　おまえという
致命的な疾患におかされ
乞食のように落ちぶれながら
狂おしく　叫んでいた
見まわせば洪水となった遠い町で

空しくこだまする溺死を
絶望のいやはての甘美を

★

悲しみが　ふしぎな
ふしぎな喜びへと　化身してゆく凝結の時よ

わたしとひとしく
いつしか化石したそのひとの夢みる顔に
きらきらと
結晶する香水の霰を降らせよ
さんさんと
風化する花粉の散弾を浴びせよ

そうして　痺れ果てた
そのひとのやわらかい石膏の肌に
わたしの爪深く
祈りの言葉を刻ませよ

こいびとよ
永遠に冷酷なれ

海鳴り

死灰が層をなしている地角の涯に
わたしは蠍のように貪欲の眼を潜ませていた
りんりんと耳にしみわたる静寂と
仰げば　蹌踉として歩む日輪と
死の湖に影を落す森林は
石炭紀の植物のようで
噴火の幻影に怯えた木っ葉は
びりびりとその葉脈をふるわせていた
何という　夢のような
奇怪な　懐しい　回想だろう
むらがる爬虫類は血に塗れた舌を吐き
嚙み砕かれた哺乳動物の残骸は
化石のように凍えている

夢のような　恐怖と自失に
わたしの魂はしびれた
そのとき　涯しなく遠い北方から
ひとつの海鳴りのひびきが
はるかに押し寄せてきた
ごう　きるる……
　　　ごう　おう
不気味に　重く　沈鬱に　吼えていた

わたしは長いあいだ　そのひびきに
耳を傾けていたようだ
死灰が層をなしている地角の涯に
わたしは蠍のように冷い涙を流した
「わたしはいつまでもかくあるのか」
「わたしはいつまでもかくあるであろう」
大気を揺する海鳴りは
ふしぎな予感をつたえてくる
わたしの孤独な　亡霊のような　ほそい影よ
未来の屈辱の予感に
さめざめと泣こうではないか

ごう　きるる……
　　ごう　おう
海鳴りはしだいに去って行くようだ

凍原で

極光の　病人のように蒼白い
骨貝のように切り刻まれた絵模様があらわれた
凍てついた裂傷からは噴き出る血潮もなく
生物のさびしい　せつない怒りが
涯しない空のかなたにふるえている
わたしはまた白い葉巻のけむりをひきずり
ジプシーのようにふらふら
凍原に戻ってきたのだ

長夜に浮かびあがる氷山の流れと
きりきりと空に舞いあがる烈風と
そうして　ペンギンのように

なおも羽搏く
わたしの心よ！

極光の　病人のように蒼白い
骨貝のように妖しい絵模様があらわれて
生物のさびしい　せつない怒りが
涯しない空のかなたにふるえている
つめたく熱っぽい瞳のうるみに
いくたびも　いくたびも
ああ　わたしはそれを見た
罅われ果てたこの唇に　いまさら
どうして　たまゆらの幻を
どうして　行き先のない断崖を讃えよう

愚かな葉巻のけむりは吹き散らされ
みじめなジプシーの姿は
もっとも奥深い魂の底で
遠く見知らぬ　どこかの国に憑かれている
凍原にさらに舞い戻ってこなくてすむ
新らしい空間を

狂おしい雪の粉のなかで
悲願している

ハラルからの手紙

隊商の鈴の音のように
貿易風に吹かれて鳴っている
ランボー
オアシスの滴のように
爽やかにひびいてくる懐しい名よ

死火山が口をひらき
熱帯のあかるい空に向けて
惜気もなく露出させた海底の夢の中から
いくらかの草と木と涼しさ
故郷のロッシュをふと思いださせる
遙かな高原と山岳の方へ
あなたの痩せた影が行く

「何時でもやって来て何処へでも行く」
ためではなく
珈琲や　牛皮や　象牙や　護謨などを
真珠や　武器や　木綿などと
アフリカの奥に出向いた一人の白人として
できるだけうまく交易するために
土着人たちの言葉を操り
かれらの憎悪に耐えながら
あなたは頭髪に銀色のものを加える

ランボー
今もなおあなたの眼に映るものは
「古代の拝跪と苦痛」なのか
「焰と氷の天使たち」なのか
自我の涯を飛び去った星よ
そこには勝利の　あるいは敗北の
いかなる秘密の虹がのぼるのか
怖ろしくも美しい唯一の謎
「魂と肉体の裡に所有される真実」にも

ああ　なお　生きて行く道はあるのか
ぼくは時おりあなたを思いだす
時計のように狂おしく流れて行く
生活というもののほとりで
ぼくはおのがふがいない劣弱に
時おり三十何歳かのあなたを思いだす

一八八一年五月二十五日
あなたはハラルから母と妹に宛てて書いた
「ぼくは相変らずの状態です。三箇月後には貯めた三千フランをお送りすることもできるでしょう。でも、このあたりで、何か一寸した仕事を自前で始めるために、この金は取っておくということになりそうです。なぜと言って、ぼくは全生涯を奴隷状態で過すつもりはありませんからね」

また一八八三年五月六日
あなたは同じく書いた
「ああ、こうして行ったり来たりの旅、奇妙な人種の間での疲労と冒険、頭のなかに一杯つめこんでいる諸国の言葉、名状しがたい苦悩、一体これらは何の役に立つでしょう、若しぼくが、数年の後、いつかはほぼ心に適った所に憩い、家庭を見出し、少なくとも一人の男の子を持ち、余生をかけて思い通りにこれを育て、この時代に人が達し得る最も完全な教育を以てこれを飾り、これを武装し、そしてこの子供が有名な技術者となり、学問によって富み栄えてくれるのを見得るはずでないとすれば……」

ランボー
「優れた音楽がぼくらの欲望には欠けている」
確かにあなたが生きたものは
人間に見ることができる最も激しいドラマ
そして　平凡な一人の冒険家の失敗
ぼくは見る
ぼくの中の小さなアフリカ大陸を
ぼくの疲労した奇妙な毎日を
そしてなお　馬か　駱駝に乗って
沙漠の上を行くあなたを思い描く

出発

死がそこにある
ぼくの鉱石の笑いのついにこだましない美
乾いた運河の上に　ぼくは立ちつくし
満月のおもてに　きみの化石を見た

ところで　ぼくは怖れた
あらわれる貌をまえに
きみがきみでなければいいと
ぼくはとまどった
氷りついた逆光のなかで
きみがきみであるかないかに

ぼくはもてあました
あまりにも　もてあました

きみがきみであったあかしを

それはほんとうに死か
ともあれ　ぼくは出発する
そして　鉱石の声でもう一度笑う
はげしく飢餓するために

V

動物園で

ぼくに食欲をかんじている
檻の中の女よ
動かない眼よ
ぼくたちの長すぎる無言の対話において
きょうは　どうにも
天文学の話ができない
そうだ
きみは誰にも似ていない
ぼくは誰にも似すぎている
侮辱してくれ
復讐してくれ

ぼくには　もう
ネクタイのほどき方さえわからない

ぼくは誠実なペリカンであり
大食の河馬　狡猾なはりねずみであり
優雅な白熊　不安な駝鳥　怠惰な鮫であり
きみは檻の中の爪の紅い人間である
そうして　ぼくたちは
いつからか
敵意に燃えた恋人同士であった
ぼくたちは　どうしても
別れよう
そうして　また
昔のように
互いに見知らぬやさしい存在となろう

きみは　やがて
眠る羚のように若返り
　十七歳となり　八歳となり
言葉を覚えたての鸚鵡のように鳴いてばかり

さらに二歳ぐらいになって
マント猿あたりのお乳を吸うだろう
ライオンの仔のように可愛らしく
そのうち眼があかなくなり
生まれたままの温かさで
よそ見しているキリンか　それとも
犀かなにかの母胎の中に帰って行くだろう

だから　どこか遠くの戦場に
ぼくたちの子供がいたとしたら
かれは無心に　栗鼠のように転びまわって
樹の上か屋根の上で
四十雀の遊びを楽しむだろう
かれはどんどん大きくなり
やがて　都会に出た駱駝のように退屈し
象の二頭分ぐらい聰明になるだろう
そして　とつぜん
憑かれた豹のように波打際を疾走し
オットセイのように長く白いひげを生やすだろう

すると　ぼくはどうなるのだ
今度は　火星人のような顔をして
ひとりで人間の世界に取残され
あげくのはては
ぼく自身までなくなり
真空の中の火のように
狂うだろう

しかし　いま
きみの動かぬ眼を見ていると
空を飛ぶ積木の馬のように
飛行機事故で
ばらばらになった
若いピアニストのように
ぼくは
あした死ぬ男なのだ

ジェットコースターに乗って

虫歯が三本あり
横顔が人喰人種に似ている
ぼくのいとしい恋人よ
思いがけない隣人よ
どうか　ぼくを信じないでくれ
今日は一九五七年六月一日
憎みあうことさえ物倦い日々のはて
ぼくがすべてを賭けた約束は
どうして　風にむなしく吹きかえされ
きみの美しさも　また
足のうらからはじまり
尾骶骨におわろうとするのか

ぼくたちが眼差しを　一瞬
刺しちがえた　遙かな未来の思い出
（そんなものは確かにある　なぜなら）
そこでは　ふと

生物の血の臭いが悲しいものとなり
ぼくたちはもっとみじめに
もっとむごたらしくなりたかった
どうやって誓ったらいいのか
どうやって遊んだらいいのか
ぼくたちは急にわからなくなり
しだいに　お伽話のようになっていった
（しかし　これほど愚かな証明があるか）

ところで今だって
やりたいことはあるのだ
きみの広すぎる額をかくす髪の毛に
地球のようなものをぶらさげ
きみの貴族的にとんがった二つの肘で
ボコボコとそれを鳴らし
そしてきみの昼飯をぬいたウェストに
やさしくそれを廻転させながら
ぼくはぼくの孤独を確かめてみたい
ぼくはきみを信じていないから
欺されるよりは

嫌われたほうがいいのだ
しかし今日は一九五七年六月一日
ジェットコースターに乗って
ぼくたちは　くりかえされる
狭苦しい空間　一かけらの永遠のなかを
なぜいつまでも　のたうちまわるのか
残っている秘密はないか
遠くの海底に地震が起こり
ぼくたちの座席がかすかに狂い
ぼくが女となり
きみが男となったら
きみはいとわしい暴力で
ぼくをただちに捕獲するだろうか

酒場で

辻占売の小娘よ
きみの眼はまちがっている

するどい歯痛に耐えた
探るような
きみのその大きな眼はまちがっている
ぼくは　いつも
陽気であるとはかぎらないのだ
見てごらん
グラスにうつっている　ぼくの
針金のようにのびた　ぶざまな鼻を
酒に酔うとは
手に五本の指があるようなものなのだ
今夜　どの指になるかは
ぼくにも　わからない
わからないが　拇指に行けば
ぼくは　いつのまにか
霊魂の不滅を信じる
心はたいへんおだやかになり
つい　幸福にも　眠くなるのだ
人差し指になったときは
もうれつに喧嘩がしたくなり
五十段ぐらいの駅の階段を

シジフォスの石のように転げ落ちても
ぜんぜん　痛くない
中指ともなれば　まさに陽気
倒立ちし
歌をうたい
パントマイムを演じ
裸になる
くすり指になれば
ああ　疼くように恋愛がしたくなる
町に出ても　オーレリアンのように
女の尻しか見ないし
三人に一人は美人を発見する
(ふだんは六十人に一人であるが)
小指のときは　予言者
地震を
日蝕を
戦争を
かなしく誇大妄想する
辻占売の小娘よ
だから

きみの可憐な眼はまちがっているのだ
ぼくを退屈していないと
思ってはいけない

電話だけの恋人

あっ　混線ですね
このまま　切らないでください
あなたの声を聞いていると
もう　五十年も
あなたと話をしないような気がします
約束どおり
ぼくのルポルタージュをつづけますから

昨日の夢はね
誰だか知らないけれど　ぼくの横に
ぼくの頭のところには足
ぼくの足のところには頭

という　ぎごちないかっこうで
人間がひとり　寝ているのです
ぼくは熟睡のなかで知っていました
その精密な舌の仕掛けが
ぼくの足のゆびを　ひとつ　ひとつ
いとも甘そうに　しゃぶって行くのを
ぼくはもちろん　起き直って
不意をつくつもりでたずねました
――どうして　そんなことをする?
すると彼女は驚いて答えたのです
――そんなことは　ぜったいしない!
ぼくは　りんかくのない
せっぱつまった　人造人間らしい顔を
ふしぎによく　覚えています

笑っていますね
混線の仲間も笑っていますね
あなたの顔を見たことはないけれど
あなたの表情のなかの嬰児は
昨日の登場人物にそっくりだと思うのです

どうでしょう?
黙りましたね
混線の仲間も黙りましたね
それとも　あなただけは
怒ったのかしら?

ぼくは思い出します
あなたとはじめて話した真夏の夜明けを
その空に浮んでいた電話のダイアルを
そのときも　夢からの出口で
ぼくは煙草に火をつけ
退屈さに　いらいらし
数字の奇蹟に　賭けたのです
629—2111
しかし　指はやさしい
ぼくは自分が好きじゃないけれど
たまに　偶然を信じます
そのとき　あなたのけだるい声がした
——わたしが誰だかわかってるの?
ぼくにははっきりわかっていました

あなたに名前のないことが
あなたがぼくの聞き手になることが

ああ　十九世紀ふうに
どうか　愛していないと言ってください
ぼくも　それで笑い
ますますあなたと話がしたくなり
あなたを人形のようにぶちこわし
ぼくもそのため　いっしょにこわれ
泥だらけの心中でも
埃だらけの生活でも
何でもできるようになるでしょう
ぼくのけしからぬ計画を打ち明ければ
先ず　あなたを笑わせ
からかい
侮辱し
怒らせ
そしてぼくは　心の底からお詫びをし
ぼくの見る夢をぜんぶしゃべってしまい
あなたを感動させることでした

しかも　それは演技ではなく
今となってわかったのですが
ぼくの生れつきの自殺的な趣味なのです
ああ　切らないでください
混線はいつまでもつづいているけれど
あなたはぼくの声を聞いていると
もう　五十年も
ぼくと話をしなかったような気になります
そして　いつか
あなたを本当に尊敬しているのが
ぼくであることがわかります

ロンド・カプリチオーソ

おう　わたしは独りでに死のちかくまで行つてしまつた
——吉本隆明「恋唄」

埃っぽく人間どものじゃれあう春の東京で
若しぼくたちが恋人になったら

笑いこけながら　ぼくたちは
蛙と靴のように　べつべつに
自殺することができるだろうか?

ぼくのパイプの煙りも
きみの腕時計の鼓動も
ぼくたちの接吻でとどまりはしない
ぼくの肋骨も
きみの乳房も
ぼくたちの熱い体温で溶けはしない

故障になったエレヴェーター
停電になった浴室
バネの落ちた自動車のクッション
そんなにみじめな願いをかけても
ぼくたちは　同じ場所で
もう　二度と逢うことはできない

それぞれの母胎のなかで
ぼくたちは　信じられない速度で

生物の過去を生きたことがあった
今となって　何が停止したのか
ぼくは町に出て迷子になり
きみは新聞を読まず　日を忘れる

ぼくたちに縁のない春の東京で
若しぼくたちが恋人になったら
笑いこけながら　ぼくたちは
おたがいに知らせることなしに
自殺することができるだろうか？

白昼の十字路で
ぼくたちは別れの握手をするだろう
そして振りかえるきみの白痴的な微笑み
そんなに優しいものは
そんなに意味のないものは
すでにこの地上のものではないのだが
北と南の駅から　べつべつに
ぼくたちは旅行に出かけるだろう

きみは山林で舞踏し
ぼくは漁村で気絶し
ぼくたちは　いつのまにか
おたがいの顔を忘れてしまうだろう

それがせめて　ぼくたちにできる
慰めの多い　演技ではないか
ぼくたちは生きのび　それぞれ
新らしい恋人をつくってもいい
古代の聖者のように　ぼくたちは
海や雲の上を歩かないとすれば

しかし　心をそそのかす春の東京で
若しぼくたちが恋人になったら
笑いこけながら　ぼくたちは
一秒の狂いもなく　べつべつに
自殺することができるだろうか?

ぼくたちが一緒に眺める
あるかないかの夕焼けの空には

いつも　ひとかけらの
始祖鳥の化石が浮かぶはずだ
それは　ぼくたちの古疵
ぼくたちは無垢の恋人だ

きみには　海賊の血が流れ
ぼくには　異教の血が流れ
人間どもの歌には飽きた
ぼくたちは忘れない
あの純潔　あの怒り　あの誇り
それは今もぼくたちに問いかける

――おまえの開かれたふたつの眼に
花はふたたび美しいものとなるか?
おまえの閉じられたふたつの眼に
夢はふたたび影像《かげ》を結ぶか?
答えよ
死に至るまで　答えよ

ぼくたちには怖ろしい春の東京で

若しぼくたちが恋人になったら
笑いこけながら　ぼくたちは
おたがいの孤独を犯さずに
自殺することができるだろうか？

ああ　やめてくれ
この世の物語りと　おしゃべりを
涙にうるむ視野の涯の
愛された死者たち
そのための追憶さえ　やめてくれ
ぼくたちは言葉を忘れた

死をまさぐる指と
それらの指がきびしくひらかれる
ぼくたちの　肉体の内部
ぼくたちは夢みる
ただそれだけが尚生きていることを
ぼくたちの無惨な　愛のかたちを

埃っぽく人間どものじゃれあう春の東京で

若しぼくたちが恋人になったら
笑いこけながら　ぼくたちは
自殺することができるだろうか？
それほど楽しく愛しあうことができるだろうか？

不敵なアクトレス

例えば
轢断された蠍の内臓をかたどる
ロココ風の　表面は軽やかで
高さの知れない燈台が照明している
華やかな　幻想の舞台から
あるいは
そこだけが明るい窓の向うを　沙漠が
更にその起伏のはてを　傾いた都会が
一瞬のうちに流れ去る　深く
奇妙な異物に満ちたスクリーンから

実は　誰へともなく
自分を自分の神に高めるためでもなく
自分を超えて
引き裂かれた運命を
呪われた愛　また　強いられた憎悪を
危うく脆い人間として生きるためでもなく
捉えがたく　変幻自在に
おどけたように
放心したように
彼女は絶え間なく演じつづける

しかし　ぼくには見えるのだ
舞台の幕が　動物のまぶたのように
不気味に　痙攣しながら　開かれて
やがて閉じられ　また開かれては閉じられる
何度目かの幕間の　つと　暗黒がよぎる
仮死の　不具の　狂った時刻にも
彼女の眼は　幕のかげで　まばたきひとつせず
最初に登場したときから
最後に退場するときまで　そうであるように

かっと　見開かれたままであることが

また　ぼくには見えるのだ
カメラが　他の場所　他の時間へと
憑かれたように拡がりながら
彼女を無視して滑走するときはもちろん
アングルの星がばら撒かれ
ショットの虹が分解されながら積みあげられ
彼女ひとりががんじがらめに　餌食として
また　加害者として捉えられたときも
彼女の見開かれた眼が　世界の外を
凝視したままたじろがないことが

それは怖ろしい秘密である
観客のひとりであるぼくにとって
彼女の生きている　また　その影である
偶然の　きらめく視線が
ぼくの眼を　光の素早さで　射抜くとき
彼女がのぞいている　ちいさな
底の知れない深淵が

ぼくが背負う日常の　しかし
ぼくがふり向けばすぐ消えてしまう
愚かな　無為の　崩れた夢にあることは

花火

教えてくれ！　わたしは　だれだ？
——大岡信「転調するラヴ・ソング」

ぼくが今ここにこうしているだけで
世界はかすかに狂っているか
言ってくれ
愉快にも
ぼくから恋されていると思っている
尊大で　化粧のへたな　生物たちよ
季節をわかたぬ空に
演技に満ちた告白のように
告白に満ちた演技のように
休息もなく打ちあげられては　消え失せる

あの　騒然とした　花火のアラベスクは
救いようもなく　狂っているか
今こそ　ぼくは手品の種を明かしてやろう
ぼくはあまりにも幸福すぎたのだ
しかも　幸福を描きたかったのだ
ぼくが必死に取組ったものは
きみたちの錯誤から妖しく燐光する
侮蔑という媚態
挑戦という抱擁
それらは危うく世界を支える燭台である
今日も　太古は暮れ
遠く人類の打ちあげる狼烟に
引き裂かれた幸福の十字架が懸っている

あとがき

詩集をつくりたいと思ったのは十九歳の頃であったから、十五年程かかって、やっと処女詩集ができたことになる。詩に対する、ぼくなりに情熱的な怠惰が、その間、何を見たかと言えば、それはむしろ、詩的表現の二重の困難であり、敢て図式化するならば、扼殺し得ない絶対と、回避し得ない状況との、二律背反的な関係であるということになるだろうか。

数年前、ある詩画展で、岡鹿之助先生と組む光栄に浴した。その時の絵をこの詩集の表紙とすることができたことについて、厚く御礼を申し上げる。またこの詩集をまとめるのを辛抱強く待ってくれた伊達得夫氏に、改めて感謝する。

一九五九年一月七日

作者

日常　1962

思い出してはいけない

ぼくはどうにも　自分の
名前が思い出せないのだった。
そんなに遠い夢の中の廃墟。
そのほとりには
傷ついた動物の形をした森があり
ぼくは日かげを求めて坐り
きみは日なたを好んで坐った。
きみを見たときから始まった
ぼくの孤独に
世界は　はげしく
破片ばかりを投げ込もうとしていた。
そのとき　ふと吹き抜けて行った
競馬場の砂のように埃っぽく
見知らぬ犯罪のように生臭い
季節はずれの春。
それともそれは　秋であったか？
風に運ばれながらぼくの心は歌っていた

——もう　愛してしまった　と。

それは今日までつづいている
きみもどうやら　自分の
名前が思い出せないのだ。

真夜中

おれの微かな　しかし
むずむずする　尾骶骨から
いきなり　太く逞しい尻尾が
鰐のそれのように　にょっきり
生えてくるのではないか
と　そればかりを心配して
夜を眠れないでいる男がいる。
若し本当に　生えてきたら
と　かれは空想する。
それはどこまでも　延びて行って

地球をひとまわりすることになるか。
そうなれば　傑作。
踊り子の胴を断ち切った　いつかの
スカートの針金の輪のように
地球を締め上げて
それをバラバラな　二つの球根とするか。
いや　いや
と　かれは思い直す。
おれはどうして　こんなに
壮大なことを考えるのだろう。
本当には　ちょっぴり
栗鼠のそれよりも　可憐な
房房とした尻尾が生えてくるのではないか。
それは　誰にも気づかれない。
おれは　いささか得意。
だが　死ぬほどおれを愛している
あの　体じゅう　乳首だらけの女が
忘却の涯に
おれの裸を撫でまわすとき
彼女はおれの尻尾を握るにちがいない。

何という喜劇。
彼女は　一瞬　気絶する。
おれの尾骶骨から
とにかく　思いがけない
奇妙な尻尾が生えてくるのではないか
と　それはかりを心配して
夜を眠れないでいる男は誰か？

風景

あなたは生きている
と　単にそう言われただけで
あなたの自由はいらだつ。
ぼくは　風景などに
まるで興味はなかったのに
二人でプラットフォームから眺めた
あの　古ぼけた　ありきたりの
猫の子一匹いない　鉄材置場は

なぜぼくの眼に　そんなにもしみたのか?

それは雨のそぼふる日。
倉庫のひびわれた白亜は薄い墨色に
その窓ガラスは破れたまま。
扉からはみ出た鉄材の錆びは
雨にずぶ濡れて
茶色い生きもののように眼覚めていた。
遠い昔　見知らぬ土地で
幼児であったぼくの眼に
それは　確かに　映っていた?

おお　ぼくの役柄は変わった。
ぼくはなお愛するだろうか
名もない花の蕾のなかに
眠っている　涯のない風の夢を?
あるいは　恋人の鼻腔に漂う
甘くかぐわしい空気のなかの
ほのかな死を?

待ちあぐんで煙草に火をつけると
電車はすぐ来る。
謎めいた風景を遮断するかのように。
駅の地下道から聞こえていた
すたれた軍歌を消すかのように。
ぼくの恋人の唯一の欠点は
寝小便しないことだ。

神秘的な山

他人の恋人を見て
そこに
平凡な一人の女しか感じないように
ぼくたちの祖先の　神話の山を見て
そこに
平凡な一つの山しか感じない
とある初夏の日の
空を飛ぶ

飛行機からの眼。

神話の霧がはれている
思いがけない　爽やかさ。

ここ
霧島火山帯南端のコニーデ。
空へ向って突き出されたものは
人間の皺だらけの　恐怖の拳ではない。
その山頂の一角の　噴火の跡は
人間の捨身の　祈りの名残りでもない。
周囲からせりあがるツツジの群は
おだやかに
地上の営みをささやくのだ。

それらを今　空からの眼は
ありのままに美しいと感じる。
民族の記憶から一瞬はなれて。

ありふれた奇蹟

嬰児には　思いがけない一瞬
完璧な美貌がある
と　日光が満ち溢れてくる午前のひととき
彼女の憩いに
ふとひらめく宝石のような言葉。
誰が　手をのばして
彼女の髪の毛を吹きぬける
ゆるやかな風の背中に
透し彫りのように書き込んだのか。
それら　求めたこともなかった文字の組合せが
いたずらっぽく
あるいは　優しく
彼女の微かな疲労に　そして思い出に
そっと問いかける。

嬰児とは　遠い陣痛
人間らしい夢をそっくり　かなぐり捨てた

はかなく　弱々しげな母体の
ひとつの呟きから
飛び降りた動物
泣きはじめた生物
ではなかったか？
（手と足の指が　五本ずつあればよい）
（不具でさえ　なければよい）
反芻された多くの
きらびやかな希望ののちに
母体は　そのことだけを
ひたむきに　祈ってはいなかったか？

デパートの中の散歩

「森にいてぼくは幸福である」
と　一八一五年に
耳がきこえなくなっていたあるドイツの作曲家は
植物への親愛に溢れて書いた。

「厖大な白熊の前に立ち尽す」
と　一九二五年に
外国での生活を思い出しながらある日本の詩人は
動物への信頼をこめて書いた。
そこで　二十世紀後半のある年
かれは行く　ときたま
森や動物園ではなく
海や水族館でもなく
また　人間の群衆の中でもなく
都会の真ん中のデパートへ。
それも　奇妙にひっそりした時刻を選んで
品物ばかりを眺めるために。

たとえば　新型の乳母車。
「ポチョムキン」のそれとは反対に　階段も昇れば
後で　三輪車にもなる。
かれに用はないが　そのとき
かれは若いパパ。
たとえば　カクテル道具一式。
異国のさまざまな香りがして

友達にも恋人にも　自慢できそうなしろもの。
かれに用はないが　そのとき
かれは軽薄なダンディ。

もちろん　かれもまた
見えないものを鮮やかに見る。
扉がかくしているエレヴェーターの四角の穴に
若い父と幼い男の子が　その昔
飛降り心中をしたことがある。
地底に着くとき　父は子を思わず支えた。
子供だけが生き残った。
屋上の檻の中のチンパンジーは
夜が来て　店が閉じられ
ひとりぼっちになると笑いだす。
周囲の町に渦巻くネオンが
いったい何に見えるというのか?

しかし　それらは生活そのもの。
かれが求めるのは
まだ現れていない　これからの他人の生活。

品物から逆にたどられる
幸福への他人の視線。
ありとあらゆる建設への意志。
たとえば　ルーム・クーラー
そのときかれは　酷暑にめげず執筆中。
たとえば　花嫁衣裳
そのときかれは　早くも妊娠中。
たとえば　たとえば
そのとき　そのとき。

一八五五年過ぎに
あるフランスの詩人は書いた
「群衆を楽しむことは一つの芸術である」と。
おお　今日
ぼくたちは群衆を楽しむことができるか?
植物に対するように
動物に対するように
その生命の雰囲気にひたることができるか?
ぼくたちはすべて　群衆のひとりだ。
だから　かれは行く

たとえば　デパートへ。
品物を眺めながら
未来の
必ずしも信じないあるときの　群衆の中を
散歩するために。

日直

誰もいない日曜日のオフィス。
そのドアを鍵であける前に
かれはもう一度
自分のポケットの中を調べてみる。
十本入のタバコが一箱。
新しいマッチが一箱。
十本は銀紙の中で行儀よく十本のまま。
新しいマッチの箱の頬にはまだ擦り傷がない。

かれは鍵を廻してドアをあける。

むっとする空気と　暗さの中
螢光灯をつけ　鞄を置く。
カーテンを開き　窓をあける。

日曜日の朝の　ビル街からの風。
そこに走ってくる　最初の自動車の色が問題だ。
黒ならば未亡人となった姉に
青ならば新聞記者の飲み助に
クリーム色なら　若い映画監督に
チョコレート色なら　久しく会わない
あの　画商となったつまらぬ女に
電話をかけることを賭けたのである。

白!
かれは鞄の中の外国の古典を思いだす。
机に坐る。
しかし　鞄から取りだしたものは
買ったばかりの小型トランジスタ・ラジオ。
流れてくるものは　牧師の話
ワルツ

野菜の値段。
かれは朝刊の束をほどいて
昨日の世界に視入る。
ガスで湯をわかし　お茶をいれる。
そのマッチを一本別の茶碗に入れる。
本日特別の灰皿である。
寝坊して朝飯をぬいた　早目の昼飯はうまい。
途中で買ったコロッケ三つとクロワッサン。
伴奏の放送は浄瑠璃。
やがて　ソファで昼寝する。

何時間何十分眠ったかかれは知らない。
とにかく　小説を読む時刻である。
読みつづけると　エレノールは言うのだ
（どうして希望を返して下さったの？）
（寒気がしてきたわ）と。
かれはふと電話をかける
満二歳になったばかりの自分の男の子に。
すると　片言の返事が宙に浮く。
（パパア？

パアパン!
　バッパア!)
かれは手のひらに
昨日の赤インクの　金米糖のような形を見つける。
爪が別の生き物のようにのびている。

ようやく　帰る時刻だ。
急にかれは真剣になる。
残っているタバコは二本
灰皿の中の吸がらは八本。
灰皿に捨てたマッチは九本
マッチの箱の頬の傷は九つ。
あくまでも合理性を信仰する!
その灰皿を水びたしにしたあとで
なおも　部屋の中をあちこちから
しゃがんだり　立ったり　這いつくばったりして
さまざまな角度の視線で点検する。
煙はないか?

窓をしめ　カーテンをかけ

螢光灯を消し　鞄をもって
オフィスに再びがちゃりと鍵をかけると
かれは愉快な通行人である。

そんなことは

港から来ていた酒場の少女に

きみは思いだすか
きみはあのバルバラ嬢ではないけれど。
暖い冬の日の　しかし雨の降りだした午後二時五十分。
町角に立っていたぼくは　道を何度も尋ねられた
老婆と　少女と
右の耳に　携帯ラジオのイアホンをつめた男に。
ぼくは叫んでいた　のどの奥で
きみの顔を思いだすことができるかどうかと。
ぼくの眼の前に　人間たちは流れ
電車は流れ　自動車は流れ　乳母車も流れ
そこはあのミラボー橋ではなかったけれど

ぼくは立ちつづけていた
交通巡査と向いあって。
ああ　顔はいつも裸だ。
ぼくは長い間そのことを忘れていた。
左の眼のすぐ下にえくぼができるきみの顔。
それが浮んだとき　ぼくは微かに笑った。
ぼくはきみを愛していない。
愛しているひとの顔は思いだせない。
ぼくは来ないひとを待つのが好きだ。
きみは現れた　午後三時十七分。
雨の中をどちらも傘がなく　ぼくたちは
肩をよせあって歩きながら　中国の話をした。
万里の長城に話題が飛ぶと　ぼくの頭にはよみがえった
前の夜の酔いどれていたぼくの歌が。
ぼくのそのときの沈黙の渦が。

酒こそはぼくの智慧。
おお　夜ふけに吊された花瓶は
宙に浮いた　接吻の跡だ。
唇と唇とが　離れて行くときの

空間の眼覚めの形だ。
だから　ぼくは食べる
花瓶にさされたフリージアの花のひとつを。
きみも真似して食べる　気まぐれに
花瓶にさされたフリージアの花のひとつを。
そこでぼくは　別れを告げる
（きみを愛しているかもしれないのですが
今　何時でしょうか？）

ぼくの頭は反芻していた
それからのもののはずみの約束を。
ぼくの体重はとまどっていた
それが現実となって歩いているふしぎな軽さに。
ぼくは愛するかもしれないひとに近づいて
そこから逃げだすことが好きなのか。
近づいたクリスマスの話をしながら　ぼくは聞きたかった
たとえば　劇場で
静まり返った観客の中にひとりで坐っているとき
きみは突然　大声で絶叫したくならないかと。
あるいは　疾走する電車の扉にもたれて

ひしめき合う乗客の中にひとりで立っているとき
きみは突然　憑かれたように走りだしたくならないかと。
いや　そんなことはどうだってよかった。
きみを見ていて　ぼくが
絶叫したり　走りだしたりしたくなったのは
きみの沈黙　きみの身じろぎの背後に　ぼくが
見えない惨劇を聞き　聞こえない轟音を見たからだ。
いや　そんなことはどうだって。
とにかくぼくは
あのプリュームという男ではないけれど
近眼のくせに眼鏡を忘れていた。
エレヴェーターは九階まであった。
何とかいうイギリスの映画を見て　きみは
静かに泣いていた
試写室の外に降る雨のように。
ぼくは不意に眠くなった。
いや　そんなことは。
とにかくぼくは　きみの柔らかな手を握らなかった。
フィルムの中の牛らしいうなり声。
ぼくはその部屋にきみを置き去りにした。

味も素っ気もなかった一回だけのあいびき。

耳

朝眼が覚めたら革命が終ってた
なんてのが　いいわよ
と　見知らぬ若い女が
見知らぬ若い男からするりと逃げた。
いくら酒を飲んでも
耳しか熱く酔っぱらわないことがある。
二月の底冷えのする　とある酒場で
ぼくはぼくのからだを持てあまし
ぼくの耳は　はげしく
音楽に飢えていた。

結婚の盃

アフリカ芸術展で

上から見ると8の字の形をしている
飲み口の二つある木彫りの盃。
アフリカのアンゴラに住むという
黒人たちの智慧はすばらしい。
それはきっと臍で考えたもの。
花婿と花嫁はそれで同時に酒を飲む。
おたがいに　鼻の先をすこし濡らしたり
眼を閉じあったり
相手の額のうぶ毛を見たり
背後を流れる河に
親しい鰐の気配を感じたりしながら。
何万人の花婿と　何万人の花嫁が
そこから　森の中のかくれがへ
それぞれの晴れがましい歩き方で
一滴づつの永遠を持ち帰ったことだろう。
その人でなければならない　という恋の罠を

それは夢の中で取りはずした。
８の字の形をした二つの口は
二人の夢の空に懸って
月と太陽となり
その下にひろがる海の底で
あなたでもわたしでもない二人は
溶けるように
死んだように
結ばれていた。

オーボエを吹く男

ライプチッヒ・ゲヴァントハウス管絃楽団を聞きながら

テレビの中のオーケストラの全員が
ふと　休止符のそよ風に
めいめいの羽をゆだねて　無言のまま
シンフォニーの空を　一瞬
飛びつづける。

ドイツから楽器をぶらさげてやって来て
そんな渡り鳥のイメージをあたえる　かれらの
その束の間の　静寂の深さに
ぼくの疲れた夜のからだは
眼覚めたようにこころよく
のめり込むのだ。
やる以上は　惨めな仕事でも
精魂をこめてやらずにはいられなかった
昼間の人間の悲しみから
解き放たれて。
画面は　すでに
オーボエを吹いて　頬をすぼめている
律儀そうな男の顔のクローズ・アップだ。
ぼくは
見知らぬ土地と薔薇の臭いを
そのゆるやかな時の流れに嗅いでいる。
そして　何となく考えている
あの　髪が薄く
目玉のすこし飛び出た男は
どんなつもりで生きているのだろうと。

冬の朝

風邪をひいて　煙草を吸うと
のどの奥に　いつも　青い船が走る。
そのときだけの　秘密の味が
ある遠い思い出に　そっとしみてゆくのだ。
それは蛾の多かった夏　立ち去る恋人を見て
灰と消えたシガレットの　無言の歌ではない。
ずっと昔　戦争のさなか　辞書の紙で
巻いてふかした紅茶の葉の　死の臭いでもない。
さらにずっと昔　子供のとき　好奇心で
覗いた父のシガーの　夢の切口でもない。
それら　生活のけばだつ衣裳のひだに
今も漂う煙たち！
それらではなく　ぼくが反芻する透明な味は
はじめて火をつけた煙草の　理由のなさ。
はじめて母から離れ　旅をした海のまばゆさ。
いがらっぽい十七歳の純潔。

——風邪をひいた冬の朝　鏡に向かって
微かなひげを剃り　なおも煙草をくわえると
今度は剃りあとにひりひり　明日の
見知らぬ他人のような煙の散弾がしみてくるのだ。

いつも夢で見る舞台

観客席では拍手のざわめき。
いよいよ　おれの出番。
それにしても　楽屋から舞台への
あの　めまいのする階段の途中で
おれの足は　へなへなと崩れ
おれの手は　床の埃に
どこかしら犯罪めいた
指の形でも捺しつけるのではないか?
——そんな心配をしているうちに
おれはもう　晴れやかな
舞台の上の俳優である。

さて　おれの演じるやくざな男。
惚れた女を　横眼で睨み
脂ののったその肌を
悪口雑言の言葉のひびきで撫でまわす。
とは言え　おれの心の中は
筋書とは別な恐怖でいっぱい。
この役の途中でおれは　いきなり
ぷっと　吹き出してしまうのではないか？
その笑いはとまらず
おれは芝居をぶちこわして
狂人のレッテルを貼られるのではないか？
──そんな心配をしているうちに

めでたや　無事に幕。
人生とはまんざら捨てたものでもない。
どうだ！　あの拍手の嵐は。
幕がまた引きあげられ
おれはにこやかに挨拶しようとする。
ところが　なんと

観客席は消え
おれの眼の前にひろがるものは
いちめんの暗い海。
舞台の岸へ波を打ちかえし
どこまでもざわめいている夜の港。

マヌカンの行進

誰のための羞恥か
固い裸の上にはシュミーズ一枚。
生ぬるい風に吹かれ
微動もせず
おたがいに寄りそいながらも
めいめいの方角を向き
めいめいの身ぶりに凍りついて。
春の朝　人眼を避けるように
繁華街の裏通りを
リヤカーで運ばれる

数個の人体模型《マヌカン》。
この名もない女神たちは　どこで生れ
どこの店先で　衣裳に仕えるのか。
すれちがう人間たちを
それぞれの形の美しさで嘲りながら
それらのまばたかぬ輝やかしい眼は
何も見ない
死刑台へ向かうかのように。

静かな日曜の午後に

小学生のとき　修学旅行で
はじめて遠く　別の都会に出かけ
同じ土を踏んでいることに　また
同じアカシヤの並木が
舗道に影を投げかけていることに
雨あがりの朝
二本の足が地につかないように感じた

幼い驚き。

結婚をして一週間目　とある遺跡で
妻とあかずに眺めた
古代の人の履物や食器や舟の実物
そして　住居や寝床や倉庫の模型。
夕焼けを浴び
人間の生活の日々が　昔から
どれほども変わっていないことに
ふと　奪われた言葉。

自分に子供が生れるふしぎさに
一人でひたっていた社用の旅先。
案内された退屈な　ナイト・クラブで
白人の裸の踊り子の顔の美しいことが
不意に　悲しくなり
膝の上に坐りに来た　その踊り子の
肉体というものの同じ重みに　一瞬
妻を忘れたおののき。

旅にまつわる　そんな記憶ばかりが
なぜ　整列しはじめる？
ぼくは今　どこへも旅立たず
休日の空に　秘かに感じているものは
宇宙へのささやかな　悪意の自殺も
戦いで殺された　優しい希望も
死体としてひとしいという悩ましさへの
言い知れぬ疑惑であるのに。

地球儀

または一九六一年一月九日

夕ぐれ、勤め先からの帰り道、ちいさな買物がかれの心を優しくする。かれは地球儀を買うことを思いついた。かれの小学生の子供は、昨晩、赤道と日附変更線で眠くなった。久しぶりに世界の地図を見たかれも、説明の言葉であるためにうとましく思ったのであった。

文房具店の売場で、かれはメロンほどの大きさの地球儀に近づく。それを懐かしそうに撫でる。まるで自分の子供の頭を撫でるように。そして静かに、その球体を廻しはじめる。また廻す、別の地球儀を。今度はそれを、いきなりとめて一心に眺める。赤い矢印の暖流。青い矢印の寒流。黄色い国、桃色の国、橙色の国。みみずのような鉄道。蜘蛛の巣のような空路。万里の長城は、かれが昔見たときのまま、尾骶骨に似ている。それらの色と形は、どうして刺青のように見えるのか？

　それにしても、どの品物どの値段が手頃か、そうした吟味ばかりではなさそうだ。かれに近づいてみなければならない。その視線が、ぴったりと釘づけにされているところを、こっそり覗いてみなければならない。それは、北緯四十度、東経百二十度のあたり、黄海の北の方、渤海湾と朝鮮湾にはさまれている小さな半島、その突端、港の町、大連である。

　かれはやっと品物を選ぶ。定価五百円。バースデイ・ケーキを入れるのとそっくりな箱。おみやげの中味は秘密だ。かれの子供はそれを受け取って、どんなまぶしい顔をするだろう？

　人間と自動車が今迄どんな蟻の穴の中に、こんなに沢山かくれていたのかと思わせる、ラッシュ・アワー。かれは急ぎ足だ。しかし、ゴー・ストップがさえぎる。そこでせきとめられ、一段と密集した人波は、もう追い越せない。かれは、頰に感じる夜のはじめの空気の冷たさを、そっと抱きしめてみたい。人波のゆるやかな流れに、自分の足をゆだねてしまうと、頭の中をつとよぎって行く、遥かな何ものかがあるのだ。

　大連、ダーリニ、ターリエン。それは、小声で言わなければならないが、かれのふるさと。いや、ふるさとと呼ぶことはできない、かれの生れた土地、かれの育った土地である。それが懐かしいのは自然である。ちいさな買物が、ふしぎなきっかけとなって、日頃は忘れていた幼年時代や少年時代を、とぎれとぎれに浮かびあがらせる——。

たとえば、春から夏への駈足の季節。池のほとりに、柳の綿がふわふわと飛んでいるかと思うと、やがて、空いっぱいを黄色くして吹き荒れた蒙古風。それが過ぎ去ると、眼に痛いほど青く静まり返っていた空。すると、アカシヤの花の甘い匂いと道路の上の馬糞の臭いが、奇妙に混り合って、未知の人生への夢みるような憧れを搔き立てるのであった。雨は、その頃、激しく短かかった。濡れた赤煉瓦の家は、壁の色を渋く曇らせ、束の間の悲しみの表情をして見せた。

そしてたとえば、冬。寒い日は外に出ると、額が痛く、睫毛のふちの水分まで凍りつくのに、家に帰れば、ペーチカで、汗が出るほど暑かったりした。家族のまどいのなかで、父も母も若いと思ったことがある。それはそれほど、長い季節だった。昼は学校とスケート。夜は、天津甘栗を売る行商の声や、たまには爆竹のはぜる音が、町に遠くこだましていた。そんなときに読んだ新古今集が、かれの祖国ニッポンであったりした。だから、かれにはふるさとと呼べないのだ。自分の生れた土地、自分の育った土地を。

ビルの角を曲りながら、かれは考える、ふるさととは何だろう？　と。この前も、ふしぎな気持がしたものだ。かれの母は死んだが、かれの年をとった父は、かれと東京で暮している。その父がつれづれに色鉛筆で、子供のように一心に、何かの地図を描いていた。それは、父が生れて育ったニッポンの田舎の山や川のたたずまい、町のうねりくねった道であった。それはじつに克明に書き込まれていた。そこに父のふるさとが息づいていた。年をとると、幼い頃の記憶が鮮やかに甦ってくるとは言うが、それならば父の思い出の中で、あの大連という町は、いったい何ものなのだろう？　それは、仮寝の宿の、消えかかったエピソードに過ぎないのだろうか。あの遠い土地、父が働きざかりの日々を惜しげもなく捧げた、あの遠い港は。

かれはまた、へんな気がする。かれの子供にとって、ふるさととはどこにあるのか？　東京で生れ、東京で育った子供にとって、ニッポンのこの巨大な都会のほかにふるさとはない。これからも同じようにそこで暮らすなら、それはそこに住んでいることを意識する必要もない、一つの「人間の森」だ。もっともかれの子供は、世界一周することを空想している。その幼い夢がいつの日か実現されるとしたら、地中海あたりで、かれの子供は東京を恋しがるかもしれない。いや、ガラパゴス諸島あたりで、東京を忘れてしまうかもしれない。

ところが、かれには、やはりふるさとはないのだ。世代という言葉がある。かれの父の場合、かれの場合、かれの子供の場合、同じ家でいっしょに寝起きしていても、それぞれのふるさとの、何という遙かなちがいだろう。三人が背負っている時代の歯車は、一軒の家の中で、何とぎしぎし窮屈に嚙み合い、鳴っていることか。

かれは電車に乗る。吊革にぶらさがる。押し合いへし合いする満員の乗客の中で、地球儀がつぶれないかと心配する。窓の外はもうすっかり暗い。東京タワーのネオンが輝いている。電車はかれを運ぶ、東京の町の中を。地球の上を。そしてたぶん宇宙の中を。宇宙の中ではあるかないかの、ちいさな一軒の家にたどりつかせようとして。

かれはふと、かすかな神秘を感じる。かれと同じ土地で生まれかれと同じ土地で育った妻と、その同じ土地で出会った偶然について。それは、戦争の終わったあとだった。明るい混乱が、二人を出会わせた。二人は、植民地から追われる敗戦国民の子供たちだった。二人の名前をはめこむ、建物も、書物も、機械もない気やすさが、二人を自然に結びつけた。それは、素晴らしい気まぐれだった。彼女は何と美しかったか。何かが一秒、何かが一メートルちがっていたら、とかれは、今でも身ぶるいするのだ。

すると、そのとき、かれの前に坐っていた乗客の携帯ラジオが、ニュースをつたえたのである。

――パリ九日発。フランスのド・ゴール大統領のアルジェリア政策が支持されました。フランス本土で七十五パーセント、現地では、中間報告によりますと、六十パーセントの賛成票を獲得しました。しかし、棄権者も多数にのぼる見込みです……。

アルジェリア！　かれは、はっとして、地球儀に塗られていた色を思い浮かべる。紫色。それは、いやな色だった。同じ色でも、場所によって感じがちがう。フランス本国の紫なら、粋に見えるが、フランスの植民地の紫は、血なまぐさく、汚らわしい。しかし、アルジェリアの民族自決がようやく承認された。これからは、どうなるのか。明日の新聞の解説は言うだろう。

——アルジェリア人たち自身の完全独立か、フランスへの統合か、あるいはフランスと結びつく独立の共和国か。それらのいずれかを決する住民投票までの、陣痛のような時間がはじまる。もっとも、パリの政府とFLNとが話し合うのでなければ、局面はなかなか打開されないかもしれない……。

アルジェリア！　かれはふと連想する。そこで生れ、そこで育ったにちがいない、多くのフランス人の子弟のことを。見たこともなく、いや、今までに思い浮べたこともない、青年たちや少年たちのことを。フランス映画のフィルムでも、そのような青春のドラマを、目近に眺めたことはなかった。かれは、なんとなく、呼びかけてみたくなる、きみたちはフランスの本国に帰りたまえ、率先して、親たちを説き伏せ、あの、伝統の国に帰りたまえ、ふるさとは、忘れることができるものなのだ、と。

かれは、口をついて出ようとしたその言葉に、自分で驚く。ふるさとは、忘れることができる！　今度は、かれの心の方がその言葉を追いかけはじめていた。

年譜

十九歳頃のぼくの夢は、先ず詩集を作ること、次に大学へ行ったらフランスの高踏派の誰かを研究すること、そして卒業したら、どこかで語学の教師でもやり、生活が安定したら、自分の主観に誓って美しい女性と結婚することであった。昭和十七年頃の話である。戦争中の愚かな高校生が思い描いたこののどかな生活設計、詩集—卒業—就職—結婚というコースは、今から考えてみると、どうしてこうも逆さまに予想したのだろうと、苦笑を禁じ得ないものなのである。

事実はどうであったか。先ず、結婚した。自分の主観に誓って美しい女性が眼の前に現れたら、そうならざるを得ないではないか。しかし、驚いたことには、結婚は到達点ではなくて出発点なのであった。子供ができて、どうしても金を稼がなければならなかったのである。そのためには就職しなければならなかった。しかし、就職してみると、学校を卒業していなければ損であった。大学を出たのが昭和二十六年、長い学校時代である。その次がようやく一冊の詩集で、昭和三十四年のことである。実際の順序は、結婚—就職—卒業—詩集なのだ。

ぼくのコースを狂わせたものは、言うまでもなく戦争や戦後の現実である。しかし、ぼく自身に、そうした過程を逆に生きてみたいような衝動がなかったわけでもなさそうだ。それは、ぼくにとって詩が何であったか、それがどう変化したかということにもかかわっている。おかげで、フランス語とは縁のない就職をしたり、詩以外の音楽や映画に熱中したりした。

それにしては、この二冊目の詩集は案外早くできた。最近三年ほどの間に書いたものから選んだものである。

四季のスケッチ　1966

I
四季のスケッチ

早春

すべての復讐を忘れたかのように
どこまでも無関心に
澄みきって
晴れあがった空。
オフィスの分厚い窓ガラスごしに
そんなにも遙かな青や
街路の並木にほころぶ若い芽の
うっすらと親しげな緑を
まるで思いがけない贈物のように
ぼんやり　眺めていると
ぼくはなぜか

ぼくを恥じる。
そして　向かいのビルの
北向きの暗く狭い入口で
砂埃や紙屑を高く舞いあげている
あの肌寒そうな風は
数日前　近くの海で沈んだ漁船の
腐ったような生ぐさい臭いを
微かに運んできているのではないかと
奇妙な空想をめぐらすのだ。
ぼくは　いつまで
こんな都会の片隅を愛するのだろうか?
目の下の　臨時板ばりの車道の上には
喧しい自動車の行き来が
昆虫の列のように絶えないが
その板ばりの下の土地は
怖ろしいほど深く掘りかえされ
巨大な地下駐車場が工事中である。
そこでは　昨日
三百年ほど前の大人や子供の
中頭型の頭蓋骨が

いくつもいくつも見つけだされた。
気味わるく　懐しい
少しばかりいにしえの日の同胞よ！
ぼくには　まだ
友達というものがあるのだろうか？
ああ　午後の陽がさしそめている
あの街角で　ぼくは
見知らぬ美しい女に
オパールを買ってあげようかと
たずねてみたい。

真夏

午後二時。
新しい仕事が
ぼくをまた駆り立てる。
ビルの七階の冷房のオフィスから
うだるアスファルトの車道の自動車へ。

締めなおした蛇皮のベルトは
人一倍暑がりの肉体への
戯れの鞭。
自動エレヴェーターの中で
ぼくは行先のほか　すべてを忘れ
先ず　右手の人差し指となる。
一階を示すボタンを押し
そこに螢のような灯りをともす。
頭上には　扇風機
髪だけが　撫でられるように涼しく
ぼくはついで　二本の足となり
下降の軽いめまいを支える。

公衆電話ボックスほどの大きさの
上下に移動するその直方体の箱は
牢獄に似ているか？
子宮に似ているか？
それとも
立てられた棺桶に？
白昼の都会の多すぎる人間たちの中で

ふと
誰からも完全に隔離されるその密室。

そのふしぎな解放の中で
ぼくには考えることが何もない。
いや
何も考える気がしない自分に
ぼくは微かに身ぶるいする。
世界は　遠く　おぼろに
ぼくの思いは　けだるく　後めたく
そんな無意味な恥じらいの
一体　何度目の繰返し？
——ああ　海に行きたい！
そこに閃く言葉に
わずかに
季節の移ろいがこだまして
やがて停止するエレヴェーターの
音のない扉が
開かれるとともに閉じられる
二十四秒の孤独。

羊雲

巨大な都会に
その微細な落葉や紙屑に
長い雨を降らせていた灰色の雲が
やっと　東の海上へ抜けた
秋の空の
午後の紺碧。

ぼくは　とある街頭で
思わず　空を仰ぎ
まったく久しぶりに
眼の中まで洗う。
痛いほどしみてくる
その深く　濃い青で。

だが　そこにはすでに掃かれた

白く　はかなげな　羊雲。
その形は何に似ている？
青空がすけて見える
その遙かな
まだらの形は？

音楽を売る店先から
ふと　もれてくる
喘ぐような　ピアノのひびきが
青空に漂う　その悲しみに
遠く　ほのかに
谺しそうだ。

そのディスクは　たしか
異国の少女への愛のために亡命した
若いピアニストがいっしんに弾く
《軍馬》とかいう綽名の
起伏の多いコンチェルト。
彼が捨てた祖国の古い音楽。

ぼくは急ぎ足で
取引先に向かう。
しかし　よく晴れた秋の空の羊雲。
ぼくは亡命していないのに
祖国への
遙かな悲しみ。

冬のレストラン

それが何であろうと　心をこめた
一日の長い仕事ののちの
爽やかさ。
冬の夕ぐれの繁華街の
あわただしい雑踏に
静かに粉雪が降りかかりはじめ
いくつかのネオンの原色が
それを微かに照明している。
それは平凡な　しかしまた

そのとき一度きりの群衆の横顔。
そんな優しさ　きびしさを
レストランの窓ぎわのテーブルから
飽かずに眺めているぼくは
どこかで　むごたらしく
欺されているのだろうか？
すいた胃袋に
何かの感情の眼ざめのようにしみて行く
冷たい火のオン・ザ・ロック。
昨日は同じ席で
同じ時刻に
ヨーロッパの中世のお城から
今ぬけでてきたばかりの少女といった
あるふしぎな髪の夫人と
レモンの酸っぱい生牡蠣をすすりながら
ぼくは年齢について話していた。
——十九歳から二十歳になるときが
　一番絶望的で　甘美で
　真珠の中には　それよりも大きな
　水蜜桃がかくされています。

二十九歳から三十歳になるとき
おつぎはもう四十歳とあきらめ
暴風雨の中に　ぼくはせめて
音楽の沈黙を聞こうとしました。
ぼくは奇妙なメタフォールまじりのせりふを
内心深く恥じながら　附け加えたのだ。
——だから　四十歳になるとき
おつぎは五十歳だと観念する
にちがいない　と思ったのですが
そのとき　実際に感じたことは
ぼくはもう死ぬんだという
ごくありふれたことでした。
——まあ！
気が早いんですね。
彼女は驚いてそう受けながら
遠くを夢みるような眼ざしで
真剣にたずねかえしてきたのであった。
——それで
九つから十になるときは
どうでした？

II 散文的な四行詩

印鑑

長い間ぼくの手もとにあるふしぎな物。
十六歳のとき　母がくれた象牙の印鑑。
それだけが戦争や結婚を越えて　ぼくの
もう一本の指のように血を滲ませている。

眼ざめの音楽

ゆくりなく　深い音楽で眼ざめる喜び。
その瞬間の　まったき生命の意識。

そしてある朝　その静かないざないが
自分の幼い子供のオルガンである驚愕。

不安

ああ　何か大切なことを忘れている。
虫歯の治療？　返事の手紙を書くこと？
いやそれは　夢の中でしか思い出せない
どこまでも遠い　秘密の約束？

月明

選ばれて　何度道をたずねられたか？
昼間のやさしい人格のやりきれぬ役割。
だがこの四辻も　今は午前一時の月明。
ぼくはふと自分の方角がわからなくなる。

禁煙

煙草をやめてから　ときどき夢の中で
胸いっぱいに紫煙を吸うふしぎなうまさ。
ああ禁を破った　という深い悲しみの中で
眼がさめると　朝の光の澄みきった匂い。

遅い帰宅

深夜の電車の酔客のゲロに　顔を背けて
同じ酔漢のぼくは扉の外の夜景を眺める。
だが窓硝子にはゲロが映り　その向こうを
ああ　幼い子供を思い出させる遊園地が！

囁みたい声

弱音器をつけた弦のようにそっと囁く
きみの電話の少し鼻にかかった甘い声。
ぼくは用を忘れ　きみの見えない耳朵を
ふと囁みたいと思う　銀の耳環《イヤリング》となって。

不気味な円環

台風で電車が止まって見知らぬ町に降り
出勤を諦めて気紛れな朝の散歩をする。
人気のない強風の道を自宅へと何時間?
辿りついたのは　おお　先程の降車駅!

喫茶店で

勤めをやめて　夫が呼ぶパリへ行きます
と　若い編集者《レダクトリス》が静かに打明けた午後
依頼されて書けずにいた詩が　不意に
ぼくに芽生えたのだ　淡い恋心のように。

奇妙な過去

何か面白いことは？　誰かいいひとは？
そんな溜息の聞こえそうな職場の一隅に
いつのまにか戦争中の苦労の話が咲き
日頃打ち解けない連中まで親しんでいる。

うたた寝

夕ぐれに眼ざめてはならない。すべてが
遠く空しく溶けあう　優しい暗さの中に
夢のつづきの　そこはかとない悲しみの
捉えようもない後姿を追ってはならない。

単語の秘密

船が揺れ火山が動き葡萄酒が醱酵する。
つれづれに仏和辞典をめくって　ぼくは
そんな訳が並んでいる一つの動詞に
ふと眩暈し　言葉の裸体をかいま見る。

春近く

茶？　黒？　それとも交通安全の黄色？
季節が一足早いデパートに咲く花花。
小学校へあがる子供のランドセル。ああ
久しぶりだ　買物に胸がときめくなんて。

電車の中で

向かいに坐っている少女の　背後の窓枠は
郊外から都心へと移動する風景の額縁。
まさしく　背景は人間を変えるようだ。
――質朴から不安へ。さらに剽悍へ。

夜会の一隅

誘われてつい踊ってしまったから　もう
愛のふるえに初めて手を握る喜びはない。
掌《たなごころ》になお火照る　きみの冷たい柔かさを
しだいに消して行く　遠い国の燃える酒。

ある徹夜

何かしなければと蟻のように焦るだけで
落書したり　空想したり　体操したり。
睡気とたたかって　午前四時五時となり
何もせずに　また　夜明けとともに眠る。

遠い別れ

明日あたり　春が訪れそうな静かな夜。
幼い子供と寝てその眠る顔に　なぜか
ぼくが死ぬとき彼が感じるであろう
驚きや悲しみや怖れなどをふと想像する。

期待のための期待

沈黙の耳鳴りでも　噪音の谺でもない。
それは変幻する人間関係の　遠い騒めき？
微酔いの他人恋しさに　ふと所在なく
受話器の発信音《ダイアル・トーン》ばかりしばし聞いている。

ある惰性

ポケットの埃の中にいつも新しい宝くじ。
十五年間　誰にもそれを喋らぬ長い羞恥。
変わったのはその金をつかう空想ばかりだ。
学資。亡命。一軒の家。二軒の家。閑暇。

明るい午後に

十秒間じっとしていられない幼い子供。
母の膝で静かに耳そうじ。ふしぎそうに
壁にクレヨンの自分の落書を眺めている。
うんこもする天使のぎごちない抽象画《アブストラクト》を。

昼の月

見かへればわが心の青空
おお、初恋の記憶かかる。
——佐藤春夫「昼の月」

あまり好きだったから　接吻したとき
もう何の感動もなかった　遠く淡い記憶。
そこに別な愛が生れたことを知らず　ふと
心も体も信じられなかった　個の恐怖の印《しるし》。

入学試験場で

昆虫の群れではない。しかし　ここでは
どんな顔つきも番号としか一致しない。
監督官は痔の手術後でそっと歩きまわり
電気時計だけが集団の正義を刻んでいる。

対角に

鏡に向かってうっとり化粧している女。
その空間には恋人も神様もわりこめない。
肩ごしに　鏡の中の彼女に微笑みかけ
その虚像の視線を　先ず捉えなければ！

耳を通じて

心がうらぶれたときは　音楽を聞くな。
空気と水と石ころぐらいしかない所へ
そっと沈黙を食べに行け！　遠くから
生きるための言葉が　谺してくるから。

ビルの十階で

十階から真下の道が見下せないぼくには
外側に立つ窓硝子拭きは　驚くべき英雄。
恐怖のあまり　一瞬　彼を突落したく
同時にぼくも飛降りたくなる　危うい衝動。

行程

人生は思ったほど悪くも　良くもない。
そんな感想をふと浮ばせる蓋然性《プロバビリテ》の魔。
ああ　遠い日に　原爆で倒れた友。また
二十歳のとき　生を呪って自殺した友よ。

悪夢の朝

眼が覚めたときすでに　悪夢のおかげで
身も心も摩り切れている　奇妙な徒労！
人は知るまい。ぼくが表面は平然として
仕事の方へようやくよろめいて行くのを。

あるスポーツで

笑え！　手を叩け！　泣け！　抱き合え！
そのとき　勝利とともに青春は終わるのだ。
汗と傷だらけの練習。無我の興奮の試合。
その果の栄冠の　なんという輝かしい空しさ。

行きずりに

愛される風土に耐えて歪められ　自らも
密かな欲望に燃えて　仄暗く怯えている
崇拝者への嘲りと　視つめられる媚びが
いとわしくも美しく燐光する　あの眼だ。

見知らぬ友に

批評とはぼくにとって遂に　対象への
そこはかとない愛を語ることであるか？
ぼくに近づくな　ぼくから遠ざかるな
ぼくから一番よく見える所に立ってくれ。

Ⅲ　ソネットの試み

音楽会で

地球の裏がわから来た
老指揮者の振るバッハに
幼い子はうとうとした
風に揺らぐ花のように。

父は腕を添え木にした。
そして夢の中のように
甘い死の願いを聞いた
鳩と藻のパッサカリアに。

幼い子が眼ざめるとき

この世はどんなに騒めき
神様になつかしく浮かぶ？

ああそんな記憶の庭が
父にも遠くで煙るが
フーガは明日の扉を呼ぶ。

夢の街で

鏡の舗道のどのへんまで
並木のみどりは映っている？
ぼくは独りどうして跣で
靴屋をきょろきょろ探している？

瀟洒な歩行者ばかりなので
侮蔑の視線をおそれている？
しかし気づけば空の財布で
どんな黒い買いものができる？

おおとつぜん降りだした豪雨。
恥辱消す共通の不幸よ！
跣を花咲かせる飛沫よ！

ぼくはびちゃびちゃ歩いて歌う
ズボンの裾を高くからげて
恋の行先を度忘れして。

Ⅳ
散文詩

めくるめく空白

　遠い海の水平線から、近くの空港の滑走路の涯から、そして、牛乳配達夫の通り過ぎた坂の上から、顔を覗かせたばかりの赤味がかった太陽。そのうぶ毛のふるえる、細い視線の愛撫のブラシが、おおらかな嫉妬のほの明るさで、わたしのふくらんだ乳房から、最初の黒く大きな森と、その画家を奪い、わたしの腿から、貼られたばかりの金粉のイニシアルを剝ぎ落とし、わたしのお臍から、その礼儀正しく寂しげな父と母を追い、くまなく、そして酷たらしく、わたしの疲れ果てた裸体を照らしだしたとき、あのひとは気が狂ったのです。ああ、わたしの幼い地図が刻みこまれている足のうらを、無心に嚙んでいたあのひとの歯ぎしりから、こぼれ落ちた、砕かれた宝石。

そう、あのひとの眼に、わたしが見えなくなった。わたしの中から逃れ出たあのひとの開かれた現実の眼にも、そして閉じられた想像の眼にも、わたしの姿は消えてしまったのです。馬は、青い馬ではない。時計は、動きだした都会の朝の針をもった、円く小さな時計ではない。あのひとは見たのです。わたしをなくしたわたし。翼が生えて低く飛んでいるわたし。砂浜に卵を埋めるための穴をかぼそい指先で掘っているわたし。緑色のひずめをしたわたし。紙でできたわたし。セメントでできた花びらになったわたしの耳。火と水になったわたしの爪。わたしの舌である果物のしん。わたしである物質。生物。絶滅された動物。啞の民族。人類。記憶喪失者のふしぎな眼にも、雌はわかる。あのひとは、それしか見なかったのです。

指輪が空に懸っていて、波紋のように、それがどこまでもひろがり、なにもなくなったその跡の鏡に、逆さまに映ったわたしが、小さな渦を巻くようにスケートをしています。また、飾窓に並べられた女の白や黒や青の手袋に、ひとつずつ、硝子ごしに愛嬌よく握手しながら、いつまでもそれがやめられないことに、ふっと気づくと、わたしの腋毛はいっぺんにしらがになっているのです。――そんな夢のかずかずを、わたしは見ていました。あのひとは、出発してしまっていたのです。わたしを探すために、雌たちの眠りこけている砂漠へ。ああ、わたしはここにいますと、どうしてあのひとの背中に石を投げることができたでしょう？　愛するとは、愛することを絶望することであり、夢遊病者の足どりで立ち去るあのひとを、わたしは透明な嘴の口笛でこそ送りたかった。

あのひとが巡りあい、そして優しくした女たち。三十八歳の處女のソプラノの一種の天才。いつもちがう外国の匂いをさせてあいびきする、子供のような、大人のような、ちぐはぐなスチュアデス。神様というものがいたら、きっと彼女のように悲しいにちがいないと思われるほど、嘘のうまい女優の卵。巨大な骸骨を連想させる、怠けものの、約束を守らない、商売が下手ではない、小さなバーの大きなマダム。赤ん坊を背負った、みすぼらしい競馬の予想屋の、輝しく若い母。贅肉細工のように形よくくびれて、体温の高そうな、お尻の大きすぎる、お茶を飲むとすぐ膝をくっつけてくる電話交換手。十九歳の少女のスポーツの、砂の埃の、少し血なまぐさい化粧。そのほか、哀れな女たち。意地悪な女たち。虚栄心の強い女たち。あのひとが巡りあい、そして優しくした雌たち。

ふしぎなことに、いや当然にも、あのひとはどのように魅力のある挑戦的な女とも、どのようにすばらしい過去の光栄とも、未来への怖れとも、ともに寝て快楽の一瞬をむさぼろうとはしなかった。あのひとは、気が狂っていたのです。たとえば、十九世紀の肖像画集を欲しがる風変りな女のために、あのひとは昼も夜も、青じろい薔薇の匂う本屋はないかと、たずねて歩きました。その女の寄りそう接吻に、ふれたかふれないか、風のような唇で、あるいは自動車の窓硝子をへだてて、去勢された男のように、笑うばかりでした。酒に酔いどれたあのひとは、近づき過ぎた二十世紀の娘たちを罵倒し、信じられたあのひとは、その娘たちのために、二十一世紀の虚構の男を紹介し、ああ、出会いという偶然の秘密だけを求めて、その泥沼、驚愕、汚辱に、身も心も投げだしていました。新しい、愚かな、最低のドン・ファン。あのひとが探していたのは、わたしであったのです。わたしをなくした雌の霧の涯に復活する、わたしであったのです。わたしは、あのひとを見ないことで恋する。あのひとの気が太陽のように狂ったのは、わたしの疲れ果てた裸体を見たからです。わたしには聞こえる、あの女たちの憎悪、嘲り、理解できない茫然自失の沈黙、そして、意味のない歌。

それにしても、わたしの昼と夜に浮かぶ空しい時間の恐ろしさ。あのひとへの愛と人類への愛を一致させた、甘い悔恨を刻み、絶えず新しくよみがえるために、なんと正しくいじらしく、わたしの脈搏は鳴ることか。わたしは愛の純粋を信じない。しかし、感動もなしに眺められるファントームとは、なんという魂のえぐられた明るい廃墟でしょうか。——あのひとは、人喰人種のような横顔の女の爪を切ってやっている。あのひとは、裸でピアノを弾く童女のような女の恥毛をそっと抜いている。それら、ありもしない戯れのファントーム。わたしは求めてもいないのに、それらの方からやって来て、なにものも求めていないわたしの偽りを曝露する。わたしは愛の純粋を信じない。それならば、わたしはそこからむしろ嫉妬をこそ育てなければならないでしょうか？　たとえば、夜明けを切りひらいて行く寝台車にひとりで乗って、狂おしく舞いあがり、くずれ、消えて行く煙草のけむりを。疾走する列車と、ひとすじに昇らぬけむり。それらは、わたしの苦しみを真似て苦しみ、わたしの焦りを真似て焦り、そのために、わたしの嫉妬の人工的でかすかな芽生えを、ひとつの雰囲気にまで変形してくれるかもしれません。ああ、その空しさを知りながらもわたしは、本当に旅に出て、車中でハンド・バッグから口紅と手帳を取りだし、過ぎ去った数日を調べてみるのです。すると、わたしがはるばると山を越え、ちいさな魂の整形を試みていることを誰も知らないのです。

ワタシノ家ノ南ニ向イタゔぇらんだニハ、昨日ワタシガ洋服ヲ着タママツイ浴槽ニ飛ビ込ンダノデ、一人ノ若イ女ガマトウ衣類ガ一式干サレテイル。ソレラハ乾イタアトデ羞ジライノ汗ヲカイテイルダロウカ？　ソンナコトハナイ。カラカラニ乾イテ日光ヲ吸イ、昂然ト世界ニでもんすとれいしょんヲシテイルハズダ。世界ハソノヨウニ受ケトメナケレバナラヌ。主人ノイナイ衣服ノヨウナ、ありばいトナル、シカシ形ノアル勇気ヲモッテ。台所ノ北ノ窓ノ下ニアル塵箱ノ中ニハ、三日ホド前、ワタシガツイ落トシテ割ッタ現代ノ逞シイ作曲家ノ、しんほにい第一〇番ノれこおどガ捨テラレテイル。ワタシハソノ音楽ヲ愛シタ、暗ク、呻クヨウニ歌ウ、人間ノ希望ヲ。ワタシノ指カラ滑リ落チテ消エタしんほにいノヨウニ、愛ハ時間トトモニ消エルノカ？　ソレトモソレハ、ドコカ見エナイトコロデイツマデモ、生キツヅケテイルノカ？　ソレニシテモ、ソノ台所ニアル電気・水道・瓦斯ノめえたあハ、止マッタママドノヨウニ計量サレタ生活ノ数字ヲ示シテイルダロウ？

しかし、わたしには、自分の思いつきの行為の本当の意味がよくわからない。気まぐれの旅行者の眼、それはむしろ自分の嫉妬を愛撫するのです。理由のない嫉妬ほど苦しい疑惑を育てると言うけれども、そしてわたしなりに疑惑をふくらませ、その中から、宙に浮いた生活をふりかえって見るけれども、遠い距離をおいて眺めた自分の抜けがらは、ただ、あのひとに保護されているわたしの無為の装置に過ぎないのです。そしてわたしは、旅先の結論にたどりつく。それはやはり、わたしが求めてもいないのに、それらの方から勝手にやってくる、さまざまなファントーム。優雅で、単純な、復讐の構成なのです。――あのひとのところへ、匿名の熱烈な讃美の手紙がとどく。同時に、あのひとのところへ、黒枠のわたしの死亡通知が行く。するとその暗示から、あのひとは軽い病気になる。あのひとが乗っている自動車に、わたしが乗っている自動車をそっと追突させる。その優しいショックから、あのひとはやがて、記憶についての人工呼吸をほどこされたように、正気にもどる。

しかし、とりとめもない空想旅行から帰ってくると、あのひとの行先をつきとめるすべもないのです。

わたしは個性的な美しさに溢れている、とわたしは低く呟いてみます。その白痴のようなせりふの女は、わたしでしょうか？　あのひとは、その美しさを通過して、まだ戻ってこない。あのひとはその深さに落ちて、ふしぎな海の底にぶちあたり、そこからゴムまりのようにはねかえってくるはずでした。だから、D・H・ローレンス、もっとよく考えてください。

わたしは情熱的に愛している、とわたしは低く呟いてみます。愛のほかの虚栄を軽蔑するそのせりふの女は、わたしでしょうか？　あのひとはその情熱の自然さを通過したまま、帰ってこない。幸福になることが、方向を見失うことであったのです。だから、アンリ・ベール、もっとよく考えてください。

わたしは悩んでいる、とわたしは低く呟いてみます。苦しむ幸福に病んでいるそのせりふの女は、わたしでしょうか？　しかし、その戦きは、孤独をこそ愛するためのもので、解決は無期延期されるのです。だから、マルセル・プルースト、もっとよく考えてください。

わたしは、あのひとと同等に自由な女だ、新しいひとを求めよう、とわたしは最後に低く呟いてみます。その友愛の輝くようなせりふの女は、わたしでしょうか？　わたしは一人で生きることもできるでしょう。しかし、わたしは妊娠しているかもしれないではありませんか？　だから、シモーヌ・ド・ボーヴォワール、もっとよく考えてください。

わたしはどこにいるのでしょうか？　このように、わたしはどこにもいないのです。

いや、わたしはいる。人類を相互に引きずっている無数の女たちの一人であるわたしが——。わたしは、孕んでいるのです、ちいさな生命を、地上の奇蹟を。ああ、わたしは、わたしの見知らぬ女です。わたしは急いで、自分の記憶を呼びもどす、一息にどれほどの人間の数を思いだすことができるだろうか、と。そこに交錯する人影は驚くほど多くて、奇妙なことに、わたしの嬰児の姿さえ見える。かれが生まれてはじめて開いた無心の瞳には、わたしの知らない、わたしである母親が映っています。それが未来というものでしょうか？　くりかえされる生、ほとんど変わることなくくりかえされる平凡な生、それにわたしは耐えることができるのでしょうか？　あのひととそこで、片隅の幸福を支えあうという夢を、取りかえすことができなくても？　ああ、わたしの空白。

あのひとともに死ぬ喜びは、少なくともしばらくは消しておかなければならないようです。わたしは所在なく、ふと、部屋の片隅にある、生きもののように重い電話番号簿などを、ぱらぱらとめくるのです。それもまた一つの沙漠。そこで番号の数字は、いろいろな踊りの形をしているようです。わたしは、それらになかなか見あきません。しかしそこで、人間の、それもほとんど男である人間の名前は、せめていろいろな職業の形でもしているのでしょうか？　わたしは、笑った、笑った、笑った。たとえば、薬屋と葬儀屋の間に菓子屋がいる。あるいは、同姓同名の男が七人もつづいていたりしている。数字の方が、個性的で、美貌で、頼もしく、澄ましているではありませんか。

わたしだけの時間が、はじめて現われようとしているのです。あのひとだけの時間はいつまでも現われないかもしれません。だから、わたしは今こそ、本当に待つことができるのでしょうか?
ああ、子供が生まれる。子供が生まれる。子供が生まれる。

アカエリヒレアシシギ

それは自殺ではない。しかし、どこかしらに、いわば無への羽搏きに似た、ある種のいさぎよさ、ある種の愚かさがあった。ぼくの掌の上の、つい今しがた死に絶えたばかりの一羽の小さな渡り鳥。それは、身じろぎひとつしないぎごちなさで、眠るように横たわっている。死骸とはまだ呼びにくいそのふしぎな肉体の、遠のいて行く温かさ、深まって行く重たさ。その触感は、なぜか、ぼくの血管の隅々にまで伝わってくる、ある懐かしさを含んでいて、ぼくは、通いなれたスタジアムの一隅にぼんやりと立ちつくしたまま、とりとめもなく過去の中に、それに似た記憶をいつかしら探している。

周囲は、超満員の観衆の歓呼である。千何百ルックスかの夜間照明を浴びたグラウンドでは、林檎ほどの大きさの馬皮製の白球を手で投げたり、それを棒で打ち飛ばしたりする、奇妙な団体スポーツの競技が行われていて、今、試合が同点に持ち込まれたところだ。実在の獣の名前をつけたティームと架空の怪物の名前をつけたティームとの間の興奮した戦い。小鳥のことなどには、観衆の誰ももう関心がない。十分ほど前には、しかし、この競技場の秋晴れの上空に、四十羽ほどの小さな渡り鳥が訪れ、その低空旋回のために試合が中断されたのであった。翼にある白い帯の模様を、何かの紋章のようにちらつかせるアカエリヒレアシシギの瀟洒な夜間飛行。強烈な人工の照明に半ば盲いたその一団のうちの不運な数羽が、高く張られた針金のネットに激突して、あるものは網目に首をさしこんだままで、あるものはそこから地上に落下して死んでしまった。小さな渡り鳥にとって不吉な華やかさであったその幻惑の灯りは、試合の興業主によって一度消され、その間に暗さに乗じて、残りの仲間はまた夜空の旅へと戻ることができた。

ぼくの掌の上にあるのは、その後で場内整理員から貰い受けた死んだ一羽である。雀に気がきいたほどの可憐な大きさ。頸の骨は折れているのだろう。灰色の頭に白い頬。嘴は細く黒い。海の上でも暮すためにヒレをつけた足。そして、頸から胸へかけて、大きく涎掛けのようにひろがる茶色っぽい羽毛。それは、例えば初夏のシベリアで、愛の戯れのための赤味がかった飾りともなる美しいエリである。日本を通り、例えばこちらでは冬の時期のニューギニアあたりに行けば、そこではどんな生活が待っていたのだろう？　アカエリヒレアシシギは人間を怖れず、遅鈍であると言われている。また、季節の変り目の旅行では、親たちのグループと子供たちのグループといった具合いに分かれ、親子のきずなはかなり淡いものとされている。

スタンドの観客のざわめきが、別に理由もないのに、一瞬、恐ろしいほど静かになる。集団の雰囲気においても、いくつかの原因が重なる、そんな偶然があるものだ。沈黙がぼくの中の何かを刺戟する。月明の夜空高く、ぼくは不意に、飛んでいる巨大なハープを空想する。まだ誰も指を触れていない、遠ざかる楽器の純潔。そしてまた、ぼくは不意に思いだす、昼すぎ、繁華街で見た、交番わきのペンキのはげかかった掲示板の、ものうげな数字を。「昨日の交通事故、死者四名、負傷者一九五名。」

すると、ぼくは、いつのまにか遠い過去におけるぼく自身のある小さなドラマを思い浮べているのだ。そのとき起こる観衆のすさまじい拍手を、何か非常に遠いもののように聞きながら。――それは、ぼくが中学生のとき。大きな戦争のはじまるしばらく前。場所は、ぼくの家族が暮らしていた海外のある都会。そこを通過する日本の軍隊は、よく一般の家庭に分散して宿泊した。ある日曜日、ぼくの家に来ていた兵卒たちは階下の食堂で昼食をしていた。ぼくは好奇心から、彼らの二階の居室でその武器を眺めていた。そっと、一つの小銃を手にとってみる。安全装置がかかっている。学校の教練で小銃の扱い方を習いはじめたところだったので、それを何となく外してみる。そして戯れに、銃口を額に当てる。自殺するときはこうするんだなと思いながら、右手の人さし指を引金にかけてみる。しかし、その刹那、やはり本能的な恐怖を感じて、銃口を一寸ずらし、引金を引く。

轟然と小銃は火を吐いた。弾丸は、分厚い煉瓦の壁をつらぬいて、どこかに消えた。そののちの一瞬の静寂、煙硝の臭い。階下からは、ぼくの名を絶叫しながら、今は亡い母が飛んで来た。それを追って、蒼ざめた兵士たちも。しかし、ぼくは、ふしぎに冷静であった。

若しそのとき、ぼくが本当に死んでいたとしたら、母は言葉もなくどんな思いでぼくの体に取りすがったことだろう？　そのとき、母の手が覚えたにちがいない戦慄。それは、ぼくが今小鳥の死骸から受けとっている触感に、どこかしら似通っていたにちがいない。しだいに冷えて行く、何という、不用意で、不器用な物体！

大衆にとって、事故死とは他人のことに過ぎない。まして、熱烈な遊びであるスポーツにみなぎる、生命力の輝きに酔い痴れた観衆にとって、それは別世界の出来事に過ぎない。まさに、縁のない渡り鳥、アカエリヒレアシシギの世界における事件のように。ぼくもまた、その死んだ一羽を掌の上にのせながら、自分の過去をまさぐっては、あのときぼくが本当に死んでいたら、それは事故死とされただろうか、それとも自殺とされただろうか、などとたあいなく考えたりしているのだ。

無人島で

江川卓氏に

ぼくがこのごろ、夢の中でときどき、ひとり都会の喧噪から逃れ、揺り籃のように揺れる丸木舟に乗ってようやくたどりつくのは、永遠の夏のような季節に輝いている無人島です。海と空ばかりにつつまれた七色の大きな沈黙の中で、いつか言葉を失いがちなぼくが、不意に最も美しいと感じるもの、それは、ぼくの腕に巻かれたままになっていて、そこでは無用のものとなっている精密な腕時計の内臓でもなく、陸が海と空に同時に接する波打際の一線に出没して、生命の始源への想像を刺戟する微小で可憐な生物でもなく、また、人類よりも古いと言われる、あの星屑の神秘な煌めきでもありません。

優しい夢魔に強いられた漂流において、ぼくにまで最も魅惑的であるもの、それはなぜか、ぎりぎりの単位にまでばらばらに解体された、遠く懐しい母国語の集合体なのです。母国語の単語たちのほとんどすべてが、小学校の入学式に並んだ新入生のように発音順に整列し、爽やかな潮風に吹きかえされている、一冊の古ぼけた、ありきたりの辞書なのです。ぼくは、気づくと、ふしぎなことに、無人島にその書物をいつも携えてきています。

おおぼくは、どこまでも、このあやしい孤独の権利を行使します。正午のオゾンのほのかな匂いのなかで、一つの響きしかもたない一つの単語は、おびただしい意味やイメージをその周囲に、可能性においてまぶしく放射しています。ほかの単語たちとの生臭い脈絡を断たれている、決定的に不動な位置。そしてそのために、多角的な鎧の肌ざわり。それはまるで仮死状態にある一つの生物のようです。この風景を眺めていると、ぼくは、詩は言葉を物《ショーズ》のように扱うという誰かの図式を思い出します。そうした意味においては、この辞書の風景こそ、最高の詩であるからです。しかし、言葉を本当に物《ショーズ》のように扱えるでしょうか？　それでは、言葉はピアノの音や大理石のかけらのようになってしまい、言葉を住まわせている空間が見えないではありませんか？　ぼくは、母国語の辞書という思いがけない独特な空間の全域にはげしく戦慄するのです。語りかける女も男もいないとき、言葉を編む必要がないとき、その空間とは、単語たちの動かない行列の場所であると同時に、何という無の、何という沈黙の泡立ちでしょうか！

そこで、ぼくは、砂浜の岩かげでまどろみながら、劇中劇に似た夢の中の夢を描くのです。まるで鏡の中にはいりこむように、母国語の辞書という空間の中に侵入します。——すると、そこは、また別の海の底につづいている。

単語の群れが、恥かしそうに、海藻のあいだを裸で泳いでいます。そこで、裸とは、文字が音符にまで解体されていること。奇怪にも、まぶしい無音の国際音標文字であること。ぼくは呆然と、水中を散歩します、裸の単語たちのあいだを縫って、足場のわるい岩につまずきながら。遙か遠くには、海底火山のような隆起。風が吹いているはずはないのに、ぼくのこめかみを掠める透明な涼しさ。海の底だから、かえってよく、青空の音楽が聞こえるようです。若しかしたら、裸の単語たちが泳ぎながら、このとどろく沈黙のシンホニーを、密かに相呼応して演奏しているのかもしれません。

いつもなら、涯しない並木のように立ちつくして、永久にやって来ない何かを待っている単語たち。それらが、おぼろな海の底で、魚類に混ってのびのびと泳ぎまわっているのを見ていると、ぼくの胸はなぜかほのぼのとしてきます。それらは、お互いに無器用に裸でぶつかり合うことさえ、なんとなく楽しそうで、そこからはさまざまな微笑が泡立っています——。

ところで、ぼくはこのあたりで、夢の中の夢から眼ざめなければなりません。スコールが顔を叩きにやってくるからです。


さて、このように夢の自乗の奥深く眺められる、辞書という空間、その神秘的なひろがりを、どうして愛さないでいられるでしょうか？　スコールがさっと通り過ぎたあとの無人島の明るい日光のようにではなく、その捉えがたい風のようにでもなく、また、その森の中にあるどこかの国の無名の兵士の墓のようにでもなく、外在するこのふしぎなもの！　ぼくは無人島に滞在するかぎり、驚いたまま、断じてそこに宿る単語たちを利用しないでしょう。陶酔したまま、断じてそこに浮ぶ言葉で歌わないでしょう。その空間に、ぼくの沈黙こそはげしく共鳴するのです。

　これは現在において、すでに、どことなくエロチックな夏の海の思い出です。民族の血のなまなましい匂いがたちこめる、奇妙に安らかな記憶です。ぼくはときどき、夢の中で、何ものかに誘われてその無人島に密かに逃亡するのです。笑わないでください。ぼくは他人に絶対に見つからない、豪華で楽しいこの旅行のための旅行を愛しています。

V

ある四十歳

煙草を吸わなかった少年の頃の
澄んでいた空の青さが恋しくなり
ある日ふと　煙草をやめる。

音楽を浴びていたその頃の皮膚感覚が
夏の海の中で　不意によみがえり
ある日ふと　音楽会へ通いはじめる。

すべての職業の滑稽さを知りながら
その頃夢みた仕事への悲しみのため
ある日ふと　職業を変える。

一日の長さ

ああ　春のよく晴れた休日が
こんなに短いなんて。
一週間分の疲労から抜けでるように
やっと眼ざめた正午。
朝昼兼用のスープの底には
まるで　きょうの心を支える
ちいさな神秘のように
鶉のゆで卵が沈んでいたが。

もう夜。

きょう一日
ぼくはいったい何をした?
たまっていた返事の葉書を書き
ポストに行ったついでに散歩をし

とある店先で
取替えねばならぬ風呂桶などを眺め
家に戻って夕食後　十七世紀ごろの
地中海の風がそよいでいるような
弦ばかりの慌しい戯れを
束の間うっとり　聞いたほかに？

明日のランドセルをととのえて
すやすや睡っている子供の髪に
そっと頬ずりをすると　そこには
あたたかい陽の光の匂い。
砂や草や鳩や犬や積木などの匂い。
そして　すこし甘い汗の匂い。
すべて　ゆるやかな　萌黄の時間。
夢がまじりあう幼い世界は深く
一日は　なんと長いのだ。

さつき晴れに

五月のうららかに晴れた午後
若しきみに無為のときがあるなら
きみはそのままで仮装人物。
ふとあてもなく出かけてみないか？

この巨大な都会のあちこちには
また　その郊外のどこか片隅には
きみの夢のかけらが生きているだろう？
悔恨を秘めた優しいソナタのように。

たとえば　とある川のほとりの梨の庭。
それはむかし母をなくした家で
苔の暗い緑におおわれたまま
幼い歎きの埴輪が埋められている。

風景はきみの過去の心を今もかたどる。
忘れていた感情に澄むふしぎな鏡――

その秘密はきみにしかわからないとしても
きみはそのようにして古い自分に逢う。

しかも　喜びの思い出もまた胸を刺すのだ。
霧がかかった時計台の裏の公孫樹の道。
そこで愛した微笑みは　もう
化石した美しい木の葉のように遠い。

さらには　終着駅の近くのありふれたバー。
若い仲間数人で野良犬のようにたむろしては
芸術や政治についてじゃれあい嚙みつきあい
未来にいちはやくも倦怠した細長い洞窟。

ああ　風景もいつかは消え去るとしても
むかしの面影をなおとどめている
ささやかな場所の雰囲気だけが
全身の記憶を深く呼びさますとは！

だから　せめて
きみの痛みをはげしくしないため

さわやかに　ものみなの生命《いのち》の若やぐ
五月のあかるい空のもとで。

夏の海の近くで

博物館で一緒に見た　あの砂時計の
砂をこぼすくぼみのように
そっとくぼんで　しかし閉じられている
きみの形のいいお臍に
しずかに　耳をおしあてると
どこからか　遠い会話が聞こえてくる。
きみの死んだ　父と母が
むつまじく
火喰鳥の話をしているのだ。
まぎれこんできた蜻蛉を追いかえし
きみの形のいいお臍に
また　耳をおしあてると

今度は　別な明るい声が聞こえてくる。
きみのまだ生まれていない　子供たちが
まぶしい午後の海の　波打際で
ボール遊びをしながら
幼い動物たちのように
笑いころげているのだ。

ああ　そんなに物憂い幸福だけが
つたわってくる　微かな騒めきの
さらに　向うに
とどろいている沈黙は　一体何だろう？
——ここは　海に近いホテルの一室。
窓枠が切り取っている
夏の森と空は
どこまでも緑に　どこまでも青く
間どおくくりかえされる潮騒は
まるで　見知らぬどこかの天体の
無心な呟きのようではないか？
《地球も　また
　一瞬の出来ごとに過ぎない？》

きみの空中を凝視する眼は
そんなふうに　たずねている。

きみの形のいいお臍に
ふと　口をおしあてると
ほのかに　にがい味がして
日日の生活のたたかいと
その中でのきみの優しさが
ぼくの背すじを
未来の記憶のように　つと走り去る。
泳ぎ疲れて
ぼくたちは
まず　眠るのだ。

ある個性

ぼくの心臓をつかみだして
きみの痩せた手が空中で痙攣している。

それは七色に輝く巨大なオパール。

砕け散っては
遙かに遠いいにしえの　よく晴れた日に
農牧の民族が移動する
アジアからヨーロッパへかけての
きらめく草原の波となり
そしてまた　一転しては
さまざまな正義が血みどろに膨張し
科学の進歩を戦乱に役立てる
怖るべき破局への現代
その文明の深く憂鬱な星空となる。

――眼を閉じれば
そんなイメジのかずかずを
鋭い疑問符の花束のように投げつけてくる
おお　ベラ・バルトーク
きみの　どこまでも引き裂かれた　そして
どこまでも結びあう　ふしぎな音の磁場。
ぼくにはきみの技法が眩しい。

きみの最も深い秘密はどこにある？
音の言葉で
それは教えてもらえないのだろうか？
酷らしく　何かにいつも追われているひとよ
ぼくはふと　きみの生い立ちを思う。

いつかは終末するにちがいない　この
地球の上では
すべてが虚しいと感じつくした青春の日に
きみを駆り立て
ハンガリーとその周辺
懐かしい母国語の領域とその附近に
数知れぬ民謡を採集させた
あの測り知れぬ情熱は何であったのか？
それは虐げられた祖国への愛？
農民への親しみ？
それとも
音楽そのものへの問い？

そのときからだ　きみの中に
広大な世界の風が吹き抜け
西方《オクシデント》の音楽の花粉は
きみという豊かな蕊を求めた。
それにしても
その長く　楽しく　きびしい年月の果てに
鉤十字に犯されはじめて
戦雲が漂いはじめた故郷の地。
周囲はしだいに大きな収容所と化し
きみは痛ましくも予感したのだろうか
愛する母の死と
狂った祖国からの　妻との亡命と
海を越えてようやく辿りつく　富裕な他国での
不遇と　貧困と　病患を?

無気味にどこまでも脅かされるきみの自由。
きみの魂の皮膚は　氷のように青ざめ
恐れと怒りの垂直の火をつつむのだ。
きみの生全体をどこまでも高める
かつてない不安と緊張——。

そこでは
半音階の夢のない十二の音と
印象的な　神秘的な　思索的な色彩。
躍動する無神の楽器群の　明るく縺れるドラマと
暗い孤独の底からほとばしる　不屈の勇気。
民族とともに生きる喜びはどこへ行くのか?
沈黙の大気に　しのびよる危機は鋭く
鞭打たれては眼ざめる　全音階的な和声と
切れば血のにじむ　裸形の旋律。
そして何よりも　東方《オリエント》の原始に冴する
マジャールの歌と踊りの変幻のリズム。

ああ　バルトーク・ベラ
それらを溶かすきみの個性が見えない。
きみは五十五歳のとある秋の日
精魂をかたむけつくした作品に
さりげなくも美しい名前をつけた。
弦楽器と打楽器とチェレスタのための音楽。

思惟の指

――半跏思惟像（広隆寺）に

じっと視つめていると
どんな舞踊の波うつ軽い指よりも
どんな眠りの無心の甘い指よりも
性を超えて　しゃぶりつきたくなる
きみの静かな思惟《しゆい》の
しなやかな右手の中指。

ああ　瞑想する人間の指は
時として　まったき不動のかたちで
なぜそんなにも　蠱惑的であるのか？

たなごころは手首から
意識の充実に　微かに反って
親指と薬指は　選ばれた喜びと懼れの
小さくでこぼこした円を描き
人さし指と小指は　べつべつに

周囲の世界の沈黙に　ふと
気おされたように撓みかけている。
それらの中央で　中指は
たとえば　阿鼻叫喚の地獄の空の
どんな色を思い浮べたりしているのか?

釈迦牟尼仏の最も聡明な弟子
弥勒菩薩の面影をかたどるという
古ぼけた赤松の像の
心ときめく指のかたちよ。
それを刻んだ　心貧しい
どこかの無名の天才の彫り師よ。
未来の救世主にふさわしい
どんなに遠い夢の構図が
どんなに神秘な内部の悟りが
そこに深く湛えられようとしたのか?

ぼくは知らない。
釈尊の最も端麗な弟子
弥勒をいみじくもあらわすという

一木造りの素朴な像よ。
ぼくには見えないのだ
きみの華やかな思念の渦が
きみの壮大な宇宙の絵図が。

ぼくに感じられるもの　それは
人間の涯しない未来にまどろみ
そのことで幸福そうになっている
きみのふしぎな体温
きみの和やかなこころだけだ。

無意味であるかもしれない　この
いびつな世界の中で　ひたすら
座標軸そのものであろうとするような
きみの静かな情緒。
上半身は裸でありながら
自分の肉体を
いつのまにか忘れてしまっている放心。
きみはもう　男でも女でもない。
裳をまとう足は半跏に組んで

左の手を　その上に休ませ
胸は　大昔の
仏教が盛んに伝播された頃の
空気をいっぱい吸いこんだままだ。
奇妙な時間にさらされている存在。
しかも
謎めいてあてやかな容姿。

典雅に　涼しく
きみの細長い中指は
なかば無用のオブジェと化し
自分の右の頬に　そっと
無辺な慈悲のこころ
澄みきった解脱のこころを
まるで　若く美しい生命の
深い羞じらいのように告げている。

だから　ぼくは
ときたま荒れ狂う　ぼくなりの
すさまじい記憶の台風の眼の中で

何の前提もなしに
ふと　思ったりするのだろうか?
きみの思惟の指は
それより高くあっても　また
それより低くあってもならない位置で
実は　感覚的に
この地上の人間の高貴を
示しつづけているのではないかと。
しかし　それはおそらく
忘れがたい醜悪と無残の中の
気が遠くなるほど長く絶望的な忍耐。
そして
死ぬほどさびしい安らぎ。

睡蓮の花のようにほとんど閉じられた
切れ長の瞳も。
洞窟のように開かれた大きな耳
その異様に垂れさがった耳朵も。
左右の眉からそれぞれ鼻梁へかけて
つと　星が流れ去ったような

鋭い線も。
わずかに微笑んでいる唇の
蝶の翅のようにくっきり刻まれた
淡く肉感的な形も。
細い腰も。
髪も。

すべては未来への夢がせりあがる
その指先の方向に
優しく溶けているのではないか。
溶けて
無為の眠りにも似た
恍惚にひたされているのではないか。

きみに欠けているもの　それは
荒々しい野性の力。
時として　世界をくつがえす
抑えがたい粗暴な正義。
そのことが　不意に
愛撫への疼きに似た　やるせない

きみへの憧れを誘うのだ。

大学の庭で

きみは　父や母を
また　この細長い幾つかの列島に溢れて
愛着と反撥をともに感じさせる
湿潤な民族や
その粘着し　屈折する
ふしぎに優しい影のような言葉を
あるいは　その米と畳の生活をいろどる
四季の情緒のあわれさなどを
避けようもなく
歴史の重い歯車と歯車のきしみから
おびただしく苛酷な宿題のように
強いられたのだと
かたく信じている。

そして　きみは
古代に栄えたあのオリーヴと大理石の国の
華やかな悲劇作者が歌わせた
年老いた合唱のともがらのように
この世に生を享けないことこそ
最大の幸福ではないかと
奇妙な洞窟への論理を追いながら
うつろな眼差しを
近くの親しい濠の水の上に遊ばせるのだ。

季節の移ろいははやく
濁った濠の水には
もう　桜の花びらは散らない。
なまあたたかい水の中には
おたまじゃくしなど可憐な生命がうごめき
恋人たちが戯れている　貸ボートの
忘れられた二本の櫂は
緑を増した水藻に
ねっとり捉えられたりしている。
夜がくれば　その水面は

さざなみが立つ暗い鏡。
周囲のネオンサインが　そこに
色とりどりに映り
その涼しい模様の上に
傍の道路を通過する自動車の群の
一様に近視のようなヘッドライトが
さびしい光の列を走らせるだろう。
ここは
思いがけなく静かな都心。
きみの人知れぬ悩みにふさわしい
繁華からは最も遠いささやかな場所だ。

ところで　きみが
耐えられぬ空腹におそわれるようなとき
あるいは　抑えられぬ愛欲に盲いるようなとき
きみはやはり同じように悩むだろうか?
現実こそは残忍な教師なのだ。
きみが憎悪し軽蔑した欲望そのものの蛇に
きみは自ら知らず化身するかもしれない。
そうした仮定と推測が

今はむなしいことのように思われるとしても
きみの予想もしない地獄が　どこかで
とにかくそのときは生命に
どこまでも本能的に執着させようと
きみを待伏せしているのではないかと
そのような状況の極限の可能を
まるで　他人のことのように
思い描くことはいいことなのだ。
そのように
追いつめられた生存の苦悩への敬虔な優しさを
一方において心の隅に保ちながら
次のような言葉に耳を傾けてみないか？

この祖国の土の上で
あるいは　どこかの他国の空の下で
かつてどのようにも　きみに
父や母は
また　民族やその慣わしは
外側だけから　力ずくで
あたえられたものではない。

むしろ　こう言ったほうがいいのだ。
きみの最も遠い日に
いや　生命というものの
途絶えぬふしぎさを思うならば
どこまでも過去に溯ることができる
きみの輝やかしい
また　惨めな分身たちのうちの
誰が知っているよりも新しい日に
きみは選んだのだ
内側から　ひそかに
きみ自身を。

そうでなくて　どうして今
きみ自身が
太陽を受けた一枚の鏡のように
まぶしい自由でありうるだろうか?

きみはふたたび　全身の力で
しかし今は　暗く乱れ咲く　青春の
死の花々の蠱惑のさなかで

生きることを選ぶのだ。
そして　生きるとは
屈することなく選びつづけること。
死ぬことをも含めて。

これは　論理の戯れ
抽象の言葉の遊びではない。
きみが酔い痴れた死への夢とは　遂に
世界のすべてを照しだそうとする
逆光の燈台への憧れ
よりよき生への　クレシェンドの悲しみ
存在の自由の全きあかしではなかったか？
そうではないか？
きみは空気を食べて生きたいと思い
位置のない視点でありたいと望んだ。
まるで　この世界への
最後の愛を告白するかのように。

そこで若し　きみに
死への夢から生の建設へ向かう意志が可能ならば

そして若し　きみに
なんらかの好ましい学問がありうるならば
それこそは
きみの純潔を裏切ることが最も少なく
世界へのより豊かな愛をいつもかたどる
試みにほかならぬのではないだろうか？
なぜなら　きみの純潔は
どのような憤怒の極北にあっても
きみ自身にとって美しいものだけは
どうしても拒むことができなかったからだ。

つまり
美しいものにおいて自己を実現すること
そのきびしく結晶されるかたちこそ
学問と呼ばれるわざくれに
きみの魂の血液を
惜しみなくめぐらせることではないのか？
その拠点からきみは　さらに
美しいものすべてを眺めることができる。
それはきみの微かな不死だ！

きみは選ばなければならない
きみのたどるひとつのさびしい学問を。
なかば　偶然のように。
そして　なにものかに　深く羞じるように。
（おそらく　きみの見知らぬ
　この世の悲惨な現実に
　　直観的に
　　　無意識的に羞じらって。）

他のさまざまな可能性を捨てることは
いかにもさびしいことなのだ。
きみが読みふけった
あのアカシヤと社交界《サロン》の町の
病床の作家が若い頃しるしたように
どのように大きな一輪の現実の花も
空想の花束にはおよばないかもしれない。
少なくとも　無為のためには！
しかし　やがて
きみの恋人の懐かしい個別性の中にしか

人類の温い深みがないように
きみの学問と創造の特殊性の中にしか
世界の美しい真実は
ありえないはずなのだ。

ひとつの愛 Ⅲ　1970

Ⅲ

幻の家

夢の中でだけ　ときたま思いだす
二十年も前に建てた小さく明るい家。
戦争のあとの焼野原の雑草の片隅に
建ててそのまま忘れた　ささやかな幸福。

いや　そんなものは現実にはなかった。
途方もなく愚かな若者が　そのころ
妊娠している幼い妻と二人で住むために
どんなに独立の巣に焦がれていたとしても。

そんな架空の住居が　どうして今さら

自宅に眠るぼくの胸をときめかせるのだろう
貧しい青春への郷愁を掻き立てるように？

夢の中でその家は　いつまでも畳が青く
垣根には燕　庭には連翹の花
ああ　誰からも気づかれずに立っている。

砂の戯れ

気が遠くなるほど長い時間　海流に運ばれ
波の無窮動のリズムに　陸へ打ち上げられ
風に吹かれ　雨や雪に濡れ　日光に乾き
弄ばれつくし　細まりつくした　微かな固体。

あるかないかの砂粒の一つ一つは　まるで
生命に最後まで残る　不屈な自由のようだ。
しかしその集団は　人間の愛や戦いの跡を
綺麗に消してしまう　優しく残酷な流動体。

そんな砂浜自身の　戯れのような化粧はなぜ？
風に撫でられては　優雅な縞模様などを作り
雨に叩かれては　奇怪な鳥肌などを見せて。

おお　疎外の果の砂粒たちの　ふしぎな連帯。
瞑想をいざなう渚を　どこまでも歩むとき
それらは　遠く青い地球の思い出のようだ。

秋のうた

なにかに追いたてられるように　眼を覚ますと
深く長い眠りの　洞窟からではないのに
一瞬　記憶喪失にでもかかったように
ぼくはぼくの　致命的な愛が思いだせない。

そこには　たちこめる青く白い霧の乱れ。
のどが激しく乾く夜中にいちど　そして

どんな恐怖よりも透明な朝早く　もういちど
世界のすべてが　まるでわからなくなるのだ。

ああ　そんなに深い悲しみの空の涯から
いつも真先にたどりつく　一つの漂流物。
その残酷な言葉を　ぼくは誰に語ろう?

熱にうなされたダリアが　鏡の中で揺れる。
夏のあいだを泣きあかした　瞳のように。
それでも冬に挑もうとする　拳のように。

希望

眠る貧しい町の　はるか真上で
残された時間の
数字の消えた文字盤に
見えない長針と短針を垂直にかさねる
まっしろな月のように。

横なぐりの吹雪にざわめく
森のなか の　小さな空地に
追いつめられた喜びの　舌の先を
ちらちらといくつも羽ばたかせる
焚火の焔のように。

空の青と砂の黄を　単純につなぐことで
逆に深く引き離している　沙漠の地平線に
タツノオトシゴなどを吹きあげ
近づこうとすれば　遠ざかる
はなやかな幻の噴水のように。

途方もなく高く聳え　その太い幹に
ぽっかりと涼しいトンネルがあけられ
幌馬車や蟻の行列が
のんびりとそこを通っている
深い緑の樹の茂みのように。

演奏を前にしてざわめいている

都会の夢の気流の　オーケストラの
楽器たちの淡い吐息を
くまなく集めては　するどく発射する
巨大な鉄骨の尖塔のように。

空に向けられた槍がならび
金色の小鳥たちは　飛び立って帰らず
十字架が芽生え
香水の陽炎がゆらめく
さびしい山の頂きのように。

(気が遠くなるほど遠い昔から
　思えば　ふしぎな直立の姿で
　人間は歩いてきているのだが。)

眼ざめることがどんなに悲しいか。
おお　それとは無縁な花花が
明るく眩しい光線の海の底で
さりげなく開いている　朝の窓べの
新しい太陽のように。

ある静けさ

夢で匂いが見えますか？
たとえば　鍵の花束の？

海からのゆるやかな風を　そっと
舌で嘗めてごらんなさい。

誰かのうっすらと産毛のはえた
味のない味の耳たぶが見えてきませんか？

非常に高い樹の上にのぼって
二人の男がなにか議論をしています。

その激しさは身ぶりでわかりますが
のどからの熊の声が聞こえません。

それで滑稽に見える二人の太い止まり木に
春の昼すぎの日射しは強く

ふと　どこからともなく
赤煉瓦の粉の匂いがしてきませんか？

スタジアムの寂寥

大野正男氏に

ぼくが鰐のちいさな卵のように
貴重な秘密にしている
短く滑稽な初夏の道草を
どうか
笑わないで聞いてくれ。

壮麗な大都会の
喧騒と塵埃の真昼間。
ほとんどお互いを知らぬ人間たちの時間が
自動車の洪水となって
慌しくすれちがっている十字路で

怠惰の狂おしい狸にでも憑かれたように
大切な仕事を　後まわしの
お尻のポケットにつっこんで
ぼくが不意に訪れたくなったのは
百貨店の明るく　さびしい
あの屋上の庭園の高みでもなく
劇場の暗く　にぎやかな
あの奈落の熱っぽい空気でもなかった。
それは
忘れられたように聳えている
キリコの絵の中のように幾何学的な
無人のスタジアム。
光と影の交錯が物憂げで
すこしかび臭い
その建物の非常に長い柱廊を通って
内部の競技場に降り立ち
ざらざらした盲目の鏡のような土に
ぼくは　そっと
頬ずりしたのだ。

人眼がないのを幸いに
ぼくは恥かしげもなく　さらに
両手でそれに　ぎごちなく抱きついた。
そして　日光にむせかえる
人工的で同時に原始的な
その地球の素顔の
ふしぎな匂いを嗅いだのである。
すると
どうしたことだろう?
どんな都会よりも大きいと思われた
ぼくの飢えが
しばし　満たされたのだ。

でんぐりがえって　ぼくは
自分の家のものではない天井を
懐かしげに見あげていた。
こころよい忘却のように澄んだ空では
雲の対位法のサラバンドが
ぼくにだけ　渦を巻いて
華やかな遁走を

そっと見せてくれるようであった。

なぜ
こんな仕切りの中に露出された
ふしぎなスポーツの土
むしろ　山奥のちいさな湖の表面を思わせる
扇形で　平らな　裸の
無表情の土でなければならなかったのか?
なぜ
野や山や畑や庭の
あるいは　道路や植木鉢の
風雅な土であってはならなかったのか?

ぼくは　陽炎のように
よろめきながら　立ちあがって
周囲のがらんどうのスタンドを眺め
昨夜の照明灯の下の
ざわめく超満員を思い描き
昔の戦争のさなかの
実にまばらであった見物人を思い起こし

しだいに　観客の歴史を溯って
ついに
地中海に面したどこかの国の
古代の円戯場《アンフィテアートル》の歓呼などを空想し
さらに　飛躍しては
観客の絶無な
まるで　洪水のひいたあとのような
うららかな大地における
天使たちの
戯れの争いを夢みた。

ああ
両の手のひらに残る
可憐な土くれのつぶつぶよ。
そこに　爽やかに吹きつける
古く新しい風よ。
ぼくが　おそろしい非運の連続する
熱病のような疲労困憊の中で
おののきながら　嗅いだもの
ひさしぶりに恍惚としながら

胸いっぱいに　吸いこんだものは
恐竜とともに立ち去った
あの天使たちの
ほのかな汗の匂いであったにちがいない。

上野

大学のすぐそばに下宿して
時めく権威の講義を聴きに行かず
ひとりきりの部屋で　碁盤に
白と黒の石のトッカータを
うっとり奏でてみたり
窓から見える　空襲のあとの
汚された空の舞台の　かわらぬ青に
向日葵《ひまわり》と海星《ひとで》の
なまめかしいバレーを演出してみたり
そんな夢ばかり見ていた　学生の頃。
唾をのみこんであやす胃袋は

辞書を食べたいほど　からっぽで
夢こそは現実。
古代のようにうすむらさきの夕ぐれに
池の端などを散歩しては
動物園帰りの　埃っぽく疲れた親子連れに
ふしぎな憐れみを覚えたものであった。
ぼくの胸に　そのとき
浮かんでいた不遜の言葉
――創造のない家庭のみじめさ。

それから二十数年。
ぼくは　ときたま
残酷な童話の動物園から
あるいは　沈黙の少し足りない音楽会から
病んだ妻や幼い子供と連れだって
広小路大通りなどを
夢の中のようにぶらぶらと
懐かしく歩いて帰るのである。
おお　現実こそは夢。
だるく底しれぬ平和の中の

残りの時間の狂おしさ。
休日の気ばらしにも疲れて　ぼくたちは
横道の古風なそばややとんカツやで
眩しく明るい舞台にのぼったような
粋でたっぷりな食事をする。
ぼくは　家族の優しい視線の交錯で
透明な鳥籠などを作ろうとする。
ぼくの胸に　そのとき
浮かんでいた不安の言葉
——家庭のない創造のみじめさ。

とめどのない散歩

涙をこらえた瞼のように
微かにふるえている歩道橋。
叫びを呑みこんだ悲しみのように
ひたむきに突っ走っている高速道路。
そんなふうに　安全や迅速が

なぜ
ぼくの暗い視野をさえぎるのか。
あるささやかな偶然を
地球の運命のように夢みながら
ぼくは夢遊病者のように
なぜ
あてもなく　どこまでも
迷宮の通路を辿らずにはいられないのか。
檻の中の白熊のように焦って
コップの中の蟻のようにみじめに
どうして
ぼくは　とめどもなく
巨大な都会の冷えきった心臓部を
ぐるぐると
歩き廻らずにはいられないのか。
いそいそと　楽しげに
騒めいている群衆にも
そのなかの
食欲を失ったぼくの孤独にも
ぼくはまるで用がない。

ああ
病んでいる美しいひと。
ぼくのだるい足の裏を
鋭く　刺しつらぬく
失われた時間の　棘の束があり
ぼくの無精のひげ面を
ひりひりと　引裂く
ぼくたちに強いられた　新しい他人たちの
錯誤の不気味な刃のかずかずがあり
そんなぼくに
ふと道をたずねる
ふくよかな脹ら脛の少女がいる。
ああ
どうすればいいのだ。
無残にも　麻酔をくらった
明日の夢。
約束のない椰子。
ぼくは　夕闇が迫ろうとする頃
海の底のような
ふしぎに寂しい高台に

ふいに出た。
威圧的な高層ビルがたちならび
それらの灯された
よそよそしく神秘な窓窓には
まったく人影らしいものがないではないか。
綺麗な並木がつづいている
涼しい敷石のでこぼこの歩道にも
遠い空に耳鳴りを聞いているぼくのほかには
なんと
誰も人間らしいものは歩いていないではないか。
ときおり
だだっぴろい車道を
黄金虫や玉虫のようなかっこうの自動車が
底光りする　理由のない怒りの
とめられないスピードで行き交っているが
驚いたことに
それらの明るく眩しい車内にも
誰も乗ってはいないのだ。
運転手も
客も

猫も
人形も。
そして　もちろん
時間のようにしたたる輸血の雫に
ほのぼのと紅がさしていた
魅惑の横顔の
きみもまた。

最後のフーガ

眼ざめたとき
夢を嘲笑せよ。
それは時として　額をつらぬく痛み。
背中をふいに飛び立つ　見えない鳥。

夏とはいえ　暑い日のあとでは
雷雨に雹がまじったり
樹樹に氷った霧の花が咲いて　緑の葉が散ったりする

母の住む故郷のロッシュの
湿っぽく狂った　暗い天候のなかから
激しく燃えて　過去を灰汁洗いしてくれる
南方の日没の
野蛮な楽器の群が乾燥してはざわめくような
じりじりする匂いのなかへ
たまらずに旅立ったきみ。

三十七歳にもなろうとしながら
いつまでも　寓話的な　古いなじみの
いかめしい旅行鞄が忘れられないかのように。
右足を手術で失くした身で
右腕の痛みに　巡礼の松葉杖も使えず
献身的で優しい妹に　静かに附き添われながら
駅員たちに　車輪のついた椅子で運ばれたりして。
そして　せめて　マルセーユまで行けば
紺碧の夏は生き生きと　輝きつづけているだろうし
このまま世話になった病院もある
あの大きな港で　なんとか気分がよくなれば
アデン行きの船にも乗れるだろう

などと　明るく将来を描いたりしながら。

ランボー
きみの最後の旅をつたえる
きみの妹イザベルの手記の
いつくしみに溢れた絶望の文字の上に
ぼくのとりとめもない遙かな思いは
こんなふうに　疼きはじめるのだ。

ランボー
出発に先立つある日日　きみが睡眠のために用いた
奇態な罌粟の煎じ薬。
まるで昔の「陶酔の午前」や「暗殺者の時」を
遠く　懐かしく　思いださせるような
忍耐のしびれる味覚。
それがもたらした恐らくは半ば熱帯的な夢や幻のなかに
悲劇はまだはいりこんではいなかった。
きみは　何かしら生臭く魅力あるものの形を追い求め
ひとりで寝台から降りようとして
幻覚の透明な右足を踏みそこね

空しい希望の罠にかかって
どうとばかり　絨毯の上に
無防備の裸で激しく倒れたのであった。
悲劇が夢や幻のなかにはいりこむためには
何という痛ましい時間が
何という苦しくおびただしい沈黙が
空しい貯蓄のように必要なことか。

ランボー
今日は一八九一年八月二十三日。
きみは朝早くから　無愛想な馬車に乗った。
そして　昼からは長いあいだ
がたごとと無慈悲に　きみの傷あとを苛む
日曜日の晴れがましく混んだ汽車に揺られ
深く落ちくぼんだ頬に
病熱の紅い斑《まだら》をぷつぷつと　まるで
いつまでも戦く脱出の情熱のようにも浮かべていた。
レールの上の空間を鬱屈の姿勢のまま飛んで行く
奇妙な難破。
他人には凪である海に沈むかもしれない

翼のある車輪。
きみは　ろくに苦痛の身じろぎもせずに
疲労の瞼をいくらかあけたまま
あまりにも親しいものである遁走の甘い眠りを
はじめての苦い餌のようにも微睡んだりしていた。
汽車の窓の外には
明るく　きらきらと
町が流れ　村が過ぎ　葡萄畑が走り
駅が歌い　別荘が笑い　川が戯れていた。
おお　人の世のありきたりの　夏の安息日の喜び。
小さな舟の白い帆よ。
若くすばしこい娘たちの
ふっくらとした脹ら脛よ。
しなやかな腕よ。
意識しない幸福が　陽炎のように
ゆらめいては立ち昇る　散歩の家族の
騒がしい子供たち。
走る犬たち。
晴着の群衆の平凡な健康が
名もない花花のように溢れるさまを

そして　昔にくらべれば
少しは変化している風俗の
どことなく意味ありげに澄ました面白さを
ランボー
きみは　窓枠が切り取るままに眺めただろうか?

「風の足の裏をもつ男」と言われ
やがて　「歩行狂」とも呼ばれるだろうきみは
片足を失って　今度帰郷したとき
以前にもまして　切なく結婚を望んではいなかったか?
一年ほど前　きみはハラルから
いとしいほど頑固で勤勉な母へ宛てて
家庭と放浪をあわせたような
二人でともに旅をする　いわば移動性の結婚について
いいひとが見つかるだろうかと書いたものだった。
そして一箇月半ほど前　きみは
手術を受けたマルセーユの病院から　妹へ宛てて
「結婚よさらば、　家庭よさらば、　未来よさらばだ!」
と　悲しみを抑えられずに
しかし　優しい谺を待つかのように書いたのだった。

おお　そのように屈折する廻廊の暗がりにこそ
しいたげられた意志は　みずから
切なく燐光しなかったか？
どこかの孤児院に行って
よく育てられたフランスの娘を探してくるか。
それとも　また地中海や紅海を渡って
アビシニアの淑やかな女性を連れてくるか。
きみは　自分の部屋で
鎧戸を閉じ
不眠の象牙の蠟燭をともしたりして
手段であって同時に目的である肉体というものの
しかも　異性である他人の肉体を
目的として同時に手段とする自分の肉体というものの
どこまでも酷たらしく悩ましい矛盾に
警鐘のように　ひどく打ちのめされたにちがいない。
きみはかつて　同じことを
しかし初々しく　歌いあげていたのであった。
「普通の体格の人間よ、肉とは、果樹園にぶらさがった
　果実ではなかったか、おお、幼い日日よ！　身体とは、
浪費すべき財宝ではなかったか、おお、愛するとは、

霊魂の運命をかたどるという美少女プシュケの、危難
それとも力であったか？」

人間の肉体とはなにか？
その顔とは？
胸とは？　足とは？　手とは？
ランボー
きみの知らない二つの大きな戦争の破壊のあとで
あるルーマニアの画家は　手のようなものが
蛇のようなものに変身して赤い舌をたれ
その蛇の口の上に探照の灯りをともしているのを
ある悲しみをこめて　鮮かな蠟画に描いていた。
それは　食欲の怖ろしさを象っていたのだろうか？
また　あるスペインの画家は
食卓にのせた自分の行儀のよい両手が
実は手の形をした食パンである写真を
ある滑稽をひそませて　挑むように示していた。
それは　食欲の退屈さを象っていたのだろうか？
そうしたグロテスクな眺めにおいては
目的である手　手段である手　そして外部の獲物が

眩暈がするほど　狂おしくこんがらがっている。

ランボー
きみもかつて　すさまじい飢えを知っていて
湧きあがる自己嘲笑のうちに
空気　岩　石炭　鉄　そして音をこそ食べたいと
うそぶくように　また爽やかに　語ったものだが
今きみは　肉体の苦痛のさなかに
愛のすさまじさを　隠しているのではないか？
しかし　きみは今
うそぶくように　また爽やかに
木製のひびわれたマヌカンや
大理石のあばた女神や
あるいは　浴みするブロンズの娼婦などを
決して歌おうとはしない。

ここは　パリ。
今は　夜の七時まえ。
ランボー
パリの東の駅に着き　そこを出て拾った

古風な辻馬車のなかの　ひんやりとだるい腰掛の上に
きみは　妹と並んで坐っている。
先程から降りだした冷たい雨が
窓硝子にぱらぱらと　追いつめられたたたかいの
小太鼓のささやきのようにも鳴ってくるではないか?
ランボー
ぎごちなく揺れる辻馬車の　その窓硝子ごしに
衰弱の体を緊張させて
きみは何をそんなに　じっと視つめている?
おお　十九世紀の末の　パリの町の
日曜日の雨の夜の　訪れのはじめの寂しさ。
どの人懐かしい通りにも　人影は少なくなっており
華やかな店店の戸は聖書のように閉じられている。
道路の敷石はもう　たっぷり雨に濡れて
でこぼこした黒い鏡のように光り
かつてのきみの好みに合わせて
かえって赤い血や　桃色の火花を連想させはしないか?
樋が立てている　あの何かを促すような
せわしなく　青くさいひびきは
傷ついたチータのきみの耳にまで

心臓の鼓動のリズムをともなって聞えてくるだろうか?
きみは昔　片足を樋の口に入れながら身を支え
みちびきの葡萄の木に沿って
四輪馬車のなかに降り立つ夜を描いたことがある。
そのときは
馬車の右側の窓硝子の上の方にあるちいさな隙間で
青白い月が
木の葉や乳房などの形になって　ぐるぐると
さかんに渦を巻いていたものだが
きみは　月のないこの夜
いったい　何をそんなに
じっと視つめている?

ランボー
きみは少年の日に　囚人護送車の格子の窓から
奇妙なパリ見物をしたことがあったね。
あれはシャルルヴィルの家から　最初の家出をして
運賃不足のためパリの駅で逮捕され
おりからの普仏戦争で　詩の走り書きを怪しまれ
スパイの嫌疑をかけられたときだったかしら?

十六歳になったその次の年に家出したときは
きみは金もなく二週間も　流れ者のように
ドイツに敗れた屈辱のみじめなパリを彷徨った。
パリ・コミューンの反乱が起ころうとしていたし
さまざまな限界における残酷な人間劇は
きみの錯乱の眼を
痺れさせるほど大きく見開かせたにちがいない。
眼にうながされた足。
足にみがかれた眼。
そしてまたその年の秋　ヴェルレーヌに呼ばれ
きみはパリで　詩のボエミヤンとなったのだった。

詩壇　あの舌足らずの小鳥たち！
きみは知るまい
きみが今パリで　遠い昔に自ら捨てた詩によって
伝説的な謎に満ちた至高の詩人となっていることを。
そしてこの首都の文学者たちは　知るはずもない
きみがパリを　まさしく今　窶れ果てて
ふしぎな密使のように
慌しく通り過ぎて行くのを。

ランボー
きみの底しれぬ沈黙のまわりには　しかし
パリ以外への逃亡の記憶が
さらにひろびろと漂っているようだ。
たとえば
きみが愛した「豚」である「悪魔」との
ブリュッセルやロンドンの黴のはえていた太陽。
かれがきみの左の手首に
酔っぱらって撃ち込んだ未練の弾丸の跡は
どんな模様になって残っているのか？
そのほか　思い出せばきりもないが
たとえば
住込家庭教師をしたシュトゥットガルト。
日射病にめげず行きついたパロス島。
馬車の馭者に強盗されて裸の浮浪をしたウィーン。
オランダの植民地軍にはいってすぐ脱走したジャヴァ。
サーカスの通訳をしたスエーデンやデンマーク。
航海の途中で病気となったチヴィタ・ヴェキア。
吹雪のアルプスを独りで越えて辿りついたジェノア。

人夫の監督をしたのちチフスにかかったキプロス島。
きみはそれらの土地から　しばらくすると
主として病気　ときに無銭や嫌気などのため
いつも　異国の香りがしみついたブーメランのように
故郷のシャルルヴィルやロッシュに舞い戻ってきた。
ただ　そののち紅海の沿岸を経てアデンに行き
コーヒーや皮などを　見飽きた宝物のように交易する
植民《コロニー》の走りの　うら寂しくも不敵な商会に勤め
ハラルにあるその見窄らしい支店におもむいてからは
まことに長い十年ほどの
ほとんど移住に近い危難への趣味であったのだ。
その異様な孤独から　きみは今度
足のおぞましい病いをもって帰ってきたのであった。

ランボー
きみ自身もはや　きみが奏で
異域の空に砕け散った　すべての
狂おしいフーガを覚えていないかもしれない。
きみの異境への憧れには
快楽と同時に物憂い苦行の匂いがある。

それは
家庭と放浪のとだえることのないような対位法。
自己実現と自己放棄のあえかな双曲線。
反キリストふうな荒寥への　反文学ふうな探検。
まるで病患を探しに行くような　過熱を好む健康の矛盾。
疎外の極大化が自由であるという理念倒れの逆説。
文明の権威を背負う守銭奴が
未開の地に再発見しようとする優しい愛の虚妄。
崇めた死を拒むところの　嘲った生のたたかい。
人跡未踏の山野への　最も美しい言葉の萎れた花束。
幻想と現実の錆だらけの合金。
神のない不幸の讃美と　子供のいない不幸の悔恨との
長い長い時間をかけた弁証法。

ランボー
きみはかつて　フランスの過去の歴史のなかに
自分の猥雑な　あるいは厳粛な分身を
いろいろと幻覚してみるのが好きだったが
錬金の言葉の墓場のような　未来の生活における
自分の風変わりな運命を

さまざまな冒険のうちに空想するのも好きだった。

きみはたとえば　こんなふうに占った。

「ぼくはヨーロッパを去る。海の空気はぼくの肺を焼くだろう。僻地の気候はぼくの皮膚を鞣すだろう。泳ぎ、葉を嚙みしだき、狩をし、とりわけ煙草をふかすこと。煮えたぎる金属のように強烈な酒を飲むこと、──あの懐かしい祖先のひとたちが焚火を囲んでしたように。ぼくはそこから戻ってくるだろう、鉄の手足と、黒ずんだ皮膚と、怒りをたたえた眼をもって。ぼくの顔つきを見て、ひとびとは逞しい種族のものと判断することだろう。ぼくは黄金を持っているだろう。ぼくは無為の生活をして、粗暴であるだろう。女たちは、熱い国から帰ってきたそうした獰猛な不具者たちを看護するものだ。ぼくは政治のいざこざに捲きこまれるだろう。救われるのだ。」

ランボー
この予言は怖ろしいほど現実に似ているし
また決定的に似ていないところもある。
逆流する時間のなかで

塔のように眼ざめるとき
おお　予言を嘲笑せよ。
それは　額をつらぬく痛み。
背中を飛び立つ　見えない鳥。
個人など　あるものか！
たえまのない拷問を逆転させる最後のときまで
敗れるかもしれないたたかいを！

ランボー
古ぼけた辻馬車ははげしく降る雨のなかを
マルセーユ行きの列車が出る駅へと
あいかわらず　がたごと進んでいる。
それは「祈りのように」早すぎるようでもあるし
「科学のように」遅すぎるようでもある。
それは
故郷の家庭でも放浪先の町でもなく
それらの中間に　宙ぶらりんに浮かんでいる
陽気で大きな港へと
きみを運んでいる。

幼い日没の記憶

赤煉瓦の粉が
はらはらと降りしきる
西の大陸の夕焼け。

雨あがりのバルコンの片隅から
幼いぼくは　おそるおそる
その空に　なぜか浮かんでいる
歯みがき粉の袋の女を眺めている。

水色と夕焼色のあわいに
毎朝眠たい洗面台で出会う　あの女が
ほのぼのと浮かんでいるのだ。
ぼくからは絶たれている　その無心の微笑み。

ぼくの耳もとをふいにかすめる
鳩の羽ばたきの　肉の重たさ。
女は衣裳を脱ぎ捨てた。

アカシヤの花の　皮膚の匂い。

しかし　女が秘める心臓は
ひそかに病みついているのだ。
ぼくのおもちゃ箱のなかの
細いつららしか鳴らない
壊れかけのオルゴールのように。

ああ　ぼくが眼を閉じると
女のきらめく瑪瑙の眼は
不吉な予言をただよわせ——。

身も世もなく嘆くぼくを
海を越えた
遙かな未来の
白亜に映る幻灯にまで
遠く透し視——。

ああ　病むという
みずからをいとおしむ　肉体の

それも　その女ゆえの讃美は
ふるさとの歌のように
ぼくを酔わせ——。

夢の黒い桃のように
ぼくを震わせ——。

その夜

もしきみが死んだら　その夜
ぼくは誰の白くおののく裸と寝よう?
抑えていた悲しみは　不意に
花と灰の洪水となって　溢れるだろうから
おお　噎せかえるその虚しさの氾濫のなかで
ひととき　自分を忘れるために?

かつて　ぼくたちの温かくささやかな巣のまわりで
肉親や知人の誰かが　見えない時間の固い壁に

激しく追突して　ことされた夜
きみは昔からの無言の約束であるかのように
寝巻のしたは　真珠の真裸
顔には　青ざめた怒りのようなものを浮かべて
ぼくの氷る敷布の寝床に
そっと滑りこんできたものだった。

そのとき　物思いにふるえるきみの肉体の
秘密に湿るあの離宮だけは
どんなに熱く　優しく　溶けていたことか。
《こうしていたら　寂しくないの》
きみのあまりにも素直な瞳は
自分のそんな言葉にも　いくらか元気づけられて
憤ろしい未来から
生き生きと蘇ろうとしていた。

もしきみが死んだら　その夜
さびれ果てたぼくたちの巣を　遠巻きにして
きみの旅立ちに打たれた幾組かの夫婦は
それぞれに冷気がほとばしる暗い寝床で

おたがいに親しいものである裸の甘さを
見知らぬ新しい生命のようにも　抱くだろう。
かつて　ぼくたちがそうしたように
はかなげに　苦しく　強く。

ああ　しかし　ぼくには
ぼくの半身であるきみのほかに　誰がいよう?
もしきみが死んだら　その夜
不気味な蠟のように透徹って行くきみのまわりを
ぼくは白痴のように　歩きつづけるばかりだ。
そして　嫉妬深い睡魔の森におそわれ
孤独な敗残の兵士のように倒れたら
ぼくは　たぶん
夢のなかの古ぼけた斜塔のほとりで
天使のように微笑んでは逃げようとするきみを捉え
狂ったように　いつまでも
くちづけするばかりだろう。

さびしい春

どこまでも繁茂するこの大都会の
高層ビルや舗装道路は
その底に雑草の幻をかくしている。
そんなふうに　戦争のあとの廃墟の思い出が
都心を自動車で行く　ひとりのぼくを
なぜかふと　おびやかす。
それは昨日　静かな郊外を散歩していて
歩道の敷石と敷石の
夢がひずんでしまった微かな隙間から
雑草が数本　しなしなと
萌えはじめているのを見たからだろうか?
しかし　人工からはみ出たその薄い緑に
ぼくはそのとき　深く打たれていた。
失われた夢のようなものが
そこに谺していうのをぼんやり眺めていた。
これもまた　戦争のすぐあとのことだが
今はこの世にいない妻が

まだ娘の頃その両親と住んでいた家の前の
歩道の敷石と敷石のいびつな隙間で
同じような淡い緑が
同じような春先の埃っぽく荒々しい風に
ほそぼそと揺らいでいたことを
鮮かに思いだしていたのだ。

自動車の中で

黄昏の空へ飛び立つような
不意にせりあがる高速道路の
スピードを増した自動車の中で
半年ほど前に男を捨てたその女優は
まるで演技でもするように
抑揚をつけてしゃべっていた。
——一番おいしいものですって?
食べものの話は
恥ずかしくてだめ。

だけど　こんなこともあるのよ。
寂しくて　誰か友だちと
銀座を飲んだくれて歩くでしょ？
そして　あの蜂の巣の穴の一つに
ひとりぼっちで帰るでしょ？
そこでまた　そっと飲むの。
やけに陽気なパントマイムの酒を
とうとう　へどを吐くまでね。
……そのあと　しばらく
忘れていた絨毯の上に寝ころんで
ようやく　二十九歳の
やりきれぬ気持が落ちついてきたら
冷い水道で
汚い口をすすぎ
綺麗なカットグラス一杯の
水を飲むの。
その水が　そのとき
世界で一番おいしいと思うわ。
そして　酔いどれたのは
この新しい液体をこそ

ひさしぶりに味わうためでありました
なんて　思うのよ。
おかしいでしょ？
黄昏の空から落ちてきたような
降り坂の高速道路の
軽やかな自動車の中で
窓の外の小雨に眼をうつしたぼくは
留守番をしている幼い子供へ
買って帰る　おいしくて珍しい
食べもののことばかりを
思いめぐらしていた。

見知らぬ鍵

誰もいない初夏の浜辺で
久しぶりに跣の足のうらを
海のさざなみの冷たさに漬けていると

午後一時頃の微かに熱っぽい風に乗って
どこからか
もうこの世にはいないきみの
ほのかな乳房の匂いが渡ってきた。
どこから?

ああ
微かに円みをおびた
きみの肉体のどこかの秘密の線のような
遥かな
海のオリゾン。

ぼくは　あたりの
青ざめてしまった空気で
肺を底まで洗いながら
砂の上のおぞましくもだるい靴下にもどった。

すると　どうしたことだろう?
長い海岸には人影がない　そんな
左の靴の寂しさのなかに

まるで　きみのいたずらのような
見知らぬ鍵が投げ込まれていた。

銀座

銀座八丁をひとり行けば
昔のあいびきの場所ばかり。

ああ　かつて　それら路上のベッドに
きみは　不意に立つ青い風のように
また　見知らぬ夢のさざなみのように
そっと忍び込んできたものだった。
いつも　一分ほど遅刻する自動車という
きみに似合った粋な衣裳を
着なれた画面のようにも
背後に脱ぎ捨てながら。
そして　無関心な群衆という
きみにぴったりな　涼しい藻の下着を

しなやかな腰をくねらせて
優しく剝ぎとりながら。

しかし今　ほとんどは
別な舗道　別な窓　別な建物。
そしてときに　別な名の店。
昔のままに残っているものは
遠くときめく思い出のための
緑の宝石のように　濃やかに透きとおった
ささやかな空間ばかり。
それに　それらの周囲のあちこちでは
小止みなく　さわがしく
誕生の新築の
あるいは　手術の改築の
きらびやかな不死鳥《フェニックス》が羽ばたく。

ぼくはやむなく眼を閉じる。
ああ　それらの宝石の　ほの暗い空間に
ぼくは何を夢みよう？
死の幻なしに　美しい妻を

描けるひとは幸福だ。
孤独の中で　打ちのめされたように
ぼくが喘ぎながら　求めるものは
昔の秘密の
それらの透明なプールを泳いで
ぼくの視線の涙から
絶えずするりと逃げて行く　きみの
あの輝かしい　牛乳の全裸ばかり。

花の車

きみの凍る冬の墓に
ひとりそっとやって来ると
その上には
いつも
ぐるぐる廻転している
白と緑
花の車。

ああ
それは
きみが好きだった
高らかな受難曲《パッシオン》の
優しい霧の球体。

それは　また
きみが生れた海の向うの大陸の
今はないふしぎな自由の港に
狂おしく咲いていた
ロビニエの
花と葉の輪。

それは　さらに
記憶の空の涯から
つぎつぎと遥かに飛んでくる
無数のちいさな接吻の円盤。

きみの額から

きみの足の裏までの
秘密の長い天体旅行には
どれだけの濡れた真珠
どれだけの輝かしい桜桃が
欲望の痣のようにも
ひそんでいたか?

光のテープは静かに廻っている
きみの明るい笑い声の中の
洗いたての
葡萄の粒をいくつも転がせながら。

おお
甦ってくる
取り返すすべもない別離のときの
富も　名も　音楽も
捨身の業も
精魂をこめた仕事さえも
すべてが空しくなった　悲しみの坩堝。

そうだ
その別離の二十年も昔
愚かな青年のぼくは
ひとりで溺れていた死への夢から
きみという少女とともに生きることへ
きみの無垢な美しさによって
いつのまにか強く導かれていたのだ。
そのとき
ぼくは見知らぬ幸福に賭けた。
そんなに遠い出会いの思い出を
ぼくの心臓にとどろかせる
透明な太鼓の広場。

道路を十条放射する
その円く大きな鏡
――ふるさとの真中を
きみは　今も
素敵な二本の足をかわるがわる動かせて
ゆっくりと
まるで自分を楽しむように歩いている。

その百メートルほど後を行く
ぼくの恍惚の眼ざしに
少しも気づかずに。

ああ
痛いほど澄みきった
明るく青い空の下。
少し斜めにかぶった
赤と紺のフェルトの帽子から
こぼれている黒く豊かなきみの髪。
爽やかな午前の風に吹かれ
スカートと靴下の間でちらちらする
白くふっくらとしたきみのひかがみ。
きみはどこまで行く?
ぼくを置き去りにして。

きみの凍る冬の墓に
ひとりそっとやって来ると
その上には
いつも

ぐるぐる廻転している
白と緑
花の車。

嘆きのあまり

嘆きのあまり　とある朝
記憶がそっくり
地球に落ち
その喪失の
長い旅の先で
虚空の
暗い鏡のなかに
思い出の
奇蹟のかけらが
突然
浮かびあがるとするなら。

それは　たとえば
南国の
それも　春の終わりごろの
見知らぬ町の
はずれだといい。

森に近く
海は眠り
人影はなく
何百年か昔にやってきていた
異国の黒い船などの
ほのかな香りが残っている
無縁の
だらだら坂の
明るく物憂い午後だといい。

それでは寂しすぎる
というなら
その古い敷石のうえを
どこかで捨てられた

幼い獣が一匹
まぶしげに歩いているといい。

そして　ぼくの
青空のように深まる
驚愕の
高い崖のふちには
亜熱帯性の
おおきな花でも一輪
ぽっかり
咲いているといい。

酷たらしい過去を
優しく
呼びもどすために。

あとがき

この詩集『ひとつの愛』は、三部から成っている。

最初の部分（Ⅰ）は、独立の詩集としては未刊の初期習作（文語体）から、ほぼその二分の一にあたる十篇を選んだものである。

中間の部分（Ⅱ）は、既刊の三冊の詩集、すなわち、『氷った焔』（一九五九年ユリイカ刊）、『日常』（一九六二年思潮社刊）、および『四季のスケッチ』（一九六六年晶文社刊）からそれらの合計のほぼ四分の一にあたる二十五篇を選んだものである。

そして、最後の部分（Ⅲ）は、独立の詩集としては未刊の最近三年半ほどの間の詩作品から、ほぼその二分の一にあたる十七篇を選んだものである。

はじめ、ぼくの計画は最近三年半ほどの間の詩作品によって、新しい詩集をつくることであった。それは、さきに出版した個人総合詩集『清岡卓行詩集』（一九六九年思潮社刊）の「あとがき」でそのとき現在の最近作十数篇につき、それらの「『未刊詩篇』は、これから書かれるであろういくつかの詩作品とあわせて、これは比較的近い将来、一冊の独立した詩集にまとめたいと願っている」としるしたとおりである。

ところが、その計画を進めていたとき、たまたま、講談社出版部の橋中雄二氏から、思いがけない話があった。そうした新しい詩作品を、ある系統のもとに取捨選択してまとめ、その際それに、同じ系統に属する古い詩作品をできるだけ多く加えて、いわば長い年月の流れのようなものが浮かびでる、一冊の詩集を編んでみないかと誘われたのであった。ぼくはいろいろと迷ったが、結局、再びは訪れないであろうその機会を選ぶことにした。

そこで言われたある系統とは、私ごとになるが、亡き妻をモデルにしているということ、あるいは、そのようなモデルの背景や周辺の光景を描いているということである。『ひとつの愛』という詩集の題名の由来は、そこにおのずから明らかであろうと思われる。

編集は、予想に反して、なかなかむずかしかった。

というのは、モデルの背景、またその周辺の光景を描いている詩作品をどのように選んだらいいか、その限界線がまことに漠然として幅ひろいものであるように感じられたからである。

たとえば、亡き妻と出会う前に書いた、いくつかの空想的な愛の詩、それらはこの場合の物語以前のものとして、あるいは捨て去るべきものであったかもしれないが、そこには愛にかかわる本質的な予感としての意味があると考え、それらは収録した。一方、彼女との生活において、ぼくが可能性のうちに描いた、他の女性たちとのいくつかの浮気の愛の詩、それらは背景における装飾的な造花として役立つものであったかもしれないが、その逆説的な性格は混乱を生じやすいものであると考え、それらは収録しなかった。

その場合、図式的に言えば、生活における想像的な現実を同じく素材としながら、前者は肯定されるべき夢を描いたものとされ、後者は否定されるべき夢を描いたものとされたのである。そのことは、もちろん、詩作品としての優劣にはなんのかかわりもない。しかし、ある主題に沿おうとするとき、そのように微妙な、自己批評上の区別が生じることに、ぼくは今さらのような戸惑いを覚えたのであった。

また、たとえば、ランボーの最後の旅に触れた、ぼくとしては非常に長い詩がこの詩集には含まれている。その詩は、表面上、ランボーの生涯への批評的な愛着に終始しており、その収録は、なにか場ちがいの印象をあたえるかもしれない。しかし、それは、ぼくが病気の妻を看護しながら密かに書きつづけたもので、その裏面には、そのときの悲痛ななにかが閉じ込められており、割愛することはできなかった。

一方、ぼくのそのときの勤務先である大学の庭を歌ったいくらか長い詩は、この詩集には含まれていない。それは、家庭生活を支える収入をもたらすところの職場のある面を描いたものとして、あるいは欠くことのできない一つの背景であったかもしれない。しかし、ぼくは、その詩のなかで、かつての自分の孤独な青春の悩みを今日悩んでいるような架空の学生に対して、モノローグふうに語りかけるなどの方向に赴いており、そのためこの詩集の本筋からはかなり遠いものとなっているのではないかと考えて、割愛せざるをえなかった。

こんなふうに、モデルの背景、またはその周辺の光景を描いている詩作品について、取捨の境界線をどこに設けるかということは、作者にとって思いがけなくむずかしい問題であった。その境界線は、基準をどこに置くかによって、柔軟に変化する性質のものであり、その移動の幅は、相当に広いものであるように思われた。

もし、この詩集の編集について、読者がなんらかの細部的な歪みを感じる場合、そこには作者の密かな理由が必ずかくされている、というふうに想像していただけるなら幸いである。

一九七〇年九月

著者

固い芽　1975

無精三昧

光る髭は剃らず
輝く髪は刈らず
玄関の葡萄のベルは取っぱずした。
目覚ましの電話には出ない。
合法侵入の郵便物は開かない。
洗濯物は部屋に干したままなので
軽い箪笥なんていらない。
家中あちこちにお金が落ちているので
重い財布なんかもいらない。
しかし　掃除を忘れ
地球儀に憑かれた彼も
少しは飲み食いしなければ。
いい空気と日光が少しはなければ。
おお
それに　球《ボール》に戯れたい。
音楽の風呂にはいりたい。
赤道のように長い眠りのはてに

彼はぼうぜんと
雲の城をまたぐ美女の
遙かな夢を見た。

歳末

年の暮の昔ながらに賑やかな町が好きだ。
それも夜のはじめ頃のにび色の雑踏。

慌しい寒さの中をふと走りぬけるものは
オレンジへのせつない音楽と幻の小犬。

ほとんど動かないものは白っぽく冴えた月と
菓子屋の前で恋人を待つらしい影絵の青年。

それにしても古い年の悲しみの終着駅が
新しい年の橇の晴れやかな始発駅だなんて。

地球の上のそのいじらしい暦の儀式は
四季の繰返しを真似ているだけなのに。
その四季のノスタルジックな移ろいは
時間をぎごちなく色分けしているだけなのに。
おおしかし未来の嬰児のために標縄《しめなわ》を買う
人間の知恵のそんな哀れなからくりが好きだ。

冬の薔薇

あれは冬の天使がひとり　自分の
青い爪を切っている
さびしい音ではない。
あれは　きびしい寒気の中の
薔薇の散髪。

鋏の音は　カチカチと
乾いた北の風に散り
その上を
陶器の鳥が　高く飛ぶ。

おお
澄みきった空のかなたで
人間の大きな手が
開いたり　閉じたり。

あれは　どんな悪夢の叫びを
忘れようとしているのだろう?

切り落とされる
枯れ枝　病害の枝　虫害の枝
細すぎる枝　幼なすぎる枝
混みあった枝　古く強ばった枝
そのあとで
残ったまともな枝の　長すぎる部分。

それらと　いっしょに
霜のあとの地べたに
転がって寝そべるものは
花の咲きがら　こごえた蕾
枯れ葉　わくら葉
さらには
緑がまだいくらか元気な葉。

おお
澄みきった空のかなたに
楽器がない。
玩具がない。

あれは　晴天の休眠の中の
薔薇の手術。

しだいに小さな　棘だらけの
裸になって行くにつれ
逆に　新しい力が
どこからか溢れてくる

冬の薔薇の　ふしぎな姿。

切先が尖ったどの枝でも
棘のあいまの　あちこちでは
小豆色の吹出ものの
はじまりのような
あるかないかの
微かな芽が
そっと
空を斜めに見あげている。

あれは冬の天使がひとり　自分の
青い爪を切っている
さびしい音。

固い芽

長い冬が終るまえに　春が

夢の匂いのようにはじまっている
落葉樹の森の　まばらな透明。
その向こうでは　海が　やがて落日。

寒さにあらがい　暖かさに羞じらい
金の枝枝に散らばるものは
愛の誓いをせがむような
とがった乳首。跳ねない小魚。

芽の固さのなかには　なにがある？
緑の氾濫と悔恨と　その涯の
不気味な沈黙の都市のほかに？

夕焼けが奏でる　どこか未知の空への
ひそかな郷愁の恍惚のなかで
誓いの言葉は　未来を語るだろうか？

塔

亡き母に

いつ　いつの日　季節はめぐって
ぼくの夢みて登らぬ　白亜の塔に
沈む太陽が　双手をあげて煌めく
燕の巣の匂いの　海はひらく？

幼児の心が　ふと　よみがえる
ふしぎな高さの　円柱の塔に
昔の落陽が　水車のようにめぐる
羊の乳の匂いの　あの海はひらく？

母が死んだあとの　うつろな鏡の中の
どんな音楽も　聞きたくなかった悲しみを
遠い日記から　そっと呼びもどし

紫の水晶の波の上に　その嘆きを
梨の花びらのように　撒き散らしては

ひそやかに　泣き明かすために。

古風な電車

〈見られる羞じらいのためか?〉
彼女は自動ドアのわきに立ったまま
窓ガラスごしに雲と頰ずりしている。
髪は長く　ひかがみは高く。

だが不意の憧れから降車するとき
彼はすれちがいざまに躓くのだ。
彼女の暗い目頭に隠されていた
オパールの粒の　もろい涙に。

〈誰の不幸のための　小さな虹?〉
〈きらめく望みは　もう思い出?〉
行きずりの夢は愚かにも羽ばたく。

あえぐ坂で彼は　いびつに青い秋空に
しだいにせりあがる　彼女の
若い悲しみの　透明な氷山を見た。

ある笑い

場末の取り毀し前の小さな映画館で
古ぼけた外国のフィルムを見ていた。
真夏のろくにきかない冷房のなかで
痛んだ桃かなにかの微かに腐る臭い。

室内の画面のほうは甘酸っぱさがきつく
ぎごちない〈永遠〉の別れのキッス。
カット・バックされた遠い沙漠で
戦車の縞の迷彩が陽炎にゆれる。

演技の熱い接吻の撮影のあとで
当事者の俳優たちは笑いがちだ?

カメラの追わない迷彩の笑いを。

たぶんその奇妙な声と声のからまりが
明るくなった館内の天井から
溶けたつららの汗のように落ちてきた。

青空

遙かに遠浅のざわめく海の底を
水平線へ向って歩く自殺者が
しだいに静まる周囲の波の中で
はじめて味わう完璧な孤独のように。

追いつめられて真に戦おうとする弱者が
親しい仲間の誰をも信じられず
思いがけない別れの町角で　ふと抱く
悲しく冷たいこころの泉のように。

どこまでも澄みきって遠ざかる青。
しかし　そこから滲みでる優しさだけが
今日のぼくの夢のない痛みを支えるのだ。

ああ　酷たらしい愛と怒りのうた。
その下で繁茂する懐かしく不気味な都会よ。
ぼくは沈黙の罰に　いつまで覚めている？

異形の町

青い泥が乾いた道　その両側の店店には
高く掲げられた　文字のない異形の招牌《かんばん》。
たとえば網に入れた　巨大な繭の形の綿。
春の風の瞳のような　馬車の一箇の車輪。

紙製の竜が懸り。大籠は小籠をぶらさげ。
円を中にもつ正方形　その半分の三角形
そんな幾何学ふうの　彩色の板も吊され。

礫にされた衣服に　止るのは黄色い胡蝶。

ああ　あの猥雑の土地はどこへ行ったか？
文字以前の　否　文字以後のグロテスク
象形の芽生の物体《オブジェ》が　氷りついていた町。

私はまだよく憶えている　魘された貧困
微かに葫《にんにく》の臭いがして　権力も反権力も
まるで信じていなかった　泥鰌のうたを。

朝の庭で

写真機のファインダーからのぞくと
そこには　べつの遠い秋。
理髪店の壁の煉瓦は　柿色に涼しく
その窓に大きく浮かぶ猫の目は
赤青白のねじりん棒のかたわらで
雲間でも　視つめたように澄んでいる。

あの猫は　洋服を着てるのかしら？

版画のその光景は　ぶきみな幻覚を描く
すてきに短い小説の表紙。
私は小さな庭で　まばゆい日光を浴び
見おさめのシャッターをきる
ああ　とんぼの薄っぺらな翅のように
淡く　しずかで　透明な
こんな別れははじめてだ。

こんもり繁るあじさいの　白い斑入りの
緑の夢の半球のてっぺんに
友から借りた　その稀少の本は
鏡のように載せられている。
夏から秋へと　私はその中の幻燈の町で
家出した少年のように　遊びほうけた。
きょう　その本を返すのだ。

私は名残を惜しむのか？　それとも
猫の話の暗闇から　野鳥のように

一度きれいに　逃げだしたいのか？
物語の作者は　その表紙絵を
木彫りの花の額縁に入れ
応接間の寂しさに掛けたという。
在りし日の彼はそこに　自分の飢えの
どんな変身を眺めていたのか？

ピアノの幻想　1

小首をかしげ　はにかんで立つ
拍手の中の　背の高い初老の男。
幼女が捧げた
棘もある三色の賛嘆の花束を
舞台の空中の　とある大きな鍵穴に
優しくそっと挿し入れる。
そして　坐り直す
ピアノという野砲の前。
火と泥の戦争の夢のさなかに。

さて　聴衆は溺れまいと
音の洪水を泳ぎはじめる。
そのすべての方向の交わるところで
黒く白く冷い　あの楽器は
見る見るうちに　宙に浮き
タイプライターほどの大きさに縮まり
素朴な巨人のための
精巧無比な玩具となる。

ピアノの幻想　2

亡命の演奏家。
それも　髪が豊かで
手足が凄いバネ仕掛の　小柄な青年。
彼の郷愁がたぶん　鼓動している前で
ピアノは　いまや

悠悠とした巨大な動物の
おどりはねる　活潑な子である。
陸にあがった鯨の子?
空にのぼった象の子?

疲れを知らぬ　その幼い動物と
けなげな若者は　たがいにゆずらぬ
アレグロのボクシングだ。
その激しい火花が　舞台の上に
薄緑の光の半球を　つくっている。
まるで　自分たちの戯れを
やさしくすっぽり　包むように。

光が薄緑なのは　たぶん
亡命を誘ったものが
恋でもあるから。

ピアノの幻想 3

遠い湖と沼の国からきた
男ざかりの　荒くれた十本の指。
たぶんほとんど生れつきの
ピアノの音の　美しい結晶。

あるファンテジーが弾むとき
舞台の楽器は　いつしか
黒い練絹をふわりとかぶった
女の白く冷たい裸体となる。

朝からの　春一番などのために
私の夜にもある　湖や沼が
悩ましく狂ったわけではない。

乳房や頬や臀への　変幻のタッチ。
女が隠す　なにかの怒りの氷を
愛に似た熱へ掻き立てようとして。

ピアノの幻想 4

ひとつの情緒をかもしだす
眩しくも多様な　ピアノの音の波紋を
私のあわれな耳が
まるで　花や石の声にでも
飢えていたかのように
いそいそと　むさぼりくらうとき
なぜだろう?
私の瞼が　いつのまにか
舞台の眺めを　眼にすることを
拒むかのように
閉じられたりするのは?

そのとき　明日の不幸に怯える
私の傷つきやすい心臓は
私の手がとどかない
深い闇の奥で
ピアノの　こころよい

囁きや　叫びや　沈黙を
谺の小鳥に　たえず変える。
私の血管が　はるかに遠くまで
ほそぼそと回らされている
晴れた空や　曇った空や　嵐の空。
そこに小鳥たちの歌を
そっと放つのである。

しかしまた　音楽の流れの中で
私の瞼がふと開かれ
舞台の演奏の　明るい光景が
かすかに訝しく
かすかに馴染みにくく　現れるとき
なぜだろう?
まず　眼の戯れがあって
見なれた親しい
ピアノという楽器の形体に
精巧無比な玩具とか
巨大な動物の　活潑な子とか
あるいは　黒い練絹をかぶった

女の白く冷い裸体とか
そんな奇異な幻を
描いたりするのは？

ある愛のかたち

まず　あのひとの
眠るまるい頭蓋骨の
小窓をあけた　秘密の受信室へ
深海魚のつぶやく
呪文めいた
きみの暗号を。

すると　やがて
季節のこんがらがったある日
空中の庭園で
水晶の眼と
葡萄の眼の

鏡どうしの魔術だ。

きみが昔　空想の相手と
甘い瀕死の夢に
ずいぶん　溺れて濡れたとき
光と闇は　すべて見えていた。

今　相手の鏡の奥には
見えないけれど
小さな闇が感じられる。
それは　魂？

眼を閉じた接吻の　暗い空には
見えないけれど
小さな光が感じられる。
それも　魂？

男よ　あわてるな。
新しい他人に　すずろぶな。
魂だらけ

とまでは行かなくても
女は　しごく
生気潑剌としている。

なぜなら
沈鬱な日記を　一本の樹のように
ぎごちなく育てた男を
不意の女は
とても深く　魅惑したのだから。

燃える氷柱《つらら》。
きみの舌は　あのひとに
遙かな未来における　死の匂いを
ほのかに嗅がせる。

溶けぬ果実。
あのひとの舌は　きみに
遙かな過去における　誕生の味を
かすかに嘗めさせる。

まったく偶然のような物語。
その具体的な　思い出の細部は
しだいに　薄ぼんやりとし
おそろしく抽象的で　単純な
その核心に　二人は
いつのまにか　坐礁するのだ。

あのひとの乳房　それは
二つの半球の　ふしぎな日時計。
ありあまって見えない
未来の眩しさ。

あのひとの臍　それは
砂時計のくびれの　痛みの中心。
渦を巻いて　消え去った
過去の謎。

男よ　わかるか。
物語における
操りの巧緻な糸も

誓いの誠実な言葉も
すでに　過剰だ。

それほど白熱し　膨張した
現在についての意識は
むしろ　無意識のようで
地球の回転からさえ
ふと　離れようとする。

おお　世界への　ささやかな
暴力の可能性を秘めて
ただちに　敗れ去るであろう
束の間の　飛翔への情緒。

そのとき　男が
憑かれたように　溺れるのは
藻でも　花でも
鳥でも　貝でも
泉でも　熔岩でもない
女の

今の　今の　今の　神秘。

きみは　最後に
あのひとの足のうらの
自由の地図らしいものへ
優しく　慌しく
別れの微風のくちづけ。

花

「ある愛のかたち」の一つの短い変奏

眼には　ひびわれた鏡の夢。
あちこちと動く手には
　すぐ消えて毀れる風の戯れ。
口には　狂った笛の眠り。
乳房には　飢えに倒れた獣の吐息。
臍には　傷ついた鳥の歌。
腿には　砕かれた化石の魚。

しかし　ほとには
　新しい蕾と花ばかりを。
そして　足のうらには
　爽やかな泉のくちづけばかりを。

平凡な情景

気紛れのように　そのとき
なぜ　この眺めを
憶えておこうと思ったのだろう?
たぶん　その奇妙な反芻が
大きな理由になっているのだ。
古く平凡な情景のいろいろが
いつまで経っても　ときたま
私の頭の中を
色鮮やかな雉か　なにかのように
飛び過ぎて行く。

たとえば　太平洋戦争の直前
十八歳であった夏休みの　ある夜。
生れ故郷大連の家で　私は
兄と姉と　大きな楕円形の食卓を囲み
夜を徹しておしゃべりをした。
椅子の下は　緑のリノリウムの床。
窓の網戸も　同じ緑であったが
その細い針金は　すこし錆びていた。
午前三時頃　網戸の向うの
風のない暑い庭で　動物のように
噎せかえっていた　草木の暗闇。

また　戦争の様相が暗澹となっていた
二十一歳の冬の　ある夜。
痩せ細った学生の私は　マントの中の
孤独な寒さを　むしろ愛しながら
下関の黒い桟橋に　立ちつづけていた。
戦争で殺されないかぎり　ときどき
大連の父母の家に帰省しようとし
潜水艦の魚雷で　明日の命もわからぬ

朝鮮海峡を渡ろうとしていた。
そのとき私が　一心につながっていた
怖ろしく長い　無言の行列。

さらには　敗戦から二年経とうとする
二十四歳の初夏の　ある午後。
大連に残っていた　少数の日本人の
子弟のための〈日僑学校〉で
臨時の教師であった私は
放課後　誰もいない廊下の窓から
雨あがりの外を　ふと眺めた。
そのとき　校庭の向うで
澄みきった青空を背景にし
日没に近い太陽に　きらめいていた
生れ故郷の　緑の山の美しさ。

そのほか　なぜか　私の場合
多くは戦争にからんで。

蘭

悲しみに澄んだ水を　湛えていない花瓶。
従って　どんな植物の夢も支えない置物。
それは昔　気づかなかった幸福のしるし。
今そこに息づく　肉感的な　蘭の葉と花。

瞼の裏で

深夜のくたくたの睡気の中に　一瞬
冴えきった闘牛の情景が現れ
昼間の覚めきった散髪の中を　数秒
死ぬほど眠たい蝸牛が横ぎる。

無人

目が覚めたら　家のなかに人がいない。
戸外に出ても　店も通りも駅も空っぽ。
湖底に沈む町？　いや　大地震に怯え
みな空港で行列？　それとも　まだ夢？

トンネル

家出をしても行き着く先は　同じ地球の上。
しかし列車が　トンネルの闇をくぐるとき
少年は漂泊に　揺籃の安らぎを覚えていた
向かいに坐る女盛りの　膝の魅力を忘れるほど。

口止の話

虚実は問わぬ。喋られたい秘密ならともかく
口止の話はやめてくれ。なぜか唾液が溢れる。
打明けられた雀の籠を　頭の中に入れること。
それは私の放心のために　微かな拷問である。

ある老碩学

美酒を酌み　懐かしのユマニストは答えた。
また生れてくる？　それはもう御免です。
幸福？　いつも自分の所の風呂に入れたこと。
遊びに来て下さい。まだお邪魔してますから。

冬の桜

自分の頬の冷たさが
どこかの遠い　見知らぬ他人の苦しみに
そっと通っているような
晴れた冬の寒さの
そんなにきびしく透明な日。

山か　野か　庭か　道路か　公園か
朝早くでも　昼過ぎでも
きみはひとり
高くそびえる　逞しい桜の樹の下で
その真上を　ふと
仰いでみたことはないか？

もし　きみに
その落葉樹のさかんな枝ぶりをすかして
眩しく明るい空を
あるいは　それとは逆に

奥深い空の青を背景にして
四方八方にやや乱れて伸びた大枝小枝を
無心に眺めたことがあるなら。

そこに不意にあらわれたものは
日中の幻覚ではなく
どんな立体幾何学的な意匠よりも
たとえば　花火の氷りついた模型よりも
たぶん美しい
ふしぎなひとつの造型だろう?

冬に黙って耐えている
おお　その魅惑のふくらみは
微細で　焦茶色の
とがって　固い　新芽が
おびただしくばらまかれた
ふしぎなひとつの星座。

その遙か上を　淡い雲が二つ三つ
夢遊のアダージョで

流れていてもいなくても。
その根もとで　土をおおう雪が
羞じらいの甘皮を
固くしていてもいなくても。
どこからか　落葉焚きの仄かな香りが
幼い日の痛みを含んで
漂ってきてもこなくても。
きみは　ひそかに
桜の幹に抱きつきはしなかったか?

もちろん　きみの目のすぐ前で
乾いた北風が　ひりひり
吹きつけたかもしれない太い幹
その肌は　長い年月を経て
黒褐色に　ざらざらと
荒らくれてしまっていただろう。

ある箇所は　小さく凹んだ
仄暗い　やや縦長の
不気味な洞窟。

ある箇所は　ひび割れから露出した
傷痕のような
赤茶けた地色。
まだ白っぽく滑らかで　ところどころ
細いぷつぷつが横に走る　若やいだ肌は
樹のなかば上の方だ。

風や雨や雪の忘れもの
まだ散っていない枯葉も何枚か
干からびたまま　残っている。
思いがけない偶然のような
それぞれの　枝の位置に。
まるで　過去のいくつかの瞬間への
悔恨のように。

黒褐色に荒れた肌。
仄暗く小さい洞窟。
赤茶けた色の傷痕。
あるいは　まだ散らぬ枯葉色の名残。
こうした色と形は

くりかえしの人間の生活の
辛さや寂しさを思いだささせる。

しかし　きみはそのとき
桜の幹に抱きついたとしても
抱きつかなかったとしても
新芽の群の形づくるふくらみの下の
冷たく澄んだかけがえのない空気を
おいしそうに胸に吸い
もし　季節の小鳥のやさしい鳴声が
どこからか響いてきていれば
心に秘めた　たたかいの歌のようにも
それを静かに聞いただろう?

春に匂う満開の花。
夏に茂る緑の濃い葉。
それらの幻をそっと含み
それらより力強いかもしれない
冬の桜の
ぎりぎりの裸の姿。

血縁のふるさとで

海蝕の岬の　険しい突端。
花崗岩の壁が　八十メートルほども
大きく　鋭く　切り立ち
昔から自殺者が　絶えないという
その断崖の危うさに
私は立ってみた。
眼下ほとんど垂直に　遠く白い泡だち。
押しよせる黒潮が　岩に
激しく砕け散っている　その眺めには
海鳥も飛び　なにかの思い出に
ふと　吸い込まれて行きそうな
背中のぞっとする
不安な誘惑があった。
二十歳頃の　遙かな日日における
自殺への私の夢が　一瞬

肉体の奥底から　甦ったのか?
それとも　その古傷の
冷い疼きと紛らわしい
悪寒めく　高所恐怖であったのか?
初夏の午前の
異様に隆起した段丘の上。
朝の雨は消えて　やや風のある　快晴。
アコウ　ビロウ　リュウビンタイなど
密生する亜熱帯林が　静かに吐きだす
むんむんとする生気に
私はようやく平静となり
巻貝の渦の長い坂を　車で降りた。
大河に沿い　その流れとは逆の方向に
私のふしぎな郷愁は
ひっそりと運ばれていた。
亡き父と母の国という　懐かしい南の地方。
しかし　私はそこで生れず
また　そこで育っていない。
やっと三回目の旅の　血縁のふるさとの
はじめて眺める　一つの過疎の風景に

私は放心していた。

★

中世に　長い戦乱の都を逃れ
辺陬の地に移住してきた貴族の一党が
都に似せて作ったという
大河のほとりの　古く小さな町。
そこの　新しく小綺麗なレストランで
地元の風変わりな　平べったい海老の
軽い昼食を　私は頼んでいた。
ジューク・ボックスに　ワルツが鳴り
窓ぎわのテーブルに　日光が明るく
コップの水を前にして　私は
巨大な島の最南端の　あの断崖は
やはり　この世の果ての一つだ
と思いかえしていた。
そのときである　私が不意に
強烈な放浪の衝動に　襲われたのは。
なんという寂しい　心の勇躍。

私は思わず　戸外を遙かに眺めた。
しかし　奇異なことに
数分つづいた　漂泊への情緒において
私はそれが　自分のものではなく
かつてこの場所をよぎった　誰か他人の
渇きであるかのように　感じていた。
季節はずれの　田園の嵐。
私の中をしばし　吹きぬけて行った人間は
いったい　誰だったのだろう？
少しの恐怖と　かなりの諧謔において
私はその問いに　取り組んでいた。
それは　つい最近にも　脱出の果ての死を
あの岬へ求めた　自殺者？
百年も前　貯えもろくになく
芸を楽しんで歩いた　旅の絵師？
二百年も前　名前を変え
〈長い長い草鞋〉をはいていた　無宿者？
三百年も前　この世の望みを捨て
来世を夢みていた　巡礼者？
それとも　六百年も前

門付芸に落ちぶれた　くずれ山伏？
おお
溯ればきりがない。
運ばれてきた　一品料理の皿が
私の想像の動きかたを　ふと変えた。
自分にいくらか近く　血がつながる
放浪の亡霊たちが
首都での　定住の趣味を嘲るために
私の中を　通って行ったのではないか？
ナイフとフォークを取りながら
私はそんな答えを　宙に描いた。

ある蒸発

樹皮を剝したあとのように
昨日の記憶が白く眩しく　少し生臭い
とある朝。
南天の実はルビーでできていて

蜥蜴は透明。
彼は睡眠薬のほとんど利かなかった顔を
それでもいつものように洗いながら
鏡の中の自分に驚く。
顎のあたりが　なんと
うっすらと素敵な緑ではないか。

それは
女にもてる青鬚ではないけれど
放牧の牛や羊にもてそうな緑鬚。
彼は仰天して
虫眼鏡を探しに行く。
ああ　虫眼鏡で鏡の中を覗くなんて。
しかし　そこには明らかに
きわめて小さく可憐な　双葉の群れ。

それからは毎日
朝でも昼でも夜でも
家の中ではもちろん　外出のときも
間をおいて適当な機会を見つけ

彼は綺麗に剃り落す
罪を犯したように　慄える手で
ひとに見られたら　恥ずかしくて死にそうな
初初しい緑の芽生えを。

外出のときは　ポケットに
携帯用の電気カミソリを忍ばせ
たとえば　自動エレヴェーターの
束の間の孤独の中で。
あるいは　映画館の暗がりにおける
フィルムの音響の凄じさの中で。
さらには　旅客機に乗ったと思ったら
それが一人旅の駱駝になっている
ちぐはぐな夢の中で。
しかし　それらは
きりのない難行苦行。
終りのないピッチカート。

樹皮を剝がしたあとのように
昨日の記憶が白く眩しく　少し生臭い

とある別の朝。
アメシストは葡萄の実でできていて
雨脚は不透明。
彼は都会の片隅に
自分の名前という脱殻を残し
遠い秘密の山脈の
見捨てられた小屋の窓へと蒸発する。
ついに　顎の緑を伸ばすのである。
山中のすがすがしい空気と
めくるめく太陽の光と
噴霧器の鉱水で
得体の知れないそのグロテスクを
たんねんに育てるのである。

やがて　地球が百回も自転するころ
なんという寂しさ
なんという不思議さだろう
ペルシアの細密画
というほどではないけれど
極微の白薔薇の花が

まるで老年のはじまりのように
いっせいに美しく
酷たらしくひらく。

ああ　どうすればいいのだ?
その花園に
舞ってきた蝶は気絶し
飛んできた蜂は卒倒する。
彼は小屋の中で　姿勢正しく仰臥し
まず　あの憧れの
深く長い睡りを果たす。

皆既月蝕

1

夢と目覚めの境目に　浮んだりする

取返しのつかない　悔恨のように
重苦しく　ぽっかり　懸かっている
色の不気味な　深い静けさの球体。

あの　撫でてもみたい形は　しかし
垣根にぶらさがった　枳殻《からたち》の実の
尻からそっと　腐りはじめた
しぶとく巨大な　幻ではない。

あの　遠く　ふくよかな形は
病気でもないのに　暗く赤い血が
じわじわと　滲みはじめた
白っぽい黄の　まんまるい月。

寒寒と澄む秋の夜空で　すっきり
輝いていた玉鏡の　斜左下から
不意に敵前上陸したような　血の影は
牙のない浸潤を　つづけている。

地上の目に　すぐは感じられない

あるかないかの　微かな速度。
月の輪よりも　おおらかな円味の
円弧となって　ひろがる前線。

そうだ　棘だらけの生垣に
ひそかに実った　わたしの悲しみが
あんなふうに　整然と　やわらかく
腐って行くはずは　確かにない。

それにしても　今日は誰の誕生日？
人造湖への　執拗な風が
わたしの記憶を　吹きさらす。
自罰の自画像を　強いるように。

2

未来への怖れが　更けてゆく夜。
湖面の色合にも　惹かれたりしながら
どれだけの時間　わたしはひとり
長い堤防を　行きつ戻りつしただろう？

予定の行動に似て　むしろ平和に
月を犯していた影は　ついに
血が染みた　蛋白石《オパール》の玉のような
あやしい魅惑の　全円となってしまった。

いや　その宝石の　妖気めく輝きを
せめてもの　代償のように
地球の影が　哀れな衛星を
すっぽり　呑みこんでしまったのだ。

月は　しかし　ふしぎなことに
暗い赤という　蝕まれた色調において
凸凹の地理を　かえって微かながらも
より鮮やかに　示している。

あの　棘が鋭く痛い　柑橘類の
小さく芳しい　実とはちがって
ビロード状の毛が　そこには
生えていないことも　よくわかる。

人間の生活　という大きな実験において
発生しうる　すべての悲劇に
劫初から　ときおり耐えているような
なんという寂しい　影にして光。

このたまさかの　光学において
わたしはなおも　夢みるのだろうか？
地球の現在は　そのまま
手のとどかぬ　思い出であるのに。

夢を植える　から

1976

バナナの皮

　真夏のよく晴れた昼さがりである。青く澄んだ空にはたぶん、数隻のボートのような、白い雲が浮かんでいる。たぶんと言うのは、実際にはそれらのボートを、私は眼にしているわけではなく、漠然とした雰囲気において、それらのすがすがしい気配を感じているだけであるから。

　風はほとんどなく、空気は乾いている。水着の私は、プールで、泳ぐというよりは水浴びをしていたのだろう。まだほとんど疲れていない。眩しい直射日光は、よく濡れた皮膚にもじりじりと暑い。私は右の手の平に載せた水のかたまりを、遠くのほうへゆっくりすくい投げた。

　氷塊でもないのに、水のかたまりとは奇妙な言いかたであるが、その通りなのである。それはちょうど鶏の卵のような大きさと形で、柔らかく透明であり、空中を渡っていても自分の姿をまったく崩さない。その水のかたまりは、プールの矩形の一つの隅から、それと対角をなす隅のほうへと、ゆるやかな抛物線を描いて飛んで行った。

　つまり、私はプールの一つの隅に立っているのである。きれいに澄んだ水。その高さは、もうすこしで臍にとどく、といったところ。水のはいった、小さく重たい無色の風船、そんな感じで飛んでいった液体のかたまりは、対角の隅に立っている男の背中にあたり、一瞬のうちに砕けて散った。

その男は、パナマ帽子、白い開襟シャツ、茶色いズボンといった出立ちで、水の中に突っ立っており、前方を向いた姿勢を変えようともせず、平然としている。私の行為をまったく無視しようとしているのだろうか？　しかし、背中のシャツの形はどことなく表情が変わっており、にわかに怒りを含んだようにも見える。

私はその男がなんとなく怖ろしく、不安である。

プールの中には、私とその男がいるだけだ。おまけに、プールの周囲は、無人の平野である。四方八方、見わたすかぎり、短い緑の雑草がぼうぼうとひろがっているばかりで、一匹の獣も歩いていないし、一羽の鳥も飛んでいない。地上で跳ねたり這ったりしている昆虫はいるのだろうか？　その鳴き声はすこしも聞こえてこない。あたりを支配しているのは、まったくの静寂である。ところどころに、喬木の木立と、そのいくぶんかは涼しそうな蔭が見える。

どうしてこんなところに、瀟洒な、しかしくたびれかけた、プールが一つ、ポツンと存在するのだろう？　まるで、放牧の牛や馬の水飲み場のように？　私はこの場所に、幼いときのなにかの記憶がかかわっているようにも、また、この場所は生れてはじめて経験する、奇妙きてれつなものであるようにも感じる。

いつのまにか、情景が変わった。

あの男はプールの対角の隅のすこし外側、そこはもう雑草の生えている土のうえなのだが、そこをてくてくと歩いている。しかし、さっぱり進まない。かなり足早に歩いているのだが、まるで後退してくるベルトのうえを、それと同じ速度で、前進しているようなぐあいである。

　私の視線にたいし、ほぼ直角をなすような、向かって左側の方向に、彼は進もうとしている。それで、左の横顔を見せているが、そこは帽子の影になっているため、日に焼けた顔立ちはよくわからない。先ほどたっぷり水に漬っていたはずのズボンや靴は、どうやら濡れていない。そして、先ほどは見えなかった大きなバッグを、肩から斜めに吊している。いつからか、彼のうしろ二歩ばかりのところを、麦藁帽子に水着にサンダルといった恰好の妻らしい女が、小さなバッグを手にぶらさげて歩いている。さらに、彼女のうしろ二歩ばかりのところを、同じく麦藁帽子に水着にサンダルといった恰好の、息子らしい十歳ぐらいの男の子が、釣竿を肩にかついで歩いている。

　三人家族らしいこの一列縦隊は、どこへ行こうとしているのだろう？　三人ともまったく無言で、三人ともてくてく歩きながら、さっぱり進まない。

　私はくりかえし水を飛ばしはじめている。しかし、今度は手ですくってそうするのではなく、コップに入れた水を飛ばすのである。どこからコップを手に入れたのか？　それはわからないが、とにかくそのコップは、バナナを横に半分に切り、中身を取って捨てたところの、バナナの皮である。

　私が持っているバナナ半分の皮のコップは、柄のあるほうで、皮の色にまだ黄色はほとんど出ておらず、緑色が強く残っている。切口も鋭く鮮やかで、痛そうな感じがするほどだ。そのかなり固い容器は、いかにも若若しい。そのためか、なんとなく寂しさを含んでいるようでもある。

　バナナの皮のコップで私が飛ばしている水は、最初に手ですくって投げたときのような、小さな風船めいたかたまりにはならない。それはいつも、細かく散って行く重吹きのようなものである。

　私はなぜ、そうやってくりかえし水を飛ばすのか？　それは、水を飛ばすことが純粋な遊びであることを、証明するためである。つまり、先ほどあの男の背中に水のかたまりをぶっつけたのは、故意のしわざではなく、遊びのほんの偶然によるものであることを、わかってもらいたいのである。

　しかし、彼はまったくこちらを向かない。あいかわらず、前進しない歩みをつづけており、顔はまっすぐ前方を見たままである。私にたいして怒っているのか、いないのか、その点なんともわからない。自分の背中に水のボールがあたったことを、知っているのか、いないのか、それさえもはっきりはわからない。


　ふと気づくと、私のすぐ斜めまえのプールの中を、今までいなかった人間が泳いでいるような気配がある。たぶん、私の肉親か友人の誰かだろう。それが誰であるかは、ぼんやりとしてわからない。また、わかろうとも思わない。私の注意のほとんどすべては、三人家族らしい一列縦隊に向けられたままで、手は機械的に、バナナの皮のコップで水を飛ばしつづけている。

　それにしても、あの三人連れはどこに行こうとしているのだろう？　雑草がぼうぼうとひろがって生え、ところどころに喬木の木立ちがあるだけの平原で、すてきな海でも探そうとしているのだろうか？　あの男だけでなく、あとにつづく妻らしい女も、息子らしい男の子も、無言でまっすぐ前方を見たまま、前進しない歩みをつづけている。嬉しそうでもなく、悲しそうでもなく。

あの三人連れは、もしかしたら、奇術をあやつる旅芸人の一家なのだろうか？

あたりの沈黙は、ずっと変わらない。

遠足の弁当

もう夕ぐれだ。あたりはしだいに暗くなってきた。霧雨も降りはじめている。どうすればいいのだ？　小学校の上級生である私は、山の麓や建築現場、あるいは、堀の急な斜面などで、うっかりひとり、半日近くも遊び呆けてしまったのだ。浪費したその時間についての記憶が、ぼんやりと、しかし、取返しのつかない後悔のひとすじの思いにつらぬかれて、頭の中に漂っている。

遠足の弁当がない。

朝、早起きしすぎたので、自分の家の横の、雑草が生い茂っている野原のまんなかに、弁当をそっと隠しておいたのだけれど、心覚えの場所とそのまわりでどのように探しても、見つからないのだ。

この寂しい野原を人はたまにしか通らないが、朝から夕方までの時間は、やはり長すぎる。誰かが取って行ったのかもしれない。いや、もしかしたら、野良犬か野良猫が口に啣えて、どこか遠くへ持って行ったのかもしれない。まさか小さな野鳥が、空中へ攫って行ったりはしないだろうけれど……。いずれにしても、あの弁当はもう、なにものかに食べられてしまっているのではないか?

遠足なのでうれしくて、いつもより二時間も早く眼が覚めたのが、運が悪かったのだろうか? それから、調子がどうやら狂ってしまったのだ。慌てもので心配症の私は、前の夜、寝る前に、母に頼んで弁当を作ってもらっていた。アルミニウムの箱に御飯とおかずを入れた、いつもの弁当ではない。梅干を入れ海苔をかぶせたおにぎり数箇と、ゆで卵などのおかずを、竹の皮で包み、それをさらに大きな風呂敷でぐるぐる巻いて、背負えるようにした弁当である。

私は水筒を左肩から斜めにぶらさげ、弁当を右肩から斜めに背負い、二つがちょうどたすきの形になるようにして、ずいぶん早目に家を出た。そんな恰好のほうが、リュックサックを背負った恰好よりも、私はなぜか好きなのである。秋の朝の天気はすごくいいし、時間はたっぷり余っているので、しばらく遊ぶことにした。それで、野原のまんなかへんにある花崗岩のかけらの上、長い雑草に囲まれたところに、弁当だけをそっと、人眼につかないように置いたのだけれど。

それにしても、時間はなんと早く経ったのだろう。信じられないくらいだ。そろそろ学校へ出かけようかと思って、池のほとりで蛇を追っかけるのをやめると、いつのまにか曇ってしまった空で、太陽はもう西に傾きかけていたではないか。雲の向う側にあるその太陽は、熱い味噌汁の中に落した卵のように、うすぼんやりと白く明るい、と思った。私のおなかが、よっぽど空いていたのだろうか？　自分の家の傍の野原にあわてて戻ってくると、あたりはへんに暗くなりはじめた。日没が近くなったのと、雨が今にも降りだしそうになったのが、重なったのだ。

これでもう二度目だ。おにぎりの弁当を失くすのは。この前は、春の遠足のときであった。まったく同じようなぐあいにして失くしたのだ。私はどうして、こんな馬鹿げたことをくりかえすのだろう？　学校の遠足にも行かず、家に持って帰る弁当の残りもなく、ただ、空っぽになった水筒だけを、肩から軽くぶらさげて……。

そうだ、遠足から持ち帰った弁当の残りはおいしい。遙かなところにある海や山や果樹園、そこで差していた日光や、そこで吹いていた風などの匂いがする、と母は言う。そのとおりだ。だからいつも、梅干を入れ海苔をかぶせたおにぎりを、二箇ほど余計に、竹の皮の中に入れてもらうのだ。遠足に疲れ、家に持ち帰ったそのおにぎり二箇は、竹の皮の中でもうひしゃげてしまっているけれど、母と私で一箇ずつ、おいしい、おいしいと言って食べるのだ。

自分の家の玄関と居間と応接間に、もう明りがついた。お客さんが誰か来ているのだろうか？　きっと、そうにちがいない。あの、よくやってくる女の呉服屋さんだろうか？　母は呉服が好きだ。反物をいろいろ眺めだすと、あれにしようかこれにしようかと、ずいぶん時間がかかる。しかし、母は相手とおしゃべりをしながらも、心の中では、私のおみやげの余ったおにぎりを待っているにちがいない。

ああ、なんとも情ない、私の手ぶらの姿。自分でもいやになるではないか。この前弁当を失くしたとき、母はなんとも言わなかったけれど、がっかりしていた。今度はもっとがっかりするだろう。いや、呆れてしまうかもしれない。

私はすっかり暗くなった野原の中を、あちこちと、まだ弁当を探しつづけている。雑草は霧雨に濡れているので、私の両手も、両膝も、すっかり濡れてしまった。霜降りの制服の上衣と半ズボンも、湿ってすこし重たくなってきたようだ。

遠足の弁当はどうしても見つからないだろう、と私は絶望しているのに、なぜそれを探しつづけるのだろう？ ほんとうは、絶望していないのだろうか？それとも、絶望の味をいっそう深く味わうために、空しい努力をやめないのだろうか？

私はどこまでも弁当を、探しつづけている、泣きながら。

鉄板の小さく円い穴

駅のプラットフォームに通じる階段か、大学の教室に向かう階段か、あるいは、音楽会の会場の入口に達する階段か。それはよくわからない。とにかく、眼の前にあるこの長い階段を、自分なりに全速力で駈け昇って行かなければ、間に合わない。自分の腕時計も、壁にかかっている大きな時計も、ある切迫した同じ時刻を指している。

家に帰る終電車にか、一年間いっしんに勉強して準備した入学試験にか、それとも、二度と聴けない名人ヴァイオリニストの演奏会にか。それはよくわからない。とにかく、のんびりしていると、決定的に間に合わないのである。

それで私は、じつに勢よく階段を駈け昇った。二十二段ぐらいはあっただろうか。そこで踊り場となっていた。このあとは、左のほうへ直角に曲って十歩ほど走り、そこでまた左のほうへ直角に曲れば、つぎに昇る階段が待っているはずである……。はじめての階段について、私はなぜかそんなふうに心得ていた。

ところが、そうではなかった！

踊り場を、まず左の方へ直角に曲って、五、六歩なお勢よく走りつづけたとき、私の体は、不意に宙に浮いた。なんという驚愕。踊り場は途中で切れていて、その先はなにもなかったのだ。

空中の高いところに投げだされ、まったく度を失った私の心は、それでもとっさに、右手の中指を踊り場の端にひっかけさせていた。そこのところをよく見ると、床は敷石でもコンクリートでもなく、部厚い鉄板で、その端にあいている小さな円い穴に、指を一本ひっかけた恰好になっている。

その鉄板は、地下工事が行われている上などに、たくさん整然と並べて張られ、その上を人間や自動車が通れるようにするところの、あの蓋いである。膨張する都会に住んでいる人間にとっては、おなじみのものだろう。

ずいぶん前のことであるが、女のひとのハイヒールの踵の先がほっそりと小さかった頃、町を颯爽と歩いていた若い女のその踵が、この鉄板の小さく円い穴に、スッポリ入って、彼女がたいへん困っているのを、私は見たことがある。そのとき、ゴーストップの信号の色が変っても、靴がなかなか抜けず、何人かの通行人は立ちどまって、心配そうに彼女のしぐさを眺めていた。それ以来、あの小さく円い穴をなんとなく危険なもの、しかしまた、そこから地下を覗く好奇心をそそったりする、なんとなくユーモラスなもの、というふうに私は感じてきていた。

踊り場から墜落する寸前に、その穴と、かくも親しく面と面をつきあわせてめぐり逢おうとは！　人生とはまったく奇妙なものだ。見おろすと、遙か下は、不気味にひろがる海である。青黒い波。ところどころ、白く波頭がくだけている。もう、絶体絶命だ。泣くひまもない。

私は、人生最後の縁であったその穴にかけた中指一本で、海の上にぶらさがっている。その指が鉄板から離れるのは、あるいは、その指がちぎれるのは、あと一、二分の問題だろう。私は肥りすぎた。それで、ひどい罰があたったのだ。指一本の力をきっかけにして、鉄板の上に這いあがることは、もともと機械体操などが下手であった私にとっては、もはやどのようにしても不可能だろう。

私ははげしく後悔していた。

家内が私の肥りすぎを心配して数箇月間やってくれたなんとか式痩せる食事法で、私は一時ほんとうに十二キロも痩せていたのである。その頃は、バンドの端も七センチほど切りつめたし、自分の靴の紐もわりに楽に結べたものである。それだのに、夜中に一人でそっと起きては饅頭や、海苔で包んでぎゅっと握った飯や、ソーセージや、りんごなどを食べ、また、たまには、ナチュラル・チーズでコニャックをちょっぴり飲んだりして、いつのまにか、元の体重に戻ってしまったのだ。

帰途

夜のはじめである。私は方角もわからぬ、見知らぬ町にいる。郊外の小さな町のような感じである。私は早く自分の家に帰りたいのだが、その帰りかたについて、つまり、どちらの方へどれだけ歩き、そこにあるどういう駅で電車に乗るか、といったようなことについて、たまたま近くにくる他人に、どうしても尋ねる気持になれない。少年時代のあるとき、それは昼間であったが、知らない町のなかで、友人の家をいくら探してもわからないのに、近くにある交番や店で、どうしても尋ねる気持になれないことがあった。そのときのように、へんに閉された心の形である。

とにかく歩いていれば、どこかの駅にぶつかるだろうと、なるべく賑やかそうな通りを目ざして行く。しかし、その通りを過ぎてしまうと、やがて、小学校の裏手のさびしい野原に出た。廻れ右をし、やってきた道を戻る気持に、やはり、どうしてもなれない。そこで思いきって、野原を横切った。それにつづいているのは、両側に人家のまばらな、石ころの多い、長い道である。そこを少しこわごわ進んで行くと、さいわいなことに、明るく小綺麗な駅の前に、不意に出た。

そこには、開通したばかりの郊外の電車線の駅のような、ある爽やかで初初しい感じがある。私はそうした雰囲気が好きだ。そのような光景にぶつかると、私はなぜか、対象のはっきりしないふしぎな郷愁のようなものを覚えるのである。いや、そんなことよりも、正直な話、私は自分の家に帰れる段取りになって、まったくほっとした。駅の大きな時計を見ると、八時半である。まだそれほど遅くはない。

ところが、その駅名を見て、私はすっかり驚いた。漢字が五つほど並んでいるが、私のまったく知らない奇妙きてれつな名前なのである。私は不安を感じた。小学生の頃、満洲の奥の方へ家族と列車で旅行して、途中の小駅の名前に、思いがけない漢字が並んでいるのを眺め、生生しい異国情緒のようなものを覚えたことはあるが、はじめて接する駅の名前に、今度のような驚きと不安を覚えたことはない。

　私は落着かない気持で、切符を売る窓口に行き、自分の家のすぐ近くの駅までの連絡乗車券を買おうとしたが、そんなものは売っていないと言う。それで、比較的自分の家に近い大きな駅の名前を、行先として二、三あげてみたが、そうした切符もないと言う。私は困ってしまい、東京駅に行く切符はと尋ねると、さすがにそれはあった。

　プラットフォームに行くと、わりに空いた電車が待っている。ちょうどよかったと、それに乗って一時間半ほど揺られて行くと、ここで乗換えですと、車内を歩く男の車掌から言われた。それで下車したところ、プラットフォームの反対側に大きなバスが着いており、電車の乗客はみんなそちらに移って行く。ほかに電車も見あたらないし、このようにして行くよりほかはないのだと思って、私もそのバスに乗りこんだ。

　今度は、先ほどとちがって満員である。座席で早くも居眠りをしている乗客がいる。私以外は、みんなこのバスに馴れている感じである。私は吊皮にぶらさがった。バスが出発してしばらくすると、女の車掌が、このバスは海岸まで直行で、途中では止まりません、あと一時間二十分で到着します、と言う。走りつづけるバスの窓から外を見てみると、明りのほとんどない暗い町である。もう寝静まってしまったのだろうか？

　私は乗るバスをまちがえてしまったのだ。いや、もしかしたら、最初に電車に乗るときに、反対の方向へ行くものに乗ってしまったのかもしれない。とにかく、自分の家からは遠ざかるばかりのようである。時刻から言っても、もう、自分の家に戻るために、新宿発の終電車に乗ることはできない。

私の気持は、暗くみじめに焦りはじめた。まず、女の車掌に、なんという海岸へ行くのかと尋ねてみたいのだが、その声は、どうしても喉から出ようとしない。先ほど、電車の駅を探していたとき、誰にも道を尋ねたくなかった、あのかたくなに閉された心の形は、切符を買うときに駅員と口をきいたことで、いくぶんかはほぐれているはずなのだが、今は別の新しい理由もあるようである。彼女が答える言葉のなかに、こちらのまったく知らない、奇妙きてれつな地名を聞くかもしれないこと、それが、なんとなく怖ろしいのである。

私の胸の底には、これはどうやら、より悪い事態にずるずると引き込まれて行くばかりだ、といった予感が、じつに重苦しく芽生えている。

いやな犬

薄暗い喫茶店の二階である。私はコップの水を前にして坐っている。クラシック音楽のレコードを鳴らす、いわゆる〈名曲喫茶〉であるが、なんともしけた店だ。客は私ひとりである。停電なのだろうか、店内の照明はすべて消えている。もっとも、音楽は聞こえてきているが、その響きは微かで、オーケストラであることはわかるが、なんという曲であるかはまるで見当がつかない。低く静かにざわざわ、ぶつぶつといっている、故障したラジオの雑音にも似ている。

私の右側の窓にかかっているレースのカーテンを透して、戸外の家並の上に、空が見える。その明るさも、なんとなく弱弱しい。午後四時頃だろうか。季節はどうやら秋のようで、空は晴れている。

頼んだコーヒーはさっぱり持ってこない。もしかしたら、まだ頼んでいないのかもしれない。私はぼんやり、ここに似た店には、戦争中にも、また、戦後十年あまり経った頃にも、来たことがあるが、ここはとにかく初めてだと思っている。そして、テーブルや壁や階段の降り口などの、どことなくうらぶれた様子を眺めながら、肘掛椅子に腰を深深とおろしている。

そうだ、その椅子だけはふしぎなことに、古ぼけているけれど豪華である。もとは立派であったと思われる褐色の革で、すべての部分が蓋われている。どうして、こんな贅沢な品物が置かれているのだろう？　それは、店の雰囲気に似合わない。いや、豪華だけれど古ぼけており、もとは立派であったと思われる褐色の革が、あちこちたくさん、表面がこすれて剝げたり、破れたりしていることが、かえってへんに寂しく、店の貧弱な様子にうまく釣合っている、ということになるのだろうか？

私はいつまで、こんな店に来ては音楽を聞こうとするのだろう？

私は右手で、傍の窓にかかっているレースのカーテンを開いた。それで室内は、ほんの少しばかり明るくなったが、私は立ちあがり、椅子の右側の肘掛の上に、自分の右半分の尻で坐り、窓の下の道路をなんということもなく眺めた。そこは、商店街のよく清掃された通りで、アスファルトで舗装されている。その両側に並んでいる店店も、私がいる喫茶店を除けば、きちんと整い、小綺麗なようである。薬局、花屋、書店などが見えるようである。

ところが、これは一体どういうことなのだろう、その清潔な道路のまんなかに、異様なものが捨てられているのだ。十人あまりの連中が、大きな円陣を作って、それを取り囲んでいる。彼らは、通りがかりのひとびとや、近くの店のひとびとだろう。口口になにか言っているようであるが、窓ガラスを隔てているので、さっぱり聞えない。よく見ると、その異様なものは大便である。それも、馬や犬のものではなく、人間のものにちがいないと思われる。

フランスのある酒好きの詩人が死んだとき、部屋のまんなかに大便がしてあったという話を、私はぼんやり思いだしていた。一、二日前にも、その詩人のある作品を読んでいたのだ。彼の臨終の部屋の感じは、私が今眺めている道路の感じに、少しぐらいは似ていただろうか?

道路に集っている連中の一人、ぴかぴか光る禿頭で、でっぷり肥った中年の男が、私のいる喫茶店と筋向かいの店の中に駈けこんで行った。花屋である。薔薇か菊の花でも持ってきて、大便をおおうのだろうか?　そうではない。自分のところで飼っている犬を連れてきた。大きくて強そうなシェパードである。道路の上の異様なものの臭いを嗅がせてから、通りの中を歩かせはじめた。もっとも、犬の頸につけた丈夫そうな鎖のはしは、主人が握っている。

犬はゆっくり走ったり歩いたりしながら、通りにいる人間の尻を一つ一つ嗅いでいる。主人もそれに応じて、ゆっくり走ったり歩いたりしている。犬は通りの両方向を五十メートルぐらいずつ探し廻ったが、怪しいやつは見つけなかったようである。大便をかこんでいる十人あまりの連中の尻も、一つ一つ嗅ぎ廻ったが、それも無駄であったようだ。

私はふと不安を感じた。もしかしたら、犬はその行動の範囲をひろげて、この喫茶店の二階にもやってくるのではないか、と心配になったのである。私には、道路のまんなかで大便をした覚えはなかったけれど、どんな偶然で怪しまれるかわかったものではない、と思ったのだ。

しかし、花屋の主人は諦めて、また円陣の中に加わった。私はほっとした、すると、どうだろう、シェパードは主人の尻を嗅ぎはじめ、そこから鼻先を動かさなくなった。犬は吠えも、咬みつきもしないが、これはどうやら主人が怪しいというふうに、他人の眼には見えてくる。

その滑稽で、すこしグロテスクな光景に、私は思わず笑った。円陣を作っているほかの連中も、面白がったり、怪訝に思ったりしているのではないだろうか？　皆、黙っているようだ。

花屋の主人自身は、たぶん彼の自慢の愛犬であるだろうそのシェパードの動作に、気がついているのかどうか、まったくそ知らぬ顔である。ジャンパーのポケットからパイプを取り出し、ライターで火をつけて、口から白い煙を悠悠と吐きだしはじめた。その煙があたりに大きくひろがっている。もっとも、犬の頸につけた、丈夫そうな鎖のはしは、パイプを支えているのとは別の手でちゃんと握ったままである。

私はいつ喫茶店の二階から降りてきたのか、もう、アスファルトの道路を歩いている。喫茶店のテーブルの上に、コーヒーが運ばれてきたかどうか、そんなことも、まったく忘れてしまっている。私はすっかり安心したのだろうか、どこへ行くとも帰るともなく、のんびり歩いている。

ところが、私が円陣の傍を通るときであった、シェパードが不意に私の背後に迫ってきたのだ。見ると、鎖もはずれている。私はふたたび不安を感じた。今度の不安は、先程のよりずっと鋭く、生生しい。心臓もすこしどきどきしはじめている。急いだ様子を見せるとまずいと思われるので、私はわざと落着きはらって歩いている。

犬は私の尻に、鼻をときどきくっつけながら、どこまでも追っかけてくる。その鼻先が私の尻に触れてくるとき、私の背中はぞっとする。円陣の連中はもちろん、通りかかったひとびとも、私の困った様子を面白そうに、あるいは嫌疑の心をもって、眺めているにちがいない。なんという屈辱。犬は吠えないし、咬みつかない。しかし、もう三十メートルほども、私の尻のうしろから、犬は離れようとしない。

もし、犬が私の尻にほんとうに咬みついてきたら、その瞬間、私は右足の靴のかかとを、思いきりうしろに蹴りあげてやろうと待ちかまえている。とはいえ、それは一種の強がりである。今や恐怖となった不安は、なかなか消えそうもない。どこまで、このいやな犬は、私を追いかけてくるのだろうか?

よくわからないが、通りを出た向うのほうは、町ではなく、急に寂しい野原になっているように見える。それも、やや下方に傾斜して行く、雑草と石ころの野原で、やがて川原になりそうな感じだ。

私は、実際に眼にしているわけではないけれども、あの禿頭ででぶの花屋の主人が、今はにこにこしてパイプを吸い、白い煙をあたりに大きく吐きだしながら、私とシェパードの奇妙なゲームを、うしろからのんびり、面白そうに眺めているのが、なぜかぼんやりわかっている。

音楽論

私はある大学で、フランス語の初歩を教えているしがない教師である。授業において、文学論めいたおしゃべりは、ほとんど口にしない。自分にそれを禁じている、ということもある。固苦しい文法の説明を主にして、フランス語を日本語に直して行くだけである。それがどうしたわけなのだろう、今日は五十人ほどの学生を相手に、短篇小説のテキストをそっちのけにして、素人の音楽論をぶっている。それも、まことに奇妙な構造分析の音楽論だ。もしかしたら、こいつ気狂いではないか、と思われるのではないか？

とにかく、比喩がいけない。ベートーヴェンの傑作には、ほとんど例外なく、どこかにエジャキュラシオン（註）があると言っているのである。ほかに、もっとましな比喩はないのだろうか？　おまけに、それだからこそ、ベートーヴェンの音楽の中に深くのめりこむと、自分が世界中で一番よく彼の音楽を理解しているのではないか、と妄想しはじめるようになる、と言っているのである。それは、比喩で煙幕をはったところの、論理の馬鹿げた飛躍ではないのだろうか？

大学生五十人ほどの、三分の二ぐらいが男で、三分の一ぐらいが女である。私はもう十数年になる経験で知っているのだが、フランス語の教科書に用いた小説や戯曲などにおいて、きわどい濡れ場が出てきたりするとき、男だけのクラスならたいてい笑うし、女だけのクラスでもたいてい笑う。しかし、男女混合のクラス、それも特に男女の人数の割合があまりかわらないクラスにおいては、このような場合、おたがいに牽制しあうのか、ほとんど笑わない。だから、もちろん、エジャキュラシオンという精いっぱいきわどい比喩に、学生たちがへんに黙りこくっていても、それは別にふしぎな光景ではない、と私は思っている。いや、これは効果があった証拠ではないか、とさえ感じている。

私は得得としてしゃべりつづけるのだ。

「今年の春、日本にやってきたカール・ベーム指揮のウィーン・フィルハーモニー管弦楽団を聞いたんですがね、私が今言ってるとおりでした。私が聞いたのはベートーヴェンの『第七』でしたが、あのシンフォニーには、第四楽章に三箇所、同じぐあいにして出てくるエジャキュラシオンがあるんですね」

私はそして、いつもの癖でチョークを手にしたが、黒板に書くことも別にないので、その先端をつまんで、まるで指揮棒のように振りながら、問題の箇所のメロディーを「ラーラッラ、ラーラッラ……」と歌いはじめた。学生たちは珍らしい動物でも眺めるような顔を、私に向けている。

私はその音楽が最も高揚するときのメロディーの指摘を終えると、少し浮き浮きして、学生たちの方をまるで眺めず、木製の教壇の上を歩きまわりはじめた。ベームの指揮ぶり、――老年のせいであろう、ときどき前かがみの姿勢になって、空気を掻きわけるように、あるいは空気を切るように、一心に棒を振るその独特な恰好を、ふと思いだしたのである。

「このメロディーが三回目に現われるときですね、つまりそれは、『第七』の終り近くにもなるわけですが、ベームの指揮では、音楽がほんとうに破裂したんですね。聴衆の頭の上の空中で、ほんとうに破裂したんです。それは、こちらの体全体にグワーンとひびいてくるので、はっきりとわかるんです」

私は言葉が口の中に溢れてくるのを感じた。頭で考えなくても、言葉のほうが勝手に喉のあたりから出てくるのである。

もうずいぶん前のことであるが、私はあるとき、野球試合の実況を中継している、ラジオのアナウンサーのしゃべりぶりを、偶然すぐ横から見たことがある。その頃の一番人気のあるアナウンサーであったが、じつによく口が動き、言葉がそこからとめどなく溢れていた。それはまるで、眼から入ってきた光景が、頭脳における考える場所を通過せず、いきなり口に伝わってきているような感じであった。誇張して別なふうに言うと、唇や舌それ自体が、ものを考えながらしゃべっているような印象であった。私はある感嘆をもって、そのアナウンサーの横顔を眺めたものだ。

そのときの感嘆にどことなく似たものを、私はいつのまにか、自分のしゃべりぶりに感じはじめている。

ところで、私の歩いている教壇がへんに広くなっている。しかも、木製ではなくコンクリートだ。ベートーヴェンの音楽についての、この新しい話への反応はどうだろうと、私は男女混合の学生たちの方を見た。すると、どうだろう。黙って熱心に話を聞いていたはずの学生は一人もいない。いや、そこは教室でさえない。電車のレールが横に走り、その向うは緑の土手で、ところどころに樹が生えているではないか。

その静かな光景には見覚えがあった。なんだ、自分の家のすぐ近くの駅ではないか、と私は思った。それは、郊外へ延びた電車線の一つの終着駅であり、昼間でも日と時刻によっては、だだっぴろいプラットフォームに、自分のほか誰もいないことがある。そんなとき、私は電車がくるのをのんびり待ちながら、よくプラットフォームを歩きまわる。それは、面白い考えがふとひらめいたりする、短く楽しい時間だ。

つまり、今もそれに似たような時間なのである。チョークをつまんでいた指は、たたまれた携帯傘をつまんでいる。喉からは、突飛な音楽論のそのあとが飛びだそうとしている。誰も聞いていなくたっていいさ、と私は思った。足はプラットフォームをぐるぐる歩きつづけている。空はきれいに青く晴れている。

「このようなことは、専門家も別な表現で言っているんですね。ウィーン・フィルハーモニー管弦楽団といえば、私が中学生の頃には、つまりもう四十年近くも前になりますが、フェリックス・ワインガルトナーという人が指揮したレコードがよく出ていました。その組合せによるベートーヴェンの『第七』や『第八』を、私はじつに熱心に聞いたものです。ついでに言うと、一九二〇年代後半のことですが、ウィーン・フィルがはじめてレコードに吹込んだ音楽は、フランツ・シャルクという人が振ったベートーヴェンの『第六』ということになっています。このレコードがまたじつによかったんですね。いや、話がそれちゃったけれど……。そのワインガルトナーに戻りますとね、彼は『第七』についてこんなことを語っているんですね、ほかのどんな曲を指揮するときよりも、この曲を指揮するとき、精神的な疲労を深く覚える、なんて。これはしかし、あたりまえですね、とにかく第四楽章のアレグロ・コン・ブリオの中に、三回も強烈なエジャキュラシオンがあるんですから、疲労困憊するのは、真面目な指揮者として当然の話なんです」

このようにますます調子づいた言葉を耳にしながら、私は頭の中でなかば呆れたように、そっと思っている、夢の中であるのに、自分はまたなんとペラペラしゃべるんだろう、この知ったかぶりの猿め、と。つまり、私はすでに、夢からなかば覚めている。

（註）……エジャキュラシオン（éjaculation）について、たとえば『スタンダード仏和辞典』はこうした訳語を並べている。――（液体の）射出。射精。（光の）放射。噴火。（弾丸の）発射。短い熱心な祈り。

蜘蛛の巣

私はなぜか女の学生である。年齢は二十一、二歳だろうか？　もっとも、自分の内側についての意識はそのとおりであっても、自分がどんな顔をしているのか、どれぐらいの背であるのか、あるいは、どの程度に肥り、または痩せているのか、そういったことは、どうにも見えないのだが……。いや、どんな服装をしているか、どんな形と色の靴をはいているか、そのように簡単に見えるはずのことも、さっぱりわからないのだが……。とにかく、私は女の学生なのだ。

私はずっと尾行されている。そのことは、地下鉄の電車の中に坐っているときに、はっきり気づいた。同じ車輛のかなり離れた席に、あのレインコートを着た男が坐っている。背が高く、色が黒く、痩せていて、強度の近視の眼鏡をかけている男。彼は、私が自分の家を出てしばらく歩き、ふりかえったとき、五十メートルぐらい後方をゆっくり歩いていた。そして、私が始発駅にじっと止っているバスに乗ると、あとからやはり、ふらりと乗り込んできたのだ。私の視線を浴びると、いつもそ知らぬ顔で、どこかほかの所を見るけれど……。

私の素行を探ろうとしているのだろうか？　つまり、私が授業をさぼって、誰かに逢いに行くかもしれないところを、追跡しようとしているのだろうか？　もし本当にそうだとすると、誰がそんな私立探偵を、御苦労にも頼んだのだろう？　私のことを近頃よくわからないと言っている、年とった両親だろうか？　私に案外興味をもっているらしい、あの大学の親切な先生だろうか？　それとも、私と結婚したがっている、どこかの見知らぬ、気持のわるい男だろうか？

もちろん、私はそのとき、こんなに具体的にいくつかの場合を考えたわけではない。もやもやとした疑惑の複合を、漠然と覚えただけだ。そして、つぎのように分解されるでもあろう反撥を、やはり漠然と覚えただけだ。

いかにも、私は自分の男に逢いに行く、誰にもまだ知られていない、秘密の男に。彼は待っている、あのデパートの九階の屋上で。園芸のいろいろな品物、――鉢植の木や、噴霧器や、肥料や、農薬や、剪定鋏や、竹の棒や、棕櫚縄などが、ごたごたと並んでいるところ、その傍にある、テラスのちゃちな喫茶店で。たぶん、レモンスカッシュかなにかを飲み、風に吹かれながら。

車道を渡ろうとした瞬間、ゴーストップがちょうど赤になったのをさいわい、私は思いきって、動きはじめた自動車の前を突っ走った。二十メートルほど後方にいる尾行の男は、自動車の波にさえぎられて、私を追うことができなくなり、とうとう私の姿を見失うはずである。

繁華街の群衆の中を、私は恥も外聞もなく走った。そして、わざと途中の細い横道に入って遠廻りをし、デパートの正面入口から入った。もうだいじょうぶと思った。しかし、一階のケースの間を歩きながら、ふと後をふりかえると、なんと、あの尾行の男が、同じ正面の入口を通って、こっちの方へやってくるではないか。私の心臓はとたんにどきどきしはじめた。

私は背をかがめ、ケースのかげに身を隠すようにしてまた走った。今度は階段を駈け昇るのである。エレヴェーターを待って、その入口の前に立っていたら、尾行の男に追いつかれるにちがいないのだ。しかしまた、なんという長い階段だろう！　屋上までは九階もあるのだ。私の心臓はいっそうどきどきし、何度も、膝がくずれて前のめりに倒れそうになり、階段に手をつく。喉がはげしく渇いてくる。

やっと屋上にたどりついた私は、子供のための滑り台や木馬などがある、だだっぴろいコンクリートの場所に出た。前方を見ると、園芸店の近くに人だかりがあり、異様な騒ぎの声がしている。ちょうど、小さな喫茶店があったあたりである。

近づいてみると、ひとびとは円陣を作って、大きな矩形の穴を覗いている。

「あれは誰だ？　ほら、ひっかかってるあの人間は？」

と、誰かのこわそうな声がする。

私は不吉な予感を覚えた。円陣に割り込んで、その穴を覗きこんだ。へんに明るい穴である。私はすこし眩暈がし、高所恐怖らしいものを覚えた。穴のふちと直角に腹這いになって、倒れ落ちないように用心し、さらに覗きこんだ。ずっと下までつづいている。一階どころか、地下二階ぐらいまでつづいているようだ。矩形の穴の周囲は、ずっとコンクリートの壁である。デパートにこんな馬鹿げたことがありうるのだろうか?

よく見ると、三階の高さぐらいのところだろうか、矩形の半分ぐらいに、大きな蜘蛛の巣がかかっている。そして、その巣に、カッと眼を開いて死んだ青年が、仰向けの上半身でようやく斜めにひっかかっている。遠く小さい顔であるのに、その表情がじつにはっきり見える。怖ろしいけれど、どことなく気品の高い顔だ。なにかの理想に殉じた顔のようにも見える。私はその死んだ青年が、自分の恋人であることを知った。そのことに間違いはなかった。

ふしぎに、涙は流れなかった。なんとも気味のわるい光景だと感じた。そして、死人が自分の恋人であることは、誰にも言わずに隠しておこう、こんな事件とかかわりをもつのは、煩わしいかぎりだと思った。しかし、そのときすでに、もう一方においては、私の内側のどこかに、涙が流れていた。這いつくばっている自分もこのまま、矩形の穴に落ちこみ、蜘蛛の巣にひっかかって死んでみようかしらという誘惑が、心の隅にうごめきはじめているのを、私は知っていた。

私はいつのまにか、尾行の男のことはすっかり忘れていた。

似顔絵

会社の雑然とした一室が、昼休みで閑散としている。窓は明け放たれており、初夏のようである。そこへ私が戻ってくる。天気のいい戸外を散歩して、昼食でもしてきたのだろうか。部屋の中には、それぞれ二十歳ぐらいの男子社員一人と女子社員一人がいるだけである。二人はあるデスクをはさんで、暢気そうに立話している。

私は昔三十歳頃に、映画会社に勤めたことがある。どうやら、その会社のニュース映画部の部屋のようだ。シネカメラが壁に掛けられ、撮影・編集ずみらしいフィルムが、何巻も台の上に積まれている。私はこの部屋を根城にして、短い期間ではあるが、ニュース映画の企画の仕事をした。それは私にとって、ささやかながら貴重な思い出である。

部屋にいる二人の社員のうち、男のほうは、私と気が合った新人カメラマンのようで、女のほうは、部内の会計などを担当していたひとのようである。私はまだ二人の顔をよく見ていないが、部屋全体の雰囲気によって、なんとなくそんなふうに感じられる。

ふと見ると、二人のあいだのデスクの上には、十枚ほどの画用紙、あるいは裏返しにした小さなポスターかもしれないものと、キャップをはずしたマジック・インクがある。それらの紙はばらばらに置かれていて、白紙のものも少しはあるが、たいていは一枚に一つずつ、人間の顔が描かれているようである。ちらりと見たところ、マジック・インクの単調で味気ない線ではあるが、なかなか達者な筆づかいのようだ。

「似てるわ。すっごく似てるわ。これ、向いのレストランの主人でしょ?」

と会計嬢が、自分のすぐ前にある一枚の絵を指して、なんの屈託もなさそうな、高い笑い声をあげた。

「うん、眼に特徴があるから、こういう顔は描きやすいんだね」

とカメラマンが応じた。

二人の話しぐあいからすると、似顔絵の腕を振っているのは、彼のほうである。彼は臨時の画筆を取りあげて、また絵を描きたそうに、それを指の先に挟んだ。

彼女が面白がっている絵を、私は横から覗いてみた。なるほど、よく似ているようである。もっとも、向いのレストランの主人の顔を、私はまだ見たことがないのだが……。

肥った顔の中で、二重瞼の眼が細く、それがいくらか垂れぎみである。柔和そうな顔つきだ。この主人の店なら、料理がおいしく、栄養がありそうだという感じがする。絵が実物に似ているかどうか、私にはほんとうは判断できないわけであるが、とにかく、カメラマンの筆づかいは生き生きしている。

「きみは絵がうまいんだね」

お世辞でなく、私はそう言った。

彼はにこにこしている。そして、指の先に挟んだマジック・インクを、絵を描く準備練習でもするかのように、くるくる廻している。

「これは誰だと思いますか？」

と彼は、似顔絵の画筆を持っていないほうの手で、デスクの上の紙を一枚取り、それを私の前にきちんと置きなおした。

「ほほう、これはうちの社長だね。なるほど、そっくりだよ」

と私は、今度は似ていることについて実際に感心した。

会計嬢がまた、けらけら笑っている。彼女はじつによく笑う。その声はまるで、言葉と沈黙のあいだの、愛想のいい一種の痙攣のようだ。

社長のつるつるした頭は光り、眼鏡の眼は鋭い。口は少しとんがり、耳は大きい。そのほかにもいくつかの特徴が、長い顔の中で、さらっと活かされているようである。

「きみは映画のカメラマンだけじゃなく、画家にもなれるんじゃない？　これから、二刀流だってできるよ」

と私は、今度はほんの僅かながら揶揄をこめて、彼の絵を賞めた。彼は指の先に挟んだマジック・インクを、あいかわらずくるくる廻している。

そのとき私は、彼の顔をじっと見た。彫りが深く、鼻が高く、白人に近い顔だちである。私が昔知っていた彼の顔と、まるでちがう。しかし私は、なぜか、今見ているほうが本当の顔なんだと思った。昔の顔をことさら思いだそうともしなかった。

「じゃあ、漫画家になったら？」

と会計嬢は、笑いを浮かべたまま、カメラマンに向かってやや茶化すように言った。遠慮はないが、毒もない、和やかな声の調子である。彼はまんざらでもなさそうだ。

彼女の顔は円くふっくらしている。笑うと眼が「すっごく」細くなる。この顔も、私が昔知っていたものとはまるでちがう。しかし私は、やはり、今見ている彼女の顔のほうが、本当のものなのだと思った。

彼女は何枚かの絵の中から、探すようにして一枚を抜きだし、それを私の前にきちんと置きなおした。

「これは、誰だかわかります？」

彼女の今度の声には、笑いを抑えているような感じがある。

その絵を眺めてみると、水彩絵具のいくつかの色を使っている。マジック・インクしかその場にないのだから、これはへんな話なのだが、私はそのことにまったく気づかない。今度は色の使いかたも含めて、その絵をやはりうまいものだと思った。

しかし、そこに描かれている顔は、私にさっぱり見覚えがない。誇張していうと、ゴリラかオランウータンにやや近い、獰猛そうな顔つきである。脅かすような一種の迫力がある。

「そうだなあ、これはわからないなあ……。ぼくの知ってるひと?」

と私は言った。

「ええ、知ってるひとです」

と彼女は答えた。

「ときどき逢うひと?」

「しょっちゅう、逢ってます」

「じゃ、会社のひと?」

「そうです」

「そうか。しかし、わからないなあ。弱ったね。それにしても、これはずいぶん、恐い、へんな、嫌な顔だね」

こんなふうに会話がつづいた。

ふと見ると、彼女の顔からは笑いがすっかり消え、困ったような表情になっている。彼女は不意に吃逆《しゃっくり》をした。彼のほうはどうだろうと見てみると、やはり困ったような、それも済まなそうな顔つきになって、いくぶん俯いている。

そのとき、私の頭の中に、カメラ・アイという言葉がひらめいた。

「これは、ぼく?」

と私は、二人のどちらへともなく、呻くようにたずねた。

「ええ」

という彼女の微かな声が返ってきた。彼女はそこでまた、我慢できないように吃逆をした。彼はさっきよりもっと俯いている。マジック・インクを持った手は、氷柱《つらら》のように垂れさがったままだ。

私はむっとした。激しい怒りが湧いてくるのを覚えた。——自分の皮膚はこんな焦茶色であるか？　否。こんなに額が狭く、眉間に深い縦の皺が入っているか？　否。こんなに眼が威嚇的であるか？　否。こんなに鼻や口がでっかく、不恰好であるか？　否。こんなに眉がないみたいで、そのへんの骨が出っぱってるか？　否。

しかし、私は黙っていた。二人の姿はもう見たくなかった。私は部屋の中を、歩き廻りはじめた。屈辱の嵐は、やがて過ぎて行った。その憤りの時間は、実際には、思いのほか短かったかもしれない。

私の心は、初夏のおだやかな空のように、奇妙に静まったが、そのあと不意に、なんとも言いようなく情ない、泣きたいような気持になった。いつのまにか、あの絵が自分の本当の顔なんだ、と思いはじめていたのだ。

部屋には、同僚がつぎつぎと、陽気な声で戻ってくる。

駱駝のうえの音楽　1980

白玉の杯

葡萄美酒夜光杯欲飲琵琶馬上催酔臥沙
場君莫笑古來征戰幾人回

—王翰「涼州詞」

遠い戦乱の日
どこの沙漠のほとりであったたか
わたしもまた　この白玉の杯で
若い生命《いのち》を惜しんだようだ。

注がれたものが
葡萄の美酒であったかどうか
手にしたものが
夜光の杯であったかどうか
そんな外側の夢は　忘れてしまったが
今も　舌の先に
甘く悩ましい別れの味は　沁みたままだ。
未遂に終った
人生への別れの味！

西安は玉祥門外
隋の時代の　貴族の小娘の墓に
千三百年あまり眠っていた
高さ四センチ　口径五・六センチ
半球に近い恰好のさかずき。
于闐《うてん》で採れた軟玉だろうか。
それが　駱駝に載せられ
敦煌や涼州などを通って
隋の都の大興城に運ばれてきたのだろうか。

淡い白の半ば透明な肌のなかで
濃い白や薄い黄の　小さな濁りが
若い日に解けなかった
いくつもの謎のように
散らばって　凝えたままだ。
そして　飲口にかぶせられた金の輪の
深く静かな輝きが
若い日の赤裸裸な告白を
やさしく吸って　黙ったままだ。

居延の苣

祁連《きれん》山脈の雪どけに発し
河西走廊のなかほどを横ぎる
北大河と張掖河が
合して北東へ流れる　額済納《エチナ》河。
辺防の将兵のため
阿拉善《アラシャン》沙漠に点滅していた
その流れの　望郷の波だちも
今はもう涸れかかっている。
おお　さいはての辺塞
居延
その澄みきった秋。

どうして　人間に
苦節が汚名を被る　自分の
酷烈な運命が予感できよう?
厭世に似たこんな思いが
ふと　あらためて抱かれたのは

騎都尉《きとい》　李陵の姿が
わたしの頭に甦ってきたからである。
かれは　精鋭ながらわずか五千の
しかも馬をもたぬ　歩卒を率いて
漠北の匈奴の大軍へ
勇躍　捨身の出撃をした。
その発進も　この辺塞の
愛別まで透きとおる
秋のことであったのだ。

見ろ
ここに一本の苣《たいまつ》がある。
およそ二千年のあいだ
居延の沙磧に埋もれ
あくまでも乾燥し
あくまでもなにかに待機していたような
一本の苣。
きのう束ねたばかりのような
親しげな　枯草色の
新鮮な夢に打たれて　わたしは

しだいに高まる　その青い空に
漢の遙かな秋を
描かずにいられなかった。
そうだ　秋だ。
『漢書』にも
こう記されているではないか。
匈奴《キョウド》ハ　秋《アキ》ニ至《イタ》リテ　馬肥《ウマコ》エ弓勁《ユミツヨ》シ。
則《スナハ》チ　塞《サイ》ニ入《イ》ル。

さて　話はすこし溯る。
驃騎将軍　霍去病《かくきょへい》の軍隊は
額済納河に沿って南下しながら
敵の補給と退却の路を断ち
祁連に拠る匈奴を潰滅させた。
攻撃で狙う地理の急所は
ときに一転　守備の要衝となるだろう。
居延はそののち　漢にとって
西域との交通路　河西走廊を守るため
匈奴の来襲を防ぐ

最前線となった。

上流二本が額済納に合するあたりから
その中流を経て　下流数本が
居延沢に注ぐすこし前まで。
塩基性が強く砂礫の多い流域に
いくつもの城堡と
おびただしい烽燧の望台が築かれた。
オアシスに沿う屯田も
着実にともなうものであった。
この莒が出土したのは
下流の一つ　納林《ナリン》河のほとりの
甲渠第四隊《こうきょだいよんすい》の跡からである。

見ろ
長さ約八十センチ　差渡し約十センチ
芨芨草《きゅうきゅうそう》の束を　数本の草紐で結んだ莒。
木の柄が一つ　下のほうに刺さっているが
もとはあと二つ柄があり　籠の中で
莒を立たせる支えであったという。

面白いのは　先がすこし焦げたままで
二千年ほども　残っていることだ。
黄昏の風が強すぎ　火がよく立たず
ほかの物見台に　駅馬を飛ばしたのか?
暁　地平線にあらわれた胡兵が
たちまち消える　幻であったのか?
それとも深夜　夢遊の兵の
奇異なしわざであったのか?

李白は　唐の龍沙《りょうさ》の戦士の秋を
漢のそれとして　凛凛しく彫りあげた。

邊月《ヘンゲツ》ハ　弓《ユミ》ノ影《カゲ》ニ随《シタガ》ヒ。
胡霜《コサウ》ハ　劍《ツルギ》ノ花《ハナ》ヲ拂《ハラ》フ。

荳にふさわしい取合せとして
かつての居延の秋の自然に
月でも霜でもない　なにがあるか?
ああ　芨芨草の束は
自然にあまり近すぎる。

奇蹟のような
その古ぼけた初初しさは
人間の眼差しに　そっと
頬ずりするほど　孤独だ。

青銅の奔馬

見ろ
青味がかった緑に　どこまでも古びて
疾駆するブロンズの馬を。
おまえは
自転車　オートバイ
自動車　戦車　そして飛行機。
見ろ
おそらく　西域の
どこかの駿馬がモデルの
古代の漢族の　熱い夢を。

河西走廊の東端の要衝　武威
その北郊の丘　雷台。
そこに秘められていた
後漢時代の磚室墓から
おまえは
二十世紀後半の地下壕工事で
日光のなかに飛びだし
ほとばしるその躍動で
超音速機を知るひとびとを
どこまでも魅惑した。
どこのどんな人間だろう
おまえの　底しれぬ活力を生んだ
妬ましい芸術家は？

見ろ
かっと大きく眼を剝《む》いた
優美な裸の奔馬を。
もたげた頭はやや左にかしげられ
そのため　ねじられた首の
なんという　しなやかな逞ましさ。

あらがましく開いた口。
髻《たぶさ》めく馬鬃《ばそう》の束と
立てた長い尻尾を
風に強くなびかせている。
銜《くつわ》や　鞍や　手綱が
もとはついていたとも思われる。
しかし　のどかな周囲の
停める愛を引き裂くような
鋭いいなき。
曠野のうた。
見ろ
細くきびしく引きしまって
未知の空間に挑む
四本の強靱な足は
いま　地上を離れた。
右の後足の蹄が
飛ぶ燕――
異様に大きな燕の背にかかり
それを踏んで
どんなほかの馬をも

いや　おのれ自身をも
追いぬこうとしている。
季節は夏のはじまりか？
それとも　秋のはじまりか？
驚いた燕が　ふりかえって
馬の腹を見あげる。
眼の諧謔。

かつて　大宛国に求められた
血のような汗の　一日千里の馬。
その幻も　たぶん
おまえの飛んで走る姿に
そっと　重ねられているのだろう。
おまえは
馬のなかの馬。
飽くことのない　人間の
移動の速度への渇き　そのものだ。

ある画像磚

淡い駱駝色を含む　灰色が
砂と小石の荒寥を
思いださせる　くすんだ磚《れんが》。
——そんな方形の板への
浮彫りの写実であるためか
まず　ざらざらの親しみがあった。

敦煌は　莫高窟《ばくこうくつ》の近く　仏爺廟《ぶっやびょう》。
その唐代の墓の闇から
夢に満ちた物語の　一齣のように
いや
ごくありふれた日常の　一齣のように
現われた画像磚《がぞうせん》。

薄紫の朝明けか　真青な昼間か
それとも　赤く輝く夕暮れか。
とんがり帽子の

たぶん商人である一人の男が
どさりと側対歩《そくたいほ》の
疲れを知らぬ一頭の駱駝を
連れて歩く　アンダンテ・コン・モート。
季節は春か秋だろう。
敦煌の町はもう過ぎたのか
それとも　これから近づくのか。

わたしはなぜか　駱駝の
岩乗な口のなかを思わずにいられない。
さきほど　駱駝は
沙漠の風に　鼻の孔を閉じ
長い睫毛で目玉をかばいながら
あの好物を視つめたのではないか。
一かたまりの蘇蘇草《スウスウツアオ》——
低い緑に這い繁り
周りに砂を小高く集め
根元の微かな穴に
黄色い小鼠　跳跳《チヤオチヤオ》を出入りさせて
こちらの食欲を刺戟する

またの名　駱駝草を。
そして　しこたま
その好物を食らったのではないか。
一かたまりの蘇蘇草——
いっぱいの細い棘が
口のなかを血だらけにしてくれる
いとしのアルカリ植物を。

血はもう　おさまっているだろうか。
左手で杖をつき
右手に握った手綱で
駱駝をひいて歩く男の
とんがり帽子の頭のなかに
女のことで傷ついて滲んだ
血はもう　おさまっているだろうか。
とにかく
河西走廊だろうと
タクラマカン沙漠のほとりだろうと
単調な道中　いちばんの閑つぶしは
知っている女の裸

知らない女のはだかを
ぼんやり思いつづけることだ。
孤独だろうと
キャラヴァンの一員だろうと。

そうだ　自動に近い
禁欲的な　アンダンテ・コン・モート。
駱駝は
もじゃもじゃの毛を垂らした長い首を
まっすぐに立て
ついでに　尻尾も高く立てた。
二つの瘤のあいだには
素朴な木製の鞍が嵌められ
そのうえに載せられた荷袋は
左右にずしりと垂れている。
中味はなんだろう。
絹か　金か
宝石か　麝香か
それとも　幻術または曲芸の
奇妙な小道具一式か。

男は
無言の祈りをささげた。
商売で儲けるためである。
暴風や強盗などにぶつかった場合
最悪でも　命だけは助かるためである。
頭のうえに載せて歩く　その加護は
誰がさずけてくれるのだろう。
道教の元始天尊か
仏教の菩薩か
イスラム教のアラーか
それとも　拝火と鳥葬の
ザラスーストラ教　アフラ＝マズダか。

今　男と駱駝は
敦煌の近く　鳴沙山《めいさざん》の沙漠のなか
月牙泉《げつがせん》のほとりをたどっている。
不老長寿の水と呼ばれる
三日月形の泉。
乾いた大気が微かに動き
空の深い紺碧を　色濃く映す水に

歩行の辛苦の姿も
やさしげに浮かべられている。
ほとんど甘美な光景。

今　男と駱駝は
敦煌から遠くの　ことさらの名もない
ゴビのうえをたどっている。
砂と小石の　怖ろしい広漠。
ところどころに　白い粉が　のどかな
望みを拒むかのように　吹いている。
見ろ
前方遙かな蕭寥の地平線
そこに薄青の　横に長い湖が
ぽっかり浮かんでいるではないか。
蜃気楼は　やがてある瞬間
緑の樹木の群れに変わる。
しかし　この残酷に
男も　たぶん駱駝も
すっかり馴れてしまった。
むしろ　水への渇きを

幻の出現とともに抑えるほどだ。

古びて　薄汚れ
右下の角の表面など欠け落ち
まったくくすんでしまった　画像磚。
そこから抜けでて
男と駱駝は　ついに
わたしの胸という
日没のさなかの町に入ってくる。
唐の時代の長城の西の果て
それよりも　さらに遠い辺境から
うまずたゆまずつづけてきた
静かな　静かな
身すぎ世すぎの歩みを
わたしの疲れた日日の営みに
合わせようとするかのように。

穀物と女たち

天山南路のオアシス都市　吐魯番《トルファン》。
火州という元代の名をもつ。
今の市街の東にある阿斯塔那《アスターナ》古墓群は
南側が高昌古城　北側が火焔山で
玄奘や孫悟空を思いださせる。
その唐代の墓葬の闇から
そろって現われた
四個の女子泥俑の群。
今も　かの女たちは連繋して
穀物　たぶん小麦に加工しながら
おいしい食べものを作る仕事をしている。
そうだ　今も
世界で二番目に低いといわれ
風庫《フオンコウ》という綽名をもつ
吐魯番盆地の暑気と乾燥は
すさまじいかぎりだ。

わたしは幼いとき　旅順の博物館で
阿斯塔那からもたらされた
木乃伊《ミイラ》に驚愕した。

食べものを作っているのは
たぶん　漢族の若い女たち。
黒く高い頭巾
薄緑や茶の肩巾《ひれ》
黒と薄茶の縦縞や　灰色の無地の長い裾《もすそ》
そんな服装をしている。
どうやら　暑くはない季節だろう。
顔は白く塗られ
その眉間と両頰には
赤茶色で小さな円など
そんな化粧もしている。

おお　これは唐の時代の
長安や洛陽と同じ生活ではないか。
一人は立って　太い棒を
搗き臼にさして脱穀している。

一人は坐って　箕《み》をふるい
殻や塵などを除いている。
一人は立って　挽き臼を廻し
細かい粉にしている。
一人は坐って　麺棒で
捏ねた粉を平たく延ばしている。

幼いわたしにとって　世の中で
いちばん恐怖に満ちたものは
阿斯塔那から来た木乃伊であった。

異数の辺境のきびしさのなかで
四人は　まるで永遠につづく
日常の営みであるかのように
のんびり　共同の作業をしている。
頭を右や左に傾け
仲よく話しあっているのか。
小声で合唱しているのか。
それとも　黙ったまま
それぞれの思いに耽っているのか。

顔にかぶせる仮面ほどではないが
背部の粘土が
大きくそがれるように
手捏《てづくね》でこしらえられた
可憐な人形たち。

楽しむにしろ　倦むにしろ
また　和むにしろ　恨むにしろ
ゆるやかな　忘我に近い時間の流れだ。
対象のない　ふしぎな郷愁の
風もゆるやかに吹きぬける。
辺境における定住の
なんと安らぐ雰囲気だろう。
サラセンの脅威はないか?
今のところ　どうやら
戦乱の兆しは見えない。
その静謐が　かえって
懐かしくもロマンティックだ。

幼いわたしを　戦慄させた木乃伊が

もし　これら女子泥俑の
モデルの一人であったとしたら？

六博と男たち

墓が古ければ古いほど
墓が異国のものであれば　いっそう
そこから出てくる　遊ぶ人形《ひとがた》の姿は
埋葬の不気味を怖れぬための
長閑な救いである。

古拙な加彩木俑に刻まれた
二人の中年らしい漢人の男。
西漢における西域への出口　武威で
暮していた役人か武人だろう。
白い規矩文のある　黒い方形盤を囲み
六博《りくはく》に熱中している。
どちらも円い髷を結い　口髭を生やし

まとう縕袍《どてら》は　青い地に白い縦縞
坐り方は　どうやら正座だ。
ふと　遠い昔の日本人のようにも
見えてくるではないか。
慌しく加速する　中年の時間のなかで
浮世の利害を忘れたような
懐かしや　ホモ・ルーデンス。
遊びの戦いにこそ酔う　この一隅を
遠巻きにして　時代のどんな惨劇が
進行しているか？

もともとは双方が
駒に当る各六個の木片（棊《き》）を持ち
方形盤の横台には賽子《さいころ》に当る
六本の竹札（箸《ちょ》）が置かれるという。
これらのうち　残っているのは
一人が低く差し出した右手の
親指と人差指で挾んだ
角柱状の　棊が一個だけ。
その男の探るような顔つきは

さあ行きますよ　と言っているのか?
もう一人は左手をやや高くあげ
五本の指を伸ばして　受けの構え。
その男の澄ました顔は　どうぞとも
これはこれはとも　言っているようだ。

遊び方が今はわからぬ　六博。
日本の双六に近そうだ　ともいうが
規則が遁走して久しい　そのあとの
澄みきった不可解のなかで
紀元前の異国の　男二人の人形《ひとがた》が
心の裸を見せはじめる。

牡丹のなかの菩薩

杏園の春色も稍ゝ更《た》けて曲池の賑ひも
少しく閑寂に帰る頃は、長安の市民は
牡丹の花に憧れて気もそぞろに、都を
挙げて花の噂に日を暮らした。
—石田幹之助『長安の春』

いちばん好きなのは　紅い牡丹の花
それも　満開のあでやかさより
蕾の裸のうらわかさ。
萼がすこしずつ反って離れ
蕾が開きはじめるときのやさしさ。
それは　まるで
いとしいものを載せた
慈母観音の手のようだ。

打明けた心のまことでありながら
深い謎のようにもひびく
こんな言葉を　わたしに残し

昨年の春
親しかった　あの
唐の若い僧侶は去った。
はるか南　民衆の塗炭のなかで
どこまでも行脚するため
長安の都の夢を捨てたのである。

ふしぎなえにしだ。
日本からの若い留学僧　わたしは
きょう　同じ慈恩寺《じおんじ》の庭で
白く大きな　満開の牡丹の花に
魅惑のまぼろしを感じた。
慈母観音ではないが　ある
失われた菩薩像の
ふくよかな　美しい顔。

それは白い光沢の大理石だ。
凝脂。
たえず滑る春の光。
眼まぐるしく　螺旋状に回転する

千重咲きの白い花びら。
三日月をくっきり描く　眉のしたでは
切長の眼が薄くあけられ
微笑みを浮かべたような　小さな口には
紅《べに》が点《さ》されている。

雄蕊は　黄色い葯を支えた細い花糸。
おびただしいその群れのなかで
花盤に包まれたまま
豊かに隆起している　雌蕊の子房。
そうだ
豊かな頬　二重の顎
白い大理石がなぜか　柔らかそうだ。
胸や腰や臀の肉置《ししおき》が
ふとひらめいて　すぐ逃げた。

緑の羽状複葉の　小葉の先には
三裂や五裂のふしぎな遊び。
整えられて波をうつ
総総《ふさふさ》の髪の正面には

金箔を貼った忍冬文《にんどうもん》の飾り。
大きすぎる耳の朶にも
同じく　インドふうに
金箔を貼った環の飾り。
白い大理石が　白い牡丹の
花のように匂いはじめた。
白い大理石に　当てられた鏨《のみ》が
薄い花びらを剝がす。
すっきりと　鏨で
彫りあげられた鼻。
そのうえの眉間の
白毫をかたどる円い粒さえ
真理のためではなく
慈悲のためでもなく
すでにして　美のためである。

わたしは　長安城の東南部にある
黄土の小丘　楽遊原《らくゆうげん》をさまよっている。
城内でいちばん高く
四方の眺望が美しい　行楽の場所。

楽遊《ラクイウ》ノ古園《コエン》　崒《タカ》クシテ森《モリ》ハ爽《サハ》ヤカ。
煙《ケムリ》ハ綿《ツラ》ナリ　碧《アヲ》キ草《クサ》　萋萋《セイセイ》ト長《チヤウ》ズ。

こんなふうに　杜甫も歌っている。
やはり　着飾った士女がのんびり
語らいながら歩いている。
しかし　なんという暗鬱だろう。
八年前　わたしが二十五歳のとき
今となっては　最後のものとも思われる
遣唐船でやってきてから
よく世話になった青龍寺《しょうりょうじ》。
かつては空海も学んだ伽藍
もと　隋の霊感寺は
この楽遊原のうえで
堂も塔も　ほとんどすべて
破壊されつくしているのだ。
山河《サンガ》ハ　天眼《テンゲン》ノ裏《ウチ》ニシテ。
世界《セカイ》ハ　法身《ホッシン》ノ中《ナカ》ナリ。

恠《アヤ》シムコト莫《ナカ》レ　銷《キ》ユルハ炎熱《エンネツ》。
能《ヨ》ク生《シヤウ》ズルハ　大地《ダイチ》ノ風《カゼ》ナルヲ。

こんなふうに　王維がある酷暑の夏
賞め讃えた寺院。
それが　なぜ
瓦や磚《れんが》の堆積となってしまったのか。
なぜ　こんな憎悪を
もろに受けねばならなかったのか。

会昌五年七月
というのは　昨年の夏のことだが
武宗は廃仏毀釈を断行した。
全国に吹き捲ったこの撲滅の嵐は
長安の場合でいえば
慈恩　薦福《せんぷく》　西明《さいみよう》　荘厳《しょうごん》の四寺を除いて
僧寺と尼寺の合計百以上を　壊廃させた。
仏教だけではない。
景教も　祆《けん》教も　摩尼《マニ》教も
外来の宗教はすべて弾圧された。

風土にねざす道教の
道士観と女観だけが
身内のように保護された。

なるほど　仏教徒のあいだにも
怠惰や堕落や罪科が　いろいろあった。
また　衆生よりも政治の権力に結びつく
抜きがたい構造があった。
いや　わたし自身が
日本にいたときも　唐に来てからも
じつは　その現世《うつしよ》の姿に
懐疑し　ほとんど絶望していたのだ。
そのためもあって　厳密な意味では
わたしは仏教の信者でさえなかった。
しかし　唐の長安
胡人の言葉を借りるなら
タムガチの国　クムダンの城
そこに漂っていた
あの馨《かぐ》わしい風は
どこへ消えて行ったのか。

どこの外国人とも　心の喜びをかわした
あのすがすがしい空気
懐疑し　ほとんど絶望していたわたしが
槐樹や揚柳の並木の町を歩きながら
なお快く呼吸していた
あの開かれた精神の雰囲気は
どこへ消えて行ったのか。

そうだ
安国寺に置かれていた　魅惑の
あの白い大理石の菩薩像は
どこへ消えて行ったのか。
それは　粉粉に砕かれてしまったのか
別のものに　彫り直されているのか
それとも　秘密の永い土のなかに
隠匿されてしまったのか。
長安城の東北部にあった安国寺も
すでに地上に姿がない。

菩薩は男か　女か　無性か

なんともふしぎな存在である。
ただ　わたしにとって
あの白い大理石の菩薩像の
ふくよかな顔は
女であるより　美そのものであった。
仏教を見捨てようとしていたわたし
生きることに　元気が
まったくなくなりかけていたわたし
そんな人間に
現世を愛するための唯一の通路は
真理ではなく
慈悲でもなく
ほかならぬ美であるということを
あの顔は教えてくれたのであった。
白く大きな　満開の牡丹の花に
その魅惑のまぼろしを
わたしはきょう　生き生きと感じた。
幻影となることによって
美は確実なものとなる。

わたしは還俗《げんぞく》を命じられている。
わたしはやがて　故国へ
なにかの船で強制送還されるだろう。
今は無為と放心の
奇妙な仮の生活である。
好天の午後の
この黄土の小さな丘からは
とにかく　周囲がよく眺望される。
慈恩寺の大雁塔も
薦福寺の小雁塔も
杜甫が親しんだ曲江も
あるいは　城外はるか
沃野をつらぬく渭水《いすい》も
王維が住みついた終南山の麓も
すべて　のどかな春色のなかで
ひとときの午睡を楽しんでいる。
廃仏毀釈の激震があったとは
信じがたい遠景ではないか。
こうした自然や建物を　わたしはすでに
日本に戻った思い出の眼で

むさぼるように視つめているのだ。

唐の南部へ行脚に出かけた
あの懐かしい僧侶とは
もう逢うことはあるまい。
南地で牡丹は植えにくいというが
かれは時代を知っていたのだ。
かれは民衆のなかに
新しい仏教を見いだすだろうか。
おお　ここはなお長安
牡丹のなかの菩薩の日。
わたしの胸のなかに　はじめて
仏教への孤独な憧れ
錯誤かもしれない涅槃への
溺死を怖れぬ情熱が
微かに　芽生えてきたようだ。

銀の薫球

飛ぶ鳥のように
あらゆる方向感覚を
味わいつくしてみたくなり
葡萄の蔓は　その細く柔らかな
巻鬚もある尖端を
狂ったように
空中へ跳ねあがらせた。
蔓の夢は伸びに伸びて
空中にありもしない
ひとつの球体にからみつき
どこまでもうねりくねって
その滑らかな球面を
ある日　ついに
這いつくしてしまったのだ。

月光の室内に　自分の鎖で
吊された銀の薫球。

球面の透し彫りは
あの　葡萄の蔓の情熱である。
飛ぶ鳥をともなって
今はすっきり涼しげに
刈り込まれた唐草模様。
上下の半球が　蝶番《ちょうつがい》と留金で
合わされた薫球の内部には
地震でも傾がない
金の円い香盂《こうう》がある。
そこで焚かれた麝香の煙は
あらゆる方向感覚を
夢みた凍えの
透し彫りの隙間を通り
恋の心をくすぐるのである。

知られざる一角獣

熱帯の藪や湿地で　ひっそり草食

哺乳類奇蹄目。
大きくて　力が強く　臆病
眼は小さくて弱く　皮膚は鎧の厚さ。
よく走り　よく利く鼻のうえに
反りかえった　太く短い角が一本。
インド犀。

北極海を少数の群れで泳ぎ　肉食
哺乳類鯨目。
体長約五メートルの牡だけ　なぜか
上顎門歯の左の一本が異変し
前方に　約二メートルも伸びて
まるでアンテナをかねた牙。
一角。

中国　とくにその古代に空想された獣
聖人が出て王道を行えば　あらわれる。
体は鹿　尾は牛　蹄《ひずめ》は馬に似るが
虫も踏まず草も折らず
毛に五彩のところがあり

頭のうえには　肉に包まれた角が一本。
麒麟。

西欧　とくにその中世に空想された獣
処女の純潔に憧れ　それをそばで守る。
小さな白い馬に似るが
偶蹄であり　顎には鬚
前頭部からまっすぐ　先細りに長く
ねじりんぼうの角が一本。
一角獣。

初春の夕べ　銀河にあって
南中する星宿。
百十二の星が　肉眼で見える。
暗黒物質やガス体がまじり
散光星雲に　薔薇の花が咲く。
大いなる角の幻も一本。
一角獣座。

さて　虚実を問わず

これらはすべて　名だたる
堂堂の一角を保つもの。
これらの歴歴に包囲されると
鎮墓獣のおまえは　なんと無名で
なんとつつましいことか。
死骸とくらした　二千年もの
片隅の闇のなかから
奇妙な姿を現わしたばかりの　おまえ
まさしく　知られざる一角獣。

武威のすこし南　磨咀子《まそし》
祁連山の麓　雑木河の岸辺
そこにあった漢の貴族の墓で
おまえは四足不動の勤務をしていた。
グロテスクを以て
グロテスクを制す。
邪鬼の出現を防ぎ
盗掘者を怖れさせるためであった。

鋭く冴えた木彫りのおまえ。

塗られていた白や朱などは　ほぼ剝落
高さ三八・五センチ　長さ五九センチ
猪に似た体つき。
闇のなかでくらすためか
警戒に突き立つ　耳が大きく
眼や口はあるかないか　わからぬほど。
そんな顔のどまんなかから
異様に大きな角が一本
水平よりやや上向きに　ぐんと伸び
まるで　鼻のお化けである。
肩はがっしり　腰はしまり
蹄のある四本の足は　ぎりぎりに細く
たえず　しゃっきり緊張している。
そうだ　おまえは娑婆へ出ても
根元が太く先が尖った
その一本の角で　なにかを
たえず　突き刺そうと狙っている。

こんなふうに　律義なおまえだが
名だたる　堂堂の

一角の持主たちに包囲されると
矮小で　貧弱で　愚直なのだ。
おまえが親しんだ
墓のなかの時間にふさわしく
無味で　不恰好で　非情なのだ。
それに　地上の讃辞など
おまえに興味はないだろう。

しかし　おまえの体軀の最後には
おまえだけの栄光
おまえだけの美学が　点《とも》っている。
それは　尻尾だ。
変身のけはいを秘め
長く　固く　逞ましく
垂直に近づくように　立てられた尻尾。
それはさらに膨脹し
もう一本の角に　化けるのではないか?
おまえの意志の球体が
顔のまえと尻のうしろの対聯で
つまり　水平と垂直の各一角で

表現されようとしているのではないか?

絹の白粉袋

タクラマカンの沙漠から現われた
たぶん紀元すこし前の
緑の銹の　逞ましい青銅の弩機《どき》には
べつに驚かなかったが
たぶん紀元すこし後の
古ぼけた小さな　絹の白粉袋《おしろいぶくろ》には
虚をつかれた。
こんなはかない日常の品が
いつまでも秘められていたとは!

おまけに　袋の表の白い絹には
時間をかけてこまやかな
夢を見る飾りがあった。
緋や紅《くれない》や藍や緑や黄の　絹糸で

沙漠のうえを流れる雲が
すっきり刺繍されているのだ。
そして　袋のふちの
大きすぎる蔕《へた》のような
白い絹の飾り裂《ぎれ》は
裏に　紅の紗羅が合わされ
そこでは　愛の波紋が
菱形にちりばめられているのだ。

顔の化粧品を容れるものを
化粧する女ごころは
どこまで　人間の過去に溯れるか?
ある夫妻が木乃伊《ミイラ》化した
合葬墓の乾燥から
踊りでた白粉袋が
こんな奇問を生きさせる。
尼雅《ニヤ》
三世紀後半に捨てられたという
オアシスの集落。

唐三彩の白馬

八世紀の前半
長安城の西の郊外　南何村に
造られたある武将の墓。
そのなかの闇に　じつに長いあいだ
天災や戦乱を越えて　守られていた
きらびやかな三彩の白馬。
おまえは　二十世紀の後半
この　変転する明るい地上に
また　招かれてきたのであった。

おお　むしろ耽美の玩具。
古ぼけ果てたはずのおまえが　なぜか
わたしには眩しい。
頽廃におちいる　ほんのすこし手前で
馬の化粧と装飾が
こんなにも　雅びなものであったとは！

白い皮膚が若若しく張りつめた馬は
もたげた頭をやや左に傾け
四本の足でまっすぐ立っている。
頭から頬や鼻や口にかけては
杏葉《ぎょうよう》の飾りもある　藍と黄の面繫《おもがい》。
口が嚙《か》むのは黄色い勒《くつわ》。
眼は白のまま色を加えず
形よく　優しく　暗示的だ。
金茶の髪は
鬣《たてがみ》が　ササン朝ペルシャふうに
くっきりと　三花《サンホワ》に翦りそろえられ
前髪が　両耳のあいだに立って
さらにその前で左右に分かれている。
首飾りあるいは胸飾りは
黄の鈴などがついた緑の革の帯。
背中の鞍に掛けられた　緑の障泥《あおり》は
左右に長く垂れさがっている。
尻を大きくおおうのは　藍と黄
杏葉の飾りも多い　革の帯の組合わせ。

尻尾は短く　白のまま
中程で辮《あ》まれ　先が立つ。
輦前《レンゼン》ノ才人《サイジン》　弓箭《キユウセン》ヲ帯《オ》ビ。
白馬《ハクバ》　嚼齧《シヤクゲツ》ス　黄金《ワウゴン》ノ勒《ロク》。
身《ミ》ヲ翻《ヒルガヘ》シ　天《テン》ニ向《ム》キ　雲《クモ》ヲ仰射《ギヤウシヤ》ス。
一箭《イッセン》ニシテ　正《マサ》ニ堕《オ》ツ　雙飛《サウヒ》ノ翼《ツバサ》。

わたしはふと　こんなふうに
黄金の勒《くつわ》の白馬への
杜甫の追憶の眼差しをなぞってみる。
曲江のほとりを潜行するかれは
玄宗と楊貴妃が訪れた日の
芙蓉苑を心に描き
声を呑んで　泣くのである。
あの花やかな唐の文華は
どこへ消えて行ったのか。
今　細柳新蒲は春を告げているが
長安城は安禄山の兵で　いや
その息子安慶緒の兵で　いっぱいなのだ。

玄宗は遠く蜀の成都に逃れて
まったく消息がなく
その逃避行の途次
馬嵬《ばかい》の路傍の仏堂で
部下に縊り殺された楊貴妃の遊魂は
なおも宙に迷っている。

人生《ジンセイ》　情《ジヤウ》有《ア》リ　涙《ナミダ》　臆《ムネ》ヲ沾《ウルホ》ス。
江水江花《カウスヰカウクワ》　豈《アニ》　終《ツヒ》ニ極《キハ》マランヤ。
黄昏《クワウコン》　胡《コ》騎《キ》　塵《チリ》　城《シロ》ニ満《ミ》ツ。
城南《ジヤウナン》ニ往《ユ》カント欲《ホッ》シテ　城北《ジヤウホク》ヲ忘《ワス》ル。

そのとき　杜甫は四十六歳であった。
前年の夏
唐復興の残された希望　粛宗のいる
霊武におもむくところを捕えられ
長安に閉じこめられていた。
唐軍は　長安の西およそ百五十キロ
鳳翔まで進んできていた。
杜甫は　城外への脱出の機会を

密かに　熱烈に　うかがっていたのだ。

三彩の白馬よ
瀟洒の果ての馬の夢よ。
おまえは　なるほど
戦塵がふさわしい胡騎における
賤しい　あるいは　荒荒しい馬ではない。
しかし　わたしが耳を澄ますと
おまえの姿態をめぐる血に
黄河の黄土色のうねりと
天山の雪解けのしたたりが
ともに微かに
谺しているのが聞こえてくる。

それは　おまえの享受する爽快の
過去における必然のあかし。
そして　おまえの遺伝する剛勇の
未来における可能のきざし。
おお　優美な白馬よ
野性をかくす

現在のひとつの偶然よ。
わたしははじめて肉眼で
盛唐の爛熟の
生生しくもはかなげな
匂いを嗅いだ。

駱駝のうえの音楽

唐三彩のこの駱駝が　すっくと立つのは
タクラマカンの沙漠ではなく
国際都市　長安のにぎやかな町。

どでかいこの　薄茶の皮膚の両峰駝《りょうほうだ》が
空へ首を　垂直ぎりぎりに反らせ
刈りあげられた鬣《たてがみ》や
咽喉から胸へのながい毛を
もじゃもじゃと濃い茶に垂らし
夢みるように載せているのは

白玉でも　香料でも
絹でも　鉄でも　金でもない。
それは緑　白　茶　黄　藍の
縞の絨毯でおおった　小さな舞台。
そのうえに集った
白く柔らかな頭巾の五人
緑か藍か茶の胡服の
楽士たち。

真中に立ち　今にも踊りだしそうな
恰好で歌うのは
深眼高鼻　有髯の　たぶんイラン人。
その周り　背中あわせに腰をかけ
ペルシャの四絃琵琶で
また　今は欠け落ちている
觱篥《ひちりき》　拍鼓《はくこ》　銅鈸《どうばち》　らしい楽器で
いっしんに合奏するのは
漢人とイラン人　二人ずつか。
駱駝は　オアシスの水を呑むように
耳　眼　鼻　肛門で

また　隠れている二つの瘤で
つまり全身で
ごくごくと音楽を呑んでいる。

唐三彩に封泥された　この
楽しげな連中による　たぶん
西域の音楽——
八世紀前半の長安の
市井のひとつの喜びに
わたしはじっと耳を澄ます。
しかし　どんな恋の唄も
どんな鳥も　馬も
どんなドデカフォニーも聞こえてこない。

そこで　わたしは思いだすのだ
河隴《かろう》におもむく顔真卿《がんしんけい》の
出発をいとおしむため
長安にあって西域の憂愁を歌う
岑參《しんしん》の遙望を。

君《キミ》聞《キ》カズヤ　胡笳《コカ》ノ聲《コヱ》　最《モット》モ悲《カナ》シキヲ。
紫髯綠眼《シゼンリヨクガン》　胡人《コジン》吹《フ》ク。
之《コレ》ヲ吹《フ》クコト一曲《イッキョク》　猶未《ナホイマ》ダ了《オハ》ラザルニ
愁殺《シウサツ》ス　樓蘭征戍《ロウランセイジュ》ノ兒《ジ》。

そしてまた　思いだすのだ
俗楽も胡楽も好きな玄宗の
宮中の行楽を詠じるため
楽器の生動をくっきりと描きわける
李白の奔放を。

煙花《エンクワ》ハ　落日《ラクジツ》ニ宜《ヨロ》シク
絲管《シクワン》ハ　春風《シュンプウ》ニ醉《ヱ》フ。
笛《フエ》ヲ奏《ソウ》スレバ　龍《リヨウ》ハ水《ミツ》ニ鳴《ナ》キ
簫《セウ》ヲ吟《ギン》ズレバ　鳳《ホウ》ハ空《ソラ》ヲ下《クダ》ル。

これら二つの情緒が交差するやゝとこで
唐三彩が秘める
音楽の尻尾の先でも挾めないか？
おお　鑑賞の回廊での

馬鹿げた観念のあそび。

そうだ　それより
大地が　大事だ。
李白の別の言葉を借りるなら
青綺門では　胡姫が白い手で招き
客を延《ひ》いて　金の樽に酔わせる
そんなふうに　異民族もいる
長安の市井である。
その一角に突っ立って
大きな口を固く閉じ
空へ首を　垂直ぎりぎりに反らせた
沙漠の天使　駱駝のうえに
氷る音楽である。

いつかわたしが　この古い都の
千三百年ほども経った
新しい通りを歩くかもしれない日
夜　ホテルに泊ったわたし日本人の
深い疲労の眠りのなかで

その沈黙の音楽は
やっと溶けはじめるかもしれない。
それも　遙かに遠い過去の
声や音としてではなく
わたしを初めて
そして優しく迎えてくれる
樹や建物の匂いとして
空や雲や衣裳の色として
湯ざましや饅頭《マントウ》の味として
あるいは
戦争の傷をおおう
歴史の流れの　甘く沁みる時間として。

ある抒情のかたち

——あとがきに代える随想

一九七九年三月二十日から五月十三日まで東京国立博物館において、「陝西・甘粛・新疆出土　漢—唐　中華人民共和国シルクロード文物展」が行われた。咸陽、武威、額済納旗《エチナ》、民豊《ミンフォン》、沙雅《シャーヤ》などからは漢のもの。西安からは漢、北朝、隋、唐のもの。和田《ホータン》からは北朝のもの。吐魯番《トルファン》からは西涼、北涼、北朝、唐のもの。敦煌、奏安、涇川《けいせん》などからは唐のもの。といったふうに発掘された合計百五十六点の文物が、いわば地中の千年とか二千年とかの長い闇をそれぞれに引きずる、奇異な調和をかもしだしていた。発掘の時期は、その記載がない一点を除いて、一九五三年から七五年にいたる二十三年間であった。

私はこの展覧会に五回通った。最初は公開の三日前で、ある新聞に印象記を書くように依頼されたためであった。そのとき私は準備中の会場を廻りながら、すぐ感想が書けそうなものとして、吐魯番出土の唐代の一文物、——食品製造の連繫作業にはげむ四人の女子加彩泥俑を選んだ。西域における漢族のつつましい日常建設の雰囲気に、一種フロンティアふうというか、静かな生活の回転にこもったロマンティックな情緒を覚えたのである。私は計画どおり、帰宅してからすぐ、「西域定住への生活感」と題する小文を綴った。

ところで、この第一回目の見学のとき、私の胸の中には別個に、ある思いがけない感動が生じていた。それは西安出土の隋代の一文物、金釦《きんこう》の白玉杯を眺めて抱いた、いわば自分の記憶についての幻想にまでいたるものである。高さ四センチ、口径五・六センチ、半球に近い形体の杯そのものの美しさに、私はまず深く打たれたが、しばらくぼんやりとその前に立っているうちに、「葡萄ノ美酒夜光ノ杯」と始まって「古來征戰幾人カ囘ル」と終わる、王翰の有名な七言絶句「涼州詞」が頭に浮かんできた。すると不意に、三十五年ほども昔の二十歳ごろ、軍隊への召集を受けて戦争に狩りだされることになったとき、肉親や友人との別れの宴において、シャンパンかなにかをこの杯で飲んだことがあったような気持になり、両唇のあいだ、舌の先あたりに、その甘く悩ましい味わいが生き生きと甦ってきたのである……。

この自分の記憶についての幻想はそのまま頭の中にわだかまり、消えそうになかった。このわだかまりを含む感動は詩に結晶することを求めている、と経験から直感した。それから数日経って、家族とともに文物展の公開何日目かに出かけたとき、私は白玉の杯をまたつくづくと眺め、帰宅してから宿題の詩を書いた。そのとき私は、オブジェそのものの魅力と、そこにたまたまかかわってきた中国古典の詩と、さらにそこへ投影された私の個人的な幻想、こうした三つのものが複合する構造を意識した。

これがきっかけであった。文物展にかかわる一篇の詩を書くことによって、私の詩作にある連鎖反応が生じた。というのは、文物展を最初に見たとき、他の十箇ほどのオブジェについての感動がすでに潜在していたが、それらがつぎつぎに膨らんできて、白玉の杯の場合と同じく詩作という出口を求めるようになったのである。これらのうち、その構造を鮮明に浮かびあがらせながら、私の脳裡を通過して詩作品にまで形を変えたものは、今までのところ合計六つである。こんな事情があって、私は文物展の東京における公開が終わるまでに、その後さらに三回一人で通った。目ざす文物についての感動を反芻し、また、その細部を確認するためであった。

こうした一連の詩作品において、先に述べた三つの要素の複合する構造は、基本的にはいつも変わらなかった。オブジェそのものの魅力にかかわってくる中国の古典が、詩ではなくて史書の部分であったり、表面上そうした関連の言葉が欠けたりした。また、私の個人的ななにかをあからさまには現わしにくいこともあった。しかし、私は詩作の最中、少なくとも抽象的にはそうした三つの要素によるいわば立体的な構造を意識し、その意識を手法の根底的な支えにしていた。

このように共通する抒情のかたち。私は自分のことながらそれをふしぎに思う。こうした形を通じることの、詩の外側あるいは基底の意味はなにか。それはすぐにはうまく解けそうもない難問である。今漠然と感じられる背後の事情は、私が大陸の一角の大連で生まれ育ったこと、また、私が二十歳ごろに『唐詩選』に熱中したり『漢書』を齧ったりしたこと、そうした自分の過去が、どうやら密かな回路によって、文物展のオブジェに感じられる魅力と通じあっているらしいということだけだ。詩に描こうとするオブジェが無意識的に自分の幼年や青春とかかわっていたとすれば、一連の詩作を持続させる力はそれだけいっそう強くなるだろう。

さて、金釦の白玉杯の場合とは別の二つほどの詩の題材において、ここで問題にしている抒情のかたちを簡単ながら再認することにしてみたい。僅かながらも具体例の追加はやはり必要だろう。

居延の漢代烽燧台跡の一つから出土した芨芨草《きゅうきゅう》の苣《たいまつ》は、少し離れて眺めると、まるできのう束ねたような、親しげな枯草色であったが、その乾燥に約二千年の歳月が流れていると知って、私は茫然とした。そのとき、さいはての辺塞であった居延という地名が、そこを南下した霍去病《かくきょへい》の勝利や、そこから漠北へ出撃した李陵の悲劇を、また、匈奴が秋になると漢の砦を襲ったりした習性などを想い起こさせた。私は荳の最初の姿を遙かな居延の秋に生生しく想像し、それが先をすこし焦がした形で今日まで残ったことに、ふしぎな運命の孤独を見た。それは唐突のようであるが、私自身の戦中における、また戦後における精神的な孤立感を、密かに深く投影することができるものであった。

西安の唐墓の一つから出土した三彩、楽人をのせた駱駝は、長安のある楽しげな街頭音楽をいわば陶土のなかに封じこめた絶品だろう。漢人とイラン人と思われる五人が歌い奏でた音楽はどんなものであったか？　私はその謎のなかに吸い込まれてゆくようなかたちで、見事な造型への陶酔を覚えた。そして、岑參や李白の詩句をまるでその謎を解く鍵のようにも思い浮かべたが、もちろん答えはあたえられなかった。それからしばらくして、私はこんな奇妙な空想を抱いた、二年半ほど前に北京を旅したように、もしいつか西安を旅することがあるなら、唐三彩のなかに氷りついたその音楽は、ホテルにおける私の夜の眠りのなかでやっと溶けはじめるかもしれない、それも、声や音としてではなく、風土や町や生活の雰囲気として、あるいは、かつての国際性に微妙に通じる今日の国際性として……。この空想は、もし二年半ほど前の中国旅行が楽しいものでなかったら、決して訪れてはこなかったろう。

こんなふうに、別の二つの詩の題材においても、三つの要素が複合する抒情のかたちは明らかだろう。ある意味では、言語によるその複合の緊密な組立てこそが、こうした場合の詩作であるとも言えそうである。

私は「シルクロード文物展」にもとづく詩をなお数篇は書きたい。できるなら、たとえばランボーの「古美術」のように、オブジェの魅力だけを表面に出す短い詩も、一、二篇は作ってみたいと思う。

（一九八〇年四月十七日）

（付記）

この文章は、本詩集に収録されている詩十二篇のちょうど半数にあたる六篇を作り終えたとき、覚え書きふうに記されてある雑誌に発表されたものである。進行中である一連の詩作にかんする手法意識の中間随想として、私には初めてのおこがましい経験であった。しかし、行間に漂うかに本人には感じられる、その暗中模索の苦い味が捨てがたいままに、あえてこの随想をあとがきに代える奇を選んだ。

夢のソナチネ から

1981

青と白

　机のうえのガラス板のうえに、真白に光る矩形の洋紙が一枚、横長にきちんとおかれている。まるで、升目も罫線もない大判の原稿用紙が一枚、誰かによって、もしかしたらわたしの記憶にはないわたし自身によって、いつのまにか用意されていたかのようである。わたしはその洋紙の形と色に、なんとなく期待していたとおりのものを感じ、また、あらためてすこしばかり刺戟されてもいる。この端正な空白の平面になら、思いきり書き込めそうだ、というわけである。わたしの右手が持つ万年筆の先が、まさにその洋紙の右上の隅に触れようとしている。

　自分の狭苦しい物書き部屋で、回転椅子に坐って机に向かっているわたしは、なにかを書きたいという激しい欲求につらぬかれているのである。しかし、いつまで経っても、頭のなかには、書きたいことがすこしも具体的には浮かんでこないのだ。書きたいものの種類が、物語なのか、日記なのか、それとも手紙なのか、そうした区別もまたさっぱりわからない。もしかしたら、自分は書くことを無意識のうちに強く拒んでいる、というまったく予期しなかったことを、わたしはやがて文字によって曝くことになるのだろうか？

　見ろ。万年筆のペン先に滲みでているインクの量が、すこしずつ、すこしずつ増え、今やペン先の尖端に青く小さな球体がぶらさがろうとしている。わたしはそれがなにかにとても似ていると感じる。燃えつきようとする線香花火の、微かにふるえる最後の火の玉。もしそれが白紙のうえにぽたりと落ちて、青い火事が起きたら、わたしの長い沈黙の負けだ、とわたしは理由もなくそう思う。

わたしはあわてて、万年筆の先を天井に向ける。すると、いったい、誰の仕掛けた手品か、青いインクの玉が、まるでシャボン玉の極小の粒のように、室内の空中へふわりと飛び出た。それも、一つだけではない。あとのものは準備の時間をかけず、ペン先の尖端からいきなりシャボン玉の極小の粒の形であらわれたが、二つ、三つ、四つ、五つ……とつづいて空中へ軽やかに飛び出た。そして、これらのインクの玉は、やがてひとつひとつが淡く青い雲にふくらみ、これ以上ないほど静かに凪いだ純白の海のうえに、美しく浮かんだのである。

おお、初めて眼にする青と白逆転のこのふしぎな光景。わたしはその魅力にただうっとりとするばかりで、ほかのことはすっかり忘れてしまっていた。

便器と包丁

わたしは二十六歳から四十一歳にいたる十六年間、(三十一歳における半年ほどのある映画会社への転出をのぞくと)、プロ野球の日本野球連盟ついでセントラル野球連盟の事務局に勤めた。担当した仕事は、ペナント・レースの日程編成そのほかであった。その間、事務局は東京におけるその所在の場所を三回変えた。木挽町（のちに銀座四丁目の一部になった）から大手町へ、そこから銀座五丁目へ、さらにそこから銀座六丁目へと、あまりぱっとしないビルの貸室を転転としたのである。連盟事務局の経費は、連盟を構成する球団の興行収入から出るので、贅沢なところには住めなかった。

わたしの頭のなかには、その三回の引越しの日のいろいろな情景がまだ鮮やかに残っている。別れる古い部屋への、やはり名残り惜しい、しんみりとした気分。あるいは、新しく入る部屋への、なんとなくいいことがあるように期待している、やや浮き浮きした気分。そうした心の傾きが、それらの日のいくつかの情景に深く沁みとおっていたのだろう。

たとえば、通い馴れた建物のかたわらに立って引越しのトラックがくるのを待つあいだ、所在なさに、荷造りしたわたし個人の箱のなかから、数年前に来日した大リーガー、ジョー・ディマジオからサインしてもらったボールを取りだし、それで同僚と素手のキャッチボールをし、それをうっかり歩道から車道にころがして水溜りで汚し、せっかくの記念のボールをなかば台なしにしてしまったことがあった。

また、別の引越しで荷造りしているとき、キャビネットの隅に、何年も前に誰かが置き忘れたらしい上等のウィスキーの瓶の新聞包みを見つけたことがあった。引越し先の新しい部屋で荷物がすっかりかたづいたとき、すでにシーズン・オフの一日でもあったし、数人の同僚とその舶来のウィスキーの瓶を乾した。わたしは酒に弱いので、すぐ酔ってしまった。そして、いわば手すさびに近くの電話で、あるスポーツ新聞の番号を廻し、(わたしはそのころ関係先の電話番号を三十あまり暗記していた)、出てきた声なじみの電話交換嬢に、下手なシャンソンのひとふしを聞かせ、おおいに笑わせたのであった。翌日わたしがそのことを深く後悔したのは言うまでもない。

ところで、わたしがなぜかすっかり忘れてしまっていたもう一つの引越しがあったのだ。それが何回目の引越しに当るのか、また、新しい場所が銀座にあるのかそれ以外の町にあるのか、そういったことはさっぱりわからないが、とにかく、今わたしが立っているビルの内部の一劃はたいへん綺麗で、新築の出来たてほやほやである。部屋のまんなかに立っているわたしの眼に、塗られたばかりのベージュ色がおだやかな無垢の壁や、緑色で滑らかなリノリュームの無傷の床が、なんとも初初しく映るのである。また、眼には見えていないが、細長い五階建てで屋上が砂利の庭になっているビルの、外側の壁にアイヴォリー・ホワイトの新鮮なタイルが貼られ、道路に面した各階のたいへん大きな窓のいれたばかりのガラスに日光がきらきら光っていることを、わたしはよく知っているのである。

そうだ、こんな瀟洒な、こんな快適な部屋に引越したこともあったのだなあ、とわたしは甦った思い出にすこしばかり感動する。それにしても、どうして、こんな素敵な場所のことを忘れていたのだろうか?　もしかしたら、ここには数日間しか、あるいは数週間しかいなかったのだろうか?

わたしの同僚はみな、新しい部屋に荷物をおろしたまま、元の部屋にまだ残っている荷物を取りに行ったのだろう。わたしのほかここには誰もいない。わたしは新しい環境がたいへん気に入って、部屋の壁や床をぼんやり眺めつづけ、仲間が出かけて行く姿に気がつかなかったのだ。それで今、ひとりぼっちで突っ立っているのだ。

わたしも五階のこの部屋を出て、きょうまで事務局があったビルに行こうと思った。ところが、ドアを開いて廊下に出てみると、自動エレヴェーターがどの階にいるかを示す明かりが消えている。故障になったのだと思った。わたしは階段を降りて行くことにした。すると、尿意を覚えた。各階にトイレが一つずつあるはずだ。四階を経て三階まで降りたとき、トイレに行くことにした。四階と三階はがらあきだ。まだ借手がどの部屋にもついていないようである。

わたしはトイレのドアを開いた。狭い場所に洋式の腰掛け式便器が一つだけ置かれている。すべては真新しく、清潔そのものだ。まだ、便所という感じがしない。設置したばかりの洒落た電話ボックスにでも入ったような、すがすがしい気分である。小窓からは明るい外光が入っている。わたしは便器の蓋をあけた。

そこでわたしは仰天したのである。真白の陶器が澄みきった水をいくらか湛えているが、そこには異様なものが沈んでいるのだ。包丁である！　刃のところが冴えた銀色に鋭く光り、柄の白木がまた眩しいような、新品そのものの菜切り包丁である。これはいったいどうしたのだ？

わたしの仰天は二つの思いに分裂していた。一つは恐怖である。わたしの下腹部に密かに擬せられていたかのような包丁。それはペニスあるいはホーデンの切断という脅しをかけているのではないか？　いったい、誰がこんな悪質な仕掛けをしたのだろう？　それとも、もしかしたら、なにかのまったく偶然のできごとなのだろうか？　わたしの尿意はとたんに消えてしまった。いや、強く抑えられてしまった。

二つに分裂した思いのうちのもう一つのものは、審美的な感嘆である。どちらもまっさらのものである便器と包丁が、澄みきった水によって結びつけられるという奇妙な組合せに、ある緊張の魅惑を覚えたのである。それを一つの美、一つの歪んだ美と呼ぶことは、滑稽だろうか？

わたしは便器の蓋をあけたままにしてトイレを出た。階段によって二階に降り、さらに一階に降りた。そして、外に出た。すると、そこは通りではなく、今離れたばかりの五階建のビルの、屋上の砂利の庭であった。周囲に眺められる、より高いいくつものビル。そして、その背後の青空。

記念写真

戦後まだ数年しか経っていないような、つまり、大衆の生活の困窮の度合いがまだ素朴にざらざらしているような、東京のそんな雰囲気である。寂しい秋の晴天の午後で、空気は澄んでいる。

わたしは風邪でもひいたのか、それともずる休みをしたのか、とにかく昼寝していたのであった。間借りで五帖半という変わった形の部屋。今はほかに誰もいない。大きいが古びた木造二階建の家。二十年ほど前、赤坂に立っていた家をそのまま世田谷に引越しさせたものだという。わたしのいる部屋は二階にあり北向きで、窓のしたは土と砂利の道路である。

その道路に銀座にある勤務先の同僚が立って、わたしの名を呼んだのである。わたしは休んでいたので、なにか重大なことでも起こったのかと心配になった。しかし、仕事に直接かかわることではなく、また、困惑することでもなかった。ここからすぐ近くの小学校の校庭で、プロ野球ペナント・レースの優勝ティームが記念写真を撮るから、そのなかにいっしょに入って写してもらおうじゃないか、すぐ来いというのである。後楽園スタジアムでもなく、神宮球場でもなく、日本一となったプロ野球のティームがなぜわざわざ都心から遠い小学校の校庭までやってきて、優勝の記念写真を撮るのか、わたしはそのことを少しもふしぎに思わなかった。わたしはプロ野球の連盟事務局に勤務しており、たまたまティームが世田谷にやってきたついでに仲間として誘ってくれたのだな、としか思わなかった。その親切な誘いを喜び、すぐ出かけることにした。

わたしは慌てて階下に駈け降り、洗面所で石鹸をつかってていねいに顔を洗った。写真を撮るなら、やはりよく写りたかったからだ。洗ってから鏡を見た。

そこでわたしはぞっとした。一つ目小僧が映っているのである。わたしはいつのまに一つ目になったのだろう？　その目は眉間のところにあり、大きい。驚きと怖れでぞっとしたわたしは、しかし、鏡のなかの一つ目をじっと視つめているうちに、これはまたこれで可愛いじゃないかと感じた。寂しそうなところもあるとも思った。わたしはナルシシスムの徒であろうか？

それでもやはり、一つ目で写真を撮ってもらうのはまずい。わたしはもう一度顔をよく洗うことにした。そして鏡を見てみた。今度は無事二つ目に戻っていた。ただし、右の眼の瞼が赤くはれあがっている。麦粒腫でもできたのだろうか？　これも写真を撮ってもらうにはまずい。そこでわたしは、さらにもう一度顔をよく洗った。そして鏡を見てみた。やっと、ふつうの二つの眼に戻っていた。

わたしは玄関を飛びだし、家の横の坂道を駈足で降りはじめた。ずっと向こうに小学校のグラウンドが見える。なるほど、ユニフォームを着た野球のティームと背広を着た何人かが、グラウンドの一隅に立っている。おかしなことに、一枚のじつに大きい透明なビニールを、みなで頭からかぶっている。風が出てきたので、埃をよけるためだろうとわたしは想像した。こんなふうに駈足で行けば、撮影には滑り込みでセーフになるだろうと考えたとき、わたしは自分がシャツとズボン下だけで、おまけに跣であることに気づいた。なんという間抜けだろうと、自分が腹立たしくなった。わたしは立ちどまり、これからまた家に戻り、服装を整えてこようかと考えた。しかし、そうすればもう撮影には間にあいそうになかった。とにかく、三べんもていねいに顔を洗ったので、そこで時間をかなり使っているのだ。わたしは坂道の途中でぼんやり立ったまま、小学校の校庭の様子を眺めていた。みなでかぶっていたビニールがはずされ、カメラマンが土のうえに据えつけた三脚架のうえの写真機でパチパチと撮影した。

わたしはそこまで見とどけて、廻れ右をした。不意に、跣の足の裏に小石の痛みを感じた。

五十六歳の初夢

わたしはうなだれながら、落ちぶれ果てた気持で、水のほとりの岸壁のうえをまっすぐ歩いている。初めての見知らぬ場所である。やがて訪れなければならない事務所、——わたしを選手としてやとってくれるはずのあるプロ野球団の事務所が、どこにあるかはまだ知らない。わかっているのは、これからしばらくはこの小さな侘しい都会を本拠にして暮すことになるだろう、ということだけだ。わたしは今しがた東京から流れ着いたのである。自分が住むことになるアパートあるいは寮がどこにあるかも、もちろんまだ知らない。とにかく今は、人気のない場所をどこまでも迷って行かなければ心が落着かない。

自分が足を運んでいる岸壁のうえは、石を敷きつめたものだろうか？　それともコンクリート舗装のものだろうか？　岸壁のかたわらに静まり返っている水は、海のもの、湖のもの、それとも河のものだろうか？　そうしたことにわたしの注意は向かない。いや、注意を向ける元気さえないのだ。ただ、時節はなんとなく悩ましい冬の終りであり、風はないがやや寒く、霧のようなものが遠くに立ちこめているというふうに感じている。

わたしは悲しみのなかでふと、この岸壁はいつか見たことがあるようだと思う。少なくとも、自分が知っているどこかの岸壁にいくらか似ていると思う。その微かな記憶は漠然としている。ひとつの淡い記憶ではなく、むしろいくつかの淡い記憶がこんがらがっているようだ。――はっきり思いだそうとしながら、わたしが頭のなかに明確に喚び起こせないもののひとつは、たとえば、フランスのある詩作品のなかで、巨大な裸の女神を追跡する詩人が、乞食のように走って行く大理石の河岸であるかもしれない。たとえばまた、アメリカのある映画作品のなかで、一度別れた恋人のところに戻るために、貨物船の火夫が海に飛込んでたどりつく波止場であるかもしれない。たとえばさらに、中国の古い町でわたしが実物を眺めたところの、歩きながら川船を綱で引くための石畳の細い岸、中国語で拉船橋（ラチュアンチァオ）と呼ばれる道であるかもしれない。

もちろん、そのような記憶におけるどのように具体的なイメージも、わたしの頭のなかに浮かびあがってくるわけではない。この場合、記憶は遠くに立ちこめる霧のようなものとあまり変わらない。

わたしはいつのまにか、岩壁のうえのとある倉庫の古ぼけた白い壁に向かって立ち、へんな体操のようなものを始めている。両腕を左右水平に、それも肘がきちんと伸びる形でひろげ、手の平を軽く壁に当て、それぞれの五本の指先を、まるで蟹が横這いするような恰好で、高く中央に向けて這わせて行くのである。ところが、途中のある箇所にさしかかったとき、利き腕である右腕の肩のなかに、一瞬、極小の稲妻のようなかたちの鋭い痛みが走る。ああ、壁のその箇所を越えて、私は右腕を進めて行くことがどうしてもできない。左腕のほうは、つづけて楽に進めて行くことができるのに……。

わたしは右の肩をこわしているのである。

わたしは昨年なかばまでの一年あまりの間、日本のプロ野球のメージャー・リーグにおいて、有数の速球投手であった。勝数や防禦率をあまり気にせず、三振奪取の数をほかのどの記録よりも大切にする、まことに向意気の強い投手であった。しかし、昨年のシーズンのなかばに、右の肩が重くなり、そこにときどき鋭い痛みが走るようになり、速い球が投げられなくなった。しばらく休養し、また医師に手当してもらったが、元の調子には戻らなかった。そこで、いろいろと変化球を操ってみたが、快速球という裏側の可能性をもたないそんな付焼刃の技巧は、試合前半でノックアウトされるだけであった。シーズンが終り、翌年度の選手契約が話題になりはじめたころ、わたしはいちはやくマイナー・リーグの弱小球団にトレードされてしまった。それは致しかたのないところであった。

　こうした筋道を具体的にはっきり思いだすわけではないけれど、譬えていってみればこんなふうにもなるだろう経歴の重苦しさを、わたしは辛そうに背負っている。そしてさらに比喩めいた筋書をつづけるならば、わたしはこれからマイナー・リーグの新しい球団においてさえ、うまく投げられるかどうか、まったく自信がない。もうすぐスプリング・キャンプがはじまるだろうが、そこで一心に右肩の調整にはげむとしても、ペナント・レースにおいてはもう勝利投手になれないのではないか、という悪い予感がある。いや、それどころではない、シーズンが終るとともに、自由契約選手（フリー・エイジェント）として日本のプロ野球機構の外部に抛りだされるのではないか？

　わたしはいつのまにか、岸壁のうえではなく、野原のなかを歩いている。わたしが新しいシーズンの大半を送ることになるだろう小さな侘しい都会の、どうやら西のはずれである。というのは、町並と反対の側で、厚い雲にかくされた太陽が沈もうとしているような気配があるからだ。あたりはやがて暗くなるだろう。わたしは町並からいくらか離れて、しかしまたあまり離れすぎないようにして、どこまでも歩きつづけている。慰めの惰性にも似て、いつまでも止まらないこの両足の動き。

　わたしは自分の身の上のことを思って泣いているのである。わたしの将来は暗い。まったく暗い。野球をやめれば、ほかになんの取柄がわたしにあるだろうか？　どのような技術も、どのような才能もないのである。それに、身寄もなければ、財産もほとんどない。野球を離れたあと、自分はどうやって食べて行くのだろうか？　芥箱《ごみ》に残飯を漁るどん底まで降りて行くのだろうか？　そんなことを考えて、わたしは背筋がぞっとする。頰に涙がつたわるわたしにおいて、悲哀よりも恐怖のほうが強くなりはじめたようだ……。

そのとき不意に、燦然とした明るい日光のように、あるいは、久しく覚えなかった天啓のように、わたしの頭のなかにひらめく一つの思いがあった。なんだ、わたしはまだ二十歳を過ぎたばかりではないか。まだ青春のまっただなかではないか、と気がついたのである。なにをくよくよすることがあるのだ、苦しい戦いや惨めな立場こそ、かけがえのないこの人生の悩ましい面白さではないか、といった考えを誘う若若しい生命の力が、わたしの体の奥底から湧きあがってきたのであった。

わたしはやはり野原を歩きつづけているが、そして、あたりはもうすっかり夜の気配になってしまったが、わたしの足どりはしだいに軽くなってきている。

船が飛ぶ

一万トンはありそうな大きい旅客船に、わたしは乗っている。しかし、自分がどんな目的で船に乗っているかについて、また、今走っている水の上が地理上なんという名前のところであるかについて、まったくなにもわかっていない。とにかくわたしは、船がかなりのスピードで進んでいるこの穏やかな水面が、海ではなく、どう眺めても湖としか思われないということに、いささか驚いている。そのことは、なんとも不自然な感じがするのである。たとえば、湖面の広さにたいし、堂堂とした旅客船の図体はやや不恰好なほど大きすぎるだろう。

船の上の遊歩場でもある後尾のデッキには、自分のほかにまるで人影がないが、その爽やかな場所をうろつきながら、わたしは周囲の光景をふしぎそうに眺めている。どちらの方角に顔を向けても、水平線は見えず、岸辺がそれほど遠くもないところに浮かんでいるのである。今、船は、湖のほぼまんなかにいるのだろうか。前後左右どちらの岸辺へ向かっても、二キロメートルぐらいの距離であるように思われる。岸辺には人家がなく、さびしげな緑の雑草が、ぼうぼうと長く生い茂っているだけだ。そして、そのところどころから、褐色の岩がのぞいているだけだ。それらの岩は、蹲っているのもいれば二本の足で立ちあがっているのもいる、奇怪な野獣たちの散在のように、わたしの眼にふと見える。

この湖はあの湖とははっきりちがう、とわたしは思った。「あの湖」とは、わたしの住居のすぐ近くにある人造湖のことである。わたしは日頃、その堤防などをときどき散歩している。もしその人造湖の中で船に乗っているとすれば、湖の形や大きさがちがうことは別としても、長い堤防のほかに、緑色のドームをのせた取水塔がすぐ眼につくはずであるし、土の岸辺には桜や松などの樹木が多く、その中にはずいぶん丈の高いヒマラヤ杉も混じっていることが、やはりすぐ眼につくはずである。

　今、船に乗って走っているこの見知らぬ湖。旅行で移動中とも、滞在で遊覧中とも、なんともわからぬこのへんてこな体験。わたしは自分の状況にたいし、すでに好奇の心が深まっているのを覚えているが、どういうわけか、不安の念はほとんど覚えていない。わたしは生来の心配性であり、このような場合の反応として、不安にほとんど犯されていないのはまことに珍しいことである。

　空はすっかり晴れあがっており、太陽がたいへん眩しい。青空において、太陽からかなり離れたあたりでも、じっと視つめている気持になれない。そうしていると、瞼のうえで光がなんとなく重たくなってくるように感じられるのである。午後二時ぐらいだろうか。湖面にささやかながらも立っている波を見れば、風もいくらか吹いているはずであるが、わたしの額や頰には、それが直接には感じられない。季節は秋もなかば過ぎのような感じである。太陽は燦然と輝やいているが、湖上は温かいというよりは涼しい。

　旅客船は直進し、岸辺にしだいに近づいている。わたしはいつのまにか船首のデッキに立っている。そこもやはり、自分のほかに人影がない。わたしはじっと前方を視つめる。船はこのまま止まらずに突っ込んで行きそうである。真向いの岸辺には、今まで気づかなかったのか、それとも不意に現われたのか、一番大型のダンプカーほどもある巨大な岩が、その険しい頭部を湖のほうへ斜めに突きだしている。そうだ、船首はあの岩に激突するのではないか、とわたしは、とたんにそのありさまを想像した。わたしは恐怖を覚えた。自分の状況にたいして抱いていた深い好奇心がほとんど消え、そのかわりに、ごく微かであった不安の念が、いっぺんに鋭い恐怖に変わってしまったのである。心臓がいつのまにかどきどきしている。

そのときなんと、旅客船が空中に躍りあがった。今までの進行方向の斜め上へ、まるで飛魚のように颯爽と飛びはじめたのである。船腹からはたぶん、後方の斜め下へ、湖の水が滴り散っていることだろう。わたしはこの奇妙きてれつな出来事に、まったく呆気にとられた。しかし、おかげで、船と岩の激突の想像から生じたぞっとする恐怖の思いは、すっかり消え失せてしまった。それにしても、この船はいったいどこへ飛んで行こうとするのだろう？　わたしは船首の手すりに、必死になってつかまりながら、下の方を眺めた。なんという光景だろう。翼もないくせに、峨峨たる山脈の上を悠悠と飛行しているではないか。こうなると、今まで船が航行していた湖は、遙か後方のある山のてっぺんにあったものだということになるのか？

旅客船の進行方向には、ほぼ一直線になって連峰がそびえている。いくらか先のある山の頂上が湖になっているのが見える。わたしには、船が渡り鳥のようにまたあの湖に降りて、水につかりながらいっしんに走るだろうということが、なぜか予めわかってしまった。

実際にそうなったとき、わたしは湖のまわりの風景が前回とたいへんよく似ているのを、へんな懐かしさをもって眺めた。岸辺には、さびしげな緑の雑草がぼうぼうと長く生い茂り、そのところどころにやはり、褐色の岩の奇怪な野獣が息づいている。ただし、前回において、船首と激突するだろうと思われたところの、一番大型のダンプカーほどもあったあの巨大な岩、それに相当するものはどこにも見あたらない。

今度は、湖に着水してごく短い時間走っただけで、旅客船はふたたび空中に飛び立った。ところが、またなんということだろう、その一瞬、わたしは船から消えてしまったのである。といってもべつに、なんらかの心の衝動によって湖へ飛び降り自殺をしたわけではないし、また、手すりから身を乗り出しすぎるなどして、あやまって湖に転落し、溺死したわけでもない。

わたしは暗い映画館の座席に落着いて、ドキュメンタリー映画の興味津津たるシーンでも眺めるように、横長の矩形の画面におさまった旅客船の動きを、遠くから喰い入るように眺めているのである。自分がなぜここに位置しているかについて、なんの不審も覚えていない。船はやはり船腹から湖の水を滴り散らせながら、空中に舞いあがり、連峰の上を悠悠と飛んで行く。その動きは遥かに小さい。船は画面の左の方から右の方へと飛んでいる。連峰のどこかのてっぺんに着水すべき第三の湖を、まだ見つけてはいないようである。画面の右上方の隅では、午後の太陽が、生卵の黄味のように鮮やかに輝やいている。

旅客船はたぶん、西へ、西へと向かっているのだろう。まるで遠い西の方に、なにかめっぽうすてきなことが待っていてくれるかのように。

足で弾くピアノ

二本の足でピアノを弾くなんて！

わたしは初めて聞く奇妙な音楽に耳をそばだてた。それは単調でありながらぎくしゃくとした行進曲のようにひびくが、どことなくエロティックな感じである。ただし、そう感じるのは、もしかしたら聴覚よりも視覚によるのかもしれない。

というのは、両足の指でピアノを弾くというよりは、その鍵盤をまるで別の打楽器のように叩いており、両足を上下させたり、思いきり横に開いたり、密着させるように閉じたり、あるいは交叉させたりする動きが、どうしようもなくエロティックなのである。それは女性の美しい素足で、活潑な動きはハイティーンを想像させるが、それを支えている逞ましい臀は、むしろ二十代後半か三十代前半を想像させる。そんなちぐはぐな色の白さである。

その両足は、きれいな襖障子を破って突き出されているのである。びりびりと破られた唐紙の部分には、牡丹かなにかの花が描かれていたのだろう。そんなふうに乱れた無残な色どりがある。襖障子の向こう側はどんなふうになっているのか？　日本間の座敷か、押入れか、それとも別のものか、なんともわからない。ただ、そこにはピアノの鍵盤と同じくらいの高さの寝台かなにかの台があり、そのうえにこのふしぎな女性が仰向けになって寝ているか、あるいは、やはり同じくらいの高さの椅子かなにか坐るのに適当なものがあり、そこに腰をかけているか、この二つのどちらかではないかといったことが、漠然と考えられる。

こちら側から見えるのは、二本の生き生きとした素足と、パンティをはいてふっくらしているふだんは秘密の部分だけである。スカートはたぶん、襖障子の破れ目にさえぎられて、向こう側にめくりこまれているのだろう。ひきしまって滑らかな白い皮膚がまぶしい。二本の足はなおピアノを弾きつづけているが、いや、打楽器のように叩きつづけているが、いつのまにか、その動きはそれなりにゆるやかで優雅なものに変わっており、音曲もまた変わっている。遠い日になにかの映画で聞いたことがあるような、ものうく悲しげな、とぎれとぎれのワルツだ。

この女性はどんな顔をしているのか？　まるで見当がつかない。わたしが知っているひとかどうか、それもまるでわからない。しかし、わたしはこのまま見捨てて行くことができない。花模様のパンティのうえから、それがかくしている可憐な未来への入口に、わたしはそっと左の手のひらをあてた。わたしが立ち去るしるしに、その小高く円い競技場をおおうようなかたちで、触れるか触れないかぐらいに、そっとあてた。すると、手のひらの皮膚が、不意に熱くなってきた。

二本の足でピアノを弾くなんて！

図書館で

東京の西北の郊外に立っている、ある市立図書館である。わたしはその一階のひろびろとした部屋、書棚が林立するなかをゆっくり歩いている。わたしはここに二週間に一ぺんぐらいやってくる。読みたいと思っていた本を借りたり、わからないことをいくつかの百科辞典そのほかで調べたりするためであるが、自分の家から歩いて三十分あまりの距離にあるので、天気のいい午後に往復の散歩をするためでもある。

冬のなかばである。館内は暖房でやや温かいが、オーヴァーを脱ぐほどではない。静かだ。午後二時ぐらいという時刻のせいもあるのだろうが、利用者の数はたいへん少ない。同じ部屋で本を探しているひとは、全部で十人ぐらいだろうか。それで、本をすぐ借り出すことができる。本を先客のいない受付に持って行って、そのためのカード「貸出券」を一冊につき一枚渡せばいいのである。このカードは市民一人が三枚までもらえる。

わたしは文学書の棚の一つに並んでいる、ある作家の全集三巻をぼんやり眺めている。このまえ、そのうちの一冊を借りて読んだばかりだ。本の奥付の裏の頁に、借り出された日付のゴム印が捺されていたが、発行された何年も前から、すこしずつの間隔をおいて、それは途絶えることなくつづいていた。わたしはうれしかった。第二次大戦のさなかに病気で夭折したその作家の小説を、とくに中国やエジプトなどの外国を舞台にした小説を、わたしは愛しているからである。

その全集三巻の隣に、なんと、わたしの眼をみはらせる書物があるではないか！

ある研究のためにぜひ読みたく、知っている古本屋に頼んだり、大きな図書館で探したりしたが、すべての努力が空しかったもので、戦前に出た外国の小説の翻訳である。その外国に原書の注文もしたが、絶版になっていた。どうしてそんな忘れられた本を読みたいかというと、わたしのいちばん好きなシナリオ作家が、スペインの外人部隊にかかわるその小説を脚色してシナリオの傑作を書いているからである。アイシャと呼ばれるアフリカの若い娘が、魅惑的であった。その本がなんと、自宅に近い図書館、蔵書量のわずかな図書館のなかで、四十年あまりの風雪に耐え、悠悠と立っていたのである！

わたしはほとんど狂喜し、その古ぼけた本を手にとり、まず、俗っぽい感じのする装幀の表紙、昔見たことがあるとおりらしい表紙を眺めた。その俗っぽいけばけばしささえ、好ましく懐かしい感じである。——そのとき、わたしの隣にひとが立ち、わたしに話しかけてきたのであった。女の明るい声である。

「まあ、久しぶりねえ。わかるかしら、わたしのこと？」

そう言って、女はわたしをじっと見た。眼の光がやわらかい。やや色が黒く、整った顔立ちで、美しいと言えなくもない。三十代だろうか。中肉中背である。軽そうで上等なオーヴァーを着ている。

「いいえ、わかりません。人ちがいじゃないんですか？」

とわたしは、面喰らって答えた。

「まあ、ひどいわねえ。あなたは自分の初恋いのひとを忘れたの？　あなたは戦争中、学生のころ、どんな女のひとと遊んで歩いたか、忘れてしまったの？」

わたしの頭は混乱した。女の口調には自信が溢れているのである。わたしの記憶には、その女の存在はまったくなかったのだが、まるで相手の言葉の魔法にかかったかのように、そうだ、このひとと確かに初恋いをしたのだ、と思いはじめた。海だったか、山だったか、それとも町のなかだったか、そんなことはもう憶えていないし、四季のうちのどんな季節であったかももう憶えていないが、とにかくこのひとと接吻ぐらいはしたことがあった、と思いこんでしまったのである。

人間なんてはかないものだ。そんなたいせつな思い出も、中年になればすっかり忘れてしまうなんて！

わたしには、もし戦争中のことであれば、そして見かけどおり相手が三十代であれば、相手はまだ生まれていなかったか、あるいはせいぜい五歳ぐらいであったということなど、考える余裕はまるでなかった。わたしは感傷的な気分にさえなっていたのだ。

二人はごく自然に抱きあった。そして接吻した。しかし、わたしが舌を入れようとすると、相手は上下の歯をしっかり嚙み合わせてそれをさえぎった。馬鹿なことをするものだ、とわたしは、眼を閉じた相手の顔を眺めた。すると、舌がさえぎられたためにかえって欲望が刺戟されたのか、わたしの秘密の小さな砲台は、砲身をもたげ、ふくらませ、伸ばしはじめた。その尖端はブリーフ、ズボン、オーヴァーを通過した。衣類はその尖端が強く触れると、まるで自動扉のような円い孔をつぎつぎに開けるらしいのである。ついで、相手のオーヴァー、スカート、パンティも、自動の円い扉をつぎつぎに開けたようだ。亀の頭のような尖端だけが、濡れた場所にぴたりと収まった。

さいわい、図書館にいるひとびとはこうした出来事に気づいていない。二人がいる書棚と書棚のあいだにはほかに誰もいないし、また、二人を眺めることができるどこか離れた位置にも誰もいないのである。しかし、わたしには冷静さが残っていた。抱擁をこれ以上興奮させて、誰かが近づいてきてもわからぬといった事態になるとまずいと考え、これでやめにしようと思った。すると、わたしの秘密の小さな砲台は、砲身を急に縮小しはじめた。いくつもの自動の円い扉が、今度はつぎつぎに閉じられてゆくように感じられた。発射しなかった砲台の不満感はすこし残っていたが、それよりも、誰かに見つけられる不安感のほうが問題であったのだ。二人が離れたとき、どちらのオーヴァーにも円い扉のあとがまったくないことをわたしは知った。

女に軽く手をあげて別れの挨拶をし、図書館を出たわたしは、せっかく見つけた翻訳小説の本のことをすっかり忘れていた。手にしたその本は、書棚に返したわけでもなく、床に落としたわけでもなかった。女と抱きあった瞬間に、まさか女に化けたわけでもないだろうに、忽然と手の先から消えてしまったのであった。わたしはもちろん、そのふしぎさのことなど思い浮かべもしなかった。

西へ　1981

Ⅰ

西へ

緑　赤　そして黄と
郊外の雑木の森の
それぞれにやわらかい　木の葉の色が
遠い記憶の　なにかの絵のように
夕日を浴び
こんもり　混じりあっている。
打ちひしがれたわたしの
そんなぐあいに　絞られた
ほとんどの放心。

都心のある葬儀の列から

ひとり帰宅する
がら空きの　電車のなかで
ひろがる疲労のために
親しくせまい　窓の枠。
柩の死者に
花花が似合ったように
帰途の悲しみには
森の眺めが似合うのか?

それにしても　窓の
枠が切り取る　喪の風景に
なぜ　生活する
人影があってはならないか?
まるで　過去の物語が
まだ始まっていないかのように?

雑木の森の丘の裾を
捲るように走りつづける
四輛連結の　秋の風。
ぐぐぐぐと

その巨大な昆虫の胴体は
わたしのほとんどの　放心もろとも
約九十度　左へ曲った。
なんと　そのとき
くりかえしの　日常の忘却へ
落ちこぼれようとする太陽が
進行方向のどまんなかに
ぴたりと　位置したのである。

一瞬　赤っぽい　すさまじい明るさが
長い空洞をつらぬいた。
先頭のガラス窓
という閉じられた口から侵入し
後尾のガラス窓
という閉じられた肛門を通過して
おお　眩暈にも似た
日光の　別れの洪水。
沈もうとする
絶遠絶大の　花火の球の輝きを
体いっぱい　ほんのりと

暖かく浴びることは
かすかな幸福にさえ　似ていたか?

慌てた電車は
束の間の　めくるめく落日へ
ひたすら突入しようとし
生物の　憧れの加速度を
ぐんと増した。
崇められた　偶然の
異性に向かうように
しかしまた　必然の
火葬の扉に向かうように。

わたしの行先　あるいは戻る先は
どこであったか?
ささやかな生活の地理が
頭上の網棚に
ふと失われかけたが
きしむレールが　今度は
すこし右へ曲って

わたしの内臓をもつらぬく
過剰の日光は　不意に消えた。
窓の枠が　また気になる。
喪の森の　風景のつづきが
人家や病院のある　新しい
懐かしさ
穏やかさの眺めになっている。

空耳か　ヒマラヤ杉を
めぐって飛ぶ　数羽の小鳥の
季節を告げて鳴く声が
遠くから聞こえた。
おお
湖のほとりの嬰児。

段丘の空

一九七八年四月二十八日に岡鹿之助は七十九歳の生涯を閉じた。そのとき、上野の東京都美術館における春陽展に、かれの最後の作品『段丘』が掛けられていた。訃報によって、額縁に喪章の黒いリボンがつけられた。

訪れたわたしの眼を戸惑わせる
この　花やかな明るさの
段丘の眺めはどこから来たのか？
縦長の画面に嵌め込まれた
おお　老年の果ての
甘美の凝集。
額縁の下枠につけられた
喪章の黒いリボンが
点描のこの風景に　わたしの眼を
いっそう深く溺れさせるとしても
なんと若やいだ絵であることか。

屋根は焦茶や　水色や　薄い緑で

壁は朱や　白や　淡い黄。
わずかながらも煙突があり
おびただしく　小さな窓。
そんなふうに
瀟洒な洋風の建物が　二十いくつか
門や塀もなく散らばり
その散らばりかたによって
丘のいくつもの段段を示している。
人の姿はない。
鳥も飛ばない。
建物と建物のあいだは　樹によって
ほとんど埋めつくされている。
緑の葉がこんもりと茂った　その形には
円錐や半球に近いものもあり
緑の濃淡は　じつに微妙にさまざまである。
いつもながら
なんという静けさ。
広い丘の段段の縁の線さえ
人や鳥のように
消されて　秘められているのだ。

土がほんのすこし見える。
丘の頂きは丸味を帯び
草だけのひろがりが大きいが
その左手を越えて行く
明るい茶色の土の道。
そして　丘の麓の中央の
木の下陰からはみでている
ほの暗い茶色の露地。

七十九歳の病身の画家は
死の五か月前に
長く見なれているはずの土地で
この絵のモデルを発見した。
自宅のある界隈での
なんという　新たな動機。
それは晩秋の好天の午後であった。
散歩がわりに
弟子の運転する自動車で
田園調布をめぐったとき
画家の眼は　美しく絡みつく

その段丘の　俯瞰の構図に打たれた。
そうだ　おそらく
迫ってくる死を前に
無意識のいざないのもと
身近な日本の風景に
遠い青春のフランスの風景を
あらためて夢深く
重ねようとするために。

ところで　画面下方の右手には
大きく鮮やかな前景として
三色菫の花が三輪　花瓶に活けられている。
オレンジ色を主とし
中央に黒と白をすこしもち
人の顔に　ほんのわずか似た花花。
花瓶は　青地に黒い縦縞の
胸のまわりの豊かな磁器で
盛りあがる絨毯のような
黄土色のもののうえに載っている。
画家は五十九歳のとき　こう語った。

どこにも咲いていない　わたしの
三色菫を咲かせることができたら
死んでもいい
と思っていますがね。
もっとも　そんな絵が描けたら
いよいよ生きたい
と思うかもしれません。
生きがたいこの世への
愛のしるし。

ふたつの国の風景が
ふっくらと重なった　危うい調和を
人影も鳥影もない　段丘の
多層の静けさが支えようとする。
おお　夢の匂いの透明な
二十いくつかの建物のすべてが
自然に挑んでいるようでもあり
自然と溶けあっているようでもある
片隅の
浄福に似たなにか。

画家の心の安らぎの
管と弦のせつないカノンが
燦然と始まる前のようでもあり
粛然と終った後のようでもある
束の間の
瞑想に似たなにか。

わたしの眼はふと　空を見あげる。
段丘のうえのわずかな空。
それは青く晴れている。
ほのぼのと晴れている。
驚いたことに　そこで
無窮動の点描が
幻覚か
ごくかすかな赤を散らしている。
まるで　七十九歳の画家の
頬を染める羞じらいのように。

Ⅱ

風船

冬の湖のまわりの
常緑と落葉と
あなたはどちらが好きですか?

青空へ　手ばなした風船は
誕生か死亡の知らせのように
湖を　じつにゆっくり渡ります。

胸のまぶしい緑の葉
胸のくすんだ裸の梢
どちらにも　季節の鳥が。

幽幽自擲

ぼくは出不精のデブです
おまけに　空気嚥下症。

ある日　すごく膨らみます
風船になってふわふわ
部屋のなかをめぐるのです。

けれど　窓には鳥のうた
青い空には紋黄蝶
誘われて　庭に浮かんだ。

風のキッスにくすぐられ
薔薇のトゲで　おお　爆裂！

わたしというオブジェ

好意を羞じるような調子で
その礼装の男は言った
——もしあなたが　あなた自身の
　死体を見たいなら
　その窓をちょっと
　開いてみませんか?

室内へにぶく日光を通している
さざなみ模様の
磨ガラスの窓。

興味でも
恐怖でもなく
放心のわたしのまえで
窓はおのずから開かれる。

雑草が踊っている庭の

緑がねばる水の池。
そこにぽっかり浮かんでいる
蛙でも
鼈《すっぽん》でもなく
拳大の
古ぼけたボール一箇。

おお
白っぽい表皮は　なかば剝がれ
そこから　中味の糸が
だらしなく垂れている。
解体への腐敗の小宴は　もう
はじまっているのか？

なるほど　うまい！
と　わたしは
心のなかで唸ったが
——へへへへへ
と　自分をいたわるかのように
薄笑いしてから

こう答えたのである
——わたしの死体は
オブジェではなく
偶然の数にでもしてくれませんか?
たとえば　魯迅が
死にいたるまで使用した
煙草会社かどこかの景品らしい
あの日めくり暦の
めくられた
最後の日付のように?

ある願い

わたしは乾きたくない
山の上に浮く魚の化石のようには。
わたしは氷りたくない
凍土帯《ツンドラ》に埋もれたマンモスのようには。

わたしは潜みたくない
原始の住居の跡の穀物の粒のようには。
わたしは狂いたいのだ
海の底から噴きあがる焔のように。
わたしは泣きたいのだ
沙漠の中を動きまわる湖のように。
わたしは消えて行きたいのだ
青空に羊雲を残す嵐のように。

さざんか

この寒空に　桃色八重の
花　花　花を　向けたさざんか。
あすの夢も　こごえる湖畔の
おお　可憐な　冬へのさんびか。

常緑の葉は　楕円のふちの
のこぎりの歯で　なにが切れるか?

雄しべ雌しべは　黄色と白の
ブラシの先で　なにが掃けるか?

雪よ降れ。まぼろしの胡蝶よ
みずうみのうえに狂え。花よ
そのとき　おまえの火が燃えよう。

寒くて晴れの　きょうの散策。
眠らず裸の　花よ　遠く
青空わたる　ハープを聞こう。

夢のかけら

夢のなかの波打際で
わたしはまったく迷っている。
せめて　単語を一つか二つ
指で　砂浜に書きとめておくか?
それとも　そんなことは面倒だから

すぐまた海にもどって
こころよく　泳ぎの眠りにはいるか？
泡が立つ境い目で　わたしは
もうろうと歩きつづけている。

　かれは　演奏に
…色の沈黙をおく

朝　乱れた鉛筆書きのこんな文字を
わたしは枕もとの紙に見つける。
おお　なんと律儀なことか！
夢は　記録されていたのである。

しかし　「かれ」とは
ピアニスト？　ヴァイオリニスト？
それとも　指揮者？
「沈黙」のふしぎな色とは
橙？　緑？
それとも　紫？
いや　聞こえていたかもしれない楽曲が

まるでわからないではないか。
夢はきれいに消えて行くのだ。
醒めた頭ですぐ反芻するか
文字ですぐ書きとどめるか　しなければ。
わたしは残念そうに　半日
波打際の珍らしい貝がらのような
すてきな夢のかけらと暮らす。

狂った腕時計

1

他人の夢が底光る
石畳の急な坂で
自分のふるえる手ぶらに気づいた。
秋晴れで風はひんやり

登り坂はやがて右に折れた。
わたしのほか人がいない　その
日没近くの　道の両側で
見覚えがあるような　ないような
石造二階三階の建物が
それぞれ後方へのけぞっていた。
坂のてっぺんに胡座《あぐら》の
太陽が眩しすぎるのか？
それとも　わたしの手ぶらの
行き場のないまったくの空白が
とても　とても　おかしいのか？

2

果たせるかな　数人の男と女が
不意に現われた。
空中からか？
地下からか？
石畳の急な坂を
ばらばらに登って行く。

みな　自分より大きな画布《カンヴアス》を
重たげに　いそいそと　担いでいる。
あちこちで無人の建物にはいり
窓枠を額縁にして
辛苦の絵を嵌める。
〈踊る果物〉
〈ある戦死〉
〈鳥の声の曲線集〉
〈海の底で揺らぐ斜塔〉
白い絵具ばかり塗った〈裸体〉もある。
わたしのほか人がいない　この
日没近くの　ふしぎな通りから
いったい　誰が眺めるというのか?
わたしは　かれらの愚かさを軽蔑した。
しかもなお　かれらの疲労を羨望した。
わたしにはなにがあるのだ?

3

わたしは腕時計を見た。

なにかを強く感じたある場合
反射的にそうするのが
いつからか　滑稽な癖である。
十一時二十分。
そんな馬鹿な……　とわたしは思い
胡座のまま沈んで行く
円く大きな赤い日を確かめて
もう一度　円く小さな文字盤を見た。
すると　時針も　分針も　秒針も
それぞれの異常な速さで
ぐるぐる廻っている。
自分のじゃない……　とわたしは
腕時計を手首からはずし
裏側を眺めた。
やはり　あの船は彫られていない。
手首に戻すと　今度は
時針も　分針も　秒針も
完全に止まってしまった。
こわれたな……　と感じたとき
なんと　短針がするする伸び

文字盤の縁にぶつかって
その円周に沿い　時計廻りとは逆に
微かな波を打ちながら
なお伸びて行くではないか。
わたしは笑った。
笑ったね。
同時にぞっとし　背筋に
走る死骸の鬼気を感じた。

4

あたりを見廻すと　石畳の
急な坂のうえではなく
白い壁の部屋のなかだ。
ひろびろと整った場所ではあるが
立方体のなかの
たったひとりの息苦しさ。
天井は　ベージュ色の防音の布張り
床は　茶色のやわらかな桜材
そして　レースが美しく夕焼けの

窓はいっぱいに開かれているが
わたしは　なお
致命的に手ぶらなのだ。
おお　救いのように
壁から現われるひとつの楽器。
せめて　心臓のリズムによって
この空間を破壊せよ
と　わたしは眼を閉じ
黒いピアノのまえに立つ。
右手の中指で　強烈に
高い〈ラ〉の鍵を打つ。
音が出ない。
左手の中指で　強烈に
低い〈ミ〉の鍵を打つ。
音が出ない。
狼狽したわたしは　両手の
指のすべてを　めちゃくちゃに
鍵盤に叩きつけるが
音はまったく出ない。
怖ろしい沈黙が　かえって

冴えるばかりだ。
わたしにはなにがあるのだ?
〈わたしにはなにがあるのだ?〉という
この執拗な　問いのほかに。

血

あれはなんだろう?

大形の羊歯が密生する谷の
原始の闇夜を　ざわざわ流れる
洪水のかたわれの
不気味な川?
そして　そこに
強く　単調に　規則ただしく
ひびきつづけてやまない
土人の太鼓?
雲間から落ちてくる　月光の

踊りの旋律はないとしても。

否　それは
永遠のくりかえしに似た
赤い連打。

だから　あれはなんだろう?

鮫や魚雷などがうろついている
墨汁の夜の海を　ひたすら急ぐ
消燈の船の
底のざわめき?
そして　そこに
強く　単調に　規則ただしく
谺しつづけてやまない
別れの銅鑼?
室内にふっと点る　螢の曲線の
祈りの旋律はないとしても。

否　それはただ

永遠のくりかえしに似た
赤い連打。

おお
地球のように　メロンのように
張りきった
子宮の温かさのなかで
光への憧れが
全身で聞いている
アンダンティーノ
見えない　血の流れの花花が
左右に揺れる
メトロノーム。

生まれでるとき
胎内のふしぎな音楽は
夢のように忘れられる。
しかし　人の霙れる世における
子の悲しみの旋律は　すべて
母よ

あなたのその赤い鼓動のうえを
われしらず
さまよいつづけるだろう。

Ⅲ

ある愛の巣

嫩江《のんこう》中流の西の　とある落葉樹の林
零下二十度か三十度か
とにかく　はげしい吹雪だ。

大きな樹から垂れさがる　裸の長い枝枝が
ときに変わる風向きに　逆らわず
しなやかに鋭く　悲鳴をあげている。

あの　ぼってりと温かそうな
ベージュ色の〈短い靴下〉めく
奇態な　ぶらさがりはなんだろう?

それは　長い枝の先に〈踵〉をつけ
〈足の入口〉を斜め下に向け
風の侵入を防いで　うまく揺れている。

あれは雀の一種　スインホー・ガラの巣
外側は　羊のやや粗い毛で
内側は　羊のやさしい和毛《にこげ》だ。

大興安嶺の東　吹雪はやまず
小柄な雄雌《おすめす》二羽に　ちょうどぐらいの
懐かしくも　瀟洒な塒《ねぐら》ではないか。

ほかの季節に散った　遊牧の羊の毛の
原野での吹き溜りの　ほんの一部が
小鳥たちに編まれているのだ。

扶餘

幼年の日　わたしは
大連の小学校の副読本で
古代東北アジアの
真青に乾いた空の匂いと
魚類や爬虫類のなまなましい匂い
それらが　不意に混じりあう
奇蹟の橋の伝説を　おそわった。
足の裏がぞくぞくした。

天の気の子である孤独な勇者は
北の国の王に追われ
南への逃走をさえぎる　大きな河の水を
呪文とともに弓で叩いた。
すると　無数の魚や鼈《すっぽん》が浮かびあがり
対岸まで　背を並べて
長い長い橋をつくった。
橋は勇者を渡らせた瞬間に消え

追手の軍は大きな河に阻まれた。
勇者はかくて　行先の肥沃な土地で
扶餘という国を建てた　というのである。

少年の日　わたしは
この伝説の河といわれる松花江に
酷暑の夏休みを横ぎらせた。
哈爾浜《ハルビン》の岸を離れた　貸ボートから
土色の豊かな水に　釣糸を垂らした。
ギュウギュウと　体のどこかを
まるで鳴くようにひびかせる
黒褐色で　長い髭の　不器量な
魚しか　わたしにはかからなかった。

青年の日　わたしは
敗戦後数年の東京に引揚げ
貧困のなかで稼ぐため
大学の授業にほとんど出なかった。
江上波夫教授が描きあげた
騎馬民族日本上陸説を　遠くから眺め

今まで欠けていたものの一つが
なんであったかを知った。
古代東北アジア系の　その民族が
なんと　あの扶餘の流れらしいとは！

中年の日　わたしは
若いころよりもいっそう
睡眠中に見る夢を愛するようになった。
そこで　たった一度でいいから
古代の扶餘の国を見たい
と　八つ目鰻まで食べるのである。
しかし　その美しい空も
広い平原も
凍ったり溶けたりする　長い河も
まださっぱり　夢に出ない。

鵲の木

枯れてから二百年にもなるという
楡の大樹が
樹皮はもちろん　枝もほとんど失い
ひからびはてて
なにかの優しさ
しかしまた　なにかの魔力のように
地中からすっくと立っていた。
その名は　サチガイモト
蒙古語で　鵲《かささぎ》の木。

黒っぽい砂もまじる
原野のまっただなかで　一本だけ
緑の葉を繁らせていたその楡に
鵲がたくさん群がり
巣をつくった。
遊牧のひと　行旅のひとは
この燈台で位置を知り

この客舎にときに宿った。
この天幕のもとで　やがて
交易の市が開かれた。
包《パオ》がつぎつぎその周りに立ち
家畜がいろいろそのあたりを歩き
サチガイモト　と呼ばれる
村落がついに生じた。

東北平原を流れる洮児河
その南の町——
洮南のこんな由来に　茫然としたのは
四十年も前の少年の日のことだ。
木は根まで薪にするという
生活の長い慣習のなかで
その偶像だけは　残骸になっても
烈日に晒され
黄塵を浴び
吹雪に揺さぶられて
立ちつくしていたのであった。

あのころ　土塀に囲まれ
町の守護神のように
小さな祠までもっていた鵲の木は
今もなお残っているか？

旅順の鶉

旅順でも　鶉はね
畑仕事のおまけじゃよ
と　風来の叔父は言った。
去年　遠い土佐からやってきて
まだ定職も　恋人もない。
大雨といっしょに秋がやってきたのは
おとといの日曜のことだ。
快晴のきょうの夜明けに　かれは
鶉山に近い高粱《カオリヤン》畑で　仲間と
可憐な漂鳥をたくさん獲った。
けんど　旅順は世界でも　有名な

鶉の産地と聞いちょる
と　若い叔父はつづけた。
かれは自分の取り分を
幼いわたしの　大連の家の夕餉の
やきとりにもたらしたのだ。

羽をむしられ　臓物をえぐられ
小さな頭をつけたまま
まるごと焙られた焦茶の　鳥の姿を
幼いわたしははじめて眺めた。
気味がわるいし　かわいそうだし
一羽しか食べなかったが
春のおわりの茅渟《ちぬ》よりも
夏のさなかの甜瓜《うり》よりも　おいしかった。
両親や　兄や姉は
一年ぶりだね　とか
日露戦争の匂いがするね　とか言っていた。

三十年ほど前に
旅順が凄絶の戦場であったとき

そのあたりを　日本の歩兵の分隊が
匍匐前進したかもしれない。
そのあたりに　ロシアの堡塁から
弾丸がさかんに飛んできたかもしれない。
叔父と仲間二人の横の一列は　のんびり
トサーノー　コオーチノー
と　低い声でうたいながら
高粱畑を　その長い畝に沿って
足音も静かに　のろのろ進んだ。
地面の凹みで眠ったりしている鶉は
急に追うと　ぱたぱたと舞いあがり
ついで水平に飛び去るが
ゆっくり追うと　さわがずに
歩いて逃げて行くだけだ。
やがてあらわれるのは
高粱の　丈高い穂先の横の一列に
ひっかけて張っておいた
小さなかすみ網である。
鶉は歩いて逃げながら
淡くなった星の光の下で　ふいに

罠にぶつかって　さわぐのである。

★

あのころ　三十代であった叔父よりも
五十代はじめであった父よりも
今は　年をとっているわたしは
定職に厭き　かすみ網もなく
ときに　神田などの古本街をうろついて
忘れた昔の旋律を漁るのだが
ある日　知人に借りた稀覯本《きこうほん》の中の
罠にこそかかるのである。

その古ぼけた薄い本には
旅順港から北西約二十五浬
小龍山島の　秋のある光景が描かれていた。
鳥が翼を休めるのに絶好な
周囲約四キロの　この孤島では
岩にも　木にも　草にも
見渡すかぎり　白い毒蛇がいて

待機のバネのかっこうに　体をねじり
空を視まもって動かない。
鶉や鶸や雨燕などが　降りてきて止まれば
その瞬間　飛びつくのだ。
白い小龍の腹の中には　たいてい
一羽か二羽の鳥が　すでにはいっている。
ただし　鷹は別だ。
鷹は錐の眼つきで　低空を旋回しながら
白い腹をこそ狙っている。
逆に　一メートルほどの白い爬虫に
嚙まれて　毒で殺されることもあるのだが。

その夜　わたしは
蒙古風が海の空を　黄に染めて渡る
ものがなしい夢を見た。
幼いわたしは　どこかの岸辺を
まだ若い母と
手をつないで歩いていた。
旅順では　今もなお
あの優しげな　土好きの漂鳥が

ときに無数に集まって
チュッチュル　ルルル
などと　鳴いたりしているだろうか?

あとがき

私の第一詩集『氷った焔』(一九五九年書肆ユリイカ刊)の表紙の絵は、岡鹿之助先生から頂いたものでした。今回の『西へ』は新詩集として七冊目にあたりますが、その中の一篇「段丘の空」は岡先生の死を悼んだものです。二つの詩集のあいだに流れた二十二年という歳月の長さそして短かさに、私はやはり茫然とします。

この詩集はⅠⅡⅢの三章に分けられています。「段丘の空」を含むⅠは、そのもう一篇「西へ」もなかばは挽歌です。「西へ」はフィクションで書かれていますが、その中の葬儀のモデルとなったものは、一九七五年にあいついで亡くなった金子光晴、渡辺一夫両先生の葬儀です。このようなわけで、私にとって今回の詩集は、はからずも、私の戦後に深い影響をあたえた三人の先輩をしのぶものともなりました。

詩集のⅡは、私自身のここ五年ほどの生活を直接の対象としています。九篇のうち「血」がやや難解であるかもしれません。これは録音された胎内音のレコードを聞いたときの感動にもとづいています。

詩集のⅢは、私が生れて育った大連をその一端とする中国東北の風土、伝説などに取材しています。幼少年期の記憶をこのように外面化しつづける作業は、私にとってたいへん情緒の深いものです。

幼い夢と　1982

半世紀ほどの差

生後二週間

乳呑児の無防備が　わたしの頑固な心を溶かす。
抱いていっしょに　小さなフーガを聞くと
まだ明暗しか見ない目が　美しく緊張する。
わたしは仕事を忘れ　早春の一日がまた暮れる。

知命を過ぎて

米のめしを咀嚼しながら　つい目を閉じる
無念無想の修行ではない　変な癖ができた。
赤ん坊のとき母の乳を　吸いながら眠った
今は遠すぎる優しさを　思い出したいのか?

鏡

春　紫に
木蓮の花が咲くころ
嬰児は若い母に抱かれ
生まれてはじめて
鏡のなかの自分を見た。
おお
澄みきって　ふしぎそうに
視つめあう　眼と眼。
その対面を　横から
眺める母の
ちょっと　いたずらっぽくもある
期待の喜びには
独立しはじめる幼い人格への
微かな畏れも。

梅雨がつづき
ほの暗い鏡のなかには

いつも同じ小さな顔。
そこにしか浮かばぬ　小さな
けげんそうな
口に涎の顔。
嬰児はあるとき　その面影に
くるりとはげしく顔を背けた。
ひよめくその頭を
母はやさしくそっと撫で
ゆっくりと名前を呼んだ。
鏡のなかになお残る
密かなドラマの後髪を
ちらりと眺めながら。

夏　熱帯夜が
雉鳩の低い鳴声で明けるころ
腹掛に襁褓だけの嬰児は
鏡の国に興味をいだいた。
そのなかの自分に触ろうと
くりかえし　くりかえし
柔らかく小さな手を伸ばしたが

見えない壁がさえぎった。
嬰児は　なかば諦めるように
なかば面白がるように
指先でまあるく撫でた
固く透明なその謎を。
誘って拒む
表面の解きがたい謎を。

秋　邯鄲《かんたん》の声が
さびしく冴えるころ
嬰児は鏡のなかの自分に向かい
ふと　無心に笑う。
相手の笑いが　新しい笑いを誘う。
開かれた口の歯は二本。
母は　鏡の奥に見える
楓や山茶花《さざんか》の涼しげな庭に
嬰児といっしょに入って行きたい。
現在がそのまま
思い出に氷ったような
涯もなく遠い庭で　いつまでも

いつまでも
いとし子を抱いていたい。

ひとみしり

門歯が二本　のぞきはじめた嬰児
床屋帰りの父を見て　わっと泣きだす。
おお　見知らぬ　無作法な伊達男
短い髪　つるつるの頬　安っぽい香水。

笑顔と言葉で　父はあやすが　だめ。
抱いて頬ずり　せまい家をぐるぐる
いつもの遊びの　天路一周をする
涙を舌で　拭きとってやりながら。

壁の絵に触り　鏡は避け　木琴の唄
鉢植の花を嗅ぎ　そして用もなく
音高く　便器の水を流したりして。

嬰児はやっと黙るが　蓬髪と無精髭の
あの父に似た　このへんな男はだれだ？
また顔を眺めて　わっと泣きだす。

かける
――ある恐い夢

私の家の赤ん坊は生後十か月ほどで、まだ言葉をしゃべらない。なにかを指示するたった一つの単語もまだ言わない。それで、私が町の中をひとりで歩いていたりするとき、ふと頭の中に甦ってくる赤ん坊の可愛らしい声は、文字には正確に写し取れないところの、意味をなさない、ただしある繰返しをともなって意味への接近を告げている、ふしぎに懐かしい発音である。

たとえば、彼は仰向けに寝て母親におしめを代えてもらうとき、気持よさそうに喉を鳴らすことがある。グルルルのように聞こえたり、ゴロロロロのように聞こえたりする。

口に入れようとした玩具の超小型の自動車を、不意に取り上げられるなどして、少し怒ったときは、強く閉じた唇から息を吹き出すような声を出すことがある。プフフフのように聞こえたり、プファファファのように聞こえたりする。

　庭の木の枝から小鳥が飛び去るなど、なにか興味のある変化を知覚したときは、ター、ターと言うことがある。そのターの前には、きわめて軽いアが先立っている。

　乳母車に乗せられた散歩など、自分の好きななにかを前にしたとき、あるいは、階段を喜んで這い昇っているのを途中で止められるなど、自分の気に入っている行動がそのなかばで抑えられたとき、元気よく、チャイ、チャイ、チャイと、終りのチャイを特に強くして、意欲を現わすことがある。これはときに、ツァイ、ツァイ、ツァイとも、ダイ、ダイ、ダイとも聞こえる。また、チャイを三回ではなく、四回か五回繰返すこともある。

　赤ん坊には不自然な、わざと喉の奥から出しているような低い声で、ンマンマンと言うことがある。これはまだ母親をも食べ物をも意味していない。ある気分において偶然生じた発音の一つの場合をときどき繰返して、口や喉や鼻におけるひびきをなかば楽しんでいるような感じである。声の形の上ではここから、ママやウマンマが出てくるのだろう。

　赤ん坊の声を五つほどあげてみたが、こうした声のどれかが町の中を歩く私の頭にふと甦ってくるわけで、そのとき私は実際に自分の口でその発音を真似してみる。もし、すれちがう他人がいて、私のもぐもぐさせている口から漏れている奇妙な声を拡大して聞きとることができたら、私のことを少し頭がおかしいのではないかと思うかもしれない。

このように、赤ん坊が発する意味をなさない声は、日常における私の覚めた想像の空間に自然に出入りするが、彼がまだ発しない意味をなす言葉は、どうやらその空間では幻聴できない。その言葉を聞くためにはやはり夢という想像の空間が必要のようだ。

そのとき、赤ん坊はたしかに、「かける」と言った。

私は驚いた。ふしぎな喜びを覚えた。それは彼が生まれてはじめて発した言葉であったからだ。しかも、私の虚をつくようにそれは名詞ではなく動詞であった。

左手に抱きかかえている赤ん坊を、私は思わず眺めた。彼は、私が捧げるようにして持っているレコードのジャケットを、いっしんに視つめている。二つの眼が澄んでいる。そのジャケットには、けばけばしい色彩の鳥が模様のように描かれている。

この音楽はとてもすばらしいけれど、赤ん坊にはどうにも向かないと感じていた私は、まるで彼にたずねるような調子で、「ねえ、このレコード、かけようか?」と戯れのひとりごとを言ったのであった。私はそのときすでに、このレコードはしまって、毎日のようにかけるあのレコードを取り出そうと思っていた。ところが、まったく予期しなかった「かける」という答えが、赤ん坊の口から返ってきたのである。

驚いて喜んだあと、それならばと思いなおした私は、右手に持っていたジャケットを、赤ん坊を抱いている左手の指先に挟ませた。自由になった右手でプレーヤーの蓋をあけ、ジャケットからレコードを抜いてターンテーブルに載せ、回転始動のボタンを押し、ピックアップがおりる装置を動かし、そして蓋をしめようとした。赤ん坊を抱きながらするこの一連の動作は、もう二百回以上は繰返しており、熟練の早業である。

ここで、そのレコードの内容についてちょっと触れてみると、それは数日前に買ったもので、それまで私の耳にしたことのない作曲家の音楽が生き生きと録音されているものであった。三日目であったか、眠る前にも私は夜遅くひとりで聞き、たまたまあの最初の深い酔い、——優れた音楽を聞きはじめてその何回目かの繰返しに覚える、いわば作品の本質するポエジーへの感電、そういったものを経験していた。

二十世紀前半にブラジルの作曲家が書いたその管弦楽曲が、私に向って密かに語りかけたのはこんな言葉だ。——なんのために人間は生きているかって？ いちばん簡単に言えばね、死ぬためさ。ただし、自分が好きなように、できるだけ遠廻り、あるいは近道をしてね。そう思えば、ほら、私がはっきり聞こえるだろう？ 私はこんなふうにね、せつなく、物憂げに、疲労して、陰惨なものを酷らしく知りつくしながらも、甘美な夢をなお失わず、せいいっぱい楽しさを愛して、身をくねらせ、心をうねらせ、要するに、私の好きなやりかたで抒情的に、遠廻りして死のうとしているのさ。

この言葉は、私の解釈でどんな歪みを受けているものか、それはわからない。

私はとにかくある独特な音楽の資質が、選ばれた古典への傾倒と周囲の民俗への没入、あるいは家庭と放浪など、そうしたドラマの複合を通過して、ややデカダンスの匂いをとどめながらも、自己をのびのびと表現し、聞くものが作品を根源的な言葉で受けとめるよう、密かに働きかけてくるのを感じただけだ。つまり、この音楽に深く魅惑されたわけであるが、赤ん坊にこれは向かないと思ったのも父親としては自然であったろう。

このレコードにたいし、毎日のようにかけるあのレコードとは、きびきびしたリズムの向日的な感じのもので、ある交響曲の短いフィナーレである。それは軽快に始まり、清冽に流れ、明澄の雰囲気をかもしだす。一すじの悲しみが漂っていないこともないが、それは生の規律によって充分に耐えられたもので、ごく淡い。

朝でも夜でも、私が洋風の居間で赤ん坊を抱いて歩くと、彼はよくステレオのほうを指さす。なにかレコードをかけてくれという合図である。もちろん、最初の頃は、私のほうで適当にレコードを鳴らした。それを聞きながら、抱いている赤ん坊を、音楽のリズムに合わせて軽く揺すって歩いたのである。これが日常の習慣のようになり、いつのまにか赤ん坊のほうから催促することもあるようになったのだ。

私が最初に選んだ音楽は、二、三分から五、六分までの短いもの十曲ほどで、リズムが明快に緊張したクラシックであった。小曲を使うか、あるいは、ソナタ、クヮルテット、シンフォニーなどから、その中のある短い楽章だけを取るかした。そして、実際にそれらのレコードを繰返しかけてみて気づいたことは、赤ん坊は、楽器ではヴァイオリンなど弦の音が好きで、楽曲では今しがたあげた交響曲のフィナーレ、アレグロ・コン・スピリートがどうやらいちばん気に入っているらしい、ということであった。

十八世紀後半にオーストリアの作曲家が書いたそのフィナーレには、私自身中学生であった頃、音楽が自己回転して行くような魅力を覚えたことがあった。その音楽の流れの中で特に、私の抱いている赤ん坊は手を振って拍子を取るような真似をしたり、体をぴくぴくさせたりするのである。

現在も二、三日に一度、そのフィナーレに揺すられて赤ん坊は眠り、私の肩に頭をもたれさせてほんとうに眠りに落ちて行く。そのとき私はどうやら小さな幸福を感じている。たぶん赤ん坊にも、眠りに入るその時間は意識しない小さな幸福だろう。

さて、横道に少し入りすぎたようである。ここで話を元に戻すと、私はプレーヤーの蓋をしめ、針の先がレコードの溝をこすりはじめるのを待った。音楽が鳴りはじめた。いや、そうではない。お湯が微かに波を立てる、さわさわという、静かな音が起こった。

私は風呂に入っているのだ。今度は右手で赤ん坊を抱きかかえている。いや、右手は彼の背中に廻しているだけで、しゃがんでいる自分の右の腿の上に横向きに坐らせている。私の左手はタオルで、彼の顔や手足などをもう洗ってやっただろうか？　今その左手は、焚口から出てくる熱いお湯を、赤ん坊の周りのややぬるくなったお湯と混ぜあわせるため、楕円を描くような動作を繰返し、ときどき適度に温くなったお湯を彼の胸や肩にかけてやっている。父親の乳首という一見無用のものはなんのためにあるのか？　それは風呂の中で赤ん坊の玩具となるためにある。その玩具に痛い爪を立てたりしていた赤ん坊は、いつのまにか私の右手を枕にし、顔を上に向けてうとうと眠りかけている。

私はいつもなら、赤ん坊の耳の中にお湯が入らないように、自分の体を注意して動かしながら、ガスの火が止まるように、ハンドルを廻さなければならないところである。そして、赤ん坊を、なるべく眼を覚まさないようにうまく抱きかかえて、そっと浴室を出なければならないところである。しかし、なんという奇態な光景だろう。いつもなら、浴槽と浴室のドアとのあいだは二メートル足らずで、その床には、薄青色の細かい格子のタイルが張られているのだが、その場所がまったく変化してしまっているのである。もっとも、私はそのとき、それを変化として意識しているわけではなく、ただ、それしかない現在の事態として受けとっているだけだ。

浴槽と浴室のドアのあいだはほぼ十メートルあり、そこを右から左へと横ざまに谷川のようなものが流れている。あたりは形の険しい大小の岩だらけで、なんとも恐ろしい感じである。寒そうな風も吹いているようだ。私は背中にぞっとするものを覚えた。

私はここをうまく渡れるだろうか？　岩の濡れた表面につるりと滑って、惨めに転ぶのではないか？　岩の鋭いふちに、足の裏のあちこちが傷ついて、酷らしく血が流れるのではないか？　いや、自分よりも、赤ん坊はそのとき、どうなるだろう？　あの水の流れは私には飛び越せそうにない。もともと、私は大きな幅跳びができないが、今はそのうえ赤ん坊を抱いているし、足場もずいぶん悪い。だから、何回かあの水中に足を突っこまなければならないだろう。そのとき、水の底が異様に深かったり、どろどろだったりして、溺れて這いあがれなくなることはないか？

私は恐怖にとらわれて立ち竦んでいる。浴槽の中で赤ん坊を抱きかかえたまま、すでに立ちあがっているが、その縁を跨ぎ越えて歩きだす勇気が出てこないのだ。赤ん坊はすやすやと眠っていて、私の心のすさまじい鳥肌などもちろんまったく知らない。とにかく、あの浴室のドア、花模様の磨硝子の窓が入っているあの目標に向って、私も赤ん坊も裸のままあえて進んで行かなければならない。彼が眼を覚まさないように、うまく抱きかかえて。いや、彼が傷ついたり死んだりしないように、うまく歩いて。

しきりのガラス

顳顬《こめかみ》と首　汗だらけ
革の手袋　泥だらけ。

夏の午後の　せまい庭で
蔓薔薇に　たっぷりと元肥《もとごえ》。

仕事を終えた父は　背を伸ばし
小さなテラスで　またしゃがみ
ガラス戸に　顔を押しつける。
眉間つるつる　鼻ぺしゃんこ。

おお　一歳半の子供は
部屋の隅に　自動車を投げ捨て
部屋の真中の　動物園をまたぎ
父へと　素手で突進してくる。
先頭の　小さく　涼しい鼻を
ガラスの鼻に　押しつけるため。

小さな別れ

手まね　眼はじき　首かしげ。
フォームの父は　列車出発の直前
厚い窓ガラスの　沈黙をはさんで
車内一歳半の子に　おどけのお猿。

席に立つ子は　窓を叩いて笑い
隣に坐る母から　白い帽子を取られる。
二人の向こうの通路を　巨大漢が歩き
列車の行先では　母の実家が待っている。

おお　ベルが鳴る。古いお盆に重なった
里で遊びの　涼しい十日間へと。
残る物書きの父の　無精の自炊へと。

列車が動きはじめ　父は別れの手を振るが
まさにその瞬間　幼い子はフォームの
珍しい外国人に　気を取られる。

散歩へ

多摩湖で
　鱒子が
　　タバコを
ふかす
　わけは
　　ないけれども
多摩湖で
　太鼓が
　　タンコと
鳴るかも
　しれない
　　天気だ。

ひきがえる

ヒキガエル
ヨミガエル。

落葉のしたの土のなかまで
梅の咲いた匂いはとどくのか?
いつも　そのころなのだ
おまえが　長い冬眠から
地上にのっそりあらわれるのは。
歯のない大きな口を　ぎゅっと閉じた
ふてぶてしい寝ぼけ顔。
跳ねず　走らず　まるであわてず
おまえはまず　愛の池をめざすのか?
二歳の子は　夕ぐれの裏庭で
初対面して　こわがり　あきれる。
台所の母親へ　すぐさま注進である。
いつのまにか曇った空から
ほんのわずかながら　春の

雪が降る。
　ヒキガエル
　テキガクル。

夏の夕ぐれ　庭の隅で
おまえの薄茶の広い背が
いぼいぼを　すごく緊張させている。
侵入してきた隣の猫と　まぢかに
にらみあって動かないのだ。
母親と幼い子は　二階の窓から
その決闘に気がついて興奮する。
どうして　猫は噛みつかないのか？
相手の恰好が気味わるいのか？
それとも　相手が耳のうえの銃眼から
白い乳のような液を　発射することを
本能によって感知　恐怖しているのか？
十分ほどして　猫が逃げた。
防衛の怒りによってこそ　翼ある
毒が出る。

ヒキガエル
ツキガデル。

だぶだぶ肥りの　灰色の腹に
黒い雲の模様をつけて　おまえは
夏の庭の真夜中を　のろのろさまよう。
しかし　舌の動きは神速だ。
ごきぶり　げじげじ　むかで
なめくじ　か　かなぶん　だんごむし
すべて　一瞬に消してしまう。
家のなかで　ひとり眼覚めるのは父親
書斎で空想の物語を
じつにのろのろ書いているが
二時を過ぎれば　頭はもう冴えない。
おまえの毒の苦さにのたうちまわり
そのあとの爽やかさで　神速になりたい
と　あわれな父親は
考える。

ヒキガエル
マチガエル。

また梅の花が咲き　そして散った。
ある昼すぎ　母親と三歳になった子は
泊り先の親類の家から帰ってくる。
自宅のすぐ近くの十字路に
乗用車かトラックに轢き殺されて
内臓をさらけだし　ぺしゃんこになった
見るも無惨な　ひきがえるの死骸。
二人は驚き　ぞっとし　ついで
うちのではないか　と不意に悲しくなる。
家に帰ってから　その後何か月も
懐かしくも不恰好な姿が見えない。
あの両生類が　うろついていた庭では
なにごとも起こらなかったかのように
人間の洗濯物が　明るい風に
翻える。

蝸牛の道

初夏の曇った午後の庭
褐色の　なめらかな　飛石のうえ。
蝸牛《かたつむり》が　粘る時間を這って行く
やわらかな　二対の角を突きだして。

這ったあとに敷かれている
薄汚れた　白っぽい　銀色の道。
そこをとても小さな蟻が　一匹
自転車に乗って　ジグザグ急ぐ。

雨が　ポツンポツンと降ってくる。
父と幼い子に　まぼろし遊びをさせた
はかない銀の細道は　やがて消える。

蝸牛も　どこかへ行方不明。
いや　萵苣《ちしゃ》の大きな葉のうえで
おいしそうな　遅い昼めし。

邯鄲

汗血馬《かんけつば》の話を書きながら　横に長く
眠りこんだ二階の父。
その夕ぐれの夢。
どれだけの世紀が　薄紫に流れたか。
ふと眼ざめて
どこの岸辺にいるのか　わからない。

眼ざめさせたものは　しかし
胡人の笛の悲しみなどではなく
もっと寂しく遠い　鞦韆《ブランコ》の振子の刻み。
暮れのこる芝生の庭で
三歳半の子が
ひとり揺れて測っている　秋の深さ。

ああ　邯鄲《かんたん》が

涼しさの金の細糸を　ふるわせて鳴く。
揺れやんだ幼い無言にとって
不安でもあるたそがれのなかで。
また　父に戻ってくる
古代の架空の　戦乱のかたすみで。

母だけは立って　手を動かしている
一階の明るい台所で。
秋刀魚《さんま》のはらわたと血に
指がすこし汚れた。
庭にできた柚子の実の　濃い緑は
俎板の横に。

シャボン玉

蔓薔薇の花のむれに
シャボン玉はなぜ似合うのか?
初夏の庭

昼さがり
快晴
微風。

幼稚園から戻った幼い子が
空から吊りおろされたブランコの
止ったままの椅子に坐って
繊い　竪の　孤独な笛を
ひそかに吹いている。
いや　シャボン玉用の玩具の筒を
いっしんに吹いている。

小ささがさまざまで　透明な
虹の玉のきらびやかなつどい。
それらは　つぎつぎと生まれ
飛びはじめたか　と思うまもなく
微風のいたずらのままに
すぐ　割れてしまう。

縁だけ桃色の　黄色い花弁

濃い緑の葉
淡い赤紫の嫩葉
ベージュの棘をもつ　茶色の枝
茶色の棘をもつ　緑の枝
そうしたものへ
憧れに似たかたちで
ふと触れて
そのまま割れてしまうのである。

おお　束の間の
がらんどうの
極薄《ごくうす》の　甘肌の
滑らかな　球体の
あるかないか
無音の
浮遊の　音楽。

あの懐かしい放浪の詩人も
こんな吐息をもらしている。
——薔薇色の

しゃぼん玉よ。
ばらの肌のばらの汗よ。

もちろん　青空のもと
別の生きかたもある。

漂いの途中で
微風から見捨てられたか
それとも　微風を嫌ったか
ほとんど　自分の重たさだけで
じつに緩やかな下降をはじめ
芝生や露地や敷石に
落ちて行く玉。

幸か不幸か
蔓薔薇のどこにもぶつからず
しかも　微風にずっと支えられ
空中をしばらくさ迷って
ついに　無色透明となり
ときにすこし舞いあがって

自滅する玉。

せっかく旅立ちながら
微風の向きが大きく変わり
ブーメランのように
ふるさとの笛を慕って
柔らかな幼い髪に
玉虫色のリボンさながら
ほんの一瞬　止まる玉。

ああ
幼い子の好きな
七星瓢虫《ななほしてんとう》が　一匹
たぶん　蚜虫《あぶらむし》を求めて
シャボン玉のむれのなかを
空中衝突の事故も起さず
巧みにか
がむしゃらにか
飛んで行く。

初夏の庭
昼さがり
快晴
微風
蔓薔薇の花のむれに
シャボン玉はなぜ似合うのか？

天国とお墓

――パパは天国に行く？
――テンゴク？
――うん　そうだよ
幼稚園で　先生からね
きょう　聞いたんだよ　天国の話。
――そうか……　なるほど
行くよ　たいてい。
――いいこと　したから？
――そう　そう！

――いつ　死ぬ？
――うーん　そうだな
秀ちゃんがね　たくさん牛乳飲んで
大きくなって　自動車を
運転できるようになって
そうして　結婚してから
ということにするよ。
――あ　そう……　だけど
天国に　どうやって行くの？
すごく高いところに　あるんでしょ？
空のずっと　ずっと上のほうの……
――うーん　そうだけれどね
魂だけが行くんだろ？
――そう　そう　魂だよ！
――もしかしたら　ほら　あの
ＵＦＯに乗るのかな？
――ふーん？
――でも　死んだ体のほうはね
お墓にはいるんだよ。
――パパは　どこのお墓にはいるの？

――ほら　このまえ　お彼岸のとき
パパとママといっしょに
途中の店で赤い花を買って
行っただろ？
あのお墓だよ。
――あ　そう……　じゃ
パパが死んだら
自動車で　運んで行って
あそこにいれてあげるね！
――はははは！

遠浅の海で

秋のはじめ　夏のおわり
そんな二つの霧が　こんがらがっている
遠浅の入江　引潮の午前。
砂浜は　すでに熊手で塵芥《ごみ》が除かれ

すがすがしい素顔であるし
波静かな海に迫る　丘の林からは
蟬の熱い合唱が　泳ぎをうながしている。

しかし　肌に冷たい小降りの雨に
一つの裸も海にはいらず
貸ボート屋もひらかれず
渚を行くのは　赤や黄の傘ばかり。

わたしたちは困った。
遙かな南の海には台風がいる。
燕や虻はやはり飛んでいるが
きのうの情景が　まるで嘘のようだ。

　あの薄曇り　あの日差し。
　浮輪にはまった幼い子は
　海のなかで　母から手を離され
　怖がりながら面白がった。

砂浜に寝そべる父は　海と空の

灰味がかって光る青という
思いがけない色の一致に
ふと　水平線をなくした。

ホテルの隣室に　その家族と投宿し
すぐ波打際に降りてきた
白人の若い娘の水着姿に
男たちの視線が　ときどき注がれた。

父が作っていた　濡れた砂の山に
母と子が向かいあって
探しあいのトンネルを掘ると
指の列車が　正面衝突した。

しかし今は　大雨洪水注意報。
わたしたちは　ホテルの部屋の窓ぎわで
未練の桃をむいている。
雨で鳥肌の海に　つかってみるか?
それも一興ではないか?

幼い子はとっくに水着をつけ
浮輪も体にはめ　水中眼鏡までかけ
ただ　海の塩辛水をなめたがっている。

母は水着に着かえながら　一方で
帰りのバスが走る山道の
うねりくねりの酔いが　もう心配だ。

水着を手にした父は　帰京してから
自分の潰瘍の手術をするかどうか
ここへきて　まだ決心がつかない。

そんな三つの思いが　こんがらがっている
引潮の午前　遠浅の入江
夏のおわり　秋のはじめ。

父の日

初夏のある晴れた午前
わたしの眼にも　心にも　すこし眩しい
幼稚園の運動場。
〈父の日〉なので　たぶんややぎごちない
朝礼の整列や体操
そして　唱歌や行進なのだろう。
しかし　あちこちでのんびり
秩序からはみでた子供たちも。

組の名は　年長・年中・年少を問わず
すべて草木から採集された。
ゆり　ばら　きく。
すみれ　たんぽぽ　ちゅうりっぷ。
つぼみ。
赤　白　黄　桃　紫の　帽子に分けた
二百人あまりの園児たちを囲み
北の園舎の側に　身軽な女の先生たち

東と南と西の塀の側に
さまざまな年齢と服装の父親たち。

スピーカーから　テレビの
ある漫画の主題曲が鳴りはじめる。
わたしは自分の末っ子を　眼で探す。
わたしと五十二歳も離れている子を。
かれは　教室への列のなかで
白い帽子をややあみだに被り
おでこで　わたしに合図する。
修道女姿の園長先生が
眼鏡を光らせながら　立ちつくしている。

父親たちは　教室の鏡ではなく壁に
いっしんに自分の顔を探す。
というのは　ばら組担任の
若い女の先生が　ピアノを背にし
こんなふうに挨拶したからだ。
——壁に張られているのは
　　みんなで描いた

自分のお父さんの絵です。
きょうの歓迎のしるしです。

なるほど　湯気の立つ風呂桶のなかに
父と幼い子が行儀よく並んで
乳首までつかっている。
髭面の顔ばかりでかく　腕の細い
しかし　美男子もいる。
驚いたのは　画面の上半分がテレビで
下半分が　逆様に描かれた
肘掛椅子に坐る父　という構図だ。
画家の眼は　たとえば天井の中央から
向きを変えながら　両方を直視したのか?

わたしはやっと自分を見つけ
思わず　息を呑んだ。
薄暗い部屋にベッドがあり
そのうえで　男が布団をひっかぶり
背を向けてぐっすり眠っているのだ。
病気なのか?

それとも　もう死んでいるのか?
眼に見える　唯一の肉体の部分
後頭部の髪を　黒く描いてくれている。
ベッドの向こうは　じつに大きな窓で
そして　明るい空である。
二本の樹も緑も　生き生きと鮮やかだ。

おお　物書きの父親め
夜中に仕事して　昼間は眠っているのか?
子供は　なにか忘れものを取りに
二階の寝室まできて
こんな人間を　つくづく眺めたのか?
それとも　母親に叱られて
新しい優しさが欲しくなり
こんな生物を探しあてたのか?

それにしても　わたしは
昼間ぐっすり眠るとき
部屋の部厚いカーテンを
城壁のようにも

すっかり降ろしているのだが。

乗れた自転車

ふしぎな一致だ
きのうの昼すぎ　子供の自転車の
二つの補助輪を外すと
その夕ぐれ　子供の乳歯が　二本も
はじめて抜けた。
翼の生えた補助輪の
それぞれに乗っかって
下の歯茎の　あの小さな前歯たちは
どこの空へ消えたのか?

自分が操る乗りもので
近所の遊び仲間から
取り残されまいと　いっしんな
五歳の男の子。

あの親切な　二股の支えなしで
きょうの昼すぎ　やっと
自転車を漕ぐことができた。
凸凹の土のうえで　ふいに
後の車輪が空転の
困るストップをかけるなど
ときにあまり優しすぎた
あの二股のつっかいなしで。

見ろ
前の車輪をときどき　ふらつかせ
サドルに浮かぶ　新しい感覚を
舗道のかなり遠くまで　運んで行く
幼い足のゆるやかな廻転を。
ややこわごわながら　楽しげな
背中のかたちとうごきを。

秋晴れの郊外の　ひっそりとした
一直線のアスファルトに
今　自動車やオートバイは通らず

危険はないとしても
まるで　父親の追えない領土へ
はじめて逃げて行くようだ。
幼い後姿には　思いがけない
頼もしさがあるとしても
まるで　自転車が父親から
なにかの夢を　奪って行くようだ。

人影まばらな
自然公園の広く平らな場所で
わたしはやっと落着く。
桜の木のあいだを　縫って走る
小型の黒い自転車に
大きな円を描かせるのだ。
その揺れる中心の軸になって
一周　二周　三周……　と
指を折るのだ。

見ろ
黒い斑のある　黄色や茶色の

桜の落葉をときどき踏んで
廻りつづける　木洩れ日のおでこを。
ひんやりとした風に曝す
乳歯二本が抜けたあとの
永久歯一本の　微かな先を。

まだ緑の多い桜の枝の　白髪の上鶲《じようびたき》が
ヒー　ヒー　ヒー　と鳴きながら
小柄な体には長い尾を
そしらぬ顔で　上下に振っている。
やはり小柄な　黒ネクタイの四十雀が
ツピ　ツピ　ツピ　と鳴きながら
親と子の　日時計の午後の円を
元気よく　横ぎって飛ぶ。

ふと眼を閉じた　わたしの頭のなかに
五年前の秋　生後八か月で
はじめてあらわれた乳歯
下の歯茎の前歯二本の
かわいらしい先が　ありありと浮かぶ。

手を伸ばせば　とどきそうで
ちょっとぐらい　呼び戻せそうな
しかし　もう帰ってこない
五年の月日。

アルバムから

それは　父母がする話のせいでもあるが
アルバムに貼られた写真のせいでもある
幼い子が　自分の生後すぐにまで
ぎごちなく　溯《さかのぼ》らせる
飛び石の思い出の　いくつかに
遠くで暮らす母がたの
優しい祖父母のおもかげが
くっきりと　棲みついているのは。

幼い子がおとなになったとき
生まれてから六歳ごろまでの

こうした思い出への旅は複雑だろう。
内側からにじみでる記憶
外側からあたえられた写真や話
それらのさまざまな組合わせは
もはやもつれをほぐせない画面だろう。

父の場合はかんたんだ。
生後半年　新らしい家の玄関の前で
姉に抱かれた　横からのいがぐり頭。
二歳ぐらい　室内の肘掛椅子の上で
カメラ・アイを視つめて　眼の大きく坐った顔。
五歳ぐらい　家の池のふちで
金髪の西洋人形を抱き
頭だけブレている　おかしな姿。
わずか数枚残る　幼いころの
古ぼけてやや黄ばんだ　こんな肖像は
他人のように面白い自分である。

四歳のころ　赤煉瓦の粉のふる
日没の空に浮かんだ

歯みがき粉の袋の　女の顔
五歳のころ　台所で
やさしい算数の問題ができて
姉から頭を　すごく撫でられたうれしさ
また同じころ　祖母が死に
どうして泣かないのか
と　兄に叱られた階段の下
そんな　頭の隅から湧く情景のほうが
思い出の名にあたいする思い出である。

しかし　幼い子よ
おまえのほうが幸福なのだ。
なぜなら　過ぎ去った時間は
出来事の　外側からのあかしで
また　その反芻で　豊かになる
という　ふしぎな一面をもつからだ。

生後二か月　おまえは近くの八坂神社で
お宮参りの　絹の産衣をかぶせられ
祖母に抱かれて　眠っている。

五歳九か月　おまえは同じ神社で
鶴や松や扇の模様の　同じ産衣をまとい
ただし　袴をはき
七五三の飴の袋をぶらさげ
祖母とならんでにこにこ立っている。

生後三か月　おまえは自宅で
端午の節句の飾り段をうしろにし
祖父に抱かれて　目を大きく開いている。
一歳八か月　おまえは遊園地で
祖父に見られながら
動く縫いぐるみの馬に跨っている。
二歳四か月　おまえはユネスコ村への
超小型の蒸気機関の　おとぎ電車に
祖父母といっしょに乗っている。
四歳七か月　おまえは遊園地で
模型の青いクラシック・カーを
祖父と運転している。

残念なことは　父がたの

祖父母をおまえが知らないことだ。
写真のかわりに　鏡を見てごらん。
おまえの歯は　その祖父に
おまえの鼻は　その祖母に
よく似ていると思うのだけれど——。

凧揚げ

人造湖と自然公園のあいだを
堤防が高く　長く
南北の一直線に走っている。
小寒から立春へと
澄みきった静けさのなかを
凧揚げの足場のために走っている。

きのうは　公園のうえで凧が勇む
北西からのやや強い風
きょうは　湖のうえで凧が遊ぶ

南東からのゆるやかな風
といった　空気の変化である。

あしたも　遙か西に富士山
かなり東に副都心の超高層ビルが見え
あさっては　遠くのものすべてが
雪もよいに隠れてしまう　かもしれない
そんな　光の変化である。

快晴午後三時
ほのぼのと明らんだ透し絵の
羽ばたく鳥の連凧。
大空へ飛び去らないかと
それがいちばん心配なくせに
さらに高く揚げてゆく幼い子。
赤　黄　緑　紫　など
色とりどりの　小さな
ダイヤ凧　十輛連結の列車は
微風に揺られて　うねりくねり
一頭の踊る龍となって

きれいな真水を呑みに
湖へと　しだいに降りてくる。
おお泣きそうになった　幼い顔。

ほんとうの鳥の群れが
湖にあらわれた小さな島のうえと
そのまわりの水のうえにいる。
黒いシルエットの群れにしか見えない。
近所の鳥博士の少年が　数日前
あれは茶色の軽鴨で
ギャオギャオ鳴く　と教えてくれた。

母親の揚げるゲイラ・カイトは
もう　八十メートルを超える高さだ。
木綿の揚げ糸がややたるんでいる。
軽鴨のいる島のほぼまうえで
凧はまったく動かず
空中のこのまえの肘掛椅子に
坐りつづけている。
この束の間が大好きなのだ　と

かの女はまた帰り道に言うだろう。
不動の凧から
ふしぎな浮遊感覚が
心と体につたわってくるのだろうか？
そのあと　また張った揚げ糸は
なにかのアダージョの弦のように
ひそかにやさしく鳴るのだろうか？

濡れなかった連凧に
ほっとした幼い子は
男の大人が三人　堤防の遠くで
畳一じょうほどの　どでかい
角凧を揚げるのを　驚いて眺める。
花札の坊主の絵である。
それは悠悠と休まずに昇ってゆく。
ついに　湖の斜め右前方の岸のうえで
高く　高く　小さくなる。
乾いた空で　白く長い二本の尾が
日光にきらきら光る。

それにしても　角凧の坊主に似た
昼の月が　帰り道
公園の松　毬《まつぼっくり》の松の木のうえ
東の空に
どこまでも　高く　遠く
淡く　美しく　浮んでいたとは！
その白に見とれたのは
奴凧《やっこ》を墜落させてばかりいた父親。

庭のまぼろし

生後三か月半。
狭い庭いっぱいの薔薇の初咲きのなかで
父や母や兄に　黙って抱かれていた。
叢立《むらだ》つ梢に　ぽっかりと大きく咲いた
ビロード黒赤　剣弁高芯　の花のかたわら
あるいは　丈高い蔓に溢れる
黄の大輪　桃の覆輪　の花のましたで。

生後十か月。
部屋の窓から　冬枯れの庭を眺め
そこにいるのに気づかなかった尾長が
不意に　塀ぎわの赤い実の常緑
ピラカンサから　飛び立つのに驚き
言葉にならぬ　鋭い声をあげた。
「アター！」

一歳と一か月。
庭の中央には　鬱陶しいほど茂っていた
あのたくましい薔薇の木が　一本もない。
緑の四角の芝生の苗を　土のうえに
隙間だらけに植えつけた　模様ばかりだ。
歩みをおぼえた幼い子は
まだ寒い春の風のなかで
芝生の苗の縁につまずき　転んで泣く。

二歳と五か月。
真夏の昼すぎ　烈日のもとの庭。

母親が水を入れたビニール・プールで
幼い子は頭から水を浴び　歓喜の裸。
庭のあちこちに　一年ほどまえから
増えてきた遊び道具　――木馬　三輪車
プラスチックのスコップやバケツ。
これから二年ほどのうちに　ブランコ
野球の幼児用バットやボール
そして鉄棒などが　加わるだろう。

三歳と七か月。
ときどき庭にやってきて　虫を食べる
つがいの雉鳩のうちの一羽が
侵入して木かげに潜んでいた隣の猫に
あっというまに　前肢一本で捉えられ
首を咥えられて　運ばれていった。
幼い子はこの惨劇に
秋の庭のまんなかで　立ち竦む。

四歳。
庭でひとり遊ぶのをやめては

洗濯物を干す母親の裾にまとわりつき
いろいろと　難問を浴びせかける。
——人はどうして　立って歩くの？
——太陽はどうして　落ちてこないの？
　ぼくはぴょんと飛んだら　落ちてくるよ。
——音はどうして　見えないの？

五歳と一か月。
幼い子は母親に連れられて　伯母の家へ。
父親は　早春の庭の明るい芝生の隅に
小さな赤いバケツ一箇　消し炭二箇
木切れ一箇が　かたまっているのを眺める。
そして　その謎にしばらく取り組む。
おお　二か月まえの大雪
幼い子がいっしんに作った　雪だるま。

六歳。
庭の塀に沿って　わずかに残っている薔薇。
父親が楽しげにする　その剪定を
幼い子は手つだいたくてしかたがない。

――どうして　切るの？
――すっきりさっぱり散髪　さ。
――どうして　斜めに切るの？
――斜めに空を見あげるように　ね。

幼い子はあと二か月で小学校にあがる。
狭い庭では　それほど遊ばなくなるだろう。
父親はまた薔薇植えを企らんでいる。
ちょうど　薔薇の〈嫌地《いやち》〉を
治すぐらいの年月が流れたわけだ。

丘のうえの入学式

自分の幼年の日日に
遠くつながろうとするかのように
中年の終りに近く　わたしは
石をあらためて愛しはじめている。
しかし　きょうの昼すぎは

春の日に照らされた花花にばかり
つい　浮き浮きと
眼が行ってしまうのだ。

家を出るときの　庭さきの
とさみずきの花の淡い黄色
れんぎょうの花の濃い黄色。
半世紀も昔の　自分の
小学校入学式は　わたしにとって
静まりかえった謹直な儀式——
といった　それだけの
ぼんやりかすむ抽象画だ。
むしろ　翌日の登校の楽しさが
架空の日記に　くっきり刻まれている。
母に連れられて校門を入るとき
「かわいいですね」
と　母はよその親子にお世辞を言った。
家を出て　坂の舗道を降り
人家のあいだの平坦な野原の道を

きょうのためのきれいな服で
父と母と子が通る。
ゆきやなぎの花の雪色
ももの花の桃色が
三人の眼の青空にしみる。
しばらくして　今度は長い坂の舗道を
てっぺんまで登って行く。
「六年間も　坂を登り降りすれば
足腰がいいかげん鍛えられるよ」
と　わたしは二人に言う。

わりに急な坂のてっぺん
丘のうえの小学校の庭には
もう　入学式のための
親子連れがたくさんいて
さくらの花の桜色と
あぶらなの花の黄色と
掲示板に貼られた　一年生の
学級別の名簿の大きな紙が
すこし寒い春の風に　吹かれていた。

それにしても　入学式直前の
講堂兼雨天体操場は
なんとすさまじい喧噪だろう。
前列から　新入の一年生
ハーモニカ合奏に待機する二年生
ピアニカ　木琴　アコーディオン
太鼓などの合奏に待機する六年生
そして　新入生の保護者という順で坐り
舞台下の両脇に　先生と来賓がいるが
子供たちの話し声で
天井までわんわん唸っている。
わたしも　いつのまにか
岩のように吼えたくなった。
「わたしもじつは新入で　この四月から
この小学校の校長をするのです」
と　温和そうな眼鏡の先生が
講壇に立って挨拶したとき
「先生もちっちゃいの?」
と　新入生のだれかが甲高く叫び

満場がどっと笑った。
「新入生のみなさん　嬉しいですか?」
と　来賓の市長代理が挨拶したとき
「嬉しいです!」
という　声を合わせた返事につづいて
「わからない!」
と　新入生のだれかが大きく叫び
満場がまたどっときた。

あの陽気な花花のなかに　自分の子も
と　わたしは楽しかった。
沈黙から喧噪へ
謹直な制帽から帽子の自由へ
半世紀はその点で　空しくはなかった
と　わたしは信じたかった。

駅名あそび

書物が奇態な生きもののように
しだいに乱雑に増殖してくる
狭苦しく　狂おしい　物書き部屋には
西と北に　大きな窓がある。
朝も昼もやや暗いが　ときに
夕日の奔流が花やかな明るさで
わたしの疲労をすっぽりつつむ。
あと一枚　原稿を書くための
なけなしの　新しい元気を
胸に芽生えさせるのである。
こんな時間が
わたしは好きだ。

やがて　トコトコ
幼い子が階段を登ってくる。
ドアのノブをぎごちなく廻し
「ごはんですよ！」

と　部屋のなかにはいってくる。
椅子に坐るわたしの膝に乗り
机のうえの書きかけの原稿を
小学一年生ふうに　拾い読みする。
わたしはそこで　問題を出すのだ。
「東京のなかを走っている電車の駅の名前で
ね　一とか三とか数がはいっているのがある
でしょう?　一から十までの数がひとつずつ
はいるように　駅の名前を十いってごらん」
電車に夢中の息子は　すごく喜び
ゆっくり考えて　さっと答える。

「青山一丁目!」
そうだ　先週もわたしはその駅で降り
知人の死を悼むため　斎場に向かった。
「二子玉川園!」
十六歳のわたしが　受験のため大連から
初めて東京に出て来て泊った　叔母の家。
「三軒茶屋!」
二十六歳のわたしが　敗戦で大連から

東京に引き揚げて来て泊った　姉の家。
「四ツ谷！」
おまえの兄が　いっぱし通っている
フランス人の先生の多い　あの大学。
「五反田！」
わたしが通勤のため　かつて何千回か
電車乗り換えで歩いた　あの連絡通路。
「六本木！」
おまえのもう一人の兄が　ときたま
お茶と踊りに　その町に行っている。

幼い子は七のところで　大いに困り
頭を左右にかしげて　考えつづける。
ああ　こんな時間が
わたしは好きだ。
「東京のなかでなくてもいいよ」
と　わたしは問題をゆるめる。

「七里ケ浜！」
おまえは幼稚園を終えた　春休みに

母に連れられて　その海岸で遊んだ。
「八坂！」
おまえの生まれた産院が　その町にあり
どんな建物か　おまえは見たがっている。
「九段下！」
おまえの父母は結婚前　その駅で降り
ウィーン・フィルハーモニーを聞いた。
「十条！」
敗戦の前の年の初夏　学生のわたしが
校友会雑誌の校正をした　あの印刷所。

「ごはんですよ！」
一家の主婦の権威の声が
階下からおおきくひびいてくる。
幼い子を先にして
まだ西日が残っている階段を
二人で　あわてて降りて行く。
こんな時間が
わたしは好きだ。

いつまで

農家に借りた　畝半分の
苺摘みへの行き帰りに
小川がそばで語りかける　草の道。

日曜の午前　近くの大きな
郵便局への行き帰りに
ビルが眠ったままの　舗装の道。

人造湖の青空で　眼を洗う
散歩への行き帰りに
鶯が沈黙をついばむ　堤防の道。

あの　消しがたい寂しさが
父親の胸ににじみでるのは
たいてい　そんな
すこし長く　とても静かな
同じ時間の道を

幼い末っ子と手をつないで
ゆっくり歩いているときだ。

半世紀ほどの差をたもちながら
いつまでいっしょに
生きていられるだろうか?

今も　最寄の駅から自宅への
夕闇のなかで手をつなぎ
父と子が　星を探して歩いている。

坂を越えたころ　右手に
夕食らしい灯りが見える。
幼い子の遊びともだち
一歳下の　元気な男の子の家だ。
冬の終りに　若い父が脳塞栓で死んだ。
病院から運ばれてきた冷い体を
安置した布団のなかに
その子は二時間も
もぐりこんで泣いていたという。

しかし　葬儀では
いつものように明るかった。

同じころ　ある雑誌に
七十歳を越えた　昔の美男俳優が
若い妻とのあいだに　二人目の
赤ちゃんをもうけたと出ていた。
かれは矍鑠の理由のように
烏龍《ウーロン》茶をよく飲む
と　語っていた。

また同じころ　新聞やテレビに
日本を訪れた
中国残留孤児が　さかんに出ていた。
ある男性は敗戦のとき　四歳で
すでに召集されていた父は
シベリアの抑留生活へと連行された。
残された家族は　東北を転転とし
母も妹も病気で死んだ。
ひとり残ったかれは

中国人に拾われて育てられた。
自分の日本名を忘れなかったかれは
じつに三十七年ぶりに
父を探しにやってきたのである。
父は顔をおおって泣き
子は貧血を起こして　倒れそうになった。

今も　最寄の駅から自宅への
夕闇のなかで手をつなぎ
父と子が　星を探して歩いている。

梅雨の晴れ間は短く
あすはまた雨　という天気予報だ。
やがて左手にあらわれる家では
どんな夕食が待っているか?
そうだ　きょうの昼
父と子で　庭の畑から
掘りだしたじゃがいもで
ビーフシチューかなにかの料理を
母が作っているにちがいない。

恐竜展で

――あれは　恐竜のオチンチン?
と　幼い子が指で差した。
なるほど　股のあいだから
斜め下前方へ一メートルあまり
異様に突き出たものがある。

マメンチサウルス・ホチュアネンシス。
日本の東京の
上野公園にある国立科学博物館へ
中国の四川省の合川《ホチユアン》の
楼古山にあるジュラ紀の地層から
約一億四千万年もかけて
はるばるやってきた　恐るべき珍客
巨大な化石の全骨格。

――ははははは　あのとんがりはね
と　父は仕入れたばかりの知識を用いる

——恥骨っていう骨でね
もし　オチンチンがあったとしたら
　あの先っぽの下のへんじゃないかな。

全長二十二メートル
生時の推定体重約四十五トン
アジア最大の恐竜といわれる　この
竜盤目・竜脚類のマメンチサウルスは
水陸両生　草食　四脚歩行で
とても小さな頭を載せた頸が　すごく長く
胴体は包《パオ》のように　大きくふくらみ
四肢は柱のように逞ましく
尾は根太く先細りで　やはり長い。

レッドキング　ゴモラ
ゴルドン　アボラス　バニラ
ネッシー　ケラトサウルス
ボーンフリー。
これらは　幼い子がかつて熱中した
テレビ映画に登場の

恐竜のような　空想の怪獣たち。
そんな連中の姿も　いくらか重なるのか
また　マメンチサウルスそのものに
なかなか見あきないのか
幼い子はにこにこしている
——こわいけどね　おもしろいよ。

父のほうが茫然としている。
たとえば　すぐ近くに見える後脚の
爪の鋭い趾骨の大きさと形に
連想すべきほかの生物の指がなく
少年の日の薪割《まきわり》まで　呼び戻すのだ。

また　後脚の　優美な曲線の脛骨の
灰色がすこしかぶさった茶色に
連想すべきどんな悲哀の光もなく
夢のなかの望楼まで　呼び戻すのだ。

父はふと
マメンチサウルスの亡霊に

底の知れない鏡をかんじる
――人間とは　ふしぎなものだ！

湖や川のほとりで　集団でくらし
亜熱帯の植物で　一生成長をつづけ
肉食恐竜が襲ってくると
深い水中にのがれ
頭だけ出していたというマメンチサウルスは
図体に似合わず　優しく
子煩悩であったともいうのだが――。

入場者の混雑のなかで　父と子は
第一室のマメンチサウルスのあとも
恐竜かそれに近いものにばかり　目を奪われた。
デボン紀の魚や植物から
更新世の大荔《ターリイ》人の頭骨にいたるまで
中国でとれた化石が三百七十二点
展覧会に並べられている。

三畳紀のヒマラヤサウルスは

いるかに似た魚竜というが
頭・背骨のかけらだけで　姿が浮かばない。
ジュラ紀のユンチュアノサウルスは
大きな頭と鋭い歯が密生の　肉食二脚歩行で
頭骨だけだが　ライオンのように怖ろしい。
ジュラ紀のトウジャンゴサウルスは
背に対の棘板《きょくばん》の　見事な全骨格で出ており
一見恐そうだが　じつは防御的なのだろう。
白亜紀のチンタオサウルスは
草食二脚歩行で　頭上に鶏冠《とさか》のような突起があり
その立姿の全骨格は　話す人間に少し似ている。
白亜紀のズンガリプテルスは
空を飛ぶ翼竜で　湖の魚が餌食というが
全骨格は　大きな沙漠をも超えるスピードだ。
会場からの出口で　見物のひとびとは
そこに置かれた　別のマメンチサウルスの
大腿骨の化石に
つぎつぎと手の平をのせていた。
父と幼い子も　その行列のしっぽにつながり
こんな文字のあるカードをもらった

——あなたが一億四千万年前の
恐竜の骨にふれたことを証明します。

会場から公園に出ると
目が痛くなるほど　眩しい
真夏の快晴　正午すこし前。
緑の空気が熱っぽく　爽やかな
その沈黙の深さのなかで
父と子は　しばらく
人間の　短かすぎる
生命《いのち》をもてあましていたようだ。
手をつないで　並木の蔭を求めて歩き
昼めしになにを食べるか
どんな店に行くか
その相談が天から降ってくるまで
たがいに声を消していた。

球あそび

年輪ではなく
ほぼ一年半ごとのあたらしい輪だ。
二歳初めごろから　自動車
三歳半ばごろから　テレビ漫画の主人公
五歳初めごろから　電車
そして　やっと
六歳半ばごろから　野球である。
どうして「やっと」か？
幼い息子のあたらしい熱中が
父親の幼いときからの熱中に
はじめて重なったからだ。
横から眺めるだけでなく
自分が行うものでもあるスポーツに
はじめて溺れかかっているからだ。

夏休みになると　朝早くから
ひいきチームの帽子をかぶり

ビニールのやわらかな球
プラスチックの空洞の棒を手にし
寝ている父をつつき起こす。
町のなかの〈仲よし広場〉の片隅の
素手のキャッチボールの
飛蝗《ばった》がくすぐる皮膚感覚。
バットという　両腕の合わさった延長で
ボールの芯のかすか下を叩けば
鳩が不意に　高く飛び立つ
おお　胸深くまでのこころよさ。
二人だけのベースボールにも
攻 守 走がそろっている。

いや　幼い子は相手がないとき
家の石垣あいてに　一人で
投げも　捕りも　打ちもする。
なにかに憑かれかかったその姿が
父に　遠い昔の自分を思いださせる。

さて

プロ野球の試合日程編成者であった
五十代の詩人の父と
草野球団ポエムズの監督である
四十代の詩人と
草野球団ファウルズの主将・遊撃手である
三十代の詩人が　ある宵
日本人にとって野球とはなにか
と　おしゃべりをしたのだ。
その難解しごくな問題は措くとして
三人とも　六歳か七歳のころ
野球に憑かれはじめていた。

元試合日程編成者は　大連で
戦前のモダニズムの一端のような
市民野球の雰囲気の
〈致命的な〉洗礼を浴びた。

監督は　山口県の国民学校で
戦後民主主義をかたどるような
手づくりのボールによって

〈読める野球〉を早くも予感した。

主将・遊撃手は　門司に住み
高度産業社会のはしりのような
〈草〉の生えた団地予定地で
お父さんの猛ノックにきたえられた。

幼い子よ
おまえの熱中の時代の背景は　たぶん
高度産業社会のかなりの成熟だ。
しかし　今のおまえに
そんなことはまるで関心がない。
バットで飛ばしたボールが
〈仲よし広場〉の　大きな
椹《さわら》の葉の緑の繁みにかくれて
いつまでも落ちてこないとき
樹によじのぼったついでに
多摩湖のほとりから
新宿の超高層ビルの群れを
遙かにちらりと眺めるとしても。

秋深く

『こどものバイエル』五線紙　ノートなどを
手提げに入れた帰りの坂で
幼い子が降りる足を止めたのは
森のうえ　夕空に沈む青から
あの連弾が　ふと谺《こだま》してきたからだ
不意の別れの　あのアレグレットが。

——結婚するので　遠くへ行くのよ
と　若くきれいな女の先生は
かれの驚く眼の鳥を　見ながら言った。
ベームのサイン入りの写真を　貼った部屋
一年半ピアノの初歩を　教えてくれた部屋で。

おとといは小学校の運動会
明るい青空を背に　紅白玉入れの連弾が
点描の　花火の夢をきそっていたが
きょうのアレグレットは　逆に

透明な　氷柱《つらら》の夢を
心の空に結んでしまった。

幼い子よ　犬の夕闇が迫る
帰りの坂を　早く降りるがよい。
そしてせめて　眼にいっぱい
温かい涙を浮かべるがよい
生まれて初めての　人と別れの悲しみの玉を。

一年と一瞬

幼い子よ
晩い秋の午後をいっしょに散歩しながら
父はひそかに悩んでいる。
ごらん
丈高い三角楓《さんかくかえで》の林を。
自然公園のなかで　そこだけがほのぼのと
黄　赤　橙に輝やいている

思い出の　別天地を。

父の学生時代の師である
あの懐かしい碩学は　自宅の居間で
庭を見ながら語ったものだ
――七十二歳にもなると　一年が
　あっという間に　過ぎますね。
　一か月ほどまえ　木蓮の落葉が
　やっと終ったところだのに
　きょうは　その木蓮の新しい落葉が
　もう　ぱらぱらと始まっているのです。

幼い子よ
しかし　父は嘆くまい
六歳のおまえの長い一年のまえで
五十代の自分のすでに短かすぎる一年を。
ただ　父は焦るのだ
一瞬の冴えが　乏しくなった寂しさに。
たぶん　おまえにはありあまる
底知れぬ夢　澄みきった目ざめ

そんな束の間が　まれになった空しさに。

さあ　あの明るい唐楓《とうかえで》の林のなかに
二人で手をつないではいって行こう。
枝枝に溢れる黄　赤　橙の葉が
ときに　一枚二枚舞い降りてくる。
小さな翼の生えた小さな固い実も
地面のあちこちに散らばっている。
ああ　なんと冴えた
なんと澄みきって　底知れぬ照明だろう。
思い出と区別のつかない　小鳥たちの歌。

夏には　裏の白っぽい三裂の緑の葉が
鬱然とした天井をつくっていた。
かすかな木洩れ日の暗さのなかで
見知らぬ若い男女が
繊く鋭い竪笛の音を
蟬しぐれの奥にかくしていた。

そのまえの春には　若葉とともに

ごく小さな　淡い黄の五弁の花が
円錐花序にひらいていた。
幼い子よ　おぼえているか
おまえがここに追いこんだ雉鳩を。
そのとき　おまえが転んで泣き
目のまえの菫の花を摘んだことを。

さらにそのまえの冬には
駱駝色のぶあつい落葉が
はかない絨毯を織って
四季の終りを告げていた。
仰げば　冬芽をつけた裸の枝枝が
青空を背に　つつましく
四季の始まりを告げていた。

幼い子よ　こんなふうに
いっしょに眺める一年は同じだが
父はもう疲れてしまった。
疲れた力に鞭打って
この世の中を描きつづけるほか

どんな芸も　どんな恵みもありはしない。

三角楓の林の中の　奇蹟のような
黄　赤　橙の別天地で
しばしの幸福を　父は嚙みしめる。
幼い子よ　たとえば
ここにおまえと立てば　ようやく
一年を一瞬にとらえ
一瞬を一年にひろげることができるのだ。

あとがき

本書『幼い夢と』は私の八冊目の新詩集です。この詩集の根本の動機はなにかと、作者自身が横から眺めるとき、それは、中年も終りに近い父が、幼い末っ子と同じ地球のうえであとどれだけいっしょに生きていられるだろうかと考えて感じる、寂しさだろうと思われます。つまり、時間や空間を拒否したがる抒情の核から見るなら、ずいぶん現実的なものに思われます。私はこの詩集の場合、悲喜こもごもながら、あくまでも現実に執するように強いられているようです。

この詩集についてほかのことは、すべて芸術にすぎません。

装幀を安野光雅氏にしていただけたことは大きな喜びでした。この詩集のモデルとなっている幼い子ならびにその両親は、ずいぶん前から安野氏の絵と装幀と文章のファンであるからです。厚く御礼を申し上げます。

また、紙誌に作品を発表したときお世話になった編集者諸氏、特に「文藝」で一年間の連載を見ていただいた平出隆氏、そして、今回の単行本出版でいろいろ御尽力していただいた飯田貴司氏に、厚く御礼を申し上げます。

なお、本書には、既刊の詩集からの再録が二篇あります。「半世紀ほどの差」が『固い芽』（一九七五年青土社刊）から、「遠浅の海で」が『西へ』（一九八一年講談社刊）から取られています。これらは詩の内容から言えば、今回の詩集に属していると思われたからです。ほかにもいくらかそう考えられる詩が数篇ありましたが、それらは割愛しました。また、既刊の掌篇小説集『夢を植える』（一九七六年講談社刊）中の一篇「かける」の別稿、——散文詩への凝縮を試みたものを入れてあります。

一九八二年三月十七日

著者

初冬の中国で　1984

蘭陵酒
——李白の思い出

済南空港から　車で
落ち葉する白楊に沿って走ると
済南飯店の宵の広間には
訪問の日本人八人と
歓迎の中国人十人でする
蘭陵酒の乾杯が待っていた。

——李白の詩に出てくる蘭陵の美酒です。当地から南南東へ二百キロほどの　蒼山というところで造られています。蘭陵は蒼山のすぐ近くです。

四十年ほど前には　抗日ゲリラの隊長であった
巨体の作家が　人懐っこい

ほほ笑みをたたえて言った。

ああ　李白！
そういえば　千二百年ほど昔
あなたはこの山東を　くりかえし歩いているのだ。
その遙かな影に　不意に訝する
わたしの若い日日の
眩ゆい無為の自由へのあこがれ。
わたしの今の謹直な旅における
禁酒ははやくも破られる。
これまた　「客中《カクチユウ》ノ行《ウタ》」の一種というわけか。
あなたのその七言絶句が
四十年ほど前の戦中には　学生であったわたしの
孤独で怠惰な生活から
あざやかに蘇えった。

蘭陵《ランリヨウ》ノ美酒　鬱金《ウコン》ノ香《カヲ》リ。
玉椀《ギヨクワン》　盛《モ》リ来《キタ》ル　琥珀《コハク》ノ光《ヒカ》リ。

但《タ》ダ主人《シュジン》ヲシテ　能《ヨ》ク客《キャク》ヲ酔《ヱ》ハシメバ。
知《シ》ラズ　何《イツ》レノ処《トコロ》カ　是《コ》レ他郷《タキヤウ》ナル。

山東名産の葱は長く太くて　その生《なま》に
付け味噌がたっぷりと乗る。
同じ名産の白菜は　厚く柔らかく煮られて
炒めた豚肉にとろりと合う。
辛く煮た大きな海老。
空揚げの鯉。
生まれて初めて食べる山査子の実は
砂糖が加わり　甘酸っぱい。
そんな料理を　一方で齧りながら
わたしの速やかな酔いは　さらに乾杯を求めた。
かつてはなんの不審もなかった
李白の夢の
燦然と寂しげに鳴る音楽に
わたしの頭はこころよく混乱しはじめた。

今ここにある蘭陵酒は　無色透明で
いかにも白酒《パイチウ》らしい匂いだ。
盛唐のころ　蘭陵の美酒は
別の匂い　別の色をもった
醸造酒であったということか？
それとも　今と同じ蒸溜酒ではあったが
多年草である鬱金の根茎を
香料としてそのなかに浸したため
アジア熱帯ふうの香りを放ち
琥珀色に近い黄色が滲み出たということか？
いや　それとも　鬱金の香りの実体はなく
それは酒の匂いについて　選びぬかれた
きらびやかな比喩であったということか？
そして　琥珀の光りは
詩人が手にした玉椀が
白玉製や緑玉製ではなく
琥珀色の玉でできていたということか？
とにかく　へんにこんがらがってきたぞ。
それに　このときの李白の旅は
三十代なかばの

陽気な壮遊であったのか？
それとも　四十代なかばに
長安の都から讒言《ざんげん》で追放された
寂寥の放浪であったのか？
このときは　杜甫と洛陽で知りあって
おお　済南もいっしょに訪れているではないか。

こうした疑問や想像や伝記的な事実が
賑やかな宴会における
談笑や歌声のなかの
わたしのときおりの無言の淵のなかで
ぐるぐる　ぐるぐる
より親しい肖像へと　螺旋を巻いていた。

そのとき　わたしは宴会の広間の壁に
中国人が古来尊崇する山を見たのである。
泰山！
五岳の一つ。

済南のすぐ南に聳える　あの雄偉壮麗。
松の木立に
縹眇と　雲がかかっている。
横長の矩形の大きな画面に
墨の濃淡を主とし　ほかの色彩も少し用いた
伝統的な手法の
二十世紀後半の絵画。
山のなかには　摩崖に刻まれた文字があり
道教の神　それも女神が多く祭られているという。
おお　今
仙境にあこがれる後姿で
馬車道を登って消えた人物は
四十代はじめの李白ではないか?

泰山の南天門のあたりで
あなたは長く口笛を鳴らすのだ。
すると　万里の遠くからすがすがしい風が吹き
少女が四五人　天から舞い降りてきて
ほほ笑みながら　白い手をさしのべ

仙界の酒という　あの
「流霞」の満ちた杯をくれるだろう。

泰山の天門山に登ろうとして
あなたは白い鹿にまたがるのだ。
すると　空を飛ぶ仙人に山際で逢うだろう。
かれの瞳は四角で　顔が美しい。
あなたが蘿《つた》をさぐって　近づこうとすると
かれは雲の門をとざし
鳥の足跡の書を　岩間に落としてくれるだろう。

泰山の日観峯に立って
あなたは黄河の西からの流れを見るのだ。
すると　緑の髪の童子があらわれ
あなたの仙道の学びはじめが遅いこと
そして　そのためあなたの若さが
もう凋んでしまっていること
そんなことを笑って　さっと消え去るだろう。

果物皿に盛られた　野性的な蜜柑が出た。
そろそろ　済南飯店の
宴会の現実にはっきり戻らなければ。
あすの未明は
紀元前の斉国城趾へ出発である。
そのためやや慌しく　もう
門前清《メンチエンチン》の乾杯だ。
ああ　李白！
済南は　清冽で豊富な
「泉の城」として有名だが
李白という泉まであるとは知らなかった。
酩酊のなかの銘酊。
ささやかではあるが　かけがえのない
それはわたしの思い出だ。

窰洞《ヤオトン》

――杜甫の故郷

河南の初冬の朝の好天
鄭州から洛陽へと向かうために乗り込んだのは
黄海に面する連雲港から来て
西域への出発点　蘭州へ行く
隴海線　八時十八分発　急行列車。
黄河の南側に沿って　わたしの
「九朝の古都」への憧れが
掻き立てられるように走った。
浙江　河北　山東　河南と
飛行機ばかりで動いたあとでは
地を這う列車の窓から　大陸の
初めての風光が　なんと新鮮に見えることか。
同行の仲間と交わしていた
見えない黄河についての会話は
いつのまにか中断されていた。

やがて二十五分ほどして
ついで三十分あまりして　滎陽《けいよう》を通り
鞏県《きょうけん》に入った。
鞏県！
それはまるで　夢のなかで覚えた旋律のように
わたしの胸にこだましていた
杜甫の生まれ故郷の名である。
遠い昔　都である洛陽の東を守るため
北に流れる黄河と　南に聳える嵩山《すうざん》を利した
「鞏固不抜」の戦略の要地。
いま　隴海線の列車の窓から見えているのは
やわらかな明るさの日光を浴びて
うねるように連なっている
小高く　草木のない
黄土色の
丘　丘　丘……。
そして　その崖にときどきあらわれる
窰洞《ヤオトン》。
――深く掘られた横穴住宅。

おお　千年も二千年もまえに　不意に戻ったような
美しくも　古代的な風景ではないか。
茫然となって　わたしは眼を奪われた。
初冬の朝の青空を背景に
人影も　鳥影も　風もない
高鳴る
沈黙のカデンツァ。
窰洞のあるものには　入口のまえに
柵で囲んだ広い庭が設けられ　そこに
土造か磚《れんが》造りの　小さな家が建てられているが
本居はなお　横穴のようだ。
それにしても　鉄道から少し離れている
杜甫の生地
南窰湾村《なんようわんそん》はどんなふうだろう？
それは　鞏県の南西部
洛河と伊河が合流するあたりにあるのだが——。

列車は出発から一時間四十分ほどで

偃師《えんし》に入った。
玄奘三蔵の生まれ故郷
緱氏《こうし》がすぐ近くだ。
わたしは　東京でわたしを待っている
幼い子を思った。
かれは『西遊記』で法師が好きになり
法師の命日と自分の誕生日が
同じ日であると知って　すごく喜んだのだ。
列車はついで　白馬寺
後漢の時代に創建され　その後数回再建された
中国最古の仏教寺院の近くを過ぎた。
洛陽に到着したのは　十時三十二分
同地の外事辦公室の中国人が出迎えてくれた。

友誼賓館へ向かって　自動車が
プラタナス並木の長い中州路を　一直線に走ったとき
同乗したその中国人とのあいだで
話題が　鞏県の窰洞におよんだ。
——杜甫の生家ですか？　窰洞です。筆架山とい

う　頂上が三つに分かれて　筆架けのような形になった山がありますが　その麓に掘られたものです。奥行きは約十五メートル……。

かれの言葉は　なかば予期されていたが
わたしの心を強く打った。
おお　杜甫！
土がいつも深く匂う
窰洞の奥の愛から　生まれてきたとは
あなたの憂愁にも　自然讃歌にも　沈鬱にも
なんとふさわしいことか。

洛陽の中国人はさらにつづけた。
――このまえ　鞏県文物保管所の所長が　成都の杜甫草堂で行われた杜甫研究学会に出席しました。かれはそこで　杜甫のほんとうの墓は鞏県にあり　いろいろある杜甫のほかの墓は衣冠だけを葬った衣冠塚か　空棺墓のいずれかであるという　長年の研究の結果を発表しました。鞏県にあるほんとうの墓は土盛りで

すが　そこで杜甫は　息子の宗文と宗武とい
　っしょに並んで眠っています。
わたしはこの話にも　強く捉えられた。
杜甫は五十九歳のとき
長すぎた放浪の艱難に病み疲れ
歳の暮れの暗い寒さのなかで
潭《たん》州と岳州のあいだの
湘江の水に浮かべた
小さな苦舟のうえで死んだ。
そうだ　かれの遺骨にふさわしい場所は
やはり　列車の窓から眺めた
あの限りなく素朴な　生まれ故郷の土地
あの優しい乾燥のほかには　ありえなかったのだ。

わたしは　友誼賓館の自室に落着いて
昼食まで　洋服のままベッドに寝ころんだ。
おお　杜甫！
安住の地への　なんというブーメラン。
あなたは鞏県に生まれたが

洛陽と長安に　その後のなじみは深かった。

少年時の文名　にもかかわらず
初めての科挙で落第
呉　越　斉　趙への壮遊のあとの
安住の窖洞づくり
結婚
都落ちの李白との邂逅
——これらは洛陽である。

自信があった科挙での不当な落第
息子たちの出生
やっとありついた最低の官位
安禄山の乱　その賊中からの脱出
唐軍の奪還という一応の平和
あなたの過去の諌書が遠因の　あなたの左遷
——これらは長安である。

政府に失望し　不遇に怒り
華州で官を捨てながらも
なおつづく干戈《かんか》や飢饉に
救国済民の夢は　あくまでも捨てず
あなたは　夙志と家族をいだいて
漂泊の旅に出た。
そのとき　すでに四十八歳
長安にも　洛陽にも　鞏県にも
あなたの肉体はついに帰ることがなかった。
中原に近づこうとすると
かえって遠ざかっているような
やりきれない　長い悪夢。
戦乱と不遇と放浪が
あなたの天性と学識を
どこまでも鍛えぬくのである。

秦州　同谷　成都　新津　蜀州
青城　綿州　梓《し》州　通泉　漢州

閬《ろう》州　戎州　渝《ゆ》州　忠州　雲安
夔《き》州　江陵　公安　岳州　潭州
衡州　……。

自然に親しむ草堂の喜びの成都を
ほとんど唯一の例外として
転蓬《てんぽう》の地名の　このすさまじい連鎖は
痛苦の増殖する巨大な塊りのように
こちらの胸を圧迫してくるではないか。
ああ　杜甫！
あなたは家族とともに
漂う小さな苫舟のうえで
藜《あかざ》の豆粥を啜り
つぎはぎだらけの衣服をまとって
最後の日日を過ごした。
あなたの絶筆のなかの言葉が
きのうの風景のように
いま　甦えってくる。

故国《ココク》ハ悲《カナ》シ　寒《サム》キ望《ナガメ》ニ。
群雲《グンウン》ハ惨《イタマ》シ　歳《トシ》ノ陰《クレ》ニ。

洛陽の香山で

——白居易の墓

伊河は　ことしの夏
五十年ぶりに氾濫して　凄かったという。
冬の初めのさざなみの伊河
そのゆったりとしたかなりの幅の中流が
晴天の午前　わたしの眼下で
古来の地形のままに括《くび》れている。
わたしが立っているのは
常緑樹の多い東岸のうえ
香山の北端をなす　小高い青山のうえである。
ああ　白居易
あなたの墓を背にして

あなたの晩年のそぞろ歩きの眼差しを
わたしは一心にまねようとしているのだ。

伊河をへだてた向こう側は　龍門山。
常緑樹は疎らで　茶色の地肌の多い
かなり離れた西岸である。
山麓にずらりと並ぶ　岩石の
洞穴や台座がじつに印象的だ。
それらは　ふしぎな生物があけっぴろげた
でっかい巣の群がりのような
あるいは　宗教と政治の合金による
開鑿《かいさく》の威力のさかんな弾痕のような
あの　龍門石窟である。

白居易
あなたはある秋ここに来て
東岸の菊の花　西岸の柳の陰《かげ》
瑠璃色の狭い水流　廻る小舟を

いとおしがって歌ったが
それらは　千年以上も経ったおまけに冬でも
現場の魔力か
懐かしく想像される。
洛陽の名花は今も　牡丹　芍薬　そして菊。

北魏から唐にかけて　熱烈に
石窟群に刻まれつづけた仏像は
季節の影響がほとんどない鉱物だから
それらについて　想像はいっそう生生しい。
昔ながらにいちばんすばらしい石仏は
南寄りの奉先寺の中央に　結跏趺坐《けっかふざ》して
両脇に迦葉　阿難　文殊　普賢　そのほかを従えた
巨大な盧舎那仏《るしゃなぶつ》だろう。
女帝武則天がモデルという　「方額広頤《ほうがくこうい》」の
驚くばかり端麗な容貌が
そのころの政治の是非にかかわりなく
今もなお魅惑的である。

わたしはさきほど　西岸の仏洞を眺めて歩き
伊河にかかる龍門石拱橋を車で渡って
東岸の香山の腰に立つ香山寺に入った。
巨大な盧舎那仏の顔が　そこからは
なんと小さく　可憐に見えたことか。
白居易
あなたは衰えはじめた眼で　なお
対岸の石窟群を望んだか？

有能な儒臣のあなたは　五十代の末に近く
長安の都の栄華から遠ざかるかのように
洛陽城内の履道里に
高雅な閑職　七十歳の致仕　半俸の年金のため
終老の自宅を構えた。
還暦の年の秋の満月の日には
唐代にはもう少し南に位置していた
北魏創建の香山寺を初めて訪れた。
熱心な仏弟子となり　香山居士と称したあなたは

荒れた僧院を修築し
僧と親しく交わって　僧房に泊り
経堂には自著を納め
白い髪　白い衣　竹の杖で
香山の山路をあまねく散策した。

ああ　白居易
卯酒《ぼうしゅ》まで好きな　酔吟先生
遠い異国の現場の微風に染められて　わたしは
あなたの優遊自適の眼差しを求めるのである。
いや　その視線を逆にたどって
心の奥を少しでも感じようとするのである。
わたしが欲しいのは
仏教にも　儒教にも　道教にもかかわらぬ
深く密かな　あなたの悲しみ――
わたしの胸の底まで突き刺す
あなたという存在の
ほとんど中枢の悲しみだ。

若いころ書いた　人民のための
諷諭詩を遠く忘れたかのように
あなたは空門に入った。
愛貪《あいたん》声利はすでに過ぎて
病羸昏耄《びょうるいこんぼう》はまだやってこない　とする年月
——恬淡《てんたん》にして清浄の日日。
ほかには　山水を行く筋力と
管絃を聴く心情
そして　酒を味わう感覚と
詩を試みる高揚があれば
東都に中隠の生活は
それで満ち足りるというのだろうか?

とはいえ　あなたは死の二年前
若いころの兼済《けんせい》への夢を取り戻すかのように
あるいは　老いてからの
功徳による浄土への夢を描くかのように
家財を大きく割いて

龍門潭の怖ろしい険路を
安全なものにまで切り開いたこともあるのだが――。
それは　たいていの船や筏が破傷し
冬には　饑凍の声が終夜聞こえてきたりした
残酷な難所であった。

白居易
あなたの墓を　わたしはふりかえる。
「唐少傅白公墓」と刻んだ
清代に建立の石碑があり
その向こうが　十九本の柏樹などに囲まれた
琵琶峰
という名の塚だ。
まさしく　巨大な琵琶が浮き彫りにされた
長い鐘愛の土
長い逍遙の山路の一角。

あなたは　祖父母　父母　末弟

また　幼くて死んだ　いとしい娘や息子という
白家一統の懐かしい遺骨を
渭水の北側の故郷の地
下邽《かけい》に集めた。
にもかかわらず　あなた自身は
偕老の妻　夫に先立たれた娘　二人の孫
そして　かなりの終身年金の傍らで
七十五歳の生涯を終えたあとも
洛陽から離れることはなかったのである。

あなたの恵まれた晩年に　しかし
わたしはなおも耳を澄まし
幼いほど素朴な悲しみの一つに
やっと行きあたる。

限《カギ》リナキ少年《セウネン》ハ　我《ワ》ガ伴《トモ》ニ非《アラ》ズ。
憐《アハレ》ムベシ　清夜《セイヤ》　誰《タレ》ト同《オナ》ジクセン。
歓娯《クワンゴ》ハ牢落《ラウラク》トシテ　中心《チユウシン》少《スク》ナク。

親故《シンコ》ハ凋零《テウレイ》シテ　四面空《シメンムナ》シ。
紅葉《コウエフ》ノ樹《キ》ハ飄《ヒルガヘ》ル　風起《カゼオコ》リシ後《ノチ》。
白髪《ハクハツ》ノ人《ヒト》ハ立《タ》ツ　月明《ツキアカ》ルキ中《ウチ》。
前頭《ゼントウ》ニハ　更《サラ》ニ蕭条《セウデウ》タル物《モノ》有《ア》リ。
老菊《ラウギク》　衰蘭《スイラン》　三《ミ》ツ両《フタ》ツノ叢《クサムラ》。

履道里でも　香山でもよい。
あなたは　たとえば
若いころから好みの杜康酒《トウカンチウ》を嘗め
抜け残っている歯で
土地の名産　大きな茸の猴頭《ホウトウ》を齧り
声がはずんできた喉で
近作の自画像詩「東城晩帰」を吟じ
漆を塗ったなじみの琴で
懐かしの古曲「幽蘭」を弾いた。
しかし　満たされないなにかが　不意に
噴き出たのだ。
友愛がすべて失われてゆく老年の孤独が――。

おお　白居易！
晩秋の月明にひとりで立つあなたの溜息を
初冬の白日の墓前で
わたしはひそかに聞き
ようやく　あなたの思い出から去ったのである。

地平線を走る太陽
――洛陽から北京へ

十二月一日　好天の洛陽で
わたしたち一行四人が乗ったのは
西安の方からやってきて
北京へ向かう夜行列車。
ほとんど定刻どおり
十八時二十四分に発車した。

一つのコンパートメントの四つの寝台に
東京からやってきた作曲家
同じく　出版社の社長
同じく　わたし
そして　案内役である
北京の中国人民対外友好協会の青年。

列車は　夜の闇のなかで
冬の流れがゆるやかにたゆたう
黄河を渡り
邯鄲の夢ならぬ
四人の同地での眠りを載せ
太行山脈の東側に沿って
華北平原を　ほぼ北北東に進んだ。

石家荘を過ぎ
保定を過ぎ
風は蕭蕭の易水が

南拒馬河《なんきよば》に合流するあたりを越えたころ
暁闇のなかで四人は眼覚めた。
食堂車での早飯《ツアオファン》が楽しみであった。
昨夜八時半　そこで特に作ってくれた
晩飯《ワンファン》の六皿は
暖かい心のこもる美味であり
「こんな食堂車は世界にない」　とまで
日本人の一人は言ったのだ。

通路の両側に　合計十二の食卓。
そのうえに　一つずつ植木鉢。
車窓の壁には　いろいろな貝殻細工。
料理を出す仕切り口のうえには
「人民鉄路為人民」という　横書きの文字。
調理場からいちばん遠い一隅の食卓のうえには
回教徒の　豚を食べない
「清真席」という　縦書きの表示。

列車の外は　まだ暁闇である。
がら空きの食堂。
わたしたち四人は　昨夜と同じく
「清真席」の隣りの食卓に坐っていた。
淡泊なもの　そして　覚醒的なもの
やはり　期待に背かぬおいしさだ。
七時十九分。
進行方向に向かって右側
車窓の風景の　斜め後方の平野に
太陽が昇りはじめた。
それと対照的に　左側
車窓の風景の　斜め前方の丘のうえでは
全円に近い月が
これは先ほどから　ずっと
浮かびつづけている。
朝食のため
なんとすてきな眺めではないか。
わたしにとって初めての経験である。
「北京まで　あと三十分ほどです」
中国の青年が言った。

おお　太陽！
なお薄暗い平原の果ての
樹木の群れの影絵のかなたで
列車の進行方向へと
地平線を突如走りはじめた太陽！

おお　残月！
なお薄暗い空のなかで
ちぎれ雲に取り囲まれ
列車の進行と逆な方向へと
丘のうえを突如飛びはじめた残月！

夜明けの食欲を不意打ちした
列車の軌道の
なんという情熱的な曲線だろう。
太陽と残月は

それぞれに右と左の車窓の視野から
たちまち　消えてしまった。
七時二十四分。

そうだ　わたしたちは
後漢に創建の白馬寺
北魏から唐にわたって開鑿された龍門石窟
あるいは　隋と唐の
食糧の地下貯蔵庫　含嘉倉《がんかそう》
そんなものを見学してきたばかりだ。
洛陽のなかの古代の都から
千年も　二千年も飛び越えて
いっきょに　二十世紀後半の
北京の朝の
眩しさに降り立つのである。

より爽やかな到着のためには　たぶん
天変地異にすこし似た

たいへん美しいものによって
意識を　しばし
空白にしておくといいのだ。
ああ　鉄道が
風景と示し合わせた
なんという歓待だろう！

望郷の長城

——海の匂い

万里の長城の　烽火台に立つと
ふるさとの海の匂いがした。

おお　大連
致命的なわたしの夢。
どこから立ち昇ったのか
星の海の遙かな匂い。

同行の誰にも見えない
なんと奇妙な
なんとはかない烽火《のろし》だろう

澄みきった水の底には
波で円くなった　無数の小石の
絨毯が敷かれている。
それは　太古の夜空から
落ちて　砕けて　散らばった
星のかけら。
幼いわたしは　ボートのふちから
童話めいたその伝説の
水の底を覗きこむ。
頭から
真逆さまに落ちるまで。

しかし　いま
招待の中国旅行の東北の果ては
この甬道《ようどう》まで。
同行の日本人仲間からぬけだし
黙ってひとり
望郷の長城は越えられない。

黙ってひとり
まるで脱走するかのように
夜の混雑の北京駅から
さらにさらに東北へと
見知らぬ他人の　夢の列車を乗りついで
遼陽の白塔をめぐり
数えれば二十八年もへだてて
生まれふるさと大連へ
思い出の　砕け散ったかけらどもに
逢いに行くことはできない。

明後日は　西の雲崗で
石窟の仏像を眺めているだろう。
六日後は　北京に戻って
地下壕の白の世界を巡っているだろう。
九日後は　南の杭州で
西湖の金魚に餌をやっているだろう。
定められた道のりを　仲間と
たどるよりほかはない。
同行《トンハン》乾杯《カンペイ》！

もしかしたら　後半生の
わたしの心と体の劇は
八達嶺で長城に登ったそのとき
生まれふるさとにいちばん近づいていた
ということになるのかもしれない。

長城で

——境界線の矛盾

万里の長城の　頂きの道は
歩くとほのかに暖かく
ときおり　横からの微風が
頬に冷たく爽やかである。

おお　どこまでも透明な
十一月末の晴天。

嶺から嶺へと這っている
磚《れんが》の鱗をまとった
奇蹟めいて巨大な
龍の胴体。
山景に没して見えない頭と尾は
遠い昔

おそろしく遙かな
海や沙漠にのめりこんでいたのか?

長城の線は春秋以来さまざま　というが
いまは　眼前のものを典型としよう。
このうねる匍匐の意志につれて
左右に分裂したのは
ときに荒荒しい激突の
ときに穏やかな交流の
涯しもない
歴史の山野である。

秦　前漢　後漢
魏　西晉　隋
唐　宋　明などが
否応なく向かいあった
北方　東北方　西北方の民族を
わたしはいくつも思い浮かべてみる。

匈奴　烏桓　鮮卑
柔然　突厥　回鶻《ウイグル》
契丹《キタイ》　黨項《タングート》　女真
蒙古……。

太陽は中天。

わたしの南の手は
やがて湿潤して　鋤鍬や筆墨を操るか？
わたしの北の手は
やがて乾燥して　牧笛や手綱を操るか？
おお　聞きなれぬ
甲高い鳥の叫びの
めぐる円陣のさなかで
わたしの位置はほとんど
風土の境界そのものだ。

やがて夜がきて
月の眼が地球の長城の線に
くりかえし驚くとき
わたしは　北の丘で死んで行く
遊牧騎馬の　若い奴隷の兵士だろう。
馬乳酒《コスモス》のきのうの宴《うたげ》。
別れを思わず
そこで舞った　異族の娘よ！
そして同時に　わたしは
南の林で死に絶えようとする
農耕定住の　若い徴募の兵士だろう。
文明の子である自分の耳に
幻聴の胡笳のひびきは
なんと寂しく　美しいことか！

わたしは　自分の顔を忘れる。
どこかたいへん遠方の国に
訪れようとしている激烈な地震を
自分の心臓という

柔かい堡塁に感知する。
世界にはなぜ　境界が必要なのか？
城壁の幾何学的な複眼は
どこまでも並んでつづいており
そこへ幻の鏑矢が　一瞬
唸りながら飛んでくる。
わたしはどちらの側にも倒れたくない。
いや　どちらの陣にも加わりたいか？

境界を歩きつづけていると
心も体も　しだいに痺れてくる。
わたしはほとんど
戦いの矛盾そのものだ。
わたしはほとんど
万里の長城そのものだ。

白楊の新芽

冬の初めの晴天
乾いた空気
北京郊外の昌平路。

どこまでもつづく楊樹や柳樹の並木に
ときどき混じって
多くは滑らかな肌の白楊が
心臓のかたちの葉を落としつくし
早くも　裸の枝枝に
微かな緑を点描している。

もう　春？
まさか！
わたしは愚かにも頭を混乱させた。
わたしはなにを期待していたのだろう？

少年の日の憧れにも似た　あの
新芽のさざなみ。
そのことだけは　まちがいないか?
疾走する自動車の窓から
わたしはあらためて眼を凝らす。

鮮やかすぎるほど　青く澄んだ
冷たい空を背景にして
いじらしげに淡く煙る
なんと早立ちの
緑の夢。

おお　海のかなたの東京からの
中年の旅行者の胸のなかを
ほのぼのと素通りした
束の間の

錯覚の春。

あたりは　冬枯れの並木のほか
灰色や薄青色の磚《れんが》の家屋
また　薄茶色の石の塀など
そんな　やわらかな
中間色の風光である。

自動車や　馬車や　羊や　リヤカーが
悠悠雑然と往き来している
幅広く　平坦な道路。

橙《だいだい》の太陽の位置は
午後三時すこし前。
空にはもちろん　地上にも
犬と猫の姿が見えない。

新芽の白楊について
だれかが言った戯れの名は
「眼睛樹《イエンジンシウ》」。
幹から枝が離れた傷痕《きずあと》は　なるほど
静かで大きな眼のようだ。

往来にあらわれる
どんな有為転変の眺めでも
ぐいと呑み込む
傍観の眼——。

半幻想の翎子《リンツ》

——京劇の教室で

京劇の後継たちを鍛えぬく
稽古場の鐘が聞こえた。

ある大部屋をのぞく。
丸坊主の少年たちが　三十人ほど
蜻蛉《とんぼ》のように
空中で縦に回転し
車輪のように
床上で横に回転し
束の間　グライダーのように
空中を滑走する。

ある中部屋をのぞく。
並んで坐った二人の少女が
画眉《ホワメイ》のように
甲走る可憐な喉を
裂けんばかりに震わせている。
月琴《ユエチン》のような
中年肥りの男の教師が　その合間
ロンロロ　ロンロンロンロン！

と　二黄《アルホワン》の拍子をひくく唸る。

ある小部屋をのぞく。
すると　女主人公の演技をする
一人の少女が
美という漢字そのものに
ついになかば変身したのである。

＊

十六歳ぐらいか
閨門旦《クイメンタン》の少女は　はじめ
円顔があどけなく　頼りなかった。
冠から生えた　二本の
すごく長い　柔らかな角——
左右に分かれた
色鮮やかな　雉の翎子《リンツ》も
ただのどかに揺れるばかり。
飾りのための飾りであった。

しかし　やがて少女は
疑惑の椅子から立ちあがる。
誰かが潜んでいるのではないか?
と　そんな雰囲気に気づき
和やかであった眼を
暗く　険しく光らせるのである。
冠の二本の翎子も
いらいらとまっすぐ突っ立ち
派手な部屋の天井を差すのだ。

ふと　円顔がうつむいた。
縞模様の二本の翎子も
斜め前にたおれた。
その右の一本の尾の先と
少女の両手の指の先が
棘の痛みの戯れをする。
まるで　心は遠くに飛んでいる

恋の嫉妬のしぐさのようだ。

少女がいつのまにか
三歳ほど成熟している。

潜んでいた敵
得体の知れない男があらわれた。
少女は　花やかな旗袍《チーパオ》のなかで
細腰をさらに引き締め
襲撃に　きっと身がまえる。
護身の武器はかくしているか？
二本の翎子が　頭の両側で
大きくふくらむ輪を描き
せいいっぱいの威嚇を示す。
少女は　それらの輪の鋭い末端を
可憐な蝶のくちびるに
凜凜しく啣《くわ》えるのである。

震えだしそうな五体を
彩鞋《ツァイシエ》の両足でようやく支え
少女は眼に　怖いほどの
燃える怒りの火の矢をつがえる。
闖入の理由を言え！
ところが困ったことに　相手は
すがすがしい小生《シアオション》の青年だ。

聞こえないが　おお　どこかで
二胡《アルホウ》が弾かれ
哨吶《スウオナ》が吹かれ
見えないが　どこかで
商人と駱駝が　ゆっくり
城の門に入ってくる。

少女は　いまや
混乱する頭の

冠を左右に揺さぶるばかり。
少女は　ついで頭を垂れ
まっすぐな形に戻った二本の翎子を
空中でせつなく濯《ゆす》ぐ。
まるで　二本の翎子の
自分の肉体からの
上昇的で　感情的な
細く　長く　シンメトリックな
延長の意味を
自分自身に尋ねているかのようだ。

――こんな演技のくりかえし。
　それも激しいくりかえし。

わたしが　小部屋の壁にもたれ
仮の舞台に間近く
長いあいだ立ちつづけていると
おお　少女はついにある一瞬

なかば変身した。
ヒロインのふるまいを底光りさせながら
美という漢字そのものに
なかば化したのである。

見ろ
美という漢字は
頭のてっぺんに
羊の二本の角を
上昇的に　感情的に
斜めの形のシンメトリックに
生やしているではないか。
細腰は　どこまでも引き締まり
追いつめられてこそ逆転的に成立する
自立の縦の一線を
ひそかに讃えているではないか。
そして　腰からしたの
大いなる裾のふくらみに
人の二本の足を隠し

けなげに　その力で
全体を支えているではないか。
美よ。

稽古場をめぐり歩いて
そのおしまいに　なんと
古代から伝わる一つの漢字が
生きて　潑溂と演技するさまを
うっとり眺めることになろうとは！

わたしは　この贈物を
現代化の北京における
忘れがたい思い出の一つとしたのである。

註

画眉（ホワメイ）　小鳥の頰白。
月琴（ユエチン）　四弦の楽器。指による撥弦。胴が平たく円い。
二黄（アルホワン）　京劇の曲調の一つ。「重厚で沈痛な感じ」をもつと言われる。

閨門旦（クイメンタン）　京劇の令嬢の役。

翎子（リンツ）　鳥の翼や尾の一本となった長い羽。京劇では雉か孔雀の尾の長い羽。

旗袍（チーパオ）　婦人服のワンピースの一種。京劇のものは豪華で部厚い。

彩鞋（ツァイシエ）　彩色され装飾された短靴。

小生（シァオション）　京劇の二枚目の役。

二胡（アルホウ）　二弦の楽器。弓毛（白または黒の馬尾）による擦弦。胴は小さく六角筒、八角筒、または円筒で、蛇皮を張る。

哨吶（スウォナ）　日本のチャルメラと同系の喇叭。

天壇で

北京城區の南部中央において
永定門と前門のあいだを　南北に走る大きな街路。
その東側に沿って
天壇は　初冬の午前
曇り空をひっそりと呼吸していた。
総面積二七三ヘクタール。
地形は北側が半円形で　南側が方形だが
それは　明や清の時代

「天は円《まる》で地は四方《しかく》」であったからだ。
児手柏《このてがしわ》の常緑が
冴えかえる寒波のなかで
わたしたちを　無関心に眺めていた。

天を祭り　天に祈るため
広大なこの一郭の地面に
南から北へと　中心の軸をなすように並べられた
十五六世紀創建の
主だった記念物は五つ。
白い大理石の円盤が三層の　圜丘《えんきゅう》。
琉璃瓦の傘を被った円殿の　皇穹宇《こうきゅうう》。
白石を小高く敷いた長道の　丹陛橋《たんへいきょう》。
琉璃瓦の傘の檐《のき》が三重で
円壁も三段に下へ膨張する　祈年殿《きねんでん》。
そして　琉璃瓦だが方形の　皇乾殿《こうけんでん》。

おお　もうすぐ冬至である。

その日の未明　明や清の皇帝は
西天門に近い斎宮で身を潔め
天への道の長さの丹陛橋をゆっくり歩いて
圜丘のてっぺんの中心に立った。
近くの燔柴炉《はんさいろ》から焔があがり
子牛一頭が焼かれ
その匂いが空高く昇った。
寒冷乾燥の大気につつまれた祭壇には
皇乾殿から皇天上帝の牌位が
皇穹宇から上八代の祖宗の牌位が
そして　厨房からは犠牲の動物がいろいろ運ばれている。
皇帝は天を拝み　天を仰ぎ
皇天上帝の見えない姿を求めて
過ぎた一年の主なできごとを報告した。

今もなお　平滑に輝く
白い大理石　上中下三層の円盤。
直径はいちばん上で約二十三メートル。
いちばん下で約五十三メートル。

各層とも　神獣たちの
魁奇な頭を彫りつけた　白い大理石の勾欄《こうらん》で囲まれ
東西南北に〈陽〉を象《かたど》る数である
九つの段の階序をもっている。
この壮麗に
わたしは　しかし酔わなかった。

正月の最初の辛《かのと》の日も　遠くはない。
その日　明や清の皇帝は
やはり斎宮で身を潔めたり
またの名でいえば　海漫大道《かいまんだいどう》を歩いたりし
皇天上帝と祖宗の牌位を捧げて
祈年殿内部中央の宝座のまえに立った。
天の加護を祈り
新しい年の五穀豊穣を祈った。

今もなお　琉璃瓦の頂上に金の球飾りを載せ
四つの季　十二の月　十二の刻をあらわすともいう

合計二十八本の楠の柱で
重重しく立っている三層の円殿。
高さ約三十八メートル
底面の円の直径約三十メートル。
白石三層の台基の階段の中道には
竜や雲や山や海の浮き彫り。
円錐内にやや似た殿内には
赤や黄や緑や黒の　煌《きらめ》く氾濫。
この豪華にも
わたしは　ついに酔わなかった。

そうだ　束の間とは言え
わたしが不意に　そして深く放心したのは
皇穹宇などがある円い院のなかを歩き
回音壁《かいおんへき》に対したときである。
その高く円い牆《かき》は
琉璃瓦の小さな屋根を載せ
大きな磚《れんが》を積んだ壁は　上半分が淡い駱駝色で
下半分がすこし汚れた灰色であった。

わたしは東側の壁に接して　顔を北に向け
きのう話題となった杜甫の詩の起句を
片言の中国語で言ってみた。
——鸚鵡含愁思《インウーハンチョウスー》
すると　しばらくしてわたしの耳へ
六十メートルあまりも離れた西側の壁から
同行の中国のひとが口にした承句が
電話の声のようにではなく
風の声のように伝わってきた。
——聡明憶別離《ツオンミンイーピエリー》
初めて聞く　そのふしぎな音波に
わたしは恍惚となったのである。

おお　壁に耳あり　口もあり
といったこの現象を
中国における　どれだけの家族
どれだけの恋人同士　また友人仲間などが
束の間　おたがいに
鼓膜だけになって　笑いあってきたのだろう。

回音壁の円周は偶然のものか　それとも
すばらしい頭脳によって設計されたものか?
確かなことを　わたしは知らない。
もし　意識的な回音装置であったとしたら
わたしは　その頭脳や技術よりも
権力の頂点の威儀のくりかえしのなかへ
不変の物理のユーモアを
さりげなく持ちこんだ　不敵なたぶん無意識に
心から感嘆するだろう。

天壇を　西天門から出るとき
ふたたび見ることはないだろう　その
明と清の威容をふりかえると
珍らしや　淡雪が
青天を象る琉璃瓦にも
児手柏の常緑にも
静かに降りはじめていた。

幸福のしるし
——魯迅故居をめぐって

魯迅
艱辛の人
希望も絶望も否定して生きなければならない暗黒
虚無を踏まえた啓蒙家
大衆にも自分にも　醒めきった微視と巨視
しかもなお　闘争的な文学者
幼く純なるもの　弱く直なるものへの自己犠牲
慕わしい矛盾の戦士……。

あなたの故居を
紹興　北京　上海とめぐって
わたしが思わず知らず求めていたものは
どんなささやかなものでもいい
あなたの苦闘と悲愁における
日常の幸福のしるしであった。

紹興は城内　東昌坊口の周家の新台門
あなたは地主・読書人のその旧家で長男として生まれ
私塾でも戸外でも　芳ばしい双葉であった。
恵まれた家庭は　しかし
顕職にあった祖父の入獄　父の病死で没落した。
周囲の人びとの顔が変わった。
しかも　清朝に支配された十九世紀末中国の
半封建・半植民地の時代苦が
貧窮と屈辱の家庭苦に重なってきた。
魯迅
そのころから数えれば　もう一世紀ほども経つ。

あなたの古めかしい生家に正面から入ると
まず　応接間兼居間といった感じの部屋で
壁は白く　柱や梁は黒く塗られていた。
そこを突き抜けると　寝室があり
彫刻で模様を施した紫檀の寝台などがあった。

さらに突き抜けると　台所であった。
各室の家具類は　昔のものを買戻して復元したという。
勝手口から出ると　石の井戸があった。
その前を奥へ進むと　広い裏庭があらわれた。
あなたが幼少の日日に愛した廃園　百草園の一部だ。
その「楽園」には　かつて
青い野菜　木苺　木蓮　桑　皂莢《さいかち》などが生え
蟬　黄蜂　蟋蟀《こおろぎ》　斑猫《はんみょう》　蜈蚣《むかで》などが棲み
雀　雲雀《ひばり》　鶺鴒《せきれい》などが飛んでいた。
今眼の前にあるものは　冬枯れに近い雑草ばかりだが
この裏庭がなぜか懐かしい。
わたしはくりかえし深呼吸した。
自分も遠い昔ここで遊んだようだ　と一瞬思った。
幼少のあなたは　ほかに
慈母を愛した。

北京の阜成門に近い　あなたの故居には
西三条胡同内四区二十一－十一という
昔の表示がそのままかけられていた。

自分で修築を設計した　その小さな四合院で
あなたは四十四歳の初夏から二年あまり
母と　母からあたえられていた妻と暮した。
教育部の僉事《せんじ》を勤め　そのかたわら
北京大学などの講師を兼ねていた。
ほとんど机と籐の椅子と寝台だけの
狭く　無装飾の　禁欲的な　書斎兼寝室。
夜遅く　あなたはこの東側の白い漆喰の壁のもとで
たとえば「犬・猫・鼠」を書いたのだ。
あなたの子供のときからの　猫嫌い小鼠好きは
いま読んでも微笑ましい——。
この執筆の翌月
北洋軍閥が支配する政府は　国務院の門前で
外交主権の堅持を請願する市民・学生のデモに
残虐な発砲をした。
死者四十七名　負傷者百数十名。
あなたはこれに　抗議の文をくりかえし
厦門《アモイ》まで脱れなければならなくなる。

魯迅
あなたはこの自称「緑林書屋」に住んで一年近く経った春
自分の手で　中庭に白丁香を
裏庭に黄刺梅を植えた。
わたしが訪れたのは　冬の初めであったから
花はもちろん葉も失くした　それらの
裸の枝を撫でた。
そのとき　あなたのきびしい精進の生活が
植物との交感にふと溶ける甘さを覚えたのである。
裏庭には
新中国になって植えられた白楊も立っていた。
わたしはせめて　まだ綺麗なその落葉を一枚と
旅のノートのなかに挾んだ。

上海の山陰路にあるあなたの故居は
昔の町名でいえば　施高塔《スコット》路大陸新邨九号。
あなたはそこで　五十三歳の春から三年半ほど
つまり　死にいたるまで
自分が選んだ十七歳も下の若い妻と

半世紀ほども年のちがう幼い息子と暮らした。
明るい茶色の煉瓦の　洋風三階の建物を
縦にいくつかに割ったそのなかの一軒である。
内戦が渦を巻き　外国の侵略がひたよせ
上海では　白色テロによる
暗殺や逮捕・銃殺がくりかえされていた。
あなたはときに隠れ　ときに友人を匿まい
ほとんどは家庭という拠点で
迫害を超え　肺患にめげず
不撓不屈の筆を取りつづけた。
たとえば　敬愛もする荘子の戯画化「起死」。
そこでは　かれの孤独に垂直する自由からの
あなたの距離が測られている。

魯迅
一階の客間では　一隅に
手巻き式の卓上型蓄音器があった。
どんな音楽が　三人のために鳴っていたのか?
一階の食堂では　一隅の戸棚のなかに

幼い子のための積木　輪投げ　おもちゃの銃
ピンポンのラケット　卓上ゲームなどがあった。
二階の書斎兼寝室では
広い窓に寄せた机の横の　小さな卓子のうえに
夫の夜遅い執筆のため
妻が作った白い布製の綿入り帽子をかぶる
お湯入れのポットがあった。
その帽子には　紅い色が混じる模様まで入っていた。
そして　広い窓の右端の窓枠に
煙草がたいへん好きであったあなたにふさわしく
煙草会社の作った日めくり暦がかかり
十月十九日を示したままになっていた。
あなたの命日である——。
あなたの晩年の家庭の雰囲気のなかで
わたしもまたしばらく幸福であった。

太湖石と空窓《コンチュアン》

――蘇州の園林をめぐって

蘇州の古い園林を　いくつか
わたしはめぐり歩いた。
蘇州駅にわりに近い
拙政園と獅子林。
虎丘と寒山寺をつなぐ道のなかほどの
留園
宿泊した蘇州飯店からすぐの
網師園と滄浪亭。
初冬好天の　おだやかな明るさと
ほのかな暖かさのなかで
どんな時候の来客にも優しく応じてくれそうな
明朝十六世紀の〈淡雅〉へ
元朝十四世紀の〈幽静〉へ
あるいは　南宋十二世紀と北宋十一世紀の
寒色系の思考へと
日本人のわたしは　遙かに溯って行ったのである。

おお　蘇州
紀元前　春秋時代からの町
またはその郊外を
一歩も離れようとしなかった
山林　水榭　自適への憧れ。
社会におけるかなりの地位を辞し
またはその職の傍らで
豊かな財力は保ちながら
俗世間から隔絶する
大自然の小模型を
とはいえ　楼閣亭台などをかずかず含む
広大な園林を
高い牆《かき》の別墅《べっしょ》のなかに閉じ込めた
人生夕陽
余力の喜び
あるいは　底深く秘めた悲しみ。

それは　そぞろ歩きの黙想であり
炷香《しゅこう》のなかの読書
午睡のあとの涯のない追憶であり
草や木の栽培
鳥や魚の飼育
庭石の組みかた　敷石の飾りかたであり
学芸好きな仲間や家族との
清談　音楽　老酒《ラオチウ》
詩文や書画の競い合いであった。
どの園林も　営まれてからの長い年月には
後世のために荒廃したり
好事家によって修復されたりしているが
今もなお　かつての清遊の雰囲気——
造りは奢靡《しゃび》をいとう高雅で　暮らしこそ芸術
そんな別業幽居の雰囲気が
淡いながらも　残っているかのようであった。

中年も終りに近く
東京の自宅の小さな薔薇の庭を

ささやかな楽器のようにも愛するわたしは
讃嘆の眼を見はったのである。

鴛鴦の対をなす花やかな客間をもち
家具もまた瀟洒な館《やかた》。
池の中に立って　植物の四季の風を
吹きぬかせる亭《あずまや》。
池にいくらか突き出されて
風景のまどわしの鏡を　嵌められている石舫《せきぼう》。
園林を越える遠望において
市《いち》に隠れる主人に　己の姿を意識させる高楼。
片隅で
樹や石にかこまれながら　離群している小斎。
奥庭で
美しい花の咲く灌木の冬枯れを　支えている角台。
陶片や磁片なども挿し
文様の敷石を絨毯に似せた　園路の鋪地。
池の中を五回も曲って
水面を歩いていると錯覚させる　石の桁橋。

うねりくねる遊廊の壁を飾る
透し彫りのような　幾何学ふう格子模様の漏窗《ロウチュアン》。
好学にふさわしい室内を飾る
磚《かわら》への動植物の浮き彫り　あるいは扁額や対聯。
選ばれた土や石や草木で築かれ
園林の始まりの門を　隠したりしている假山《かざん》。
墻に明けられた円い入口をもち
園林の終りの境界を　隠したりしている果樹園。

しかし　わたしはすこしずつ苛立ってきた。
あちこちで　太湖石にぶつかっているうち
その姿の異様　その数の過剰に
本能的　感覚的に　脅かされはじめたのだ。

——太湖石は太湖などで採れる石灰岩の一種です。いいものは　風浪の浸蝕で痩せて皺がより　穴があって凹んだり透けたりし　水が漏れます。色は白か青黒か　それとも青にわずか黒味がかるかです。その形状について「嵌《かん》空穿眼《くうせんがん》　宛転嶮怪《えんてんけんかい》」という言葉があります。峰や渓《たに》や洞の縮小された形をもつように見えることもあり　園林や盆景でよく用いられます。獅子や虎など動物に見えることもあって面白いです。

同行の中国人は　初めにこう説明し
日本人のわたしは　なるほどと合点した。
じじつ　細長く　峨峨として屹立する峻峰に
長い人生の辛苦と成就を思い
横ざまに重なった岩盤の抱擁の逃れがたさに
愛される甘美な地獄を感じ
伏しているライオンに
雄ののどかな怠惰を恥じ
這っている蟹に
狼狽の泡立ちを笑ったものだが
やがて　そうした逸品は稀なことがわかった。
ほとんど怪奇だけが
それもときに怪奇の巨大が　また怪奇の増殖が
襲ってくることが多くなった。

大きな池の中央に一本高く突っ立ち
まわりを睥睨していた　厖大な権力。
可憐な建物を包囲して　保護か威嚇か
とにかく暗示されていた　徒党の暴力。

假山を形づくるまでに集結し　林立し
その中に迷路さえ生んでいた
不動　不毛のオーケストラ。

日本人のわたしは　園林の〈精緻清雅〉に
幻滅しないわけにいかなかった。
いったいなにを象徴したいのか
生物の群れのようにさえ気味わるく感じられてくる
これら　太湖石の
憑かれたような　あくことのない配置は？
初冬という時節のせいか　草木の花が
見あたらないという不均衡もあったけれど
わたしは本能的　感覚的な
自分の反撥を偽ることができなかった。

ところが　そのとき
ちいさな奇蹟が起こったのである。
それはわたしが　回廊の空窓《コンチユアン》——

磚で枠をふちどったりしている　空白の窓から
院落の情景を眺めたときであった。
たまたま円い窓であったが　その額縁の中の
太湖石を含む　堂　池　橋　樹木といった
すでに見なれた組合せを
ふと　美しいと思ったのである。
おお　そのままで絵とも思い出ともなっている
一種の全体性。
さては　太湖石の異常な配置は
財力をもって俗世を捨てたことの
きびしすぎるほどの　代償であったのか？
それなしには　生涯の思い出が成立しない
現実の痛苦をも暗示するオブジェであったのか？
わたしは自分が　いくらか救われたように感じた。
向こう側の雲牆《うんしょう》が　地平線をかたどり
その上で　空も薄青く見えてくるではないか。
視界にはない楓林から
おびただしい雀の歌も　聞こえてくるではないか。
わたしはまた歩きはじめ
正方形　六角形　扇型

いろいろな空窓を　館や楼の壁にも求めた。
小さな堂の　細長い八角形の入口にも
同じような額縁を見いだした。

十九世紀のなかほどを生きた　フランスの
あの憂鬱《スプリーン》の詩人は　こう言った。
——外部にいて　開かれた窓を眺める人は　閉じられた窓を眺める人と同じだけのものをけっして見ない。内部における一本の蠟燭に明るくされたところの　閉じられた窓にもまして　深く　神秘的で　豊かで　暗く　輝やかなものはない。

十九世紀と二十世紀の境を跨いだオーストリアの
あの悲歌《エレギーエン》の詩人は　こう言った。
——愛する女が　いちばん美しく見えるのは
おまえに縁どられて　あのひとがあらわれるときだ。
おお　窓よ　それはおまえが
あのひとを　ほとんど永遠のものにするからだ。

二人の詩人を　わたしは
この空窗の
内がわにこそ立たせてみたかった。
閉じられてもおらず
愛する女もあらわれず
しかもなお　磚でできた額縁は
怪奇を含む院落の情景を　わたしにまで
神秘的で　ほとんど永遠のものにしたのである。

あとがき

本書『初冬の中国で』は私の九冊目の新詩集です。

私は一九七六年と一九八二年の二回、中国を旅行する機会に恵まれました。旅行の期間は偶然どちらの場合も十一月下旬から十二月にかけての十七日間で、初冬と呼ぶのにふさわしい時節でした。一九七六年には、北京、大同、杭州、紹興、蘇州、上海を訪れ、一九八二年には、上海、北京、済南、淄博《しはく》、鄭州、洛陽、大連を訪れています。

こうした旅行を直接の題材にした詩十一篇を集めたのが本書です。したがって、一連の紀行詩の集成とも呼べるものでしょうが、それぞれの詩を作品として個別的に、芸術的に自立させるための工夫も、もちろん試みられていないわけではありません。

旅行で訪れた場所と詩作の結びつきかたはいろいろですが、ある一点についてだけ自註を加えさせてもらいます。——「望郷の長城」は第一回の旅行で万里の長城まで出かけたことに基く詩です。そのときは第二回の旅行を予期していませんでしたので、この詩は、自分の生まれ故郷の大連に行くことはもうないかもしれないという寂しさで支えられることになりました。なお、第二回の旅行で大連を引き揚げ後三十四年ぶりに再訪したことについては、なぜか詩を書かず、散文の短篇集『大連小景集』（一九八三年講談社刊）を書いています。

中国旅行とは私にとって、まず、そのこと自体がほとんど事前に、物書きのいわば抽象的なモチーフとなってしまうようなものです。ついで、中国大陸のあちこちを実際に歩いていると、今度は詩か、小説か、紀行か、随想か、形式への方向は一定しませんが、とにかく具体的になにかを書きたくなってくるのです。おまけに、日本に戻って一度描いた対象のあるものは、数年経つうち、別の形式によって主題や視点などを変えながらもう一度描きたい、という気持ちを起こさせます。これは根本的には、対象を部分とする別の次元の現実に刺戟されるということでしょうか。

中国旅行にかかわるこうした物書きの事情が私においていつまでつづくか、それはわかりませんが、とにかく、本書『初冬の中国で』は、自分ながらふしぎなそうした状態の中で作られた詩の最初の集成です。私なりに抑えがたかった情緒が、うねりくねる十一個の回路を通って、せめて少数の読者にまでうまく伝えられるかどうか、そのことについてはもちろん、黙っているほかはありません。

末筆ながら、これらの作品を雑誌発表のときお世話になった編集者諸氏に、また、本書出版に際し編集でお世話になった高橋順子氏と、装幀で協力していただいた奥野玲子氏に感謝します。

一九八四年夏

清岡卓行

円き広場

1988

I

空

わが罪は青　その翼空にかなしむ

夢ののちに

相逢はむすべもなく
今は遠く去りにけらしな
愚かしや　今宵の夢に
わがはじめて知りし
そのかみの淡きひめごと

かつてわれはなれを愛し
なれもまたわれを愛しぬ

矢

見よ
鏃《やじり》にわが紫の血は塗られぬ
いづこに向きて
このかなしき矢を放たむ
非力の腕《かひな》に　狙はむ空の
涯しなく青かるを
昏かみて
なほ遙かに望むべし
いかにせむ　わが生ひ立ち
ましろき矢は
むなしく海に堕ちむ

刀

刀を見たり
蒼く深き怒りを見たり
われとわが身を投げむ海のごとく
そが底ひなき誘《いざな》ひ
わが胸にしばし騒めき
そが鋭き切先に
風絶ゆる遠き空より
凍れる虹のごときもの
さと　きらめき落ちぬ
刀はよきかな
刀見て腹切らむと思へり

馬車

いま　山上の塔にともしび生《あ》るるとき

ここ　軍港の岸に沿ひたる並木道
馬車よ
めぐれ
われらふたりを乗せて
春より夏への思ひ出を

アカシヤの花は
嚙めばその蜜ほのかに甘く
ベースボールは
われを忘れしその流れソナタのごとく
白酒《パイチウ》の翌朝は
目覚めの空青く澄みわたりゐたりし
わづか三月《みつき》の思ひ出を

ともに学びし友よ
幌を背後《うしろ》にたたみて走る四輪の馬車に
たそがれの淡き光なごやかなれど
われは学び舎を去るべきや否やに悩めり
なんぢそを今ぞ知る
馬車よ

めぐれ
われらふたりを乗せて
すでにして思ひ出のごとき
今宵のむごきひとときを

春より夏へと
われは恋を忘れしごとく
学科になきフランス語に憧れ
授業より逃れてその翻訳に溺れぬ
ボードレール
ランボー
アポリネール
かくて抑えがたきものとなりし
わが新しきこころざし
そをひとりの友にのみ
馬車に揺られつつ打ち明けしなり

友よ
馬の背に馭者の鞭鋭く鳴るごとく
わが愚かにもほしいままなる悩みを

なんぢのことば厳しく打てり
されど　また
並木の葉を初夏の風爽やかに戦《そよ》がすごとく
わが密かにもはぐくめる熱き望みを
なんぢのことば優しく揺すれり

われらふたりを乗せて
馬車よ
かたみにもだせし思ひのなかを
めぐれ
おお　河にかかれる鉄橋に
ゆきし日日のごとく
馬蹄と車輪の音高し
われらにかはりて歌へるなり

鉄橋にてつなげられたる
新と旧ふたつの小さき市街
おそらくは縁《えにし》うすからん
されど　懐かしき
人生最初の遊学の地

旅順

商船の夜

父と母に

若き日は商船の底に揺られて
道連れにふと故しれぬ優しき心や
いかなれば道連れの
わがふるさとの人にして
わが捨て去りし
ちちははのくにを説かむとするぞ
貧しき夕餉《ゆふげ》
かれが取り出せるウオトカに
肉親の地を恋ふるもたまゆらの憩ひなれ
味気なき煙草《タバコ》ふかし
物思《も》ふことのはげしき旅にしあれば
心善き食糧商人《あきうど》よ
短き毛布まとひて

わが黙《もだ》し語らぬを宥したまへや

夜は来りぬ
告げよ
何者ぞかく心をせかしめ
烈風北より来りて南に往かむとするデッキに
息ふたぎつつ
究めがたく悩ましき意志に
胸疼かしむるや
おお
コロンブスの夜よ
なんぢのいかに甘く悲しきかな
幻の島は消え果て
かなた
底ひなき闇のなかに
われを惑はしむる怪鳥のしば鳴けり
ちちははよ
不孝の子を宥したまへ
美よ
わが墳墓の土くれよ

わがピアニスト

音楽の流れに溺れ
音楽の流れよりわが心ふと歩みいでぬ

おお
ひたすらに奏づるひとよ
やがて消ゆべきピアノの音の
その消えゆかむのちのひととき
君がかぼそき指によりて生きてありし
その黒と白の鍵のうへに
君が双の瞳は何を視つめむ
君がいかなる新しき思ひは浮かばむ

いづこより君は来り
いつよりぞ君はかなしむ
見かへれば
わが涯しなき追憶のかなた
生命の芽生するかの幽暗の時刻

そこに坐して
ピアノ搔い鳴らせしかの悲しみびとは
君なりしならずや

いとほしや
わがひそかなる懼《おそ》れを知らず
なほ君が奏づるひとふしのヴァルス
ああ
そのとはに絶えであらば

札

夕べともなれば　しめやかに切られし札
白く纎《ほそ》き手の　てきぱきと
煙草燻らす客人《まらうど》に　そを頒ちゆけば
ふと　嫋《たを》やぎて取収むきみが札

床し御手《みて》のうち　いかなる札を秘めたまふらむ

わが賜ひし　こよなき幸《さち》の札
心焦り　勝ちを得むと
リキュール乾す遊びの友に　そを奢り示せば
ふと　われを敗るきみが切札

憎し御手のうち　いかなる札を秘めたまふらむ

夜更けて　去りもやらぬ競ひの友の
盃　緑に疲るる影や
常に勝を奪ふ　黒衣のきみよ
わきてわれを憫《あは》れめ　心紊《みだ》れぬ

甘き苦さもて悟れとや　宿世《すくせ》の札
愛なくば　戯れの確率に過ぎじと
さかしらの智慧　そを歎けば
ふと　月　寵愛の眼差し灑《そそ》ぐきみが札

妖し御手のうち　いかなる札を秘めたまふらむ

牌

遠き夢は　桜いろの
貝がらくづほるるごとき
麻雀の牌《パイ》掻きみだす優しきひびきに
遊び果てむのちの
悲しみは宿らずや

新しき荘風《チヨアンフオン》 吹きて
心ひたすら清一色《チンイーソー》の夢を描けど
緑と赤と青に澄む
ひとむらの索子《スオツ》の牌
色さびしかり

よきひとよ　いかにせましな
楽しき今宵に溺れしあまり
わが心いまは懼れぬ
きみがゆかしき自模《ツーモー》のゆびは

夏の夜のしじまに戦《をのの》く
冷き牌の感触を知りたまふや否や

蚊遣香《かやりかう》の火　また絶え
物なれし栄和《ロンホー》の声のふとあがりて
わが愛執の理牌《リーパイ》は
むなしく潰《つひ》え
かりそめの荘子《チョアンツ》また周《めぐ》りてゆきぬ

いかに　よきひとよ
遠き夢は　桜いろの
貝がらくづほるるごとき
麻雀の牌掻きみだす優しきひびきに
遊び果てむのちの
悲しみは宿らずや

円き広場

わがふるさとの町の中心
美しく大いなる円《まろ》き広場
そは　真夏の正午の
目覚めのごとく
十条の道を放射す
即《すなは》ちまた　そのままにて
十条の道を吸収す
おお　遠心にして求心なる

ふるさとの子　二十歳《はたち》
幼き日よりの広場に
はじめて眩暈《めまひ》し　佇む
意識の円き核の
かくも劇的なる
膨脹《ふくらみ》と同時の収縮《ちぢまり》を
かつて詩にも　音楽にも
恋にも　絶えて知らざりき

Ⅱ

四行詩九篇

やなぎのわた

まなびやへあさをいそげば
やなぎわたほほをかすめて
ゆめぢまたたどるがごとし
ほほずりのひとはなけれど

はるけきもの

はるかなるやまにのぼりき

はるかなるそらをみつめき
くもしろくただよふあれば
はるかなるきみをおもひき

くちびる

さとらるることおそれつつ
ねむるひたひにくちづけし
つきのひかりのくちびるは
のがれしのちにほてりきぬ

ミイラ

トルファンのはるかよりこし
おそろしきかぎりのミイラ
をさなかるいのちのおくに

いとくらきかがみかかげぬ

なつやすみのをはり

ふるさとをはなるるふねは
ふるさとへかへりつつあり
うみのかなたのまなびやに
たちかへるなつをたのめば

はるのひとひ

よふけのゑひをはぢつつも
あかるきあさのむかひざけ
みしらぬゆゑになつかしき
まちからまちをあるきたし

たたかひのさなかに

みやこをすてしわがゆめは
ときのちからにすがるのみ
なぞやさしきやるすのまの
ものがたりめくふるさとは

はし

ふたつのいけをつなぎたる
ながきみぞにはかへでばし
さくらばしはたやなぎばし
かかりてこひをつなぎたる

なみきみち

しろきにほひのかんばせに
さゆらぐかるきかげはあり
みなとにとほきやますそに
アカシヤのはなさきそめし

Ⅲ

夜行列車

かくも機関車の火力されたる
——萩原朔太郎

酷寒の曠野を　深夜
驀進の列車に　ひとり
不眠のまなこもて坐せば
おお　わが夢の
ひとときも絶ゆることなき
焦り
苦しみ
悲しみは
なにゆゑぞ

なかば安らぐ

底ひなき闇に
微かなる燈火をかかげ
極北への悶えをこそ
往かんとはする　わが
鋼鉄の機関車よ

なんぢは　蒸気に
白く喘ぎ
意欲の空転するがごとき
わが焦りを
焦れるか

なんぢは　車輛を
重く震はせ
思考の痙攣するがごとき
わが苦しみを
苦しめるか

なんぢは　煤煙を
長く引きずり
愛執の狂ふがごとき
わが悲しみを
悲しめるか

見よ
完璧を生きたきゆゑに
血ばしりゐたりし　わが
死の夢の
不眠のまなこ
そは　微睡《まどろ》むがに
ふと閉ぢられぬ

なんぢはさらに　汽笛を
鋭く叫ばしめよ
言葉の北限をさまよひて
言葉をしばし失ひし
肉声のごとく

行く手の鉄路には
吹雪よ
つひに来れ
青春のかくも火力されたる
果てしなき情熱を
氷らせんとするかのごとき
吹雪よ
烈しく来れ

さらば　われ
客車の一隅にありて
夜明けのひとときを
動物の眠りに落ちむ
いかなる夢もなく
甘き死に近く

十

華やかにして猥雑なる
冬の植民地の酒場に
われは遂にひとり坐してありけり
いかにせむすべもなき夜は
あとより　あとより
われを襲ひ来りぬ
暗く輝く酒と　食虫植物の吐く
かすかに悪寒のごとき熱気
コロンたちのじつにさまざまなる
コガネムシ科の昆虫の頭ども
けばけばしき店内装飾の色彩の隅の
しづかに伸びゆく毒茸
臀突き出でたる女の眼の下の
なにゆゑか　ぎごちなき入黒子
あるはまた　そのだるき入黒子の中の
かよわき翅ひろげむとする蜉蝣《かげろふ》
なべて

生物らしく気味あしきものども
かきつくごとく
わが背にむらがりゐたりしなり
いかむともすべなき夜は
苛立ち　怒り　やがて狂ひぬ
ふところより　急ぎて
わがしなびたる名刺とりいだせば
われは不意に老いて
わが湿潤の故国は
コガネムシ科の昆虫どもと同じく
はるか海のかなたの列島なるに
わが生れしところは
このさびしき乾燥の土地なりき
ああ　この懐かしき大陸の一突端には
なにゆゑに
とつくにびとたる土着のひとの墓場のみ
暗くひろごるや
われはこの愚かにもふしぎなる問ひに
孤独の外套の襟を立て
まろき月凍てつきし赤煉瓦の街を帰りぬ

われはコロンの子
しかも　やくなき地球の裏の言葉を学び
自らの命断たむ思ひに遊びほけたり
わが墓場はいづこ
氷のごとく美しきわが夢に
われはかく訊ねき

師は去れり

荒《さ》びれ果てし都の片隅にありて
われに向かひ
戦ひの覇道を痛罵し
失はれし王道を讃美し
都の酷き秋に
行き場なき悲しみを打ち明けし
孤独なる師よ
空襲の不気味なる間断を
総髪　羽織　袴　白足袋　下駄

風呂敷包みなど
そのかみの平和においてさへ
古雅なりし出立《いでたち》のままに
颯颯と　風のごとく
はた亡霊のごとくさまよひし
痩身の師よ
唐詩を伝へし教職を辞して
みぞれ降る冬の日
つひに西のかたへと帰郷せし
田園のたつきはいかに
われはなほ空襲と空腹の
肌寒き都にあり
けふも焼野原を行きぬ
学びの窓は閉ざされんとし
われは戦場または軍需工場に
駆り立てられんとす
遠き田園に隠棲の師よ
覇道の悽惨の先立つことなく
あるは　そを秘むることなく
王道の晴朗はたしてありや

されど　われに
かかる問ひすでに益《やく》なし
儒教仏教道教の三教の弟子《ていし》と
自《みづか》らを称する師よ
われはなにものをも信ぜず
現実のすべてを
自らを含めて拒まんとす
あまりにも生きたきゆゑに
求めて暗く眼を閉ざし
夢想の涯しなき闇に遊んで
自死の可否を問はんとするのみ

ふるさと見たし

聞けよ　いまし
遠くかすかに銅鑼鳴れり
そらみみの中空《なかぞら》より
潮騒ついで汽笛の響き　また

ほのかにも伝はりきたれり
戦ひに失せし自由を名にもてる
ふるさとの愛《は》しき港は
去りし子を寂しくも呼べるなり
この新しき春
わが行く手には禍禍《まがまが》しきもの待てるを
ことさらに覚ゆ
われはやがて戦場に駆り立てられん
いづこの山か海か
懐かしきひとびとの思ひ出のすべて
都の学び舎に得しものすべてとともに
わが二十数年のいのち
たちまちにして葬り去られん
その無残なる死のまへに
いまひとたび　おお
ふるさと見たし
ふるさとのなほ透明なる光を浴び
なほ明澄なる風に吹かれ
生まれながらに知りし土を踏みたし
長き戦乱の狂ほしさ

いざ　都を捨てむ
はろばろと遠き海を越え
ふるさとの町の南山の麓にいたり
朝の池をめぐりて　しばし
人事をまたく忘るる
虚白の心とならむ
赤き煉瓦の塀にかこまれしわが家にて
昼の庭の芝生に坐し
老いたる母に
わがなしきたりしことを語らむ
家族の寝静まりしのち
深夜の客間にひとり隠り
竹の針剪《き》りそろへつつ
ディスク深くも刻まれしバッハを聴かむ

望小山

原口統三氏に

友よ
われら各駅停車の鈍行にて
遼東半島を南下しつつあり
この四月初旬
戦局暗澹たる東京において
われらそれぞれの学びの園は
学業か勤労奉仕か　そは知らず
まさに新学年を開きつつあるべし
われら時流に背ける無頼のごとく
はた　勉学を擲ちし蕩児のごとく
悠悠と大連に向かへるなり
楽しからずや
それぞれの父母家に待てり
友よ
この車輌にはほとんど乗客なし
東京より下関までの急行列車

下関より対馬を回り麗水に至りし連絡船
麗水より奉天までの急行列車
それらにおける超満員の苦痛と不安は
すべて悪夢のごとく過ぎ去れり
車窓を開けば
やや冷たくやや乾ける明澄の微風
大陸の広漠を暗示す
快晴の午前
緑の萌えし平原には
蒙古より万丈の黄塵いまだ襲はざるがごとし
機関車の煙突よりの煤煙
さいはひわれらの車窓の側に流れず
われらは遙かに遠く千山山脈を望むなり
友よ
われら衣服は粗末にして
身体は辛酸の旅行に薄汚れたり
しかも空腹は飢ゑに近し
きのふの朝　麗水にて粥をすすりしのちは
けふの夜明け　奉天にて
同行のさらに一人の友の

乗りつづけて新京に赴かんとするに別れ
乗り換へのあひまを利して町に降り
朝いと早き飯館《ファンコアン》に
それぞれ一皿の煎餅《チエンピン》を得しのみ
煙草もすでに尽きぬ
されど　われら楽し

友よ
この逆説めく身すぼらしさと空腹の
宙に浮ける嬉遊の時間をいかにせむ
おお　望小山《ぼうせうざん》
のどかなりし車窓に　かかるとき
われらの運命の影絵のごとく
礫岩《れきがん》の小さき山あらはれぬ
平原より急激な角度もて突起し
頂上には喇嘛《ラマ》塔《たふ》をもてり
われら　幼き日に聞きし
異国の伝説の丘なり
そのかみこの近くの村に
寡婦と一人子の孝行なる息子ありき
子は挙に応じて京に上らんとし

夏のある日　熊岳城《ゆうがくじやう》の海岸より
帆船に乗りて渤海に出づ
されど　大海のさなかの暴風雨のため
帆船は沈没して生存者なし
母は息子を待ち焦れ
海を望んで帰帆を眺めんと
この小さく嶮しき礫岩の山に
しばしばよぢ登り
つひに狂ほしく子の名を呼ぶにいたれり
夏ふたたびめぐりきたりしころ
母この山上に悶死す
おお　望小山
われら遊学にて
病死せず　餓死せず
空襲のため爆死せず　焼死せず
潜水艦来襲のため溺死せず
「命なりけり」のふしぎさを
それぞれに感ず
われらを待つ父母の喜びも
目前にあり

されど　友よ
なんぢは東京の学び舎に戻らざるべからず
その旅程さらに際疾《きはど》からん
われはやがて戦場に駆り立てらるべし
戦死おそらく避けがたからん
げに望小山はひとごとならず
車窓より遠く去りつつある　かの
礫岩の奇異なる小さき山に
われらはそれぞれの父母の
ありうべき歎きを投影して耐へがたし
されどまた　友よ
われらのかくも執着するこの世
はたして生くるに値するやいなや
われらすでにそを問ひぬ
われらは内なる観念の城に籠《こも》りて
戦争と平和を超え
現実のあらゆる利害を超え
己自身の存在を超え
純潔の幻を描かんとするもの
命のからくりへの

時間と空間なる形式への
怒りの渦を滾《たぎ》らかすもの
はた　石の眠りへの
虚無の闇への
憧れの歌を奏づるものなりしならずや
友よ
もし大連の家なる深窓の日日にして
戦争の外界よりほとんど遮断され
平和のおもかげをよく残し
生の営みなほいくばくか安らかに
かつは豊かに流れゆくものならば
われらは内なるかの城に深く籠りて
自死の夢に耽ること多からむ
友よ
危ふきかな　われら
あすの命また知るべからず

夢の花

あまりにも生きたきゆゑに
かへりて夢想の死に遊び
その闇を見きはめんとして
深く重く眼をとざし
つひに長き眠りに落ちて
いつしか闇の空に咲きいでし
白き花を怪しみつつ
はた愛でつつ
ふとも目覚めぬ

花

不是愛花即欲死
——杜甫

かれはうたへり
これ花を愛するにあらずんば

すなはち死せんと欲す　と
われはこたへむ
死せんと欲すれど
夢に咲きいづる花
愛を誘ひてやまず　と

たぐひなき星空

「幸福」よ！　その歯死なむばかりに優しく……
——アルチュール・ランボー
見たことのない深い高さの裡《うち》に星の光を認めた。
——夏目漱石

祖国戦ひに憔《やつ》れはてし春
われ都にて学業を捨て
激化する空襲のあひまに
都を離れて
島国より大陸へと
おのが命を偶然にあづけつつ

潜水艦来襲のくりかへさるる
海峡を辛くも渡りぬ
かくてさらに
旅ははろばろ
長き半島を縦に進み
深き河を越え
広き山野を巡りて
つひにわが生れ故郷にあり
その都市に父母の家なほ安かりき

昼は
避けえぬ運命の召集を待ち
軍隊の規律と戦場の死を
ひたすら憎みまた怖る
されど夜は
おのれひとりの部屋に籠り
時空なき存在てふ
いやはての夢
——甘美なる死の幻を愛す
昼と夜に

かくも悩ましく引き裂かれゐたる
こころのふしぎさ

暗き闇の涯の涯を
いづこまで行き行かば
空想の乙女の姿消ゆべきや
夜はかくて
そをのみ問ひに問ひて
いつしかに
四月
五月は過ぎ
若き命狂ふがごとし
さなり美しきものを
いかにしても拒みえざる
わがつたなきさが
いかでいやはての夢にさへ
命絶つべき
ゆゆしき答へあらんや

かくてむなしく

六月のはじめ
街路の並木は
白く芳ばしき花を散らしぬ
七月のすゑ
山の麓の貯水池は
豪雨に溢れぬ

若き命ありあまりて
その極にこそ倒錯の
甘美なる死を夢みしか
とみづからを揶揄するごとく
わがこころやや静まりゐたりし
八月のなかば

炎熱の光眩ゆく
沈黙の燃ゆる正午に
突如ふかしぎなる鐘は鳴れり
戦ひ終りて
祖国敗れぬ
と町の空高く

知られざりし鳥は舞へり

おお
わが生深くはぐくまれし
大陸の一突端の植民地
大連
四十年にわたるその秩序は
いと脆くも崩壊し
たちまちにして逆転す
われはやがて
明るく白き九月の
すさまじき混乱に
放心に近く
二十三歳の眼を奪はれぬ

同胞は惨苦のほかなきか
祖国へいつ引き揚げうるや
たぐひなく深くも高き
夜空に澄める星星の
巨視的なる

あまりにも巨視的なる無関心
その懐かしき輝きを仰ぎ見て
われはむしろ
優しくも新しき情緒を覚えぬ

おお
いまは遠き別世界
かの植民地最後の夏の
昼は
軍隊の規律と戦場の死を憎み怖れ
夜は
甘美なる死の幻と空想の乙女を愛し
きはどく引き裂かれゐたる
こころの矛盾
かの悩ましくも熱き情緒は
なにゆゑぞ
いつしかほとんど
われを去りゐたりしなり

うつつの花

おお　死に憧れし長き眠りより
明るく目覚めし双の眼《まなこ》にとりて
うつつなる花
いかにふたたび美しき

されど　己《おのれ》ばかりを頼むべき
ひとの世のいやはてのさだめ
酷《むご》くもしるき
敗戦ののちの日日——

なれに己を捨てしめむ
無垢なる美しき乙女ありやいなや
生きのびむ喜び
魂の底より泉のごとく湧くやいなや

絃

埃にまみれたる古き絃とりいで
われはまた新しき悲しみを奏でんとす
なにごとぞ
かつては死を誓ひたるわれ
吹雪するけふのゆふべに
窓より見ゆるすさまじき十字路
まぼろしか　そが白き渦のさなかに
薔薇青き炎は燃えぬ
ああ　たとひ一生を賭くるとも
いかで君と語り終へん
おののくわが冷き指に
さびしく痛き火傷《やけど》のごとく
異国の調べは流れてやまず

シガレットによる幻想

沢田真知嬢に

みにくく生れしことに涙せよ
美しく美しきひとを愛しうるなり
さなり　望みなき望みもて愛しうるなり

さつき深きたそがれは
ゆくりなきテラスの出会ひ
われらやがて　たつきは離れ離れに
旅行かむさだめのありて
わがかいま見む　おそらくは
きみがいやはての紅きくちびる
ましろの卓布に
病めるみそらの青はふりこぼれ
きみもだしつつ
われならぬ方を眺めたまへば
あはれ
巻ほそきシガレット

灰燼の虚無へとおもむく風情《ふぜい》をおびぬ

いつの日か
色秘めしまま　わが死に絶えむ
しぬびかの　熱きおののき
その夢のぼりゆく煙の舞ひよ
えんえんと
命は燃えて流るるものを
風に散りし空しき望みは　ゆくりなく
アカシヤの花に触れけり

かくて　きみ戯れに
巻ほそきを指にしたまひ
わが嘆きと燃ゆる火を
やさしく請ひうけたまふにはあらず
ただ伏目がちに
心遠きにあるごとく
ふとうたひいづる
微かなるうたのひとふし
誰にむかひて　うたひたまへる

あはれ
わが消えがてのシガレット
知らじな
きみが密けき夢の舞ひぶり

さつき深きアカシヤの甘き香りに
はた　暮れのこるみそらの青に
たゆたひつつ消えゆきし
いとほのかなる調べの
その白く匂はしきかんばせのきみなれば
もとほりつつ　ためらひつつぞ
われもまた煙と失せし
在りし日のかのシガレット

音楽への祈り

かしこはすべて秩序《ととのひ》と美と
奢侈《おごり》と静寂《しじま》と逸楽のみ
——シャルル・ボードレール

ああ　真知　いつの日に
ふたりしてかの大いなる音楽を聴かむ
わが唯一の望みよ
げに　ひとつなればこそ麗はしく
悲しくこころを破るかな

ああ　真知　やめよ
くづほれてなにを嘆く
幸の道はひとつ　受けよこの誘《いざな》ひ
思へ　ふたりして
ふたりして　かの音楽を聴かむ日を

夢見よ　かしこ
紫陽花《あぢさゐ》匂ふ園の奥深く

眠る黒檀の卓子の上
秩序《ととのひ》と美と
奢侈《おごり》と静寂《しじま》と逸楽の
五色の綾なす錦手の茶器
そこに滴りをはる玉露の
見よ　恋しき凪の波の紋《あや》
そは胸底《むなそこ》に浮かびて消えず
せちに願はれし楽の音の
いかならむ潜戸を忍びきて
妖し
うまし夢結ばするか

ああ　かしこ
音楽はいみじくも流れゆく
時は佇む
微風のなかの
大理石なる鏡のなかに
ふたつの姿奥深く刻まれゆけば
時は揺蕩《たゆた》ふ
はた　鶺鴒《せきれい》の

夕日の枝に去りし二羽
頭《かしら》をかたぶけしままに微睡《まどろ》みゆけば
信ぜよ
楽の音絶つをつひに迷はむ天の微笑み

いかに
時の歩みを聞きとりし悲しきひとよ
なにゆゑに傷む
むなしかりし試みのかずかず
ひとたびは　なれ病みてかなはず
ひとたびは　われ病みてかなはず
かくて　酷たらしきうつし世に
生ははかなく移ろふものとや
かつはなにゆゑに説く
暗黙のうちの優しき瞳よ
　強ひられむ離れ離れの旅立ちに
別れのときは近し
むしろ　なれ去りゆきてひとり
寂しき呼名を枕辺にくりかへし
かの絶えて眠りえぬ夜半《よは》の秘密を

学ぶにしかじ　と

ああ　真知
やめよ
くづほれてなにを説く
かなはぬことに似ればこそなほも
こころ破りて祈るこの願ひ
命を賭けて唯いちど
樹氷咲く谷ならむとも
いつ　いつの日に
隠家《かくれが》の
いと暖かき夜を籠めて
かの大いなる音楽を聴かむ

あとがき　回想ふうに

私にとって十冊目の新詩集となる『円《まろ》き広場』の制作時期は、ほぼ三十年前に出た一冊目の『氷った焔』のそれと比べるとき、部分的には重なり、全体としては先立ちます。したがって本書は処女詩集以前の初期詩集と呼ぶべきものでしょうが、そのことにいくらか苦痛がないわけではありません。

私の文語による唯一の独立詩集『円き広場』に収めた作品は、その初稿のほとんどが、先に始められていた口語による詩作と並行して十九歳から二十三歳までに書かれていています。二十三歳の夏に外地で知った祖国の敗戦が詩作を中断させたわけで、この中断は敗戦直後の大連でのほぼ三年、引き揚げ、ついで東京でのほぼ五年と長く続きます。激変する外部の現実にときどき眼を奪われたからでもあり、かつての植民地における敗戦国民という身分、また、引き揚げてきた母国における素寒貧という境遇にあって、家族の生計を優先させて働き、そのため詩作を自分に禁じたからでもあります。

三十一歳のときに詩作が再開され、口語の詩はその後ずっと書きつづけられていますが、文語の詩はそれから二年ほど書いてやめました。私にとって文語による詩作は、奇妙な言いぐさですが、もともと実験であったのです。その実験のなかに思いがけなくも、主題の必然と情緒の切実がこもってしまったという自負はあったのですが――。

とにかくその二年ほど、私は閑があって気が向けば文語による詩作に熱中しました。新作はわずか数篇でしたが、推敲をくりかえし、同時に、古いノートに残っている敗戦前の旧作、活字になったときの切り抜きであったり、鉛筆で書きつけたままであったりするほぼ四十篇にたいし、さまざまな角度から加筆ないし改作をやはりくりかえしました。私なりの文語との格闘でしたが、こうした作業にはいずれ疲労と倦怠が訪れます。文語による詩作はそのとき打ち切られました。

その結果残ったものは、数篇を例外とし、各篇についていく通りものテキストを抽出することができる混沌として定形のない詩集、いってみれば奇妙な秘密の重荷でした。もし私がそのとき新しい意欲をもって、氾濫している言葉を徹底的に取捨選択する編集を行い、やはり『円き広場』と題したであろう詩集を出していたら、それは三十三歳で日の目を見た文語による処女詩集となったことでしょう。しかし、この編集は棚上げされました。疲労と倦怠からすぐには新しい意欲が湧きませんでしたし、戦後十年ほどの詩の状況のなかでそんな本を出したら、時代錯誤だと笑われそうにも思われたからです。しかも、もう一方で私は、口語による詩集をこそ最初のものとして世に問い、詩人たちから評価されたいという希望を抱いていたのでした。この詩集『氷った焔』は三十六歳のときやっと出ることになるのですが——。

さて、混沌として定形をなさない文語の詩集がどんなものであったかの一例として、本書の最後の作品「音楽への祈り」の場合をとってみます。

この詩の初稿は二十歳のときに「音楽への祈禱」と題して書かれ、その中で呼びかけられる相手の名はジャンヌ（又はローマ字で　Jeanne）でした。こう記すと、エピグラフにボードレールの「旅への誘い」のルフランを用いているのですぐ連想されるでしょうが、その呼び名は彼の恋人であったジャンヌ・デュヴァルから借りたものです。「旅への誘い」の対象のモデルはむしろ別の女性のようですが、そのことはここで関係ありません。私は自分の詩に登場する架空の恋人の名前としてジャンヌを選んだのです。つまり「音楽への祈禱」の素材は、まだ実在しない対象への愛の夢と、病的ともいえる音楽への渇きと、「旅への誘い」によるある酔いかたの三つが、交錯するように複合され、そこにおのずから醸しだされた幻想です。詩はそれに虚構の現実性をあたえようとしたもので、この場合、私にとっては詩の内容もまた文語による形式と同じく実験でした。

この詩は旧制一高の「向陵時報」に発表されましたが、その直前ある部分が改稿されました。太平洋戦争さなかのことです。本文における「ジャンヌ」を「順」とし、題名も「音楽への祈禱―順といへる幻のひとに―」と副題を加えたのです。ドイツ語の名前をつけていたら、こんな変更はしなかったでしょう。フランス語の名前ではあちこちから睨まれそうで怖く、「ジャンヌ」に漢字を当ててカムフラージュしたわけです。はじめは、麻雀《マージャン》から一字取った「雀奴《ジャンヌ》」を考えましたが、あまり上品でなく読み方もかなり無理なのでやめ、ほかにこの音の漢字が見つからないまま、「ジャン」を「ジュン」に変え、それに当る漢字の一つ「順」を選んで、「ヌ」は省略したのです。

ここで一つ忘れがたい思い出を挾ませてもらいます。私は旧制一高三年生のときその寮の部屋でときどき麻雀をしましたが、仲間の一人は二年後輩の原口統三でした。私は満貫《マンガン》の役の一つ九連寶燈《チウリエンパオトン》ばかり狙っていつも負けていたことがあります。そのとき、私は「雀奴」のことを連想し、こんな文句を口走ったのです。――《Ô ma Jeanne! Tu règnes partout !》

「おお、わがジャンヌ！　なんぢはいたるところにて支配す！」という意味のこのフランス語は、「おお、麻雀！　九連寶燈！」という中国語まじりの日本語の文句の音に似せたもので、「雀奴」のいきさつをすでに知っていた原口統三は、私の洒落に大いに笑ってくれました。そして、来年もし寮の紀念祭が行われるなら、部屋の飾り物として、これらの日本語とフランス語を掲げ、その下にボードレールが素描したジャンヌ・デュヴァルの肖像の模写と、九連寶燈の形になった麻雀の牌《パイ》を並べようと、冗談を言いました。翌一九四五年、私は大学に進んで寮を出ていましたが、暗い戦況のため二月の紀念祭は行われなかったと思います。春休みに、私は原口統三、江川卓と大陸に渡りました。本書に収めた「望小山」がこの旅行に触れています。

さて、話を元に戻しますと、「音楽への祈禱」は戦後八年ほどの中断を経て私の詩作が再開されたとき、本書に収めた形が一つの場合となるようにいろいろ加筆されましたが、その眼目は架空の対象の名前を実在の対象の名前に変化させることでした。この加筆は「向陵時報」に発表後の十年あまりの年月における私の思考、感情、体験などの転変が必然的にもたらしたものです。予感ないし空想の詩が、その後の生活の実感の領域でいわば裏づけられるようにくりかえされた場合、この変化に沿って定稿の作品を試みることも一つの道であると思われます。本書の最後から二番目の作品「シガレットによる幻想」においても同じような事情がありました。

このような加筆も含んでいた〈奇妙な秘密の重荷〉は、その後一部分の十四篇まで（「空」ほか）が私の選詩集などに数回そのとき選んだ形で収録され、この一部に含まれなかった新出の二篇（「円き広場」ほか）がやはりそのとき選んだ形で小説の試みの中に引用され、そんな形で活字となりましたが、過半数となる残りほぼ三十篇は古いノートの中に閉じこめられたまま、まったく日の目を見ずに眠っていました。こんなふうにして怱忙の三十数年が過ぎ去ったわけですが、その間、遅れるばかりの詩稿の編集・

出版に決着をつけようとしたことは何回もあります。一度は十二年前で、思潮社から出してもらうという私の話が新聞に載りました。しかし、なんとか閑な時間を作っても、そのつど編集するため充分なほどには昔の情感の反芻ができないと感じたり、また、生活の思いがけない変化がいろいろあって閑を作ること自体を忘れたりして、締め切りがいわば時効になったようなこの仕事は延期されるばかりでした。

ところが、ことしの初夏ふしぎなことに、たとえば自宅から理髪店への行き帰りのやや長い道などで、かつての自作の文語の詩の一行または数行が、まるで久しく忘れていた好ましい音楽の旋律のように、頭のなかに自然にくりかえし鳴り響くようになったのです。そのとき年齢や心身の状態とこの記憶の甦えりのあいだにどんな関係があったのか、それは本人にもわかりません。とにかく、この思いがけない情緒こそ、自分が待ちに待っていた贈物だとやがて気づき、しみじみとする懐かしさのなかで、三十数年という長い年月放置していた宿題への心の勇躍を覚えたのでした。この時機を失ってはならない！　そう心に決めて、しばらくは〈奇妙な秘密の重荷〉の編集と清書に打ち込むことにしました。

その結果、収録作品は全部で三十一篇となりましたが、このうち既発表のものが十四篇で、未発表のものが十七篇でした。（ただし、未発表の作品のうち「望小山」一篇だけは、編集が終った直後に雑誌発表されています。）収録されなかった作品は、既発表のものが二篇で、未発表のものが十数篇でした。これらは、私の現在の情感をうまく通わせることができなかったり、未熟であると思われたりしたために割愛されました。

収録作品のなかで制作年がいちばん古いものは「はるけきもの」です。そのことに触れてみますと、この四行詩は十六歳のとき書かれました。そのころ面白半分に口語と文語で十篇ほど詩を試みていますが、それらを記した紙片はすぐ失われ、記憶に鮮明に残っているのは「はるけきもの」だけです。四行詩で一行十二音節、しかも単純な構成であったため忘れられなかったのかもしれません。まことに幼い作品ですが、中年期に入ってからも続けられている四行詩制作の私における原形のようなものなので、例外として、記念のためあえて入れました。ついでながら、収録した全作品のなかで、この作品だけが初稿以来一字一句も変更を加えられていません。

本書の原稿を十数年も待って装幀してくださった小田久郎氏、また、出版に際してお世話になった大日方公男氏に感謝します。

私は人生の重荷の一つをやっと降ろすことができたような気持ちです。

一九八八年夏

清岡卓行

ふしぎな鏡の店　1989

I

四十年ぶりの碁

おない年の碁好きのひとと
榧《かや》の盤をかこんでいた。
かれにとっては　定年退職以来
三年ものめりこんでいる趣味の一服。
わたしにとっては　敗戦以来
四十年ぶり　懐かしの歌。
ところで　ここは
どこの離れ座敷だろう?
滑らかな青味が残る
藺草《いぐさ》の畳はすがすがしく
まったりと苦味が残る

緑茶の露はかんばしく
秋の深まる午後の日ざしが　盤面を
寂しくも　かすめてくるではないか。
おお　その盤面は
那智黒ばかり！
気がつくと　ふたりとも
布石を黒で打っていたのだ。
碁笥《ごけ》をそろえまちがえたのか？
それにしても　どちらを
先《せん》と決めてはじめたのだろう？
かれは　わたしのあてずっぽうの飛び石など
ろくに眺めていなかったにちがいない。
方形　三百六十一目
抽象の　その図形にこそ
恍惚のまなざしを注いでいたのではないか？
わたしも　かれの指の戯れの三連星など
ろくに眺めていなかったようだ。
方形四脚　この榧の盤は
もと　雌雄どちらの株であったかと
闇の思いに耽っていたのではないか？

わたしは　もちろん
日向《ひゅうが》の蛤　その殻の白を
手だれで　無口　品位あるかれにささげた。
こおろぎが鳴いている。
白と黒と　どちらが真の喪の色であるか?
かれが　盤面の黒を半分
白に置きなおすと　なぜか
それぞれの石が増えてしまったが
形勢はどうやら互角である。
かなり空いている右辺の　屈強の点を
先手で　わたしは狙い
そこの土をすこし掘って　穴をあけ
近くに生えている雑草一束を引き抜いて
発止!
その拠点に打ち込んだのである。
掘りだしていた土は　根の周りにつめたが
まったく根づきそうにない。
せめて　この一局が終わるまで
哀れな緑を保ってくれないものか。
かれは　わたしの進出にたいし

わたしと同じふうに
また別の雑草一束を引き抜き
発止！
対決のための拠点に打ち込んできた。
すると　どうしたのか
そのあたり　がたがたがたと陥没し
大きな円い穴があいてしまったのである！
周りの土や小石が　さらにすこしずつ
穴のなかへこぼれ落ちてゆく。
穴の底で　びちゃびちゃと音がし
糞尿まじりの汚水が
跳ねかえってくるではないか。
わたしも　かれも
ズボンの裾にそのとばっちりを受けた。
なんという悔恨だろう。
かれは落ち着きはらっている。
右辺の右側の境界線は　生垣だ。
どうやら　戦後すぐの昔
素寒貧《すかんぴん》のわたしが
間借りしていた大きな家の

広い庭の西側らしい。
このへんな碁は　いったい
どんなふうに収拾されるのか？

妻の奇癖

妻に奇癖ができました。
夜
ベッドの端で直立したまま眠り
後頭部がぴたりと枕の凹《くぼ》みに落ちるように
仰向けに倒れるのです。
おお
妻はまた直立したまま眠り
人形のように
後ろへ倒れようとしています。
しかし　なんと
そこはいま
コンクリートのテラスです。

死の危険！
驚愕したわたしは
野球の盗塁よろしく
猛然と足から滑り込みます。
ふしぎなことに
裸の足の皮膚の剝げる痛みがありません。
間一髪
いな　間一足
わたしの右足の土踏まずの凹みに
妻の後頭部がぴたりと載ったのです。

ふしぎな鏡の店

宮川淳氏に

――奥の部屋にも　どうぞ
店の主人はそう言ってドアを開けた。
天井から鎖で吊りさげられたものは

変わった形の鏡ばかりだ。
逆三角形
瓢簞《ひょうたん》の形
人間の大きく開いた眼の形
縁が鋸歯状の広葉の形
六つの角《つの》の雪の結晶の形など。

わたしがとりわけ惹かれたのは
空中から見た
いびつな火口の形である。

――鏡のたわむれの中で
ひとは無限に表面にいる
夭折した評論家の言葉だ。

店の主人は ほかならぬその表面を
鏡の枠のさまざまに奇抜なデザインで
鮮やかに示したかったのか
それとも隠したかったのか。

不規則な魅力の火口の形をした
鏡の右端《みぎはし》を
わたしは右手の指でそっと突き
鎖で吊りさげられたその鏡を
ゆっくり半回転させた。

――あっ　裏もやっぱり鏡なんですね！
わたしは思わず声をあげた。

左右は変わったが
同じ火口の形をした鏡。
わたしの頭はくらくらとし
脾臓のあたりに　深い快感が生じた。

――そうですとも　あのひとは
　表面の裏側は　またしても表面だ
　なんて　書いていますからな
店の主人が得意そうに応じた。

火口の形でも　ほかのどの形でもいい

背中合わせになった二枚の鏡の
澄みきって暴力的な諧謔が
わたしはやたらと欲しくなった。

しかし　それを
自分の家のなかの日常の　どんな場所で
どんな倦怠の鎖に吊るせばいいのか
まるで見当がつかない。

昔の先生

薄暗く人影のない野道のようなところを
わたしはひとりで歩いていた。
――先生が来たから　会いに行こうか？
不意にあらわれた男がそう言った。
顔はよく見えず
声は聞き覚えがなく
名前はつい尋ねそびれたが

おぼろげながらも　直感によって
小学校の級友であったことは確かだ。
──うん　行こう。
わたしはそう答えた。
半世紀も会わない先生が懐かしい。

級友としばらくいっしょに歩くと
路傍に小さな仏壇がひとつ浮かんでいた。
──この中にいるんだよ。
──そうか　じゃ入って行こう。
ふたりはいつのまにかその奥に入った。
級友の姿が消えている。

あたりはやはり薄暗いが
だだっぴろいバーのようなところだ。
いろいろとおぼろな人影。
ただし　すぐ近くの男だけは
照明を浴びせられたようによく見える。
バーテンではなく　客らしいのに
カウンターの内側の椅子にひとり坐って

ウィスキーのグラスをまえにし
斜め左前方を静かに眺めている。

わたしは見覚えのない　その
右の横顔を　なぜか
ああ　先生だ！　と思った。
そうか
ほんとうはこんな顔をしていたのだ。
もっとも　目尻と耳のあいだに残る
眼鏡を外したあとの凹みは
昔のままだ。
髪はまだ豊かで黒黒している。
——先生は若いですね！
わたしは思わず声をあげた。
かれは顔をまったく動かさず
斜め左前方を眺めたまま答えた。
——第一球　ボール！

卵ふたつ

にわとりの卵がひとつ　しもぶくれの
垂直に立っている。
空からもうひとつ　しもぶくれが
垂直に落ちてくる。
立っていた頭のとんがりに
落ちてきたお尻のまんなかが
ぐしゃり。
おお
縦に重なったふたつの卵。
落ちてきた白身と黄身は
立っていた殻のなかへと
こぼれずに　きゅうくつな
同棲である。

はぐれる

——自動車から

真昼の喧噪の十字路に近く
自動車の流れがひどく渋滞している。
わたしは小型の乗用車に
斜め右うしろから抱きついている。
守宮《やもり》のようにぴたりと
停まった青い車に吸いついているのだ。
なぜ　こんなへんな形になっているのか。
ガラスごしに中を覗くと
妻が運転席に坐ってハンドルを握り
隣の助手席にはだれもいない。
うしろの席は赤ん坊だけである。
横になってすやすや眠っているようだ。
そうか
中に入ればよかったのか。
なぜこんなみっともない形で
へばりついてきたのだろう。

わたしは自分を恥じ
助手席の扉を開くために
道路に降り立ち
車のうしろを廻ろうとする。
ところが　そこに
トラックがぎりぎりまで迫ってきており
狭いすきまは通れない。
そうだ
四辻のあの角に　立って待つことにしよう
妻があそこで　ちょっと
車を停めてくれたらいいのだ
と軽く考えた。

車の長い渋滞に
微かな動きがつぎつぎ伝播してゆく。
そのガソリンの吐息のなかを
ようやく抜けだし
わたしは町角に立った。
色とりどりの車の洪水である。

しかし　どういうわけだろう
どこにもあの青い車が見えないではないか。
もうどこかへ行ってしまったのか。
妻には　わたしの気持ちが
うまく伝わらなかったのか。
そんなばかなことが
いや　あったのかもしれない。
わたしは茫然と立ちつくしている。

はぐれる
――電車で

プラットフォームに立つ三人連れであった。
電車がやってきて二人が乗ったとたん
扉がすごい勢いで閉まった。
残された一人であるわたしは
置き去りにされた困惑のなかに落ちたが
扉がまたすごい勢いで開いたので

その瞬間のスリルのなかに飛び込んだ。
ほぼ満員である。
あの二人の姿が見えない。
立っている乗客のあいだを縫って
前の車輛の方へと
目で二人を探しながら進んだ。
つきあたった扉を開き
ガタピシと震動する連結部のうえを渡って
またつきあたった扉を開くと
船の底である。
船賃の安そうな大部屋がひろがり
カーペットを張った床のうえで
旅客が胡坐《あぐら》をかいたり
寝そべったりしている
ふと気づくと　通路に沿ったある一隅だけ
二人分の寝具の毛布が敷かれたまま
だれもいない。
そうか　二人は甲板にあがって
海の景色でも眺めているのだなと思った。
淡い嫉妬が湧いてくる。

自分も甲板へ行こうと
白く塗られた鉄の梯子を登ったが
外部への扉を開くと
お寺の広い畳の部屋である。
お坊さんが仏像に向かってお経を唱え
そのうしろで　多くのひとが
静かに座蒲団に坐っている。
さいわいだれもわたしに振り向かない。
わたしもいつのまにか靴を穿いていない。
皆のうしろを頭をさげながらそっと歩いた。
ぶつかった襖を開くと廊下で
そこを横ぎるとガラス障子だ。
ガラスの向こうには
草木の少い庭がさびしく見えている。
だれもいない。
さらにその先には
脱け出る扉などなく
行きどまりのような
白い塀があるだけだ。

II

四行詩十二篇

激突

芝生の上で二匹の蛙が　相撲でもするように
白い太鼓腹と白い太鼓腹を　激突させる。
わたしは真横の望遠鏡で　勝敗を眺めている。
わたしにふりむく蛙ども。一つの顔になっている。

風変わりな植木屋

鉢巻のかれは百日紅《さるすべり》を　家の中に運んできた。
廊下の暗い一隅に　三角形の穴をあけ

土の匂いを漂わせながら　その木を植えた。
これが本を食べる　わたしの三角戸棚の謂《いわれ》である。

ある実在の斜塔

いつごろから　この巨大な灰色の　六角の塔は
さらに傾いて　ペニスなどを想像させているのか？
古びてざらざらの　塔の磚《れんが》の　強力な接着剤は
糯米《もちごめ》　粘土　豚の血　鉄屑で　合成されている。

縄梯子の途中で

小銃や猛獣や妄想に　追われているのではない。
縄梯子がじりじり　下の方から消えてくるのだ。
風は吹くが　翼も凧も風船も　あるわけがない。
棘の壁の白に染まり　どこまで昇ればいいのか？

氷った釣堀

三十年も見ない故郷の家に　戻ってきたのか?
家の建っていた形のままに　青い釣堀がある。
釣手たちの釣糸は　垂れたまま微動もしない。
漣の形をのこし　水は透明に氷っているのだ。

小石の笛

澄んで乾いた空気を　鋭く引き裂きながら
異様に高く響く　天然　空洞　小石の笛。
洞窟あるいは竪穴から　現れたひとびと?
丘の上に並んで　死者の声を待っている。

天幕のような雨傘

なんと巨大で透明な　ガラスの雨傘だろう。
しかも裾は地面に届く。まるで動く天幕だ。
雨は止んだが　怪鳥が数十羽ガラスをつつく。
食べられるぞ。雨傘の柄を強く握って走れ。

通れない出口

近道のトンネルの闇のなかを　わたしは這って進む。
遠くに　ドラム罐の底ほどの　明るく円い希望。
しかし　進めば進むほど　満月はちいさくなる。
出口に着くとき　おお　頭はその輪を通れない。

直進

どこへ直進するのだ　この町の混雑のなかを？
わたしを乗せた最新型自動車の　異常なスピード！
事故のない幸運を　わたしはついに信じるのだが
ふと見ると　運転手が消えているではないか。

猿蟹合戦

茹でて冷凍した蟹ばかり　並んでいる。
鱈場《たらば》蟹　毛蟹　花咲《はなさき》蟹　越前蟹　そのほか。
わたしは数匹買いたく　見て歩くのだが
赤い甲羅の凸凹は　すべて猿の恐い顔だ。

ある落魄

顔の感情のカレンダーを　劇的に　飛躍的に
捲《めく》りつづける透明な手は　どこにあったのか？
十秒間にわたしは　見知らぬ人の十年を眺めた。
それが必然であったかのような顔　落魄。

へんな講演

焦茶の帽子を取って　聴衆に深くお辞儀をすると
頭はいつのまにか　別の青い帽子を被っている。
口はぱくぱく。しかし　詩論の声は出ていない。
つぎつぎとわたしは　新しい色の帽子を脱ぐだけだ。

Ⅲ

会議のあとで

大きなホテルの玄関で　わたしは
いくつもある傘立てのなかに
自分の黒い柄の蝙蝠傘《こうもり》を探している。
数人の無言の男がわたしの背後を通って
ガラスの自動扉から外へ出て行く。
そうだ
ホテルの十六階だかの瀟洒な一室で
なにについてであったか　とにかく
わたしは長い会議に加わっていたのだ。
そのとき同席の十人ぐらいのうちの数人が
夜の闇のどこかに吸い込まれて行くのだろう。

わたしの傘は結局見つからない。
探していた途中からの予感のとおりだ。
――どれでも結構ですから
　黒い柄のものがございましたら
　どうぞ。
傍らに立つ水色の服の男の猫撫声である。
そうか
そんなしきたりの城なのか
と　わたしはあらためて代りの傘を探す。
茶色や灰色のものはあるが
みずみずしくも黒いものは見つからない。

通ってきた廊下をふりかえると
いつのまにか　寂しいほど広い
できたての　新しい事務室に変わっている。
ぴかぴかのデスクばかりが十数個
ほかには　椅子も書類も金庫もなにもない。
いや　黒い柄　黒い袋の携帯傘が一本
すぐ近くのデスクのうえに載っている。
喜んだわたしは

それを借りようと　そこに行き
袋から傘を抜いたが
張られたビニールの傘の布は
なんと紅色である。
だれかがわたしに微笑んでいるようだ。
見ると
あでやかに化粧したドレスの若い女である。
別のデスクを前にして立ち
同じような携帯傘を一本そこに載せている。
わたしが微笑みを返さず
呆気にとられていると
相手は怒ったような顔になり
ぷいと横を向いた。
その隣りのデスクでも
若い女と携帯傘の同じような取り合わせだ。
ただし　今度の敵は初めから
わたしに対して横を向いている。
彼女たちは娼婦なのか？
事務室にほかの人はいない。

わたしが玄関に戻ろうとして
廻れ右をすると
あたりはいつのまにか　地下一階のような
薄暗い廊下に変わっている。
それも　印刷所のような雰囲気だ。
後ろからやってきた作業服の男が
細長い段ボールの箱を担いで行く。
——あのう　出口はどちらでしょうか?
傘を諦めたわたしが尋ねる。
——あっしもね　外に出るんですよ。
男はそれだけ言って　すたすた歩きつづけ
廊下の奥に乱雑に積みあげられた本の山を
階段のように気楽に登りはじめる。
なるほど　天井に円い穴があいており
そこから明るい日光が差しこんでいる。
細長い箱を先に送り出し
男はするりと外に抜け出た。
わたしもまねして
崩れそうな本の山をこわごわ登るが
天井の円い穴の縁に

〈肥った人は通れません〉と貼紙がある。
諦めたわたしは　廊下を引き返し
細長い箱を担いだ別の男とすれちがう。
薄暗さはやはり地下の感じだが
いつのまにか　前よりずっと幅が広く
病院の臭いのする廊下に変わっている。
ドアをぴたりと閉めた
よそよそしい部屋がつづく。
ふと気づくと　左手にひっそり
灰色のエレヴェーターの口が二つある。
その一つが
開いたかと思うと　すぐまた閉まった。
わたしは慌てて駈けより
その傍らにあるなぜか鍵穴を
一ミリほどそっと押してみる。
扉が開くとすぐまた閉まろうとする隙間に
わたしは思いきって突入した。

勢いよく肩にあたったかと思われた扉の

不意に無力となっていたへんな感じ。
奥行きが四メートルほどもある
エレヴェーターのなかには
なんの用事だろう
父親と二人の小学生の息子たち
といった様子の先客がいる。
わたしは自動装置のボタンの〈3〉を押す。
その階のどこかに
戸外へ降りる階段がありそうな気がしたのだ。
エレヴェーターの上昇が
じつに緩やかなせいか
男の子たちはふざけあっている。
一人がわたしに偶然ぶつかり
わたしのペニスをズボンのうえから摑んだ。
――また　そんなことをする！
父親らしい人物はこう叱って
その子を強く突き飛ばす。
これはひどい！
と　わたしは思った。
その子はもう一人の子にぶつかり

いっしょに仲よく転ぶ。
わたしは降りるため扉に向かいはじめており
その子たちのうちの一人につまずいて
やはり転んでしまう。
わたしがやっと立ちあがり
手の平と衣服の埃を払ったとき
三階以後の上昇のすさまじい速度によって
扉のうえの円盤の
エレヴェーターの針は
十一階を指している。

嬰児ではなく

――『薔薇ぐるい』の一情景の変奏

灰色の壁などすこし汚れたような感じだが
暖かく　とても静かな
ほのぼのと明るい部屋だ。
ベッドのうえに

若い娘が腹ばいになって眠っている。
裸だ。
大きな枕に載せた頭の
顔は向こう側に向けられているので
だれだかわからない。
髪は黒く肩までかかり
二つの腕で枕をかかえ
二つの脚をほぼまっすぐ伸ばしている。
そんな姿を　真横から
中年で独身のかれは
眼だけになって眺めている。
見えない顔は　かれが
ひそかに恋している　あの
美しい顔だとふいにわかる。
それにしても　掛蒲団や毛布をかぶらず
どうして裸なのだろう?
若若しくひきしまり
滑らかに起伏して
白く輝き
いとおしくも　ふしぎな世界だ。

うつぶせになったその体は
衣服をつけて歩くときより長い。
ほんとうはこんな長さであったのだ。
ふと　気づくと
お尻の割れ目をかくすように
木綿らしい布が一枚縦に当てられている。
もう大人であるのに
どうして襁褓《おしめ》なのだろう?
そう訝ったとき
宙に浮く　無色透明の　見えない右手
だれのものかわからない右手が
襁褓の背中のほうの端をつかみ
静かにそれを剝ぎとっていった。
おお　そのあとに現れたのは
赤ちゃんのように
たんぽぽの花の黄色の便を
肛門のまわりにべったりつけた
お尻であった。
かれは驚愕した。
なんという汚さ!

さあ早く　生温いお湯で
よく洗ってやり
そのあとに石鹼の白い泡をいっぱいつけ
もう一度　生温いお湯で
よくよく洗ってやらなければ！
かれの眼よ　あわてるな。
すっかり綺麗に洗ってしまえば
今度は逆に
眩しいほどの白さで
ふっくらと輝く
すばらしく美しいお尻があらわれるだろう！

巨大な円筒

正午すこし前か後か
空は青く　風はかすか
そんな感じの透明な静寂である。
季節はたぶん初夏だろう。

轟音がひびいてくる。
遙かかなたの青空に
あるかないか
細く短い黒の一線。
わたしは右手の人差し指でそれを鋭く差し
二十メートルほど先にじっと立つ男に示す。
小市民的な
そうだ
戦争にしろ平和にしろ小市民的な
住宅と住宅のあいだの
幅十メートルほどの
きれいに掃除された道路である。
両側には木の塀や門がつづき
ふたりのほか人影はない。
男はわたしを馬鹿にしたような
あるいは
わたしのパントマイムは
場ちがいの暗示であるといったような
無愛想な顔をして
同じ姿勢で立ちつづけている。

やはり飛行機だ。
ジュラ紀からの
翼竜などではない。
それは急激に大きくなり
わたしのずっと左側の
澄みきった処女の上空を
高く汚し去ろうとするように見えるが
いきなり方向を転じて
こちらへまっすぐ急降下してくる。
恐怖を覚えたわたしは　逃げようとするが
両足がまったく動かない。
ふと気づくと
あの男はいつのまにか逃げてしまって
影も帽子もない。
飛行機が
ついに墜落して
わたしがぶつかると思った一瞬
おお
飛行機は消えた。
わたしの眼のまえの道路のうえに

いつのまにか
巨大な円筒が横たわっている。
どこから現れたのか
車輪はついていないが
突然の超静粛の停車みたいだ。
長さも高さもタクシーぐらい。
鉄製か木製か
とにかく褐色の胴体に
ところどころ黒い輪が嵌められている。
すぐ爆発すると思ったが
そのまま
時限爆弾のように冷然としている。
もしかしたら　不発弾か。
円筒の先端の円盤に
輪状に並ぶローマ字が見える。
どの単語も　得体の知れない
奇妙きてれつな綴りだ。
わたしの両足の裏から
前よりも深い恐怖が立ちのぼってくる。
わたしはまた必死で逃げようとするが

両足がやはりまったく動かない。
そこで　気がつくと
すぐ近くに立っていた
わたしへの救いのような木の幹を
右手でつかまえてぐいと引っぱり
体を動かそうと思う。
しかし　右手があとほんの少しのところで
どうしても木の幹にとどかない。

来客

見知らぬ女性の編集者が
一階の客間のソファーに　いつのまにか坐っている。
部屋はきのうから荒れたままであるのに
予告の電話も　到着のブザーもなしの
百合《ゆり》か　烏賊《いか》か　知らないが
わたしの昼寝の覚めぎわへ
そんな　同時闖入は困る。

二階からのこのこ降りてきたわたしは
おじぎの挨拶もそこそこ
なにか用を忘れたふりの
右の手のあいまいな合図よろしく
あわてててまた　階段を昇っていく。
しかし　またすぐ階段を降りてこないと
邪魔の間《ま》も
客間の魔ももたない。

ただし今度は　そこに立つと
隣の部屋の食堂のほうへ
わたしの目玉は吸い寄せられる。
食卓のいつも妻が坐る椅子に
なんと　顔見知りの評論家が横向きに
鬘《かつら》の長い髪を見せながら坐っているのだ。
——コノマエノ詩人論　オモシロカッタデスネ。
わたしは食堂に足を運びながら　そんな
心にもすこしはあるお世辞を言うのだが
かれという肖像はにこりともしない。
——浮気ガバレタアノ人ノオオキナ顔

ぱーてぃデ　ツクヅク見マシタヨ。
わたしがさらにお追従めいたことを言うと
かれはやっとにやにやする。

——ウチニ借金アリマシタヨネ。
流し台で野菜かなにかを洗っていた妻が
背を向けたままわたしに話しかけてくる。
——シャッキン？
——ホラ　家ヲ建テタトキノろーんガアルデショ。
——アア　ソウダ　ソウダッタネ。
おかしな話だと思いながらも　わたしは
いまは借金のあることが美徳なのだと合点し
そそくさと廊下に出て
トイレに入り　なにもしない。

トイレの内側からドアを開いて外へ出ると
なんと　わたしは街路に立っている。
閑散として人も車も通らず
アスファルトの車道を隔てた向こう正面に
自分の家が見える。

コンクリート二階建て　一棟二戸の右側。
おや　わたしの家は一戸建てじゃなかったかな?
そんな　どこからともなくやってきた疑いが
車道を横ぎる途中で消えた。
窓があけっぱなしのその家のなかを覗くと
三歳ぐらいの男の子が
畳の部屋を円く駈けまわり
その中心に坐って新聞を読んでいた男が
眼鏡ごしにじろりとこちらを睨んだ。
――ドウモ失礼　マチガエマシタ。
わたしはあわてて　向かって右隣りの
おなじ一棟二戸の建物のまえに移った。
おお　コンクリートの柱と梁の積木細工。
いつのまに　こんな異形の骸骨に?
薄暗く　気味わるく
しかし懐かしくもある　その内部空間へ
わたしはしだいに吸い込まれていく。
奥のほうで木製の階段を見つけた。
そこを昇ると　なんと　ホテルの二階の廊下だ。

途方に暮れたわたしは
廊下の隅を掃除している白髪の男にたずねた。
——アノウ　キヨオカサンノオ宅ハドチラデショウカ?
——アア　奥サンガ　コノマエ大阪ニ行ッテタ
　アノオウチデスネ　サテト……。
その男はそこで困った顔をし
ある部屋を出てきた中年の婦人に声をかけた。
——ネエ　キヨオカサンノオ宅ハドチラデシタカネ?
——アラ　ワタクシ外出シマスノ　ドウゾ　ドウゾ
　ソコマデゴイッショイタシマスワ。
わたしは駝鳥の婦人のあとを追った。

人造石の階段に変わっている。
そのまんなかを　木製の滑り台が走っているが
それは途中から二列となって横にも仕切られ
十数軒の郵便受けとなっている。
わたしの家のすぐ近くに住む人の名前も見える。
放置されたように古ぼけた小包もあれば
配達されたばかりのように新しい封書もある。
その開放的な仕切りのなかに

家計簿を突っ込んでいる家もある。
わたしの家の郵便受け箱は　見あたらない。
階段を降りて歩道に立つと　婦人がいない。

そのかわり　わたしはいつのまにか右の脇に
上質紙四百枚の包みを重そうにかかえている。
向こう側の歩道の左手の店先に
赤い電話が風景の中心のように光っている。
こうなっては　妻に電話でＳＯＳして
迎えに来てもらうよりほかはない。
しかし　さきほどの街路のはずであるのに
左右からの自動車の流れがうまく切れない。

全速力で走りぬけようかと思ったとき
つぎにやってくるトラックが　そのヘッドに
除雪の装置めいた大きな髭をひろげたので
わたしはたじろいだ。
その途端　右の脇から荷物が落ちた。
おお　白紙四百枚の包みは氷のうえを滑るように
すばらしいスピードで車道を横ぎり

向う側の歩道の側溝にタッチして止まった。
わたしは元気づけられ
つぎのチャンスに　側溝のその個所まで突進した。

包みのそばに　落葉や紙屑の吹き溜まりがあり
そこからごそごそ小犬があらわれて
口をあけ　二本の牙をすごく長く伸ばして見せた。
もし　この奇態な小犬が嚙みついてきたら
右の脇から包みを落下させてぶつけてやろうと
遅い横歩きで　赤い電話のほうに近づいていく。
電話料金はあるか？
小犬がついてくるのをちらちら見ながら
わたしは左手をポケットに突っ込み
隅っこに　裸の十円玉が一枚あるのを探りあて
指数本でそれを撫で廻しながら
ああ　助かったと思う。

真夏の朝

——夢から現実へ

真夏の夜明けに　わたしの
夢の終わりの空間で
動物と植物の境界線という
論理の糸が走った。
見えないその軌跡のうえに
目覚時計が一個　ちょこんと坐り
鉄錆《てつさび》色の
聞こえないベルを鳴らした。

最初の小鳥の声が
近くから
空気の澄みかげんを伝えてくる。
始発の電車の音が
遠くで
わたしの家までの距離を浮かばせる。

冷たく重い牛乳

乾いて軽い新聞
それぞれの配達に来て
軽トラックとバイクの停まるひびきが
けさ開く
朝顔の花花ほどに新鮮だ。

犬がどこかの家の庭で
その存在を吠えて知らせる。
それに応じるように
別の場所では別の犬。

わたしの家の前の舗道を
アンダンティーノ・コン・ドルチェツァ
そんなひびきの靴が行く。
たぶん　若い女性が
見られる勤務の
はじまりの姿勢で歩いている。

わたしは起床まえの手を伸ばし
枕もとのラジオにスイッチ。

すると　見知らぬ海の
涼しげな潮騒である。

きょうもまた
うだる熱気の
日ざかりとなりそうだ。

わたしは朝食のあと
快晴の庭で
薔薇の木数本の奥の
思い出の山の
石の夢の肌を撫でる。

わたしの耳の焦点は　早くも
すべての声と音を超え
正午の一瞬に　合わされはじめる。
大きな沈黙がとどろくかもしれない
数時間さきの
真夏の炎の正午
その一瞬に　合わされはじめる。

あとがき

本書『ふしぎな鏡の店』は私の十一冊目の詩集です。

睡眠中に見る夢一つが詩作品一つに対応している、という関係につらぬかれた詩集、そんな本を編んでみたくなったのは数年前のことでした。素材と制作のこうした対応にこだわったのは、二つ以上の夢のモンタージュによる一つの詩にはまた別の魅力があると認識したうえで、ある純粋さを求めてみたくなったからです。

ただし、収録された二十四篇の詩のうち最後に置かれた「真夏の朝」だけは形が少し変わっており、傍題に「——夢から現実へ」とありますように、一つの夢のごく短い終わりの部分と、それにつづく覚醒後のしばらくの状態を題材にしています。これはこの詩集のエピローグにもなるのではないかと考えて選んでみたものです。

詩作品の長さがいろいろですが、そのことはつぎに述べる三つほどの理由によっています。

一つの理由は、モデルになった夢それ自体にさまざまな長さがあったということです。ごく短いものを挙げてみますと、たとえば「卵ふたつ」の場合で、いわば簡素な抽象絵画ふうの眺めにおいて、異様で不条理ではあるけれどまったく小さな事件が、数秒間の感じで起こっただけでした。

長かったのは、たとえば「来客」の場合です。そこにはときどき場面に不意の奇態な変化が生じながらもストーリーめくものがあり、いわばシュルレアリスムの映画の流れにたいするような興味と不安の、なかなか終わらない持続がありました。夢のなかで自分も他人もよくしゃべり、しかも、その言葉を目覚めた直後はっきり憶えているということは、ふしぎな気持ちのするものでした。

もう一つの理由は、夢を描くとき私がある矛盾を抱いていたということです。凝縮や抽象の美しさのため作品が短くなる方向と、興味深い細部を豊かにするため作品が長くなる方向、そうした二つの方向への誘いを同時に覚えた私は、実際にはこの矛盾のなかのさまざまな位置を、そのときどきの気分で選んだわけです。短い作品には、「激突」など、これは四行詩に適していると判断して、あらかじめその簡潔な形式を課した一群があります。長い作品には、「会議のあとで」など、奇妙な細部の継起に惹かれて、その記憶のすべての連鎖にこそ深い真実性が生じると思ったものがあります。

さらにもう一つの理由は、夢を詩に描くとき、夢のなかには現れていなかった言葉を目覚めた頭で加えたこともあるからです。それは夢の内容についての批評、諧謔、あるいは同情といったものなどで、筆先から抑えがたくつい出てしまうのです。たとえば「四十年ぶりの碁」のなかの「白と黒と　どちらが真の喪の色であるか?」とか、「巨大な円筒」のなかの「ジュラ紀からの/翼竜などではない」とかいった一、二行です。こうした言葉の有無、またそれが発せられた場合の量の多少も、作品の長さにわずかながら影響をあたえています。

この本にふさわしい装幀をしてくださった菊地信義氏と、前回の詩集につづいて熱心な編集・出版をしていただいた小田久郎氏と大日方公男氏に、深く感謝いたします。

一九八九年夏

清岡卓行

パリの五月に　1991

パリの五月に

パリへ

それは　二つの世界大戦のあいだのなかごろの
春の午後であった。
日本のある二十代末の隻脚の詩人は
大連の市街のなかの高台のてっぺんから
すぐ北の入江を俯瞰したとき
その視野をひらひらと舞う
一匹の蝶の美しさに打たれた。

かれはやがて　この不意の暗示から
「てふてふが一匹韃靼海峡を渡つて行つた」
という　遠く遙かな北方への

幻想にまで行かずにはいられなかった。
怖ろしくも強大な　自然や歴史に
明るく無心にたわむれる
春の可憐ないのちの
大胆きわまるときめき。

それは　ある優美で残酷な音楽を
どこまでも簡潔に絵画化したような
異常な言葉の組み合わせである。

このきわめて短い詩の
たいへん長い来歴
じつはフランスの文学にもかかわる由来を
わたしは　明明後日《しあさって》
パリの春と夏のはざまの会堂における
フランス人とのあるシンポジウムで
アジアの奇譚のようにも語りたいのだ。

そのとき　夜の街路の暗い風のなかで
マロニエの並木は

枝付き大燭台《カンデラーブル》の明かりの群れに似ているという
円錐花序の白い花房の群れを
垂直の夢のようにも揺らめかせているだろうか。
セーヌ川のほとりを歩いて
恋する若いひとびとは　その深い瞳に
どこまでも高い夜空が
無数の星星を煌《きら》めかせている
冷たくも優しい無関心を映しているだろうか。

第二次世界大戦で祖国が敗れたときは二十三歳。
それ以前の七年ほどのあいだ
熱く憧れつづけたパリを
初めて訪れるのは六十四歳。
澄みきった青い空のなかで
とりかえしのつかないそんな境遇が
またひそかに胸を刺す日本人の男の
しおらしいような
ときめきの夢を乗せて
いま
「飛行機が一機日本海を渡って行く」。

飛行機の窓の昼の月

新東京国際空港を
パリへの直行便が飛び立ったとき
わたしは席のすぐ右側の小さな窓から外を眺め
わたしを見送ってくれているものがいることに
ふしぎな心強さと安らぎを覚えた。

五月の青い空に
淡く白く浮かんでいた
正午すこし過ぎの
かたわれ月。

しかし　この思いがけない友は
見送ってくれただけではなく
飛行機の蹤《あと》を追ってきていた。
日本の本州の横断においてつぎつぎと現れる

村や森を越えても
山や川を越えても
窓から外を眺めるたびに　この無言の友は
空のなかに同じような位置を保って
今度は薄らいでいるけれど消えない
なにかの思い出の枠のように
わたしをしきりに待っていた。

こうなるともう　自分についての
記憶でも投げかけるほかはない欠けた鏡だ。
多すぎる悔い
忘れがたい怒り
とにかくも抱きつづけたよりよく生きる望み。
そんな渦の深みからいくつかの光景が
淡く白くいびつな形のスクリーンに向かって
突進を競いあう。
もちろん　最初に映しだされたものの一つは
二十歳《はたち》前後のパリへの憧れ。

しかしまた　飛行機が日本海のうえに出ると

思い出を誘いつづけるこの枠は
いつのまにか純粋な図形に変わっていた。
右側の小さな窓を額縁とするとき
それは抽象画の一部のようにも見えるのだ。

画面の上部は空という澄んだ青。
その中央高くに　昼の弦月という
斜め左下の欠けた円の淡い白さ。
そして　画面の下部は海という薄い青。
どこまでも深く単純な構成である。

ただし　空と海のあわいには
ほぼ四段の細い横縞が　上からいうと
白っぽく　赤っぽく　青っぽく　黄色っぽく
いずれも淡くけぶる色合いで走っている。

美しい抽象に近いこの風景に描かれていないので
わたしの胸の底から燃え立とうとするもの
それは垂直。

飛行機はアジア大陸の上空に入った。
韃靼海峡と大連を結ぶ
約千九百キロの線のほぼ中ほどだろう。
昼の半月は新しい表情をとった。
吊り眼なのか　垂れ眼なのか
いまやそれは　不気味に観察者めく
巨大な独眼であり
ここはもう外国の土地なんだよと
不慣れな外遊者わたしの
やわらかな内部を鋭く覗こうとする。

東京から
千五百キロぐらいは離れただろうか。
地球が白日のもとで
ひそかに戯れて揚げている
奇態な形の凧のようにもやがて見えてきた
変幻自在のものよ。
近くて遠く　遠くて近い　唯一の天体よ。
どこまで　いつまで
おまえはわたしを追ってくるのか?

マロニエの花

東京からパリに到着したのは夕刻
翌朝　プラザ・アテネの二階の一室で
目覚時計に不意打ちされたのは
夏時間の六時半であった。

起床して顔を洗ったり
渇いた喉でエヴィアン水を飲んだりしたあと
わたしは白く塗られた鉄の鎧戸を開き
小さなバルコンに出た。
並木のマロニエが
なんと　すぐ眼のまえで
満開またはその直前の
すばらしい花ざかりではないか。

それぞれの木に　こんもりと

円頂をなして緑に繁る
掌状の葉の大群のいたるところから
垂直に燃えあがろうとして
さまざまに伸びながら散在する
円錐花序の
白い花房のおびただしさ。
雨あがりらしい晴天のなかで
それらはあるかないかの風に揺れ
朝早い横からの日光に照らされている。

ほとんどの花房が
小さく白い花の群れをみずみずしく開かせ
あちこちごくわずかの花房が
さらに小さく白い蕾の群れを可憐に膨らませ
白の溢れるあでやかな花ざかりである。
ただし　雄蕊《おしべ》の葯《やく》そのほかの色だろうか
黄褐色　濃い桃色　黄色が
極微の斑点として一面に粗く散らされ
爽やかで寂しげな雰囲気をも生じさせている。

わたしが斜め左に顔を向けて
青空のなかの太陽を探すと
まだずいぶん低い位置にいた。
おお　そのとき
マロニエの並木三本ほどの緑の円頂における
円錐花序の白い花房の群ら立ちが
真後ろからの日光に照らしだされ
眩しくも魅惑的に輝やいていたのである。
朝露の湿りをたぶん少し残した
それら逆光のなかの白い花びらは
なかば透明な匂わしさのなかで
まるで自分を羞じらっているようにも見えた。

これでは美しすぎる！
と　わたしは唸った。
どうすればいいのか？

狼狽したわたしは右の方に顔を向けた。
車道を隔てた向こう側の
マロニエの並木のうえに

遠く　高く　くっきりと
初めて実物を見るエッフェル塔がそびえている。
わたしはまた下の方を眺めた。
ほとんど人影がなく　たまに自動車が走る
モンテーニュ通りに
まるで自分の幼少年期の思い出があるかのような
不意の奇妙な郷愁を覚えた。

そしてわたしは　自分の貧しい知識のなかから
この空間のかつての惨状や寂寥を告げる
歴史の事実をいつのまにか呼び戻そうとしていた。

たとえば　一九一〇年の初めであったか
パリが洪水になったとき
モンテーニュ通りは濁った水の豊かな川となって
冬枯れの並木は幹をいくらか水に浸し
渡し舟が櫂で漕がれていたではないか。
あるいは　十八世紀後半であったか
ここが野の道から楡の並木道に変わるころ
まだ町から離れていて寂しく

「歎きの小道」と呼ばれるほど
未亡人などが新しい愛を求めてさまよい
建物といえば　数軒の酒屋ぐらいで
浮浪者や泥棒もやってきていたではないか。

美に弱い自分の感動を抑えようとして
なかば無意識的に求めた
さまざまに解熱剤ふうな情景。
しかし　それらは
肉眼で眺めたものにしろ
想像で描いたものにしろ
わたしのおぼろげな意図を潜って
マロニエの花ざかりの美しさと
すぐさま親しく結びついてしまった。

皮肉な逆効果というか
いや　それをこそ無意識的には求めていたというか
これらの情景は　堅固な背景や地盤
あるいは奥深い陰翳となることによって
マロニエの花ざかりの魅惑を

いっそう立体的に　いっそう内発的にしたのである。

五月のパリの色彩の音楽
その早朝のあるひそやかな場合によって
幸福感におちいったわたしは
パリになにをしにきたか忘れた。
自分の痛風の発作への心配を忘れた。
そして　放心のなかで
マロニエの花ざかりの美しさ
そのものまで忘れてしまった。

シャルル・ド・ゴール広場

　高い空から見ると、きらめく星をかたどる図案のようだといわれるが、なるほど、この巨大な円形広場は十二条の道路を力づよく放射している。ところで、それらの道路に挟まれた十二の地面が広場に接する先端は、思いがけなく、すべて緑の木立をもった露地で、等脚台形に似た地形のごく小さな遊歩場といった感じである。

囲みの塀のないこれらの露地それぞれに、広場から遠い側で接して、一つずつ大きな建物が立っている。同じような建築様式で、みな四、五階ぐらいの高さだ。灰白色、象牙色、砂色、灰汁《あく》色といったそれらの外壁の色にも、穏やかな気品を示す統一感がある。わたしは十二条の道路を横断しながら、木立のある露地をつぎつぎと巡った。

五月の午後は快晴微風で、広場の中央には凱旋門がパリを中心とするフランスの古くからの武力を誇って、堂堂と聳えている。その外壁の色はもともとは薄い象牙色のようだが、壁面に施されたさまざまな彫刻の凹んだところなどはかなり黒ずんでおり、そうした明暗が歴史の奥深さをふと感じさせる。

シャルル・ド・ゴール広場は、中心である凱旋門、その足場を小さく囲んでいる円い場所、そこをさらにたいへん大きく囲んでいる円環状の道路、そこに外側から面している十二の露地、そして、円環状の道路から放射されている十二の道路の露地に並行している部分、ほぼこうしたもので構成されている。

わたしは時計回りとは逆の順で、大きな円周を描くように露地から露地へと渡り歩き、さまざまな光景にすなおな好奇あるいは感嘆の眼を向けていたが、じつはある角度からする特殊な関心をも抱いていた。というのは、わたしが生まれ育ち、二十代なかばに別れた都市である大連に、この広場が深くかかわっていたからだ。

かつて日本の租借地で、第二次世界大戦後中国に返還された大連は、十九世紀末から二十世紀にかけての数年間、ロシアが〈東洋のパリ〉にしようとして建設をはじめ、日露戦争後日本がその青写真を受けつぎ、四十年にわたって発展させた都市である。このことを最もよく象徴する場所が、当時旧名のエトワールであったシャルル・ド・ゴール広場をモデルとして、大連の市街の中心に造られた大きな円形広場であった。大連におけるその広場の名称は変遷した。――ニコラエフスカヤ広場、大《おお》広場、中山《チョンシャン》広場というふうに。それはもちろん、統治国の交替に応じたものである。

シャルル・ド・ゴール広場で大きな円周を描くように歩いているわたしの頭のなかに、ときどき自然に浮かびあがってきた大連の市街の中心をなす円形広場は、半世紀ほど前の大広場であった。わたしはそのころ中学生で、学校から帰宅する途中など、その場所に親しむことが多かったのである。

シャルル・ド・ゴール広場と大広場を比較するとき、どこが似ていて、どこが違っているか？

大広場のほうが全体としてはやや小規模で、その中央にはどのような建造物もなく、かなり大きな円形の庭園があるだけだ。庭園内部では数多くの植込みと通路が整然と組み合わされ、中心から外れたところに銅像が一つ立ち、四阿《あずまや》が四つ適当に配置されている。

この円形の庭園の周囲を、それほど幅の広くない円環状の道路が巡り、そこから十二条ではなく十条の道路が放射されている。十条の道路に挟まれた地面が広場に接する先端は、一つの場合だけ木立のある露地で、その後方に接して建物があり、もう一つの場合だけまったくの空地、そして、残りの八つの場合にはいきなり建物があって、広場に正面を向けて立っており、玄関を出ると、円環状の道路とのあいだには並木のある狭い歩道か車寄せがある。

円陣をつくって広場を囲んでいる九つの建物は、二階建てないし五階建てで、洋風の建築様式がさまざまである。外壁の色も鮭色、真珠色、茜色《あかね》、銀鼠色《ぎんねずみ》、白などというふうに変化がある。それで、これらの建物がかもしだす雰囲気は、どちらかといえば明るく華やかなものとなっている。

こんなふうに、相違点ばかりが気になるといったぐあいに、眼前のシャルル・ド・ゴール広場のなんらかの光景にたいし、大広場においてそれと対照的に異っていた光景を、つぎつぎと頭のなかに思い浮かべたのであった。

しかし、やがて、わたしの背筋に感動が走った。それは、大きな円周を描くようにして歩きながら、シャルル・ド・ゴール広場を半分ほど巡ったころである。

わたしは時計回りとは逆の回りかたをしていたから、歩く方向がきわめて微かな度合いではあるが、絶えず左のほうへと転じられていた。足首や足の裏にときにごくわずかな違和が感じられるその歩きかたに、体全体がようやくなじんだころ、少年の日に大広場をやはり大きな円周を描くようにしてよく歩き巡っていたことが、ありありと思いだされてきたのである。

おお、この歩行感覚は、まったく同じではないか！

六十代のわたしと十代のわたしが不意に重なった。

そのときである、わたしがパリの土を愛しはじめたのは。

シャルル・ボードレールの墓

少年の日から　深く憧れていた
遙かなフランスの詩人
それも　百何十年かまえに死んだ詩人。
いま　地球のうえに
生きている人間たちすべてのなかで
あなたの墓

あなたの遺骨に
いちばん近く寄り添って立っている人間は
きのう東京から
初めてパリにやってきて
きょうモンパルナスを散歩していた日本人です。
そんなことがあっていいのでしょうか?
この奇蹟のなかで　わたしは
頭がくらくらします。

五月のよく晴れていた日は
もう　夕暮れに近く
塀の内側の並木の緑を爽やかに感じた
モンパルナスの広い墓地は
深閑として　風が絶え
人影がほとんどありません。

あなたが日記のなかで　何回も
皮肉な口調で用いた言葉を借りるなら
これは　墓参のひとにあたえられる
ありふれた特権によって

愚かな旅行者を酩酊させる
なんと不気味な「売淫」でしょう。

だれが献じたのか
あなたが　恋人とではなく
実母と義父といっしょに眠っている
墓の石のうえに
白く小さい可憐な花をたくさんつけた
鈴蘭の花束がおかれています。
パリに不案内で
おまけに行きずりの墓参のわたしには
捧げるどんな花束もなく
ふと　あなたの詩集のなかの
薔薇のかたちを思い浮かべました。

薔薇の花そのものの美しさは
眩しくも生生《なまなま》しすぎるのか
それとも　羞じらいを覚えさせるのか
たぶん一度も描かれていません。
しかし　「薔薇色の」という形容の言葉は

「薔薇色の靄」とか
「薔薇色の乳首」とか
「薔薇色の小妖精」とか
まるで演出における照明のように
くりかえしよく用いられています。
そして　「萎れた薔薇に満ちた」という
官能のために古びた空間を修飾する語句や
「初咲きの薔薇」という
処女性の暗喩などが
短い旋律のようにごくたまに現れます。

いかにもダンディらしく屈折した
その美学の謎が
少年の日からずっと
わたしにはうまく解けていません。

もうすぐ　墓場の閉門の時刻です。
まだずいぶん明るいけれど
さきほど門を通るとき
制服の黒人の門衛にそう教えられました。

二人の金髪の少女が
あなたの墓のまえの通路を
笑い顔で言葉を投げあいながら
あわてた小走りで
どこかの墓へと急いで行きます。
その一人がぶらさげている手桶には
黄色い花束。

わたしが立ち去ると　やがて
この静謐の空間に
燦然たる日没がやってくるでしょう。
そのとき
生前のあなたには「仇敵」であったもの
しかし　死後のあなたには
「粗暴な独裁の権力」をついに失ったもの
すなわち　時間が
あなたの思い出のために
しばらく優しく流れますように。
そして

あなたの墓をつつむ空気が
美しく　透明な
半球の形の
薔薇色となりますように。

セーヌ川に沿って

セーヌ川に沿い
草もある散歩道がはるかな先まで伸びている。
その両側は
白い花ざかりの丈高いマロニエの並木で
ときたま花が散り落ちてくる。
わたしは初めてその一輪を手の平に載せた。
白く皺のある四枚の花弁のつけねの方に
濃い桃色や黄色がある。
花弁よりも長い七本の雄蕊《おしべ》が
うねるように外側に傾いている。
その花糸は白く

そのてっぺんの葯《やく》は黄褐色だ。

――おのれの心と嚙み合う
環境の写実のくりかえしの果てに
飛躍はあるか？
――否《ノン》！
自滅あるのみ。

マロニエの葉は掌状に小葉が七枚つき
緑も濃く逞しい大きさだ。
緑が浅く可憐な若葉を一枚
わたしは押葉にするため摘んだが
その葉柄は思いがけなく長かった。
マロニエの樹の列のなかで
ときたま空いたベンチが待っている。
古ぼけているけれど岩乗だ。
青いペンキがあちこちかなり剝げている。
ことしのお化粧はまだなのだろう。

――世界と嚙み合う

悲しみや優しさの抒情のくりかえしの果てに
飛躍はあるか？
——否《ノン》！
自滅あるのみ。

楽しげに話して歩く二人の白人の少年
美の所有者と
たぶんその崇拝者とのあいだに
ある不幸を予感して
微かな胸の痛みを覚えながらすれちがったあと
並木の列を横に出て
セーヌ川寄りの舗道を歩いた。
コンクリートの壁ごしに
すぐ下の自動車が走る車道と
それを隔てた向こう側の河岸が俯瞰できる。

——未知の神秘な語句を発見するための
苦行のくりかえしの果てに
飛躍はあるか？
——否《ノン》！

自滅あるのみ。

岸壁の水際のうえで
若い女が二人大胆な水着姿となり
五月の午後の明るい日光を浴びている。
一人は仰向けに寝て両膝を立て
もう一人は胡坐をかいて頭を垂れている。
まったく動きのない静けさ。
少し離れて　若い男がやはり水着姿で一人
両膝を立て俯いて坐っている。
やわらかな日光がおいしそうだ。

——暗闇のなかに自発の影像を求める
　瞑想のくりかえしの果てに
　飛躍はあるか?
——否《ノン》!
　自滅あるのみ。

澄んではいないが豊かなセーヌ川のうえを
ガラス張りの大きな遊覧船《バトー・ムーシュ》がゆっくり動いている。

橋づくしでもある小さな航行。
この船から右岸を眺めるとき
わたしの姿などほとんど存在しないだろう。
わたしから斜め左の遠方の
セーヌ川にかかったあの橋は
石橋か　それともコンクリート橋か?
鉄橋ではなさそうだけれど。
それにしてもどんな来歴なのだろう?
昔へ昔へと逆にたどって行けば
木の橋　舟の橋
そして渡し舟というふうに
したたかに変化している場合もあるというけれど。

――たびかさなる不屈の自滅の
かくも絶望的なくりかえしの果てに
救いはあるか?
――否《ノン》!
　　ついに
燦然として夢の散る
自滅あるのみ。

ある昼食

芸術のための芸術
とかいった　典雅で柔弱な逃走。
いや　もしかしたら
世界をひそかにきびしく透視しようとする
誇り高く　不敵な鬱屈。

美のための美
とかいった　豪儀で純粋な遊撃。
いや　もしかしたら
人生に逆らう死への直進の可能性を感覚する
誇り高く　不実な鬱屈。

開き直ってそれ自体を目的とする　これら
きわどい情熱の　呪文めく宣言を
わたしもときたま耳にしたことがあったが
昼食のための昼食
なんていう　ふざけたように動物的な

愚かにも幸福そうな
いや　もしかしたら
絶望の果てのちいさな喜びかもしれない
そんなふしぎな
幻惑の台詞《せりふ》には
まだ一度もぶつかったことがなかった。

ところが　この
青春にこそ呟いてもらいたいような言葉が
人生にかなり疲れたわたしの頭のなかへ
天啓のように
優しくも残酷に落ちてきたのである。
二十世紀もあと十数年しかない
五月のある明るい午後
パリはモンテーニュ通り
レストランのレジャンスで。

満席なかばの客の足
季節の花が多彩なたくさんの籠
薄卵色をおもな色調にした

眩ゆいほど華麗な　クラシックの造りの
ひろびろとしたその空間で
昼食は初めのうち　時間浪費の
じつに緩やかな儀式のようにも感じられた。
文学のシンポジウムのために
提供された旅行で東京からやってきた
日本人の仲間五人にとって
それはたまたま閑な午後ではあったけれど。

灰色の服の年輩のメートル・ドテルが　愛想よく
わたしたちを円卓に案内し
揃いの黒い服のシェフ・ド・ランの一人が
わたしたちそれぞれに献立表《ムニュ》を渡して去る。
白い服のバルマンがきて食前酒《アペリティフ》の注文を聞き
それを持ってきてから　ずいぶん経って
さきほどの黒い服の青年が料理の注文を受けにくる。
ついで　別の黒い服に前掛けのソムリエがきて
葡萄酒や鉱水の注文を取り
それが卓上に置かれて　栓や蓋が外れるころ
揃いの白い服のコミ・ド・スュイトの一人が

おいしい料理を　つぎつぎ
ただしゆっくり運んできはじめる。

日本人のなかでもせっかちなわたしは
この優雅な進行を
〈ラルゴよりも遅く〉感じた。
閑だから時間が潰れたっていい
なんてものじゃないよ
初めてのパリを気儘に散歩する時間が減るばかり
と　わたしは苛立った。

しかし　コンソメの皿が引き下げられるころ
レストランのどこからともなく
声のないこんな優しい言葉が漂ってきた。
どこまでも　のんびりやってくださいね
その円卓は　きょうの昼食の時間
あなたがただけのものですからね。

五人の会話がはずんできた。
異国の都で　のんびり浮いてしまったのか

おたがいに　おのれの利害から
すこしばかりは離れたような
乾いて　軽い　諧謔の
楽しげな雰囲気になってきた。

肉料理の皿が芳しさをほのかに放つころ
わたしは自分の気持ちが　いつのまにか
一種の自棄《やけ》というか
逆転される方向に甘んじて従い
ついに安らぎにさえ近づいていることを感じた。
その瞬間
昼食のための昼食
という　旅行から裸のまま横に飛び出た言葉が
白と赤の葡萄酒のまじわる
わたしの頭のなかで
ラヴェルのきらめくメロディーのように
踊ったのである。

シェフ・ド・ランが　デセールの献立表《ムニュ》を
わたしたちそれぞれに渡し

散らかったパン屑を食卓用のクトーで掻き集めて
卓布の白い夢を新しくする。
コミ・ド・スユイトが
季節の果物を盛った大きな籠を持ってくる。
ついで　別のコミ・ド・スユイトが
三段式手押車に菓子類をいろいろ載せてくる。
そして　背の高い黒人のバルマンが
赤い帽子に茶色の服といった装いで
珈琲《カフェ》の入ったでかい缶《ポ》をぶらさげ
おおきな歩幅でゆっくりやってくる。

そんな昼食が
生きる力を貯えるための手段ではなく
飲み食いする快楽を得るための対象でもなく
わたしと正面から向かい合った
人生そのものの一部となっていた。
気がつくと　午後三時半を過ぎている。
昼食の時間の流れのためにこそ
寂しくまた楽しく　二時間半が流れていた。

遠い昔　わたしは
二十歳《はたち》ごろに一度か二度
まさしくこんな時間の渓流を泳ぎ
むしろ溺れることを願った
という記憶がなつかしく甦ってきた。
しかし　それが遊学の地東京においてだったか
それとも　生まれ故郷の大連においてだったか
どうしても思いだせない。

大戦から四十数年後の平和なパリにやってきて
遙かな大戦の日日のアジアのどこかに
まったく置き忘れてしまっていた　自分の
ある浮世離れの
捨身の時間に
めぐりあったというわけでもあった。

身ぎれいな乞食

パリの短い滞在者である私は、五月の明るい午後、地下鉄へのある入口の階段を降りながら、改札口までの細長い通路でまた音楽にぶつかるといいなと思った。それまでそこを通った二回とも、壁を背にしてなにかに腰をおろし、楽器を弾いている人がいた。一回目は左側で、インドあたりのものらしい撥弦楽器を騒がしく掻きならし、哀調を含む曲を奏でていた青年。二回目は右側で、チェロをざらつかせながらも伸びやかに鳴らし、バッハの『無伴奏チェロ組曲第二番』のサラバンドを奏でていた青年。通路の細長い空間にこもるように流れてゆくそのひびきには、耳の奥にやや押しつけがましく迫ってくるいやな感じがないわけではなかったが、演奏者の傍らに立ちどまったのはごく短い時間であったから、音楽への渇きをうるおしてくれる快さがそのあいだに途ぎれることはなかった。

ところが、この三回目に私の期待はみごとにはぐらかされた。右側の壁を背になにかを敷いて坐り、楽器もなにも持っていない四十代ぐらいの女の姿が見えてきたのだ。乞食かしらと思ったが、薄青い衣服は質素な感じながらたいへん清潔で、褐色の髪はきちんと整えられ、中肉の顔の白い皮膚もまったく垢に汚れていないようだ。

いったいなにをしているのか？　私は理解に苦しんだ。しかし、やはり乞食であった。坐った前にひろげた布には貨幣がばらばらと置かれていたのだ。驚いた私の眼と彼女の眼が合った。悲しげな、訴えるような、視入ってくるような、明るく青い眼である。十人並みの丸い顔立ち。私はしばらく眼をそらすことができなかった。

私にとって乞食とは、それまで日本と中国で見たかぎり汚らしい存在であった。ときとして、怖ろしいまでに汚い存在であった。いや、これは常識だろう。フランスに私は初めてやってきたのであったが、かつてパリで長年暮らしフランスに帰化した日本人画家が書き残した文章によって、パリには今も乞食が少なくないのではないかと、その汚らしい姿を漠然と思い描いていた。したがって、身ぎれいな乞食とは、私の虚をつくふしぎな存在であった。彼女の前を通りすぎたとき、私の頭はさまざまな想像で刺戟された。――家族はいるのか？　まったくの孤独なのか？　病気なのか？　職につく能力がないのか？　急に小金が必要になったのに、どこからも借りられないのか？　それとも、恥は搔き捨てにして一応の収入をはかる、巧みな身すぎ世すぎなのか？

もちろん、こうした疑問は、なぜ身ぎれいにしているのかという中心の疑問の周囲をめぐるだけのもので、なんの解答もありえなかった。そのとき、改札口へと人通りの少ない通路を歩きつづける私の頭のなかに、シャルル＝ルイ・フィリップのごく短いある作品が浮かんできたのである。それは二十年ほど前、私が大学でフランス語の教師をしていたとき、テキストにくりかえし使った彼の短篇小説集のなかに入っていた一篇だ。

フランスのある地方における一九〇〇年ごろの話である。県庁所在の市の場末に住む老夫妻が、五月と十月にいくらか離れた土地へ物乞いの旅をする。夫はいろいろな鉱山で働いたためかほとんど失明しており、歩くときは杖の助けをかりるだけでなく、妻に手を引いてもらったりする。夫妻は通過する町や村の人たちに好意をもたれた。それは二人の態度がつつましいだけでなく、質素な身づくろいがたいへん清潔であったからだ。夫はどこにも汚れがない青の上っぱりを着ていたし、妻は手籠にいくつも用意した真白い頭巾を一つずつ被っていた。こんなふうに物乞いはいわば和やかに繰り返されていた。ところが、その何年目かの十月に、辺鄙な街道の傍らで夫が倒れたのである。悪寒にふるえるその体を、妻は自分の体を被せて一心に温めつづけた。顔には熱い息を吹きかけてみたが、そのとき彼は五分も前に死んでいたのであった。夫の行き倒れを認めてもらうために、妻は警察で苦労した。翌年の春、寡婦となった妻はかつて夫とそれなりに幸福ないっしょの物乞いをして歩いた町や村を、今度は一人で巡って歩き、感謝と別れの挨拶をした。人びとは話を聞き、この夫妻に名残り惜しいものを覚えた。夫は死んだし、妻は体が不自由でないから物乞いをやめるのである。老いてしまった彼女はどうやって暮らして行くのか？　きれい好きで几帳面《きちょうめん》だから、なにかに雇われて人に好かれるかもしれないけれど——。

私の貧しい読書の範囲においては、この夫妻だけが小説にあらわれた身ぎれいな乞食である。私は二十年ほど前の教室で学生たちに向かい、これはまだ社会保障や生活保護法がなかったであろうたいへん昔の外国の話ではあるがと前置きして、寂しい街道の傍らで夫の死を妻がみとるこの場面は、小説においても稀な、じつに美しいラヴ・シーンの一つであるように思われると言った。そのとき教室は静まりかえっていた。

私はパリの地下鉄の人影の少ないプラットフォームに立って電車がくるのを待ちながら、今しがた通路で眺めた身ぎれいな乞食の中年女の姿に、小説のなかのものではあるが、九十年ほど昔のフランスの田舎で夫に死なれた身ぎれいな乞食の老女の姿が、重なっては離れ、離れては重なるとりとめのない辛さを覚えていた。

パリに眠る

眠りたいだけ眠りたい
一度しんそこパリに親しむために
初めて歩くこの都市のどこかの
閑静で空気のいい
できれば古い石畳の通りの
瀟洒な建物の一室で
人びとに忘れられ
十五時間でも
二十時間でも
眠りたいだけ眠っていたい。

そして
夢みたいだけ夢みたい
パリが　地球の向こう側の
東京とこんがらかって
日本人の懐かしいだれかとも
フランス人の好ましいだれかとも

その変幻の二重の舞台で
すれちがうばかりであるとしても
また　喜びは淡く
悲しみや怖ればかりが深いとしても
夢みたいだけ夢みていたい。

さらに　もちろん
目覚めたいだけ目覚めたい
それも　眠りの終わるすこし前から
静かに伝わってきていて　すでに
心と体を痺《しび》れさせはじめていた音楽
曲名は空に消え
ドビュッシーでも　ラヴェルでも
とにかく　作曲さなかの白熱が
まるでこちらの出来事のように
胸のなかを蕩《とろ》けさせる音楽によって
目覚めたいだけ目覚めたい。

ひとりごと

——モンスーリ公園で

ねむりたいだけねむりたい
ゆめみたいだけゆめみたい
めざめたいだけめざめたい
えがきたいだけえがきたい。

ペタンク

初夏の午後のモンパルナス
プラターヌの小さな木立ちに囲まれた遊歩の場所で
大の男たち数人が
上衣を脱ぎ　帽子は被ったり被らなかったり
ペタンクに熱中している。
そして　通りすがりの大の男たち十数人が
立ちん坊をしたり　ベンチや切株に腰をかけたりして

ペタンクを黙って見ている。

大都市のなかの
これはまたなんと長閑《のどか》な一隅だろう。

直径八センチほどの鉄の球を
甲を下に向けた手で投げたり
甲を上に向けた手で投げたりしているが
七メートルほど先の地面に置かれた
標的の小さな木の球の
できるだけ近くに落ち着かせるのが目的のようだ。
ただし　標的にではなく
その近くにいる競争相手の鉄の球にぶつけ
好ましい位置を奪うという手もあるらしい。
さらには　小さな木の球にぶつけ
標的そのものを移動させるという手もあるらしい。

一見ごく単純なようで
これはまたなんと偶然の戯れる遊びだろう。

緊張した静けさのなかで
投げられた無心の鉄の球が
どしんと地面に落ち
ごろごろと転がるとき
あるいはほとんど転がらないとき
このわたし
東京からの旅のなかで曜日を忘れ
眼の前のペタンクの情景が休日のものかどうか
わからなくなっているこの日本人にも
けさのレストランでおいしかった
パンと牛乳と果物を生んだ
フランスの大地への親しげな信頼のようなものが
ひそかに深く伝わってくる。

パリで逢ったひと

パリの五月中旬のその日の午後は、爽やかにも物憂くも感じられる、すっきりと晴れてほのぼのと暖かな天候であった。あるカフェのテラスでわたしは、久しぶりに詩を、それも空模様とはさかさまな憂鬱の詩を書いていた。思いがけなく、行《ぎょう》と行のあいだがどこまでも暗く澄んでくる快調となり、ちょっとばかり青春に舞い戻ったような気持ちになる。
こんなふうに新しい詩づくりが八行ほど進んだとき、わたしはなぜか日本語と取り組むのをやめて、途中から、片言のフランス語を使ってみたくなった。

Mais oui !

これが、意識の明滅する丘から聞きわけたその最初の谺《こだま》だ。しかし、後が出てこない。背景の海からのいわば言葉以前の音符も、さっぱり現れてこない。おまけに、この外国語を呟いた途端、世の中がぼうっと霞み、頭の中までぼんやり曇ってきた。
どうすればいいのだ?

パリのある公園のベンチのうえで、わたしは鞄を枕にし、仰向けになって、眼は開けたまま寝ていた。すると、わたしの頭が位置するベンチの端の先に、だれかが立つ気配がし、ある顔がわたしの顔のうえにさっと微風のように被《かぶ》さってきた。

わたしの鼻の先には相手の額が、そして、わたしの額には相手の鼻の先が、それぞれ触れそうになった。そんな互交《たがいちが》いの合わせかたである。いや、わたしの両眼の睫毛にだけは、同じく相手の両眼の睫毛が迫っている。

驚き、怖れ、呆れたわたしは、まったく体を動かせなくなった。いったいだれだ、この奇怪で無礼な人物は？　フランス人か別の国の人か、男か女か、さっぱりわからない。その瞳の色も、そこにいっぱい溜められた涙のために、よくわからない。若さの雰囲気だけは、すでに若くないわたしに好ましく感じられるけれど——。

この人物は両眼のそれぞれからひと粒の大きな球形の涙を、わたしの両眼のそれぞれ真ん中にぽたりと落とし、たちまち姿を消してしまった。その途端、わたしの頭の中はこの日の天気のようにきれいに晴れわたり、世の中は、わたしが眼を閉じさえすればどこかしらが、どんなに遠くても明るくはっきり眺められるような感じになった。

東京の郊外のある家の中が見える。四十数年前に一兵卒として第二次世界大戦に駆りだされ、東南アジアで強いられたいくつもの凄惨な戦闘を、冷徹に描いた記録の作者、——わたしがまだ一度も親しく話しあったことのないあの日本人の小説家が、自分を禁錮したような書斎の机のうえで、いつもは書かないはずの詩を一心に書いている。その原稿の文字がありありと見えてくる。
わたしは動顚した。
かれはわたしがつい先ほどカフェのテラスで試みながら中断した詩の最初の八行ほどと、まったく同じ八行ほどを記しているのだ。おまけに、その日本語につづく部分を、わたしの場合とやはりまったく同じフランス語で始めているではないか。

Mais oui !

かれは外国語によるこの呟きのあと、さらにわたしの場合とまったく同じように言葉を失ってしまったのか、眼前のものを見ず、遙かに遠いどこかを夢みるような眼差しをしている。
こんな偶然の奇蹟のような、ばかげたことがあっていいのだろうか？　もともとは、あの微風の人物——。なにかの戦慄に近く、また、なにかの覚醒に近く、わたしはふしぎな情緒の解けない謎を、胸の底で深く抱いた。

注…本文に二度現れるフランス語は「そうだとも！」といった意味です。

アンドレ・ブルトンの言葉に

たぶん一九二四年の夏
暮らしなれたパリで
あるいは　出先のどこかで
若いシュルレアリスムの先鋒はこう書いた。
——ことしの夏
　薔薇の花は青く
　森　それは
　ガラスでできている。

一九八七年の春と夏のあわいのころ
初めてのパリで
すでに若くないある日本人は
シュルレアリストたちを追慕しながらこう思った。
——マロニエの花は白く
　あるいは　紅く

晴れた空は物語を
果てしなく秘めている。

ダゲール街二十二番地

パリの五月なかば
狭いこの通りにマロニエの並木はないから
その花の散る風情もないが
小雨のやんだ空はとても明るく
両側の店の品物が暮らしの可憐な息づかいをしている。
ダゲール街
幅およそ十五メートル　長さおよそ六百三十メートル。
十九世紀後半にはエミール・ゾラが
二十世紀前半にはレオン・トロツキーが
それぞれどこかの部屋に住んだこともあるという
日常の買物はほぼ間に合いそうな庶民的な町。
わたしはそこを東南から西北へと歩きはじめていた。
野菜　果物　牛・豚・鳥の肉

卵　牛乳　菓子
パン　バター　チーズ　ヨーグルトなどの傍らを過ぎ
見なれない魚介である大鮃《おひょう》　川梭魚《かわかます》
銀杏蟹《いちょうがに》　ムール貝などの前でちょっと立ち止まった。
午前十時半ごろで
どの店にもたいていは女性である数人の客がおり
石畳の道には鳩が忙しげに散らばっている。

やがて　店舗のない建物が多くなったころ
道路の左側に現れるはずの十一番地のことを
わたしはいつのまにか忘れていた。
そこは門を潜ると　中庭に
かつては少なからぬ日本人の画家たちが住む
〈アトリエ長屋〉があったという場所である。
わたしの眼はそれどころではなく
ほかの昔に熱中していたのだ。
道路の右側にまだ二十二番地は現れないか？
そこには四階建てのホテルが立っているか？
おお　まさしく二十二番地に

ホテルが立っていた！
小さな四階建てで　等級は星二つ
その名はル・リヨンソ。

一階の婦人服飾品店らしいところはろくに見ず
わたしは建物の向かって右端の入口から
絨毯を敷いた階段をぐるりと昇って行った。
二階の廊下を
十七歳ぐらいの可愛らしいフランス人の少女が
電気掃除機できれいにしている。
たずねるのにちょうどいい相手だ。
――ずいぶん昔のことになりますが
　一九三〇年のある時期
　金子光晴という日本の詩人がその夫人と
このホテルで部屋を借りていたことがあります。
できれば　その部屋を見学したいのですが。
――ここには昔日本の詩人が住んでいた
と　パトロンが言っているアトリエがありますが
パトロンはきょう不在なので
あしたの午後また来てください。

——今晩　シャルル・ド・ゴール飛行場から
飛行機で東京に向かいますので
いまそのアトリエを見なければ
わたしには永久に見ることができません。
少女は二階の一室を開けてくれた。

かつて　カーテン　壁紙　敷物　寝台のカヴァーなどが
すべて橙《だいだい》色で整えられ
通りを隔てて窓の向こう側に　馬肉屋の店の
実物大の金色の馬の首の招牌《かんばん》がかかり
建物を回る蒸気の暖房の
ラジエーターの設備があり
すごく安いアルコールを燃料にしたランプで
湯を沸かし　料理を作り
夜明け前に蹄と車輪の音を響かせて通る牛乳馬車の
すごく安い牛乳をたくさん飲み
夫婦が優しく結ばれたささやかな空間。

——これならば　金子さん
大丈夫ですね。

わたしは過去へ の奇妙な安心を覚えた。

妻の心と体を独占することを熱望しながら
妻の夢はもちろん　性の自由まで
認めようとする愛の矛盾にねじくれ
もう一方において
青春の日に精魂をこめて作った審美的で選良的な詩を
放浪の現実のどん底に
自虐的に突き落とし
貧窮と不運がつづく生活に
文学や芸術の喜びをほとんど忘れ
うらぶれはてて
素裸の世界へと開きなおった
三十代なかばの光晴にも
厳しい寒さのなかに保たれる感覚的な暖かさ
空腹を元気づける素朴な飲食物
そして　夫婦の安らぎの忘我は
最後の拠りどころでなければならなかった。

——パリの屋根の下で

ねえ　わたしの可愛いニニ
しっかり結ばれ　幸せに暮らして行けるのさ
この地上で　わたしたちは二人ぼっち
それに気づいていない人たちが
もう少し近づいてきたら　ほらこのとおり！

流行の映画主題歌を
二十代末の妻の森三千代はよく歌った。

夫妻は後日　夏のドーヴィルの海辺に
商売に出かけて失敗し
このホテルに舞い戻って
三階か四階の鶸《ひわ》色の部屋に移るのだが
その部屋のいまの様子を見せてもらうことは遠慮した。

廊下に出たわたしは　ポケットから
文庫版の『ねむれ巴里』を取り出し
そこに載っている著者の金子さんの老人となった写真を
案内してくれた少女に見せて
この人が昔ここに住んでいたのだと説明した。
——かれは日本のきわめて有名な詩人ですが

わたしは少ししか有名でない詩人です。
少女はやっとおもしろそうに笑ってくれた。
——この本の英訳の版はありますか？
——残念だけど　ありません。

もし　金子さんがもっと長生きして
わたしといっしょに
「喪つた人生を幾度かかへしてくれた海」を
また懐かしく超えて
パリのダゲール街を訪れたとするなら
自分の古巣の前を掃除してくれている
この　ブロンドの髪の生き生きとした少女を眺めて
きっと深く喜んだにちがいない。

——どうしてこの町は
銀板写真《ダゲレオタイプ》の発明者である
ジャック・ダゲールから名前を取ったのですか？
灰色に澄んだ瞳の少女に
そう訊くことをわたしは忘れた。

アルレッティ

もしかしたらこれがパリの見おさめかもしれないと、私は朝から市内をあちこち回った。照ったり曇ったり小雨になったりが不規則にくりかえされる天候で、傘を持っていなかったためときどき雨宿りに苦労した。

午後四時ごろ、私は宿泊していたプラザ・アテネを出て、玄関前の歩道に手荷物をおろし、ホテルの人が呼んできてくれるタクシーを同行の人たちと待った。歩道におけるコンクリートの敷石の部分とアスファルトの部分の組み合わせかたが、瀟洒な感じだ。

東京からやってきた一週間ほど前には、満開またはその直前の花ざかりであった並木のマロニエが、小雨のあとの湿りのまだかなり残る歩道や車道に凋んだ花をつぎつぎと散らせている。〈さらば、あまりにも短かりしわが五月のパリよ〉とでもいった感傷が、すこしは湧いてこなければならないはずであった。

しかし、旅行にいくらか疲労していたせいか、私はむしろ放心に近かった。あと四時間ほどすれば、シャルル・ド・ゴール空港で東京へ直行の飛行機に乗ることになる予定を、煩わしい残務のようにぼんやり頭のなかに浮かべていた。

そのとき、私からすぐ近くのある場所がしだいに賑やかになってきた。ホテルの玄関から歩道へやがて降りてくるだれかの通り路を挟むように、その両側にそれぞれ三十人ぐらいの若いフランス人の男女が雑然と並びはじめたのである。四、五人に一人ぐらいはカメラを持ち、すぐ撮影できるように用意をしている。

そうか、時流に乗ったどこかの花形を至近距離から眺めようとして、ファンが集まってきたのだな、と私は思った。そんな光景は、東京だろうとパリだろうと、私にはほとんど興味がない。その雰囲気をいくぶん疎ましく感じた。同行の一人がこの若い人たちのところへ、だれを待っているのか聞きに行った。そして、戻ってきて、「アルレッティだとさ」と言った。

アルレッティ！

この女優の名前は、まるで一瞬の電流のように、私の耳を刺戟した。いくらかの疲労まじりのぼんやりした気分がとたんに消え、頭がすっきり青空のように冴えてきた。私は手荷物を持ちあげて、玄関前の人垣のなかに入って行き、図図しくもなるべく前の方に出ようとした。そして、タクシーを呼びに行ったホテルの人が遅く戻ってくればいいのだが、と思った。

一九三〇年代から第二次世界大戦にかけて制作されたフランス映

画は、東京での勉学と大連への帰省をくりかえす日本人の学生であった私にとって、かけがえなくも貴重な、青春の喜びの一つであった。アルレッティは、半世紀ほど前のそのころのフランス映画のいわば輝かしい代表者として、まったく思いがけなくも、パリを離れる直前の私のすぐ眼のまえに現れることになったのである。

私にとって懐かしい、そうした映画のかずかずで活躍した人びとの名前をいくらかでも思いだしてみると、監督にルネ・クレール、ジャック・フェデール、ジュリアン・デュヴィヴィエ、ジャン・ルノワール、マルセル・カルネなどがいて、シナリオや台詞の作家にシャルル・スパーク、ジャック・プレヴェール、アンリ・ジャンソンなどがおり、作曲家にモリス・ジョベールがいた。

男優にアルベール・プレジャン、ジャン・ギャバン、シャルル・ヴァネル、ルイ・ジューヴェ、ミシェル・シモン、ピエール・リシャール＝ウィルム、フェルナンデル、ロベール・ル・ヴィギャン、レーミュ、ピエール・ブラッスールなどがいた。

女優にアナベラ、マリ・ベル、フランソワーズ・ロゼー、ダニエル・ダリュー、ヴィヴィアヌ・ロマンス、シモーヌ・シモン、ミシェル・モルガン、ミレーユ・バラン、アルレッティなどがいた。

かなり多くの名前を挙げてしまったが、その時期のフランス映画を深く愛した人びとなら、さらにもっと多く挙げたいと思うことだろう。私の場合こうした名前への懐かしさは、もちろん、フィルムから受けた感動を第一の理由にしているが、そこにはちょっと変わった理由も加わっている。

というのは、三十数年も前のことだが、大学でフランス文学科の学生であった私は、卒業論文の対象に詩人や小説作家ではなく、シナリオ作家のシャルル・スパークを選び、主任教授から映画の話は困ると難色を示されたが、別の教授の理解と温情でやっと救われたというきわどい体験をしているのである。

さて、話を元に戻すと、フランスのこうした映画人たちの大半はすでに亡くなっていたし、元気な場合は高齢のはずであったから、パリのどこかでそのなかのだれかの現実の姿を見かけるということを、ごく短い期間のパリ滞在者である私はまったく期待していなかった。

いや、期待していなかったと言うよりも、日本において青春前期の私は、当時フランス映画で活躍した人びとの現実の姿を、自分の眼のとどかない別世界で生きているもののように感じていたので、年をとって初めてパリにやってきたときにも、その古い心の傾きがなお無意識のなかに惰性のように消えないで残っていた、と言ったほうがいいかもしれない。

それだけに、アルレッティがもうすぐ眼のまえに現れるということは、私にとって、まるで自分の立場が不意に狂ってしまったような、また、青春前期の日が突然甦ってきたような、深い驚きであった。フランス映画の黄金時代というか、その〈詩的な現実主義〉とも呼ばれる時期のスターの実物の場合の一つへの、初めての、わくわくするような期待を覚えさせるものであった。

私は手荷物をコンクリートの敷石のうえに降ろし、まだ人影が現れない玄関の方を見たりしながら、映画のなかのアルレッティをあれこれ思いだしていた。

一九三〇年のパリの小さなホテルのレストラン。パラソルという名のパラシューティストに扮したアルレッティが恋人を待つ。ヘアバンドをし、すっきりと飛行服らしいものを着ている。食卓の隣の席の、フランソワーズ・ロゼー扮するところの、ニースからはるばるこのホテルに息子を訪ねてきた義母と話す。

「私はね、パラシューティストなんです」

「それはきっと、厳しい仕事なんでしょうね！」

「そうですとも！　ことに私はね、椅子のうえに昇っても眩暈《めまい》がするたちなんですから！」

このときのアルレッティのやや掠れて軽く乾き、しかも品のよい甘さを失わない声は、自分を揶揄的に紹介して、なんとパリふうの魅力を感じさせたことか。

一九二〇年代のパリの貧しい町。アルレッティが扮する娼婦レーモンドは、ルイ・ジューヴェが扮するその紐エドモンに殴られ、左の眼を腫らす。二人の旅行計画を彼が新しい娘に惹かれて中止したため、喧嘩したのだ。その仲直りのように二人は魚釣りに出かけるが、サン＝マルタン運河の歩道橋を渡りはじめたとき彼がまた冷たい口調で、生活の雰囲気《アトモスフェール》を変えたいが雰囲気とはおまえのことだと言う。自尊心を傷つけられた彼女は激しくやりかえす。

「雰囲気、雰囲気！　私の顔は雰囲気なのね！　初めてだわ、雰囲気扱いされるなんて…、いいわよ、そういうことなら、ラ・ヴァレンヌにたった一人で行ってきな、そして、いい釣りをしていい雰囲気でも吸っといでよ！」

釣竿とたも網を入れた長い袋を肩に掛けた彼に、彼女は魚籠《びく》を突き返し、回れ右をして、両肩を激しく上下させる荒荒しい歩きかたで、やってきた道を、すぐ近くの北ホテルへと戻って行く。

このときアルレッティは、狭苦しく生き生きとした庶民的な人間関係のなかで、忘れがたい女の怒りを示した。

十九世紀中葉のパリの犯罪大通り。アルレッティは見世物小屋で裸女となる移り気で自由な女ガランスに扮するが、やがて大きな劇場の無言劇で女神のような彫像として立つ。その前で、ジャン＝ルイ・バローの扮した天才的な無言劇の俳優が彼女への強い思慕を示す演技をする。天井桟敷の拍手喝采。しかも実生活で、この俳優は彼女に純潔で深い恋情をいつまでも抱きつづける。
彼女がひとりで口にするこんな歌がある。

わたしはわたしこんなふうなの
こんなふうにできちゃってるのよ
笑いだしたくなったときには
そう　大声で笑ってしまう
愛してくれる人が好きなの
愛してくれる人がそのたび
おなじ人ではないからといって
そんなのわたしの罪でしょうか？

このように、彼女は無頼漢、今しがた触れた俳優とは別な俳優、富裕で権力者の伯爵と、身すぎ世すぎの色事のような軽さで相手を変える。しかし、自分にストイックで激しい情熱を燃やす無言劇の俳優にだけ、自分の胸の底にも激しい情熱が生じていることを感じる。彼女が抱きつづけるその人間関係のなんという魅入られたような深奥のふしぎさ――。

アルレッティはこの長大な映画で、無言の微笑や一瞬の眼差しのすばらしい深さを、また、静かな語りかたや軽く短い笑いのこの世に醒めた優しさを、くりかえし示すことができた。


プラザ・アテネの玄関前に集まっている若い男女のあいだに騒めきが起こった。見ると、玄関の奥からこちらの方へ、婦人が付き添いの人に支えられるようにして、じつにゆっくり歩いてくる。彼女はふと立ち止まって眼鏡をはずし、それを付き添いの人に渡した。そして、またじつにゆっくり歩きはじめた。ファンが持っているカメラのアイはすべて、その女性に向けられた。アルレッティにまちがいない。

期待した彼女が近づいてきて戸外の明るさのなかに現れたとき、私はぞっとした。高齢になっているとはもちろん承知していたが、その度合いが予想をはるかに越えていたのだ。

まったくの白髪は、コートの白く広いウールの衿とよく似合っているが、顔は皺が深く、生気のずいぶん衰えた色合いである。それに、眼はずっと下を見るようにして少し開いたままだ。もしかしたら、失明しているのだろうか？　昔の美貌との落差があまりにも大きな顔立ちである。もちろん、そこには、線でたどることができる昔の面影の名残りはたしかにあるのだが——。

私は打ちのめされたような感じになった。

アルレッティがバローの扮した無言劇の俳優に激しく恋される役を演じたときから数えると、四十数年経っていた。私はそのことから漠然と、彼女はいま七十代前半ぐらいではないかと想像していたのである。しかし、私が東京で知っている八十代なかばの数人に比べても、彼女はさらに老けて見えた。

それにしても、フランスの若い人たちが遠い過去の優れた映画の俳優に抱いているらしい根強い憧れを、私は楽しいものに感じた。あの〈詩的な現実主義〉とも呼ばれるかずかずの忘れがたい映画作品のなかから、今日の新しい映画に伝統となって伝えられている技法もいろいろとあるのだろう。

アルレッティはファンの間を通って左に曲がり、モンテーニュ通りを、シャン＝ゼリゼ大通りのロン＝ポワンの方へ、やはり付き添いの人に支えられるようにして、じつにゆっくり、マロニエの花の散るなかを歩いて行った。

ホテルの人が呼びに行ったタクシーが、ちょうどぐあいよく、そのころ眼の前の側道に停まった。

東京に戻ってから私は、新聞などで、あの日がちょうどアルレッティの八十九歳の誕生日であり、その数日後に彼女はテレビのインタビューに出たと知った。そうか、あのとき、彼女はすぐ近くのテレビ局に録画のため向かっていたのかもしれない、と想像された。このテレビ出演には彼女の回想録『わたしはわたしこんなふうなの』の刊行記念という意味もあったようだ。

私はまたフランス映画関係の書物を開き、アルレッティの経歴を初めてくわしく眺めて、彼女が二十一歳ごろ舞台女優となり、三十二歳ごろ映画にデビューし、映画女優としては四十代なかばが最盛期という珍らしい大器晩成型であったということも知った。

追想のパリ

島崎藤村が見た夢

かれにとってなんと久しぶりの日本の土だろう。
古い寺の広い境内を歩くと木造の借家がある。
子供がたくさんかれのところに寄ってくる。
しかし　みんなフランスの子供だ。
珍らしそうに和服のかれの顔を覗いたりする。

その女が恋人かどうかははっきりしないが
日本の女であることだけは確かだ。
しかしまた　その瞳だけは
フランスのあちこちで見なれた
多くの女たちの瞳と同じ青い色だ。

第一次世界大戦のさなか
パリのポール・ロワイヤル大通りのパンシオン
長い旅に疲れ果てたかれの夢は
その一室で　こんなふうにこんがらかった。
遠い故国に残しているのは
母を喪くしたままの幼い子供たちと
自分との愛の罪に苦しんでいる若い姪。

救いがたい四十男のエゴイストめ！
かれはまた　プラターヌの並木の傍らで
おのれの孤独を苛んだ。
町を行く黒い喪服の婦人が増えている。

それは　祖国における人間関係からの逃亡？
自らにきびしく科した流謫《るたく》？
それとも　新しい文学制作のために
なんらかの糧を求めた外遊？
学芸の花の都でかれを待っていたものは
大戦の勃発　そして

消えない憂鬱であった。

藤田嗣治の自画像

一九二〇年代に入ったころから　パリで
かれの日常の顔づくりの奇矯さは
市民にしだいに面白がられていた。
かれはそれで自画像を　この年代
画業の宣伝役のようにもさかんに描いた。
淡く黄色いその面長の顔の
典型的な特徴づけは
黒い髪のお河童《かっぱ》
鼈甲《べっこう》の縁のロイド眼鏡
チャップリンふうのＭ字型の口髭
そして　ときに耳輪。

おまけにかれは　自画像のため
生活における自発の気分や偶発の出来事に応じて

さまざまなポーズを演じた。
じゃれつく猫を肩に乗せて
制作に精励のなかの余裕を見せる芸術家。
日本の筆や墨も用いて
郷愁を昇華させているようにも見える洋画家。
やがて別れるかもしれないフランス人の妻と並んで
しんみりとした表情の日本人の夫。
同乗したオートバイから落ちて
病院のベッドでおとなしくしている男。

しかし　かれは
パリの古びた城門あたりの深沈とした風景
生活を彩る必需品や嗜好品という親愛なる静物
そうしたものを視つめたいくつかの画面にこそ
おのれの姿は描かないが
おのれの心の真実をどこまでも映した
自画像の傑作を残しているのではないか？

たとえば　パリは貧しげな町の一つ
ドランブル街五番地の

車庫を改造したアトリエの一隅における情景の
まことに微視的な描写。

白と薄赤の格子縞の卓布が掛けられた
古びて岩乗な黒褐色の戸棚に載せられたものは
中央に　ありきたりの型の目覚時計
三時三十八分ごろを指し
ベルは八時に合わされている。
その周囲に置かれたものは
画家のものと思われる眼鏡
空っぽのワイングラス
たぶん磁器製の人形
白い容器に差された刻み煙草用の白いパイプ
淡い影を　しかしはっきり
後ろの壁に投げている石油ランプ
そして　緑　白　茶　紫など
十個ほどの毛糸玉をゆったり入れた藤《とう》の籠《かご》。

戸棚を押しつけられている壁は
かすかに汚れた灰白色で

上の方に三枚の田園情緒ふうの絵皿が
横に並べて掛けられている。

戸棚の真下には一足の木靴
戸棚の左横には一本の雨傘。

おお　質素なものどもが
佗しげに　また楽しげに
偶然めぐりあって　にぎやかな
日常性の祭壇！

微に入り細を穿つ描写の端正さが
豊かではない平凡な生活への
渝らぬ愛と
そこからの希望を告げていた。
画面に人間の姿が不在であるからこそ
いっそう奥深く
いっそう隅隅にまでとどいていた
三十四歳の画家の
向日的な心のかたち。

岡鹿之助と海

二十八歳の画家は部屋のなかにいる。
大きな窓のチュールのカーテンが両開きにされ
外部の広く深い風景が
かれの心に正面から向かい合っている。

中景は静かに凪《な》いで
日光にきらきら輝いている海。
そこに浮かぶ三隻の船は
曙《あけぼの》色の帆をつよく張りあげ
涼しく透明な影を海に落としている。

前景の浜辺には
屋根や壁の色合いの地味な教会が
小さな鐘楼を載せて立ち
それを囲むように

緑の葉を載せた三本の椰子の木が立っている。

遠景は遙かだ。
白い雲が　日光にきらめく海を
自分になかば映したような色合いになって
水平線のすぐ上では　たなびき
さらにその上では　いくつもの球形に湧こうとし
さらにまたその上では　ちぎれて青空に浮かんでいる。

大きな窓の内側で
植木鉢に熱帯植物が伸びており
カーテンは水玉模様だ。
そして　大きな窓のすぐ外側で
手摺が斜めに下降し
見えない階段を暗示している。

この横長の矩形の油彩においては
高雅に沈むオークル・ジョーヌが下塗りとなり
抒情に溢れながら
造形はあくまでもきびしく

爽やかで穏やかな垂直と水平の線
甘くてはかなげな斜線と曲線
ういういしい点描の筆触《トウーシュ》
それらに支えられて
選びぬかれた色彩の管弦楽が
若く孤独な浄福感を
その深い静寂を
奏でている。

晴朗《セレニテ》。

もちろん　水平線の遙かかなたには
画家の　日本からの
長く辛い〈船旅〉の思い出が秘められていよう。
また　かれの愛するフランスのある作曲家の
多彩な音色を鮮やかに分立させて
旋律をなかば拒む
あの光輝や遊戯や激動の〈海〉が秘められていよう。

しかし　眼前の海の風景には

画家が　パリで
やっと果たした芸術の自立を
根底で支える生活の〈滞船〉が秘められていよう。
また　かれの愛するフランスの別の作曲家の
涼しさがきらきら透明に輝き
安らぎがふと寂しさ　物憂さ　怖れに似る
あの揺蕩《たゆたい》の〈大洋の小舟〉が秘められていよう。

東京からパリにやってきて二年と数か月
恋人もなく
友として心の底から親しんだのは
新しい制作への暗示ともなった音楽だけ。
若く孤独な画家は
ドランブル街の貧しいアトリエで
自分の最初の傑作と思われる油彩を前にし
喜びの感動にふるえながら
どうしたらいいかわからず
ついにこの海の風景に
最敬礼をしたのであった。

金子光晴は風のように

東京から
上海や東南アジアをゆっくり巡る放浪を重ね
一年と四か月もかけて
金子光晴がやっと辿《たど》り着いたパリは
運のわるいことに
大恐慌が起こった翌年の不景気。
それに　フランス人の労働者を保護するため
労働証のない外国人は労働を禁じられている。
風来坊の日本人にはその証明が持てない。

かれは上海で
こんなに歩く人は見たことがないと言われ
マレー半島のバトパハ河では
自分を「文明の一漂流物」と感じたが
パリでも　ろくに地下鉄《メトロ》に乗らず
やたらと風のように歩きまわった。

日本人会の未納の会費の集金という
しがない仕事に精を出したり
わずかな金蔓《かねづる》をあちこちに求めたりして。

靴の底が減ってしまい
文学も芸術も忘れてしまったような
この素《す》寒貧《かんぴん》の眼には
路上で　たとえば
アルミニウムのように光って
小さな孔が多く
颯爽としたものに見える
流行の女の靴が眩しかった。

そんな光晴が
モンスーリ公園に近い日本人の画家の大きな家で
ロベール・デスノス
シュルレアリスムのグループからすでに離れていた
シュルレアリストの詩人に出会った。
――日本にすごい詩人がいますか？
――萩原朔太郎ってのがいましてね

竹が地上に青く鋭くまっすぐ生え
地下では
その根の先から細くけぶる毛が出てふるえる
なんてぐあいに
生物の欲情のかたちを描いたりしていますよ。
また　その地下の暗闇には
さびしい病人の顔があらわれたりしましてね。
——おお　それはファンテジーだ！
ロベールがそのとき　地下の顔を具体的に
思い浮かべていたかどうかはもちろんわからない。

詩の話はこれくらいで終わり。
ロベールは日本の詩に関心を抱きながらも
画家夫人である白人の女性に恋して忙しく
光晴はシュルレアリスムに新鮮さを感じながらも
放浪で体験し観察しつつある
どん底の現実を通じてこそ
自ら捨てた審美的で選良的な詩を蘇生させたかった。
二人はおたがいに　相手が
どんなにすばらしい詩人であるかを知らなかった。

そのすれちがいの
なんという生臭い淡さ。

世界大戦後の現実のなかで
シュルレアリスムに熱中し
しかし　コミュニスムは拒んだ
夢や愛や自由のフランスの詩人と
サンボリスムを超えようとし
しかし　コミュニスムは拒んだ
世界を股にかける放浪の日本の詩人。
いってみれば　二人はともに
芸術的なアナルシストではなかったか？

実現したかもしれない二人の友情の
時代の影の濃い可能性のなかを
光晴はやはり
風のようにさっと通り
ベルギーに去ってしまった。

ロベール・デスノスの恋人

イヴォンヌがいま
オランピアの舞台に星《エトワール》のようにあらわれる。
短くしたブロンドの髪をひきつめ
青白いこしらえをした憂い顔。
うす紫の瞳が光り
メッツォ・ソプラノが甘く沈む。
まるで可憐な少女のように
あえかにも細くふるえる声だ。

　ナントの牢獄に　囚人がひとりいる
　囚人がひとりいる
　かれにはだれも会いに行かない
　牢番の男の娘のほかには
　ああ！　ああ！　ああ！　ああ！

小娘があす処刑の囚人をロワール川に逃がす古い民謡
ナントの町の鐘が鳴りひびく捨身の慈悲の物語を

今のシャンソンにしたのだ。
歌手の声は枯れ細りも　荒だちも
むせび泣きも　野太りもして
人間の愛の根源の熱いかたちを
きわめて遠いところにあるドラマから
聞き手の魂の奥底にまでつたえる。

ロベールは狂ったように恋した
スフィンクス　海星《ひとで》　白い船　焰などにもなって
夢や幻想のなかに訪れてくる　独身のイヴォンヌに。
報われない愛は
あいての姿が現実性《レアリテ》を失ってしまうほど
思いこがれ　夢みつづけた。
"The night of loveless nights."
「愛《アイ》ノナイ夜夜《ヨルヨル》ノ夜《ヨル》」。

星《エトワール》はやがて人生の舞台からもほんとうに消える
酒と麻薬に溺れ　胸の病いに倒れて。
そのころ　ロベールは書く
——きみは知っているか　象徴の怖るべきどんな連鎖が

星《エトワール》であったきみから人魚《シレーヌ》である彼女へとぼくをみちびいたか?
おお　大空と大西洋とに分かれて並ぶ姉と妹!

イヴォンヌとユキ
どちらも頭文字はＹ《イグレック》で
パリっ子のロベールにたいし
どちらにもベルギーとの深いつながり。

ユキはかつて
恋人のツグハルがサロン・ドートンヌに出品した油彩のなかの
わずかに蒼ざめた白い雪のうえで
ごく淡い薔薇色に燃える白い全裸のまま
仰向けになって快く眠る〈雪の女神〉であった。
栗色に近いブロンドの髪は背の下までとどき
乳房も　細腰も　太腿も
うら若くきりりと充実していた。

画面の遠景の雪の山の稜線が
女神の姿態の稜線をほぼなぞっていたではないか。
そのすんなり伸びて合わされた両足の傍らでは

狼が聞き耳を立てて見張っていた。
雪の山の向こうは　日没か夜明けか
黒ずんだ褐色とうす紫に　荒荒しく乱れた空であった。

サロン・ドートンヌで
この大きな絵の前に立つ盛装のモデルを眺め
パブロ・ピカソは眼をぎょろりと光らせて
日本人の作者に言った
——ユキさんだね。きみの絵より美しいよ。
そのとき　モンパルナスの女王の一人が生まれた。

ロベールは狂ったように恋する
淡い榛《はしばみ》の実の色の燃える瞳に
豊満に近づきつつある人妻の胸や臀に
夫のツグハルにいれてもらった人魚《シレーヌ》の刺青《いれずみ》がある太腿に
そして　生きる寂しさと楽しさに彩られ
ポエジーとエスプリの煌めく微笑や会話に。
あいての姿が現実性《レアリテ》を失ってしまうほど
思いこがれ　夢みつづける。
《Nuit des nuits sans amour étrangleuse du rêve.》

「愛《アイ》ノナイ夜夜《ヨルヨル》ノ　夢《ユメ》ヲ絞《シ》メ殺《コロ》ス夜《ヨル》」。

附録

日本現代詩にあらわれたルナルディスム（小さな講演）

日本の現代詩（注…ここではいわゆる近代詩と現代詩をあわせて現代詩と呼んでいます。というのは、どちらもフランス語では la poésie moderne となるからです。）にあらわれたある一群の〈簡潔な表現〉について、話をなるべく短くまとめながら申し上げたいと思います。

日本の文学の伝統的な特徴の一つは〈簡潔な表現〉にあると言われたりしますが、すべてのジャンルについてはともかく、少くとも短歌と俳句においてそのことは明瞭です。すなわち、七世紀にはじまる短歌は三十一音節という短い定型詩であり、十七世紀にはじまる俳句はさらに短く、短歌の前半を独立させた十七音節の定型詩です。しかも、それぞれの優れた作品は、深く広い外的ならびに内的な現実に対応するほどの緊密な構造をもっていると思われます。

今日においても、短歌あるいは俳句という短く音楽的な定型詩の魅力にとらわれている日本人はきわめて数が多く、実生活ではほとんど用いられない文語によるそれぞれの新しい作品が、雑誌や新聞でたくさん眺められます。なお、口語によるものや、定型から少し外れたものも、いくらかは行われています。

これらのうち俳句は、フランスを含むいくつかの外国において、いかにも日本的な伝統の詩としてよく知られるようになっています。このことについては、皆さんのお話をこそ私がうかがいたいものです。

さて、日本の現代詩は短歌や俳句におけるこの伝統的な〈簡潔な表現〉をどのように受けついだか？　それが問題ですが、それはある曲折を含んだいくぶん複雑な問題とならざるをえません。といいますのは、今回ガリマール社から出版されました仏訳の『現代日本詩選集』の「序文」で述べられていますように、十九世紀の後半にはじまる日本の大規模で根底的な近代化（modernisation）の一環として、この現代詩はまったく新しく誕生したものだからです。現代詩は短歌や俳句において伝統的な文語による短い定型を破壊し、自由な長さの形式へ、そして、用いる言葉は文語を離れ、実生活においてはるかに深いかかわりをもつ口語へというふうに、革新的な道を歩むことになりました。この道程は今日、いくつかの段階に分けてふりかえってみることができますが、口語自由詩へという基本的な方向はつらぬかれています。

現代詩は内容においてももちろん、革新的であろうとしました。まず、短歌と俳句の短くて渾然とした内容を図式的に比較するとき、短歌はより抒情的で俳句はより観照的であるということになるでしょうが、これらに対して現代詩は、制限のない自由な長さの中で、緻密な散文的機能をもつ現代語を用い、内容の現代的な深化と拡大をはかったのです。すなわち、現代詩は抒情や観照を失わずに、ときには叙事的であったり、劇的であったり、審美的であったり、論理的であったりすることを意図するようになりました。そこにはもちろん、近代化に見合うところのヨーロッパやアメリカの詩からの影響がありましたが、また独自に、現実の絶えざる新しさを直視し、自我と世界のかかわりの絶えざる変化を認識し、ときにはおのれを時代の先駆たらしめようとする詩精神の真摯さと熱烈さがあったと思われます。

このように、現代詩はある意味では、短歌や俳句の〈簡潔な表現〉に対抗するようなかたちで展開されました。一般に、現代詩は短歌や俳句に比較するとき、形式はずっと長く、内容はずっと構成的な広がりや深さをもつようになったのです。

一例として、一九二〇年前後に、現代詩における最初の優れた口語自由詩の達成、——それは同時に日本的な象徴主義の最初の個性的な開花でもありましたが、そうした一極点を示す萩原朔太郎の場合を考えてみましょう。彼のそのころの詩集『青猫』では、一篇の詩の行数は十行前後から二十数行にかけてであることが多く、いちばん長い詩は六十行を超えます。一行の音節数は十数音節であることが多く、長い行は三十音節を超えます。そして、こうした形式の長さは、内容の多角的な広がりや重層的な深さに対応しています。

ところで、日本の現代詩に最大の影響をあたえた外国の詩はフランスの詩であると思われます。

ルコント・ド・リール、ボードレール、マラルメ、ヴェルレーヌ、ロートレアモン、ランボー、ヴェラーレン、ジャム、ヴァレリー、アポリネール、コクトー、エリュアール、ブルトン、アラゴン、ポンジュ、デスノス、そのほか、数十人の詩人の作品が、日本語に翻訳され、愛読されています。同じ作品が訳者を異にして何通りにも翻訳されることもあります。ボードレールとランボーには訳者を異にしてそれぞれ三種類の全集があり、ヴァレリーには同じく二種類の全集があります。研究もさかんで、詩人論や作品論がじつに数多く書かれています。

日本の詩人たちの多くはこうしたフランスの詩の影響を考えるとき、その根底に文学史的にというか、詩の潮流の変遷の図式を意識しています。すなわち、ロマンチスム、ル・パルナス、サンボリスム、ダダイスム、シュルレアリスムといったふうに交替してきた詩の系譜を、漠然とではあれ思い浮かべます。というのは、フランスの詩に最も多くのものを学んでいると思われる日本の現代詩自身の潮流の変遷が、多かれ少なかれこの図式に対応しており、そのことによってこの図式に深い親愛感を覚えることができるからです。この親愛感は、日本の現代詩が短歌や俳句の〈簡潔な表現〉に抱きつづけた対抗の意識と、いわば表と裏の関係にあります。

さて、ここまでは、私が今日ここで申し上げたいと思ったことの前提となるものです。といいますのは、日本の現代詩は自分自身の問題としての〈簡潔な表現〉への欲求を抹殺してしまったわけではなく、そのことから、興味深い一つの潮流が生みだされることになるからです。

もともと、現代詩の作者たちの胸の底に抑えられていた〈簡潔な表現〉への欲求、それは民族における伝統的な美意識の一つであって、たやすく消失するものではありません。それは千年以上も民族の生活の中で鍛えあげられてきたもので、詩人の魂において本能のように根強いものとなっていたはずです。その欲求は詩人の意識の片隅の、あるいはまったく無意識のどこかの、潜在的なエネルギーとなり、好機がくれば、なんらかの形の現代詩の作品となって噴出し、結晶したいと、待ちつづけていたと考えられます。

もちろん、こうした状態にある現代詩の作者が短歌あるいは俳句の制作を併行させて、その欲求を満たす場合もありえたわけです。しかし、その場合でも、現代詩の制作における〈簡潔な表現〉という第一義の問題は解決されないままに残ったはずです。

現代詩の作品において〈簡潔な表現〉への欲求を満たす好機は、まったく思いがけなく、またもやフランス文学の影響によってもたらされました。しかも、このとき刺戟となった文学作品は、詩人の仕事ではなく、作家の仕事です。具体的にいいますと、ジュール・ルナールの『葡萄畑の葡萄作り』、『博物誌』、膨大な『日記』、小説と戯曲の二通りがある『にんじん』、そのほかの作品で、岸田国士の名訳を中心にして日本で広く紹介されたものです。

今回の『現代日本詩選集』において最も短い詩は、安西冬衛の一行の詩です。

春

てふてふが一匹韃靼海峡を渡つて行つた。

この詩は日本の現代詩において一つの傑作とされているものです。そして、これがルナールの影響のもとに書かれた〈簡潔な表現〉の例として最初に挙げるべき作品となるのです。この詩は、壮大な自然であり、また古代からの歴史を深く秘める「韃靼海峡」に挑むかのような、無心で可憐な昆虫の「蝶」のドラマを、極度に凝縮して見せていると言っていいでしょう。そこからは、春にふさわしい、初初しく大胆な躍動のときめきが、生き生きと伝わってこないでしょうか。

この詩の原形は、一九二四年から数年間大連で発行された同人詩誌「亜」の第十九号に発表されたものです。「亜」の運動はモデルニスムの一つの先駆として短詩と散文詩に積極的に取り組んだことが、日本の文学史において評価されていますが、その全三十五冊をひもときますと、ルナールがいろいろな形であらわれてきます。

まず、「亜」の創刊号と第二号の扉には同人たちの詩学の一つの特徴を暗示するエピグラフとして、ルナールの『葡萄畑の葡萄作り』の中の「わたくしは生きた尨犬の背中でペンを拭ふ。」(…j'essuie mes plumes sur un caniche vivant.)という言葉が掲げられています。ついで、第三号では安西冬衛が単純さを称揚するエッセイの中でルナールを詩人と呼び、「この詩人の審美観念はむしろ東洋風である」と賛美しています。また、「亜」は詩の展覧会をデパートでときどき行いましたが、あるとき、参考の展示物として、ルナールの『博物誌』の中の題が「蛇」(LE SERPENT)で本文が「ながすぎる。」(Trop long.)というすごく短いことで有名な作品が、原文の形で出され、詩のように取扱われています。
さらには、終刊号で三好達治が「しゅしようとまん」と題して、その傍らに「ジュール・ルナール先生に」という献詞を加えた作品を書いています。これは二行の詩三篇と三行の詩一篇を組み合わせたものですが、ここでは三行の詩を引用してみましょう。

川

鶺鴒——川の石のみんなまるいのは、私の尾で叩いたためです。
河鹿——いいえ、私が遠くからころがしてきたためです。
石——だまれ、俺は昔からまるかったんだ。

「亜」の別の同人に滝口武士がいますが、彼もまた第二十号でルナールの影響が明瞭だと思われるつぎのような一行の詩を書いています。

六月

あの乳房にはタンポポがはいってるのよ

安西冬衛、三好達治、滝口武士などが「亜」に集まって、その影響をこよなく好んで受けいれたルナルディスム（ジュール・ルナールふう）のポエジーとはどんなものであったのでしょうか？　それは、全体として〈簡潔な表現〉であって、基調として鋭く写実的なイマージュをもち、音楽的な定型をもたず、自然に人事が、あるいは人事に自然が、比喩のかたちで生き生きと重なって、夢想をふっくらと立ちのぼらせるような詩、といったものが原則であったと思われます。

　ここで興味深いことは、これらの詩人たちが余技のように俳句を書いていたことです。〈簡潔な表現〉を軸とするとき、彼らは自分という存在を媒介として、現代的なものと感じられるルナルディスムのポエジーと伝統的な俳句を、やはり表と裏の関係、しかし今度は親愛する関係において結びつけていたように眺められます。

　ただし、ここで一つ注意しておかなければならないこともあります。それは、ルナールが豊かな田園を題材にしていることにたいし、「亜」の詩人たちは、そのころ自由港をもち颯爽として近代化への道を行く国際都市であった大連や、軍港をもっていた旅順において、市街や港湾や自然の交錯する風景を新鮮な題材にすることもよくあったということです。そのことは先に引用した安西冬衛の「春」にも微妙にあらわれていますが、彼は第七号でつぎのように国際性をはっきり意識した風景も描いています。

坂

海を載せてゐる魯西亜領事館
その風見の有帆戦艦《フリガッタ》よ

坂は日日《ひび》
不思議な譚《メルヘン》の頁を
私の行手にくりひろげる。

安西冬衛はまた第五号で、大連の市街の近代化における一情景をさりげなくスケッチしたような、一行とそれへの付記から成る詩も書いています。

櫛比する街景と文明
魁《まつさき》に文明を将来した写真館が、風景の中で蒼古《ふる》ぼけてゐる。

（この飴色した街衢に、もう「市区改正」が到来してゐる）

同人であった北川冬彦は、「亜」とは別の場所においてですが、つぎのような一行の詩を書いています。

馬

軍港を内臓してゐる。

この詩を、私はまず写実の詩として読むのが好きです。詩人は旅順で中学時代を送っていますので、たとえば、彼が旅順のどこかの山の斜面で寝ころんでいたとき、その傍らの坂道を通る馬の胴体が、それまで見えていた旅順軍港の光景を隠したというふうに、まず読んでみるのが好きです。そのあとであれば、いろいろと象徴的な意味を投入することのできる想像的な空間が、ふっくらと迫らずにあらわれてきます。

三好達治とともに、日本内地にいたまま同人に加わっていた尾形亀之助は、第二十六号に、つぎのように対照の魅力をたたえた簡潔な生活感の詩を書いて、大連にいる仲間の詩に呼応しています。

雨降る夜

一日降りとほしての夜だ
火鉢の粉炭のイルミネーションが美しくともつてゐる

さて、一九二〇年代なかばから三〇年代なかばにかけて、ルナールが深い影響をあたえていると思われる日本の現代詩の〈簡潔な表現〉は、「亜」の詩人たちだけではなくその周辺の詩人たちの作品にも眺めることができました。たとえば、竹中郁にはつぎのような三行の詩があります。

川

踊り疲れて
はだかで寝た
若い女

竹中郁が数多く書いている〈簡潔な表現〉の詩にジャン・コクトーの影響があることはよく知られています。しかし、ルナールの影響もあることを、本人は私への葉書の中で語っていました。この「川」には、『博物誌』の中の「影像の猟人」(LE CHASSEUR D'IMAGES) における、「細かい雨が降りだすと、小川はたちまち鳥肌をたてる」(…, dès que tombe une pluie fine, la rivière a la chair de poule.) という表現を連想させるなにかがあります。

ついでに申し上げますと、竹中郁は一九二八年にパリに渡っていますが、そのとき蚤の市で古い鏡を買い、下宿に戻ってそのなかを覗くと、ジュール・ルナールの顔が映っていたという風変りな詩を書いています。

もう一つの例として、草野心平の一行の詩を挙げてみましょう。彼はルナールから直接の影響を受けてはいないかもしれませんが、「亜」の終刊号に寄稿していますし、ルナルディスムの雰囲気を含む現代詩の状況は知っていたわけです。

春殖

るるるるるるるるるるるるるるるるるるるるるるるる

この詩は、春の悩ましさをかたどるような蛙の卵のつらなりを、視覚的にも聴覚的にも捉えようとしたものだと受けとるとき、その単調さにかえって生生しい迫力が感じられてくるような作品です。ところで、日本語の平がなの「る」という文字は、アラビア数字の「3」に似ています。そうなると、ルナールの『博物誌』の中の「蟻」（LES FOURMIS）を思いださないわけにはいかないでしょう。「一匹一匹が3という数字に似ている。それも、いること、いること！どれくらいかというと、333333333…、ああ、きりがない。」
(Chacune d'elles ressemble au chiffre 3. Et il y en a! il y en a! Il y en a 333333333333… jusqu' à l'infini.)

ルナールの作品のある一群は、なぜこのように日本の現代詩における〈簡潔な表現〉の蘇えりに大きな役割を果たしたのでしょうか？　それは簡単にいいますと、ルナールのそうした作品自体が俳句的であると同時に、フランスのそのころとしてはかなり新しい文学であるという複合された回路を通じることによって、日本の詩人たちの胸の底にまでなんの抵抗もなしにただちに深く入ってくることができたからだと思われます。

ちょうど二年前に、日本の代表的なフランス文学者である河盛好蔵は「俳人ジュール・ルナール」と題するエッセイを発表し、ルナールについて、「もし日本に生まれていたら素晴らしい俳人になったろうとかねがね私は思っていた」と述べています。そして、フランス人のモリス・コワイヨーが「ジュール・ルナールは、そうとは知らないで、ほとんど俳句を作っていた」と書いたことを、共感をこめて引用しています。

戦前の一九三〇年代においても、ルナールの文学には俳句に通じるもののあることが注目されていました。そのころの代表的なフランス文学者であった辰野隆は、芥川龍之介の俳句「青蛙お前もペンキ塗り立てか」や三好達治のある四行詩に、ルナールの影響を指摘し、ルナールの「目の詩」を賛えたあと、「蓋し、ルナールは、或時は蕪村の如く、或時は一茶に似ている、而《そ》して又或時の漱石とも一脈相通ずるところがある」と言っています。

また、劇作家・小説家でルナールの名訳者の岸田国士は、「あなたの芸術的心境が、わが俳人のそれと一味相通ずる審美観念の上に置かれてあると云ひたい」と書いています。

このように、ルナールの文学の特質のことを考えてきますと、それが日本の現代詩の〈簡潔な表現〉に蘇えりの強力な刺戟をあたえたことは、奇蹟に近いようなめぐりあわせであったと思われます。日本の現代詩の歴史を書く評論家は、この貴重な事実を無視するようです。といいますのは、フランスのサンボリスムやシュルレアリスムが正面から日本の現代詩にあたえた主義的な影響に比べるならば、それは小さな傍流のようにしか見えないからでしょう。

しかし、文学史において常識である大筋の図式に囚われて、小さくても貴重な事実を見逃すのは愚かなことです。いや、これは小さな事実ではなく、その実際の結果は、日本の現代詩に広く深く根づいています。今日でも、とくに若い女性の詩人たちの作品のなかでときどき、むしろ間接の影響を受けて、ルナルディスムが生き生きと開花しているのを楽しく眺めることができます。それは、小説のジャンルにおいて、たとえば短篇の名手といわれる三浦哲郎や阿部昭がルナールに深く私淑していることと微妙に対応し、日本の現代文学の奥深い構造の一端を暗示するものです。

今日この機会に、日本の現代詩にあらわれたルナルディスムという特殊な見かたによって、フランス文学への一つの実質的な感謝を捧げることができますのは、私の深い喜びとするところであります。

あとがき

本書『パリの五月に』は私の十二冊目の新詩集です。二部構成で、第一部の「パリの五月に」は一九八七年五月にパリを訪れたときのことが題材になっています。その旅行は、日本文学の表現における一特徴をテーマにしてポンピドー・センターで行われるフランス人とのシンポジウムに、日本人側の発言者六人のうちの一人として出席するためのものでした。なお、この催しは小西国際交流財団が支援したものです。思いがけなかったこの機会に私は初めてパリの土を踏みました。

青春前期に熱く憧れたパリでしたが、十代末から三十代末にかけては、戦争、戦後の引き揚げ、生活の困難、海外旅行と縁のない勤務によって、また、四十代初めから五十代末にかけては、大学でフランス語の教師をしながら、家庭のさまざまな事情によって、パリに出かけることはできず、さらに、五十代末からは文筆に専念するようになって、いまさらという億劫な気持ちになり、自分にはパリの空気を吸うことが一生なさそうだと思うようになっていました。ところが、日仏文化交流の仕事の関係から、ある義務感をもったため、六十代に入りながらこのシンポジウムに加わることになったのです。

そうした事情があるため、ごく短い日程のパリ旅行でしたが、私の心に深く刻みつけられたことはたいへん多く、東京に戻ってから四年ものあいだ、ときどき、その記憶を詩にしようと試みずにはいられませんでした。

第二部の「追想のパリ」は、自分の讃嘆してやまない過去のある作家、ある詩人たち、ある画家たちがなんらかの意味でパリに切実にかかわってもいる心の形を、東京にいる私が想像のなかで、いわば愛と批評をこめて描こうとした詩の一群といったものです。作者の私には、パリ行きの前に二篇、その後に四篇書いているという区別があります。

このうち、「最後のフーガ」は詩集『ひとつの愛』（一九七〇年）に収録されたものですが、あえて再録しました。この作品を編入しますと、私がいままで書いたパリにかかわりのある詩が全部この本のなかで揃うことになるからです。

さて、附録として三番目においた「日本現代詩にあらわれたルナルディスム」は、さきに述べたシンポジウムにおける私の小講演の原稿に少し加筆したものです。

ポンピドー・センターの講堂で私が取って置きのこの話をしたとき、（それはフランス語へ同時通訳されるものでしたが）、会場にたくさん集まったフランス人が静かに聞いてくれ、そして、三好達治や草野心平の詩のところなどで明るく笑ってくれたことが懐かしく思いだされます。なお、引用したルナールの言葉は岸田国士訳に拠っています。

今回の詩集の編集・出版も、前二回の場合と同じく、小田久郎氏と大日方公男氏にたいへんお世話になりました。厚く感謝します。

一九九一年夏　　清岡卓行

通り過ぎる女たち

1995

I

——植物にかかわって

常緑と落葉

この冬　あなたのからだは
落葉する愛
常緑する夢
どちらのマフラーを巻いて歩きますか？

薔薇は　くちびるの形の葉を枯らしつくすとき
枝枝の棘のあいまのあちこちの
かすかに膨らむ丘疹の芽で
空を斜めにそっとそっと見あげます。

白楊は　心臓の形の葉を落としつくすとき
枝枝にもうちりばめた
鮮やかな点描の緑の芽で
空を背に淡く淡くときめきます。

山茶花《さざんか》は　鋸歯《きょし》の葉の群らがりに
緑の瞳をたくさん光らせ
花まで咲かせたその繁みのなかで
黄色く古びた葉をすこしずつ捨ててゆきます。

どちらのセーターを着て踊りますか
常緑する恋
落葉する唄
この冬　あなたのこころは？

葡萄摘み

夏の初めの東京の舞台のうえで
ゆるやかに踊るウイグルのおんなが
うねらせる両手の指のさきに
まぼろしの秋の微風がたわむれ
まぼろしの葡萄の房がゆらゆらします。

トゥルファンの
馬の乳首のかたちのその葡萄の実は
大空の青をふかく吸って
盆地に甘いかおりを放っています。

果物を摘みとるしごとが
ほとんどそのままで
生きるよろこびの踊りになるなんて。

その傍らに立ち
両手で手鼓《しゅこ》を挟むように支えながら
伴奏の恋か
昔からの踊りのリズムを
いくつもの指で鳴らすおとこ。

かれもまた茜《あかね》　黒　杏《あんず》色など
ウイグルの色どりあざやかな
衣裳をつけ
帽子をかぶっています。

トゥルファンの
乾燥をぴりぴりふるわせて　かれは
大地が秘める
水をこそ呼ぶのでしょうか。

Ⅱ
——外国の都市で

ある日光浴

五月初旬の快晴微風の日
パリの中心に近いセーヌ川右岸の狭い岸壁で
ぎりぎりの水際にマットを敷き
ぎりぎりの大胆な水着姿となった二人の娘。

金髪の娘は頭を枕に載せ
仰向けに寝て両膝を高く合わせている。
褐色の髪の娘はサングラスを掛けて胡坐《あぐら》をかき
股のあいだあたりで手にした本らしいものを見ている。

そんな姿勢で背水の陣でも水際作戦でもなく
とても柔らかな日光浴の最中である。
健康のためにも美容のためにもなるのか。
都心がすぐの外気のなかでほとんど裸になる面白さもあるのか。

通りかかった人びとはことさらの関心の眼を向けない。
街路における樹木ではなく人間のこうした開花の
ことしの新鮮な走りまたはそれに近い魅力があるかもしれないが
パリではかなり以前から平凡な風景なのだろう。

しかしこの日光浴がたまたま夏時間の午後一時ごろ
つまりもともとは正午ごろの数分を
秘密の音楽のようにも挟んでいると気づいたとき
風景はとたんに私にまで神秘的な雰囲気を帯びてきた。

南中する太陽の光の移ろいを

ほとんど裸の全身で直接たっぷり味わいたいと
二人の娘は無意識のうちに願っているのではないか。
それは春か秋の穏やかで麗らかな日和にだけ可能だろう。

大空に毎日くりかえす見かけの動きの軌道において　太陽が
起点か中点か終点に輝かしくも位置するとき
太陽そのものに酔うこと。
それは人類とともに古い歓《よろこ》びである。

二人の娘はまた無意識のなかで
人類のこの懐かしいような記憶を
いくらかでも溯りたいと願っているのではないか。
そのためにいまいる場所は最適なものの一つだろう。

なぜなら人間の生活にとって本源的な
土地と水流と空気の三つが同時に接する一線に
二人の娘はほとんど触れているから。

大昔に集落があったというパリのまんなかで。

——こんなとりとめのない幻想を描いているうちに
今度はあたりがいつのまにか静まりかえっている。
岸壁に沿った車道では
つぎつぎと走っていた自動車がぴたりと途絶え

車道に沿って一段と高いマロニエ並木の散歩道では
ゆっくり歩く私の傍らから談笑の声が離れ去り
セーヌ川ではガラス張りの大きな遊覧船《バトー・ムーシュ》が通り過ぎ
いくらか遠いその長い橋からはずっと物音が伝わってきていない。

短いものかもしれないがこの偶然の深く澄んだ静けさと
南中する太陽の和やかな光は溶け合って
かけがえのない優しさの贈物をつくりだしている
狭苦しい岸壁の危険な水際で動かない二人の水着姿の娘のために。

謎の裸女

大戦に敗れた後も春はやはり麗らかにめぐってきていた。
打ち拉《ひし》がれた数十万の日本人一般は
屈辱と不安と深まる貧困のなかでしだいに疲労し
祖国へ引き揚げるための汽船がやってくるのをひたすら待っていた。

北緯三十九度東経百二十二度のあたり
アジア大陸から突き出た小さな二等辺三角形のような半島の尖端の一角
かつては日本の租借地で自由港もあった国際都市
いまは中国の領土に戻ってソ連軍が進駐している。

ここは池のほとりの静かな住宅街
大きな夕日の真下からまっすぐ走ってきている道路に
日本人たちがおもに売り食いのために作った
長さ五十メートルほどの自由なマーケットが賑わっている。

アスファルトの車道に溢れる中国人やソ連人などの客
その両側の土の歩道にびっしり並ぶ日本人などの露店
並木の枝垂れ柳の白い柳絮《わた》がそよ風に乗って
ふわふわと臨時の市場のなかでじつにゆるやかに舞っている。

中古の帽子や衣服や靴や鏡や目覚まし時計や洗面器
同じく中古の算盤や竿秤やトランプの札や麻雀の牌や書物
さまざまな食料やタバコそして蠟燭や針金やゴムのホース
秘蔵されていたらしい新品の毛糸や手製の石鹸や化粧クリームなど。

——カンチャイ・スコーリコ？
——シーツァイ・トゥオルチエン？　（実在多儿銭？）
——最低いくら？
これら要求を同じくする三つの言葉が入り乱れる。

車道は買物客と通行人の区別がつけにくい熱鬧《ねっとう》である。

戦車も自動車も馬車も自転車も通らないが
日本人の大八車だけはときたまゆっくり混雑を縫ってやってくる
大きな麻の袋に詰めた玉蜀黍《とうもろこし》の粒など仕入れた食料を載せて。

不意に低く囁くような驚きの潮騒が起きる。
車道の両側にその波が分かれるというほどではないが
異様な者に車道の真ん中を通過させるための敬遠の細路が開かれる。
夕日を背にして真っ裸の女が跣ですたすた歩いてくるのだ。

やや大柄の体の若さと逞しさは二十歳前後だろう。
日本人か中国人かそれとも別の国の人か。
前方だけを見てたじろがない暗く鋭い視線。
動物的な状態で屈辱に耐えそこから挑戦する競歩のようなリズム。

枝垂れ柳の白い綿毛をもった種子がなお舞いかかりつづける女は
顔も体もあちこちが煤や埃で不気味に汚れている。
どんな怖ろしい不運があったのだろう？

凌辱略奪虐待あるいは幽閉からの脱走？

呼吸するための春の空気のほかはまったく無一物。
髪の乱れた顔立ちは野性的で他人をまったく無視している。
呆気にとられた周囲は静まりかえって同情の声も揶揄の声もあげない。
突き出た乳房と黒い恥毛はどれほど多くの視線を浴びたろう。

後ろ姿となってアカシヤ並木の寂しい登り坂の車道を遠ざかる女は
頭と首と背中を不敵な不動の垂直に保ちながら
ふっくらした尻としなやかな手足だけを動かせて歩き
昂然と開き直らせた怖ろしい不運を鮮やかに示しつづける。

賑やかさが戻った自由なマーケットの日本人たちの逆境を
女の後ろ姿は嘲笑すると同時に激励するかのように
坂の頂上で無一物の裸の垂直を夕日にひときわ輝かせる。
謎の女が坂の向こうに沈んで行ったその後は明るさのまだ残る青い空。

Ⅲ

——夢のあと夢のなか

いちばん好きな数は七

裸体の背中を合わせて寝ているというへんに甘い夢からの目覚めが
七十歳の老女を十七歳の少女に戻した。
夫が死んでから一日がとても長く一年がいやに短い
そんな矛盾の寂しさのなかで。

裸体の背中を合わせるまえになにか官能的なことをしていたか
夢のなかに想定されるその時間の記憶はまったく空白であった。
しかし相手がだれであるかは顔を見ないで
目覚めの少し前からはっきりわかっていた。

半世紀を超える昔ある女子大学において同級生
その学寮でも同じ七号室にいた美貌の少女。
戦争のさなかの七月七日の棚機祭《たなばたまつり》の夜の戯れに一度だけキスした。
自分の方は本気を笑いで隠したきわどい演技であった。

そんな友だちと戦後すぐの混乱のなかで小さな仲たがいをし
おたがいに離れて結婚したまま長い長い懶《ものぐさ》な音信不通となっていた。
夢の優しい暴力に蕩《とろ》けた老女は
古い同窓会名簿を頼りに恋の詩を送らずにいられなかった。

すべては遠い夢のよう
いつもいっしょにいたかった
自習　食事　睡眠など
十七歳の明日香《あすか》寮

「今度の秋に母の七回忌がやってきます」と

建築家であるという息子が丁寧な返事をくれた。
かつて二人の少女はたとえばこんなふうに趣味が一致していた
〈いちばん好きな数は七〉。

脱走？

すごく長い梯子が三階の開かれた窓
というよりも　暗い穴にかけられている。
その梯子をなかほどまで昇ったわたしは
すぐ後ろから昇ってくる肥満した巨漢によって
尻を押されながら　追い立てられている。
初夏の爽やかな青空。
ここはどこかの捕虜収容所らしく
わたしは捕虜の一人で
おまけになにかの罰で
アジア人のようにも
ヨーロッパ人のようにも見える看守によって
宙に浮く

墓の穴のような闇に
監禁されようとしているのである。
もしかしたら　そこでそのまま死ぬだろう。
わたしは窓のすぐ近くまで達したとき
恐怖のために生じた異常な力をもって
左手で梯子の最後の段をしっかと捉え
右手で窓のすぐ下のコンクリートの壁を
猛烈に突き放した。
見ろ
梯子はゆっくり直立に向かい
天心と地核を同時に指してぴたりと止まった。
おお　なんと久しぶり
それも軽やかな
垂直との再会!
わたしは一瞬自分の非運を忘れた。
梯子は背後の地面の雑草の緑に倒れて行くか?
それとも　幽閉の入口に戻って行くか?
見ろ
梯子はゆっくりわたしにとって左の方に傾き
二人の男をやはり雑草の緑である

自然のベッドにそっと降ろした。
そのとたん　相棒の看守は
微かな寝息を立てて気持ちよさそうに眠りはじめた。
近くに何人も　やはり昼寝している捕虜がいる。
目覚めている者は周囲に一人もいない。
脱走のチャンス！
わたしは収容所を囲む塀の一つの扉に向かって歩いた。
途中　ある建物の角から
二人連れの自動小銃を肩にした兵士があらわれた。
山のなかで猛獣にぶつかったように
わたしは相手の眼を見ずにのんびりすれちがった。
捕虜の服装が兵士のそれに似ていたせいか
かれらはわたしに無関心であったようだ。
わたしの視野に人影のないときがきた。
扉に鍵はかかっておらずすぐ開いた。
ところが　眼の前にあらわれたのは
東京のどこかに聳える瀟洒なホテルの
何階かのぴかぴかの廊下のようであった。
なんたる幸運！
しかしそこには　日本人の若く美しい女性が

華麗な和服を着て立ち
わたしをきびしい眼で視つめている。
——あなたがここから逃げれば
　収容所の日本人の捕虜が何人も殺されるのですよ。
同胞のために人道を説こうとするのか？
それとも　収容所の回し者なのか？
あるいは　自分のきらびやかな魅力の
わたしにおけるなんらかの反応を見ようとするのか？
わたしは束縛と自由の境界線の土に
根が生えたように動けない。

Ⅳ

――また植物にかかわって

冬の樹の下の美女

〈樹下美人《じゅかびじん》〉
それは美術や工芸における
遠い昔からの意匠。

ただし　今なお
爽《あで》やかに立つか
艶やかに座るかなどして
樹の下にひとりでいる女は
ほとんどの独身の男にとって
自発のものでもありうる幻《まぼろし》だろう。

それはまだ愛を知らない若い胸の底で
こころよく微睡《まどろ》みつづけているような
あるいは　愛を育てはじめた若い心が
世界に挑む
なんらかの旋律をきっかけにして
恋人との巣を
かえって自然の奥深くに
懐かしく親しく求めるとき
ふと浮かび上がってくるような
生きるひとつの拠りどころだろう。

樹が存在する位置の不動
幹が意志する上昇への垂直
その内部にふくらむ年輪の持続
いつもすべてがそろうわけではないが
枝に葉や花や実が現われる移ろい
そして　根が広く深く下降して行く暗闇。

こうした生態と
その傍らのひとりの美しい女とのかかわりは
どんな幸福を予感させるのだろうか。
ここで美しいとは選ばれたということだが
それは　惹かれる男と待つ女の
愛の優しさと激しさ
自然と人事の基調としての親和
できれば豊かであってほしい
塒《ねぐら》の安らぎ
そしてついに
甘い死だろう。

いまこの土地は
蕭殺《しょうさつ》のあとの常緑と落葉のちがいが
さらに鮮やかな冬のさなかだ。
ある針葉樹は
緑が艶やかな葉の群がりの奥で
少しずつたまに焦茶の枯葉を捨てている。
ある広葉樹は

黄土色《おうどいろ》の枯葉を落としつくした枝枝に
秘密のように微かな緑の新芽をちりばめている。
ほかに花や実をつけたものなど
寒中の樹は思いがけなくも
眼を見はりたくなるほど多彩である。

ある女を愛しつづけるとは
ある男の自由にとって
ひとつの偶然に殉じることだろう。

ところで　男が愛の初めに描くかもしれない
女の寄り添う幻の樹について
それに最もふさわしい現実の樹を
森や公園や植物園などで
それも　冬のきびしい寒気が漂う
好天のすばらしい風景のなかに
探し歩きつづけるなら
男はしだいに樹の多様性に心を奪われ

その神秘について
幼いころに戻ったような
驚きを深く覚えることだろう。

男はやがて眼を閉じ
愛する女の独自性を思い浮かべるにちがいない。
そして　その神秘について
出会いのときからつづいている
驚きを新しく大きくするだろう。

薔薇の女

人間のことはすべていつか亡び去るその虚しさに
　　　　　　　　　　　　　　　　　耐える拠点は
美のほかにない
それも　こちらの
讃嘆と信頼と愛情をどこまでもうらぎらない

美のほかには
とばかり　男は
みずから選んだ薔薇を育てた。

愛に似た
凶暴な独占の優しさのかぎりをつくして
男は　庭に実生《みしょう》の
薔薇のあいだを歩きまわった。
そこにだけ　きわどくも
この世と心がほのぼのとつながる
秘密の窓があった。

人生に打ちのめされた中年のひとりぐらしを
恍惚とさせたものは
たとえば　夕日になかば透きとおる
剣弁高芯　桃色の花びらの
底に黄味を秘めた
匂うような無心の夢。

あるいは　根元からぐんぐん不気味な赤紫に伸び
逞しげに見えながら
触るとはかないほど柔らかなシュートの
初初しくも繊細な葉や棘の唄。

うらぎりはなかった。
しかし　無残な弱さがあった。
害虫　病菌　暴風　豪雨などに襲われ
思いがけない雹にまで叩かれ
救いの手と心は数年で疲れた。
男はふと　曇った色といびつな形の
静かで　固く　冷たい石を思った。

やがて自分で選ぶ石は　数億年前の
巨岩のかけらかもしれないような寂しい光で
不病　不老　不死　不滅を
いくらかは象《かたど》ってくれるだろう。
悔恨だらけの過去のすべてを投影すると

滑らかか　ざらざらか　凸凹か
なんらかの手ざわりが　懐かしい幼年を
行く先の老年にまで繋ごうとしてくれるだろう。

ある晩春の午後
石へのそんな憧れがなお漂いつづける郊外の庭を
初対面のうら若い女が歩いた。
遠い国に住む人からの伝言を男にもたらしたあと
近くから薔薇を見たいと望んだのである。
女はある品種の前に立ちつくした。
大輪で高芯　香りも高く
絢爛と盛り上がる黄色い花びらには
可憐な淡紅色の覆輪がある。

女がこの薔薇に溶け合った一瞬
それは同時に　男の
胸の奥という遙かな空に
歓喜と苦悩に彩られて

垂直に立とうとする
新しい形而上学の
冒頭の　激烈な
管と弦と打の
不協和音を
鳴り響かせる一瞬であった。

都心で会うと　女の顔に
あの薔薇の花の微笑みが謎のように重なった。
庭にひとりでいると　その薔薇の木が
女の眩しい裸の姿に変わった。
男は情熱が若いときと同じであることに驚いた。
夏のなかばまで
男が薔薇のことばかり熱烈に語り
臆病に　いや　沈黙のなかでだけ大胆に
女を夢みる粋がった恋を
女は訝しげに眺めた。

香りも高く　可憐な淡紅色の覆輪をつけた
黄色の花びらの絢爛と盛り上がる
大輪で高芯　四季咲きの薔薇の女は
遠い国の夫のもとへと飛び去った。
飛行場に女のスカートのなかの風が残った。
未練の庭でつづけられた
薔薇による追慕のカノン。

男がやっと偶然の呪縛から逃れ出たころ
薔薇の庭は冬枯れの荒寥のさなかにあった。
枯れ枝　虫害で剝れた枝
虫害で木屑を吐いた幹
枯れ葉　病害の斑点だらけの葉
逢った日の咲きがらのような花
逢わなかった日の凍えのような蕾
そして　消え残った謎のように
点点と散らばっている小さく赤い実。
男は　ある快晴寒冷の日
帽子も手袋も衣服も靴も革ずくめにし

いつからか手入れを忘れたその鬱屈の構図に
剪定の鋏と鋸を用いて取り組んだ。

人間のことはすべていつか亡び去るその虚しさに
　　　　　　　　　　　　　　　　耐える拠点は
みずから選んだ薔薇の美のほかにない
とばかり　打ちひしがれた男は
その美の無残な弱さのかずかずにもかかわらず
寂しく頼もしげな石のことは忘れ
明るく空を行った女のことも忘れ
屈することなく
見果てぬ夢のような
薔薇づくりをまたはじめた。

V

——絵画のうちとそと

あるコントラスト

十八世紀末ごろの一枚の浮世絵版画
この大首絵《おおくびえ》に描かれた人物は
同時代の爛熟の江戸の
とある町家にひとり座る内儀だろう。
梅鼠《うめねず》の小紋の着物
そこにつつんだ体から
垢ぬけした色気が匂い立っている。
両鬢《りょうびん》を横に張った髷《まげ》は
黒く艶やかで
眉をきれいに剃り落とした
中年増《ちゅうどしま》の瓜実《うりざね》顔は

鼻筋がすっきり通り
受け口が小さく甘い。
暮らしの苦労というほどのものもなさそうな
いまはしんと静まりかえった
昼さがりの
無為のひとときなのだろう。
そんな江戸の女が
釣った一重瞼の眼をうっとり細めて
夫かそれとも別の男か
過ぎ去った喜びかそれともこれからの夢か
相手の短い不在に
燃える思いを浮かべている。
その秘密を
軽く頬杖にした右手の五本の指の戯れが
生き生きとかたどっている。
——画家の名は喜多川歌麿。

頬杖が心のなかを明かすのだ。

第二次世界大戦後四年ごろの一枚の油彩
この半身像《ビュスト》に描かれた人物は
戦前の爛熟のパリの
とあるカフェにひとり座る未婚の若い女だろう。
胸の開《あ》いた黒いドレス
そこにつつんだ体から
みずみずしい色気が匂い立っている。
後ろに高く束ねた髪は
やわらかな金色で
眉を細くきれいにととのえた
初初しい卵形《らんけい》の顔は
鼻筋がすっきり通り
固く閉めた口が寂しい。
手紙を書き悩んで思いにふけっているのか
テーブルに便箋や封筒や飲みさしの
ボルドー色の葡萄酒を載せたままだ。
店に客は少なく窓は明るい。
そんなパリジェンヌが
二重瞼の眼をおおきく開き

別れかそれとも挫折か
手紙の宛て先は恋人かそれとも母親か
深い憂いに耐えて
ぼんやりなにかを見ている。
その痛みが
頭を支える左手の頬杖に
せつなくも流れている。
——画家の名は藤田嗣治。

註

この詩の題材となっている二つの絵画は次のとおりである。
喜多川歌麿の〈歌《か》撰《せん》恋《こひ》之《の》部《ぶ》〉の『物思恋《ものおもふこひ》』（一七九三年ごろ）。
藤田嗣治の『カフェ』（一九四九年）。

葉書の女

彼は二十九歳になるまで

そんなすばらしい和紙を用いた
そんな奇妙奇天烈な葉書をもらったことがなかった。

表には　楚楚とした撫で肩の字で
宛名　そして　差出人の名前が
野花の散らばる感じに書かれているが
裏には　野花どころか
小石も　独楽《こま》も　昆虫も
まったくなにひとつ書かれていない。
風さえ吹かない。

この思いがけない空虚を眼にした一瞬
彼の頭はくらくらっとした。
——こいつは一体なんだ
かすかに肌色をおびた　この白一色
眩ゆいような　この処女性の世界は？
それにしても　美しい皮膚のような
なんとみごとな和紙だろう！

差出人は彼より五歳上の女性の洋画家であった。
人影のない自然の風景
また　いくつかの花を描くのが得意で
郊外での浮世離れした日常生活によっても
へんに人気のある独身のひと。
十日ほど前　ある芸術賞を受けて
晴れがましそうな写真が新聞に出た。
彼女における自然への讃美に沿うように
ライラック　薔薇　ラヴェンダー
それらの花の匂いが込められた祝電を
彼が打ったことへの返事にちがいなかった。

——それにしても　本文を書き忘れ
まるでなにかの暗号のように
葉書をそのまま郵便ポストに入れるなんて！
画業と趣味の天文学のほかのことには
まったくノンシャランな人物とは聞いていたが

その空中浮遊が
こんなに突飛なものとは知らなかったよ。

未婚の彼もまた洋画家であったが
和紙の表面の色と質が魅惑的なとき
それをそのまま画像の一部にしたりする浮世絵に
ひそかに感嘆していたから
自分の油彩の下塗りにおいて
この和紙のような肌を作ってみたいという野心を
ふと覚えずにいられなかった。

彼はもう一度
葉書の無言の本文にあらわれた新しい目標を眺めた。
限りのあるその矩形から
いまにも溢れるばかりに
深く揺蕩《たゆた》いつづける
純粋な音色。

やがて彼は　玄関からアトリエに戻り
それにしても　この返信は
またとなく滑稽で貴重な記念になると微笑みながら
和紙に漂う無垢の夢を
テーブルのうえにそっと置いた。
そのとき　彼は
空耳か
彼女の掠れた気品のある声を聞いた。
——わたしの体はね
　こんなふうに白いのよ。

ある肖像画の女

椅子に座ったうら若い女の上半身の油彩。

中年の芸術家の溺愛の画筆は

キャンヴァスに暗褐色の下塗りをしたあと
灰色の壁を背景にして
正面に向かせたいとしい肉体の
髪　顔
首　胸
肩　腕
腹　腰などを
じかにまた衣裳をとおして描いた。
くりかえしくりかえし
キャンヴァスもかえて描いた。

きみはどこにいる?
画家におけるこの問いのはての
諦めに似た焦りこそが
画面における
輝かしく爽やかないくつもの色彩となり
それぞれの純度がきそわれて
高らかに響きあっているのではないか。
そのような探求を秘めていると

画家自身には思われた。

しかし　描かれた女から眺めるとき
この絵は　愛されるという甘美な地獄の
ひとつのあかしでもあった。
顔や首や手の肌色
唇の紅《くれない》
画家が整えてくれた髪の黒
そして　画家が贈ってくれた
耳輪　スカーフ　セーター　スカート
それぞれに選ばれた
金色　空色と白　カメリア　駱駝色
こうした輝かしく爽やかないくつもの色彩は
あの暗闇を秘めているからこそ
高らかに響きあっているのではないか
と思われた。

そうだ

画家が女の神秘に挑んだ跡のような
瞳孔の黒と
虹彩の茶だけは
沈んで深く澄んでいる。
その二つの眼は
がんじがらめの幸福からの
脱出を夢みているかのようだ。

なぜか　人物型でなく
海面型であるキャンヴァスのなかで
この肖像画の女は
自分を含めた色彩の室内楽に聞き惚れながらも
その日常に埋もれて行くことを怖れ
生別か死別か
遠くに浮かぶ二人連れの旅の
眩しい水平線のうえで
画家と自分の深いつながりを
いつか黄金分割してくれる
垂直の時間を

待つともなく待っているかのようだ。

0904

地球のうえで

少年は悲しみのバイクの速度を高めた。
風が頰に鳴る。
暁闇《ぎょうあん》の野原のなかの
一直線の道路の果ての
生まれるまえからの約束の地平線。
そのうえが紫色となり
曙《あけぼの》色となり
ついに太陽が顔を覗かせた。
またたくまに日光の洪水
そこに
心も体も溶けてゆく

初めてのこころよさ！

太陽に酔うこと
それはそのままで
人生への愛である。

少女は客船の寂しさのデッキを巡った。
風が頬を撫でる。
午後の海の
雲も島もない晴朗の果てから
自分を優しく幽閉している水平線。
その円周の選ばれた部分が
燦然と燃え
ついに太陽が海に落ちた。
捨て身の夢の日没のうつくしさ
そこに
心も体も痺《しび》れてゆく
初めてのこころよさ！

太陽に酔うこと
それはそのままで
人生への愛である。

色とりどりの女

いまは秋
なぜ　白なのだ?
午前の明るい光の病院のなかを
潑溂と動きまわる
帽子も　衣服も　靴下も　靴も
すべてが白い　おまえの
看護婦としてのよそおい。
白。
そのなかに包まれた
若く美しいであろう裸体が

健康そのものの輝きとして
病臥の果ての男の
想像の眼に
どこまでも眩しい。

〈永遠の戦争の永遠の看護婦……〉
といった感じで映画に出演する女に
健康な男でさえ心をとらえられる。
——そんなふうに
あの女性の作家も
ひとつのまったく偶然の出会いと愛を
短く激しく描いていたではないか。

ついで冬
なぜ　黒なのだ?
午後も雪が降りやまない出棺のまえで
凝然と立ちつづける
帽子も　衣服も　靴下も　靴も

すべてが黒い　おまえの
弔問のためのよそおい。
黒。
そのなかに隠された
若く美しいであろう裸体が
生命そのものの輝きとして
服喪に濡れた男の
幻想の眼に
どこまでも眩しい。

〈永遠の葬儀の永遠の喪服の乙女……〉
といった感じに変身した同僚に
男のそれまでの無関心も愛欲に変化し
周囲の親しい人間関係が多く失われて行く。
——そんなふうに
別の作家がどこかで
破滅的な恋の物語を描いているかもしれない。

春の無名の若い女を
こんなふうに悩ましい愛の対象とさせる
決定的な色彩が浮かんでこない。
春はむしろ
その挑発的な砂塵のなかで
男の自己愛の鏡に
透明な萌黄ばかりが漂っているとしよう。
その背後を　おまえは
鳥のように
風のチェンバロの歌のように
飛び去って行くのだ。

そして夏
正午の海辺を飾っている
若い女たちの水着。
薔薇色
蜜柑色
菫色
エムロード

コバルト　など
色とりどりである。
波打際で　おまえは
垂直に立ち
水平線と向かいあっている。
向日葵《ひまわり》色の
きりつめた水着
ほとんど裸体だ。
あたりを支配している底のしれない沈黙に
うっとりと酔い
沈黙に溶けてきらめく日光で
ずぶ濡れの皮膚を焼いている。

ビーチ・パラソルの下に寝ころぶ男の
情熱的な無為の眼にまで
おまえのきわどくあらわな魅惑。
しかし　いま
若さそして美しさが
健康そのものの輝きにならない。

生命そのものの輝きにもならない。
ここは夏の遊楽の海辺で
まわりには
病者も死者もいないのである。

潮風が微かに
海の生臭さを運んできている。
女の若さと美しさが
はじめて男の悲しみに結びつく。
傷病や
老衰や
死亡の可能性を
夏の正午の強烈な日差しのもとの
自分のちいさな影のなかに
すべて黒く抱き込みながら
女ははかなげに　しかしまた
向日葵色に燦然と
恋の渚に立っている。
寄せては返す

永遠のような波を
足の指や踝《くるぶし》に戯れさせながら
日没を待っている。

註

〈永遠の戦争の永遠の看護婦……〉という言葉は、マルグリット・デュラスの（シナリオとダイアローグ）『ヒロシマ私の恋人』（一九六〇年）からの引用である。

あとがき

本書『通り過ぎる女たち』は私の十三冊目の新詩集です。

この題名の意味は、現実の生活では直接なんのかかわりもなかったが、いわばその周辺で忘れがたく思われた女性をモデルにしているといったほどのものです。すなわち、現実の生活で傍観したり、舞踊、演劇で演技している容姿や、絵画で描かれている容姿を眺めたり、非現実の想像のなかに自分で描いたり、あるいは睡眠中の夢で思いがけなく逢ったりして、その詩的な情緒なり迫力なりが私の思考にまで深くかかわった女性がモデルになっています。

紙誌へ作品発表のときお世話になった編集者各氏に、そして、詩集出版に際してお世話になった小田久郎氏に、深く感謝します。

一九九五年夏　清岡卓行

一瞬　2002

I

——春の情景を含んで

ある眩暈《くるめき》

それが美
であると意識するまえの
かすかな驚きが好きだ。
風景だろうと
音楽だろうと
はたまた人間の素顔だろうと
初めて接した敵が美
であると意識するまえの
ひそかな戦《おのの》きが好きだ。
やがては自分が無残に
敗れる兆しか。

それともそこから必死に
逃れる兆しか。
それほど孤独でおろかな
それほど神秘でほのかな
眩暈《くるめき》が好きだ。

春の夜の暗い坂を

春の夜の暗い坂を
あらためて長く感じながら降りはじめると
坂の下の
豪邸が消えたあとの空地を隔てて
明るく高く
無人のプラットフォームが浮かんで見えた。
郊外の小さな終着駅。

車輪の響きをしだいに静かにさせながら
四輛連結の電車が入ってくる。

乗客用の扉から現われた人たちは
改札の南口か北口へ。
両端の扉からは
運転手と車掌が現われ
向かいあって歩き　やがてすれちがう。
連結車体はそのままで
先頭を後尾に
後尾を先頭に変身させるためである。

プラットフォームがまた無人となり
がら空きとなった電車の客席が
ひときわ明るい。

駅の向こう側は自然公園。
そのなかの斜面の小高いところに立つ
数本の桜の木が
不気味にも見える闇に囲まれ
咲きはじめたばかりの花の白さを
ほのかにも浮かびあがらせている。

郊外の小さな始発駅。
そうだ
なにかの夢が誘われている。

わたしは坂をほとんど降りたころ
日常の生活から
遠く遙かに飛び去りたいという衝動を
微かながらまったく久しぶりに覚えた。
そしてふと思いだした
少年の日に
こわごわと描いた世界への放浪を。
青年の日に
寝床のなかで憧れた怒りの自死を。

わたしは駅のすぐ傍らに立っている
中年からの古い友
ひなびた郵便箱にゆっくり近づいた。
そして　世界にも通じている
その岩乗な口のなかに

わたしはいましがたけぶった
未熟な過去の記憶二つと
きのうわたしを訪問してくれた
若い後輩へのお礼の手紙一通を
いっしょにして
ぽとりと落とした。

錯乱

——ある麗らかな朝の唄

朝の寝床に目覚めるよりすこし早く
たぶん睡眠中に見た夢の終わりに重なって
わたしの無言の肉体のすべて
わたしの朦朧とした意識のすべては
その楽音に
——管と弦と打の楽器の音が
　高らかな轟きを発しては崩れ
低く呻き噎《むせ》んでは燦《きらめ》く

憂鬱の底の
悲しみや苦しみの長いもだえに
ずぶ濡れはじめていた。

やがて溢れる怒濤の音楽
しかし　その持続の核心では
かえって深まる沈黙。
その沈黙のなかでこそ
わたしは泣き喚きたくなったのだ。
半睡半醒のわたし
ひさしく忘れていた絶望が
遠く遙かな青春からの宿題のように
甦ってきていたわたしは。

ただし　声も涙もなく
宙に浮かぶどんな言葉もなく
ひたすら　手や足や胸などの
筋肉の動きで激しく
絶望にあらがう
といった形で泣き喚くことが

異様にも選ばれていた。

この不意撃ちのシンフォニーは
ある休止符の一瞬
わたしにその直後の勇躍を予感させ
しかもそのとおりの演奏が実際にあらわれ
これは遙かな昔に旧知の音楽にちがいない
と懐かしがらせたりもしたが
逆に　いままで
まったく聞いたことがないようであるのに
なぜかふしぎに親しげな
魅惑の深淵があらわれたりもした。

そうだ
青春の日が戻ってきたわけではない。
実感に満ちた
いまの悲しみや苦しみこそが真実なのだ。
あくまで眼を閉じ
身も世もなく悶えているわたしの
さまざまな筋肉の動きこそが

やみくもに　本能的に
白熱の作曲をしているのではないか。

心臓のまわりでも
肺臓のまわりでも
肩でも
腰でも
長く俗悪になじんで
疲れ果てていた筋肉こそが
朝日のきらきらと差す絶壁のうえで
いま一度と
魂を抉《えぐ》りながら
必死に踊っているのではないか。

わたしは錯乱のなかで
自分の筋肉の憑かれたような動きが
まさにいま
この狂瀾のシンフォニーを
作曲しつつあると感じていたのだ。
なんという妄想。

しかも　それとの同時の進行において
どこかの管弦楽団がその曲譜を
いままさに
華麗な音色を響かせながら
演奏しつつあると感じていた。

悲しみや苦しみとの闘《たたか》いにかかわって
奇蹟めいて荒唐無稽な
こんな想像の錯乱を
もたらした偶然の顔が見えない。

わたしは叩き込まれたのか
それとも自ら突入したのか
この酩酊の流星のなかに。

窓の外は
麗らかな朝である。

鏡のなかの日常

——『マロニエの花が言った』制作の途中で

いつまでもつづく日常であるかのように
もう五年ほども歩きつづけている
東京ではありふれた古稀の日本の男
想像という細く脆い杖を頼りに
選りに選った　今は昔
二つの世界大戦のあいだのパリを。

いつまでもつづく日常であるかのように
二十世紀の終わりに近く
おのれの見果てぬ青春の夢を
憑かれたようなしゃかりきの千鳥足で
パリは幻のマロニエ並木に結びつけるのか
二つの世界大戦のあいだに生まれた男。

凄惨をきわめたそれら国家の群れの
二つの死闘のあいだのわずか二十年ほどの

透き間に毀れやすく揺らいだ平和な時期に
パリは文学と芸術の黄金の日日を花咲かせた。
個人の哀歓や破壊的な創造など　また
時代の底の怖ろしい不安などを糧にして。

自分の大連における幼少年期にほとんど重なる
その時期になぜと男は問うのだ。
そのころパリに現われた詩や小説の　また
映画や音楽などの作品のいくつかが
かれにとっては困ったことに
血と肉の一部にもなっているらしい。

いつまでもつづく日常であるかのように
隠棲に近く静かな家の鏡に映している
二つの世界大戦のあいだのパリの自由な気分。
特殊な環境のためかいっそう鮮やかに見える
創作と愛情のさまざまなかかわり。
そんな舞台の人たちのあいだを縫って
あと何年　男はさまよい歩くのだろう。

咲き乱れるパンジー

旋律が聞こえてこない。

咲き乱れる三色菫それぞれの色どりが
春の庭の夕日のなかで
深い照りを見せながら
かれの胸のなかを駈けめぐるのだが――。

白と紫と黄
臙脂色と暗い赤と黄
薄い紫と濃い紫と黄
鴇《とき》色と紫と黄
そのほかじつにさまざまなヴィオラ・トリコロル。

love-in-idleness
いや　そんな野生の魅力はもたず
かれが赤煉瓦で囲った丹誠の花壇で

生き生きと静止している遊蝶花。
それにしても　これら可憐な色と形の五弁花の表情は
なぜ人間の顔に似て物思いを含むようにも見えるのだろう。
パンセ。
パンジー。

旋律が聞こえてこない。

自分が初めて植えて育てた
三色菫の花がつぎつぎ　目も覚めるような
自然による色と形の魔術を見せることに
かれはまったく驚いたのだが——。

そのとき　年老いて妻も子もない寂しさが
優しく慰められたのだろう。
可憐であって絢爛とした美をひそかに独占することに
体が妖しくふるえたのだろう。
また　華やかすぎるこの美のなかに
早くも死の幻を見ておののいたのだろう。
それらすべてにほかの動機も加わり

複合されてこそ底深く純化された感動に
年がいもなく溺れてしまったのではないか。

旋律が聞こえてこない。

作曲家のかれは　もちろん
魂を蕩《とろ》かすような
この久しぶりの茫然自失を
一つの楽曲にまで昇華させたくなっていたのだが——。

主題となる最初の楽音のつらなり
少なくともそのきっかけとなる断片への期待は
いつもならせいぜい二週間ほどのうちに満たされるのに
くりかえし新鮮そのもののパンセの開花を眺めても
町のなかや湖のほとりをさまよい歩いても
家に籠もってピアノに戯れても
春は移ろうばかり
いつまでも頭のなかをあの天恵に似た小さな奇蹟が
ふと横ぎってくれるということはなかった。

自分にもついにやってきた年齢の限界なのか。
それとも　初めて自分の手で演出した植物の花ざかりへの
新しい恋に似た深すぎる情熱のためなのか。
そんな思いをもてあましたかれは
出直しのためどこか旅に出たくなったが
気ばらしの旅の連れなどなく
ひとり旅はすでに不安であり
また　花壇を放置することもできなかったから
作曲予定の主題という空白の周囲をぐるぐる回って
その空白をこそ刺戟する
気ままな想像の　いわば芸術上の
秘密の旅をするほかはなかった。

旋律が聞こえてこない。

ピアノ独奏という単色と
管弦楽という多彩とどちらがいいか。
いや　弦楽四重奏という形こそ
こちらの心の底にまで潜入してくるのではないか。
それとも　むしろあっさり

ヴィオラ・トリコロルという名前にちなんで
ヴァイオリンとチェロとピアノが
戯れあい嚙みあい睦みあう三角関係を選ぶことにするか。
ところで　あれはなんだろう。
青空の遙かかなたから
老いの日のための車椅子ではなく
微かな風の音や遠い鳥の歌にまぎれて
ふしぎな不協和音がひとつ
降りてくるような気配があるではないか。

旋律が聞こえてこない。

パンジーを油彩であきることなく描いた画家がいた。
自分の家の庭などに咲く現実の花をモデルにしたが
究極的には　外界のどこにもなく
自分の胸のなかにだけ望ましい姿で咲く
そんな花をキャンヴァスに実現することを
老年の日日においても求めつづけ
この夢がかなえば死んでもいいと思っていた。
もしかしたら　それはもともと

到達できない目標であると感じられていたのかもしれない。
——このような事情に似たものが
作曲家のかれの場合にも生じるだろうか。
いや　かれとしては初めて
パンジーを音楽にしようとしているのだが。

旋律が聞こえてこない。

一度きれいに忘れる必要があるかもしれないとかれは思った。
忘れるという効果に驚いたことがあるのだ。
たとえばある醸造酒の銘柄がどうしても思いだせないままに
別の用事に没頭して数時間したころ
ふと訪れた放心のような無意識の空間に
その名称を示す文字がぽっかり浮かんできた。
そのとき　それまでは外国の一銘酒を示すだけであった
文字のなかの古くからの地名が
なんと魅惑的な匂いを漂わせていたことか。

それは魯迅の故郷。
一度訪れたことのあるその町を縦横に走っていた水路

石の橋
風や土
並木の法国梧桐《ファークオウートン》（プラタナス）
茶や絹織物や漆器
烏篷船《ウーポンチョアン》に乗った郊外の湖
そんなものすべての匂いがほのかに混じりあって
かれをただちに作曲へとみちびいたのである。

旋律が聞こえてこない。

またたとえば昔のある友人の思い出にふけっていたとき
電話が鳴って不意の用事が生じ
思い出の友人は意識からまったく消えてしまったが
翌日の夜明けがたの睡眠中の夢の空間に
じつにふしぎな横顔でその友人が復活した。
ジョルジュ・スーラの分割主義《ディヴィジョニスム》の点描さながら
原色やそれに近い色が何種類か点点と
それぞれの回りに微かな空白をもって
懐かしい横顔を不気味に造形していたのだ。

かつてこの相手に覚えたことのない
異様な迫力の横顔の表情に
かれはすぐさま睡眠から目覚め
見たばかりの夢の情緒をふかぶかと反芻した。
そうか　こんな憂鬱を秘めていたのか
そう思ったかれはやがて小曲ではあったが
奇異で可憐な
青春期のデカダンスを脱却しようとするかのような
思い出のアンダンテをギターで作った。

このように無意識や夢を通過して成立する制作は
オートマティスムに近いものに見えた。
かれはそれらの体験を踏まえて
咲き乱れる遊蝶花を一日でも半日でも
まったく忘れることはできないかと考えたのである。

旗律が聞こえてこない。

忘れようとする努力はやがて滑稽なものとなった。
広告で面白そうであった小説も

テレビで見る哀愁の映画も
また　激烈なスポーツの試合の実況も
そのほかすべては楽しんだあと
すぐさまヴィオラ・トリコロルの花を浮かばせた。
睡眠中に見る不可抗力の夢はどうかといえば
そこにはさっぱり姿を現わさないのに
目が覚めた朝の頭のなかには
いきなり三色菫が訪れてきたりした。

夏の暑さが激しくなろうとするころ
パンセの花は花壇でほとんど枯れたのに
かれの頭のなかではなお無心に咲き誇っていた。

旋律が聞こえてこない。

忘れられないなら
つまり　オートマティスムふうな道もまた閉ざされているなら
開き直って　忘れないことに徹するほかはない。
どこまでも意識的になることで　逆に
きわどく無意識に近づくこともできよう。

かれはそうした考えをさらに急進させた。

これは宿命に似た楽しい苦しみの一つではないか。
これからの人生に持続的な幸福などないとすれば
そうした苦しい楽しみに断続的に親愛するほかに
生きがいと呼べるほどのものはおそらくないのだ。

旋律が聞こえてこない。

Ⅱ

——夏の情景を含んで

ある往復

さまざまな草や木に囲まれた狭い庭。

建物に沿って横長の矩形に近く張られた
芝生のなかの横の一線
そのものになろうとするかのように
いつからか　くりかえしくりかえし
春も夏も秋も冬も
悪天候でなければ
微かな足音のリズムをもって往復している
ひとりの男のつたなさ。

自罰であり自愛
苦行であり楽趣《らくしゅ》
たどりつく目的の場所は
永遠にないこの午後のひとときの五千歩は
あの苦苦《にがにが》しい快楽
あの尽きることのない物書きの仕事に
どこかしら似てはいないか。

食卓ト原稿ヲ書ク机
コノ二ツヲ家ノ中ノ両極トシ
ソノ間《カン》ヲ情熱ト倦怠ニ縛ラレテ往復放浪シ
目的ノ遂ゲラレル時刻《トキ》ハ永遠ニナク
仕事ノヤクザナ連鎖ガ断絶デキナイ
アノ毎日ノヨウナ作品ノ中ノ非現実。

なぜ隠棲に近い男が
狭い庭で奇異な散歩などをはじめたのか。
それは衰えてきた両膝を鍛えるためである。
しかし　意識しないほかの理由もあるはずだ。

たとえば　地球が自転をやはり
くりかえしくりかえすそのさまは
ささやかで貧しげな庭の片隅で
昼間の太陽のありかを空のどこかに望見する
このような男の胸の奥底にこそ
ひそかな生気を吹き込むのではないか。
そのとき　疲労していた男の
現実から浮き上がりそうであった言葉は
大空と大地にわずかながらも
あらためて同時にそっと結びつき
現実にまた浸されはじめるのではないか。

探せばほかにこんな理由もあるだろう。

男はときどき夜明けに見る夢のなかで
まったく知らない町から町へと
暗さのなかをひとりさまよい歩いたり
行く先をまったく知らない飛行機に乗って
言葉の通じない外国人たちといっしょに

海のうえを飛んでいたりする。
つまり　もう自分の家
あのかけがえのない哀れな天国には
戻れないかもしれないと
不気味な恐怖におののくのだ。
そのため　目覚めのなかで
とにかくも明るい午後に
自分の家の庭という陸地を選び
世界中でいちばん気楽と感じる歩みを
思うぞんぶん味わって
魂の均衡をなお保ちたいのではないか。

さまざまな草や木に囲まれた狭い庭。

薔薇のシュートの棘の午後

微細なものの抒情的な発見。あるいは、くりかえされるそれと同じような体験。わたしはその機会をことさらに求めはしないが、不意を衝くようにしてやってくるその幸運は逃したくない。

わたしは庭に入り、傍らの薔薇の根元から初初しく伸びているシュートに気づく。赤紫の色だけは少し不気味な、可憐で微細な葉、幹、棘に触る。やがて鋭く、固く、大きくなり、手に刺さって血を滲ませたりする棘が、じつに柔らかい。神秘的なほどだ。ひとつの感動が走った。

六月上旬の明るい午後、気持ちが新しくなったわたしは、庭のなかを歩きはじめながら、薔薇をこよなく愛したあの詩人のようにいえば、このベーサル・シュートは庭を飾らず、庭の顔を変えていると思った。

このあと自然に、詩人たちの言葉がいろいろ浮かんでくる。

ある詩では、夏の海辺の濡れた砂で幼い二人が小さな山を作り、両側からトンネルを掘って砂のなかで指先を触れあわせるが、そんな瞬間のおののきのために、わたしたちは生きているのだと書かれていた。

また、ある詩では、訪れた友人が拾ってきた枯葉を、友人の帰宅後テーブルの上に置いて鉛筆でスケッチすると、枯葉に流れる時間と鉛筆の背負う時間が、いつしかまざりあう感触があったと記されていた。

これらはどちらも、触覚における微細なものの発見、またはその再認識を通じながら不意に生じた一瞬の感動、――自分という存在の核心にまでとどくような、驚き、喜び、あるいは生きてゆく元気といったものを伝えているようである。

ある詩では、子供部屋が外壁の蛍ランプを消すと点灯される様子を描き、昔そこで遊んだ幼い息子と、そこを晩年の病室とした夫をしみじみと偲ぶ女性が、その部屋でいまひとり遊びをする姿を伝えていた。

また、ある詩では、アパートに帰った女性がまっさきに留守番電話の豆粒ほどの赤ランプを覗くが、だれからも声をかけられなかったと知った一瞬のあと、都会の空に鏤められた赤い豆粒を思い描いていた。

これらはどちらも、視覚においてなじみの深い微細なオブジェを、その機能を通じて再認識し、人生の厳しい現実にあらためて向かいあう契機を覚えている。これからの日日を寂しく強く生きようとする意志が暗示されていよう。

ある詩は、秋の昼間の部屋で花瓶の薔薇が花びらを畳に落とし、静寂に当たった響きというか、ためらいの頂点で鳴らした柔らかい鈴というか、そんなふしぎな音を立てたと述べていた。

また、ある詩は、濡れ縁で雨に打たれるまま放置された下駄を、作者の人生五十年の比喩としていた。そこに降る雨の音はさまざまに想像されるだろうが、わたしは静かで絶え間のないものを選んだ。

これらにはどちらも、視覚と聴覚が重なっているが、いま聴覚の方だけ取りだしてみると、花びらのはかない音と雨の無心な音は、それぞれこの世における滅亡と辛苦を冷静に観照させるのにふさわしい、微細な響きであるように感じられる。

こんな思いを浮かべながら狭い庭のなかを歩きまわりつづけるわたし

に、一方の塀際に立っている常緑のミモザの木の、数か月前となる二月半ばのある日の午後眺めた、じつに魅惑的であった姿がありありと甦ってきた。

小雨に降られているミモザ。

多くの若い枝から生じたたくさんの葉身はさかんな羽状複葉を呈し、それらの小葉がまた微細な薄緑の小羽片を、対の形にずらりと並べている。

多くの若い枝からはまた長い花軸もたくさん伸びて、それぞれが総状花序に微細な黄色い球形の蕾をいっぱいつけている。

これらの小羽片と蕾に、透明でやはり微細な雨の滴が乗ったり、挟まったり、ぶらさがったりしているのだ。しかも、まわりの小雨の音がまた微細だ。さらにいえば、冬の終わりに近い暖かさも微細だろう。

わたしにとってまったく思いもかけなかった、視覚と聴覚、あるいは温覚にもわたる微細なもののひとつのシンフォニックな美しさ。

わたしは驚いて立ちつくし、いわば受動的に眺めつづけ、聴きつづけることができるために持続する感動のなかで、生きることへの、ささやかながらも胸に沁みとおってくる勇躍を覚えたのであった。

微細なものの抒情的な発見、くりかえされるそれと同じような体験、また、そうした事情の情感的、想像的な再認識、そこには、独特な形で現実、それもおのれの外部と内部を合わせた現実の深部と、交感する瞬間のおののき、ときめき、あるいはめざめなどの秘められていることがあろう。
その深部から、断じて浮き上がることなかれ。

（付記）

「薔薇のシュートの棘の午後」はそのなかで七篇の詩の内容を題材にしています。それらは触れた順序で記すと次のとおりです。

R・M・リルケ「薔薇16」
吉原幸子「午后の砂」
小池昌代「階段の途中」
新川和江「蛍ランプ」
木坂　涼「点灯」
片山敏彦「花びらの音」
木山捷平「五十年」

蟬しぐれのなかの喪

狭い庭は真夏となり
昆虫だらけの生気だ。
しかも　ことしは蟬のあたり年というではないか。
ジージリジリジリジリ
ミーンミンミンミンミー
自分の家の庭のものだけでなく
両隣りの家の庭からの鳴き声も加わっており
乱雑であって熱烈　暑苦しいかぎりだ。

しかし　きみはきょう庭の底の底を
暗くまたひっそりとめぐり歩く。
それは　きのう
きみのいちばん好きなピアニストが死んだから。
八十二歳で　心臓の病気で
遙かな国の首府モスクワの病院で。
オエ　ツクツクツク　オエ　ツクツクツク
オエ　ツクツク　ウィヨー　ウィヨー

きみの葬送の歩みが楓の木の横を
ほとんど音もなく過ぎようとするとき
そのすぐ近くから
耳を聾するような　こんな揶揄を浴びる。

かれだけが素朴で自然な深い構えと
超絶の技巧というドラマのなかに
ピアニストである自分の姿を消し去り
作曲家の魂のそのときの白熱を映す鏡となって
きみの耳と心を
魅惑の時間のなかに惹き入れた。
きみにきみ自身の存在をふと忘れさせた。
バッハにおいても　ショパンにおいても
あるいはブリトンにおいても。
オエ　ツクツクツク　オエ　ツクツクツク
オエ　ツクツク　ウィヨー　ウィヨー
きみの鑽仰の歩みはふたたび楓の木の傍らで
頭にくるほど邪魔される。

きみは思いだす

そのピアニスト　スヴャトスラフ・リヒテルが
モスクワのブロンナヤ通りにある自宅で
書棚にきみの小説を一冊入れていたということを。
その本はかれが東京文化会館で演奏した
シューベルト「ピアノ・ソナタ第十四番」のある部分を
〈愛の吐息〉のようにも含んでいたのだ。
日本語はたぶん読めないピアニストに
日本人のだれかが一つの珍しい記念品として贈ったのだろう。

不意に　東の方のまだ青い明るさが残る空から
高らかに　優しく　言葉はなしに
午後五時半を告げる日本の童謡のメロディーが響いてくる。
東村山市の防災安全課が無線の点検をかねて流しているのだ。

敬愛する人物の死がやがてやってくる自分の死を
ありありと想像させることがある。
そんな二重の寂しさにおちいったきみを
こんな言葉がつらぬく。
　　とりかえすすべもなかった
　　　悔恨だらけの人生よ

　さよなら　さよなら　さよならだ。
オェ　ツクツクツク　オェ　ツクツクツク
オェ　ツクツク　ウィヨー　ウィヨー
きみの庭のなかの喪の歩みの
暗い底の底から　ふとあらわれた感傷のメロディーが
またしても楓の木の横で
そのすぐ近くから
猛烈に無視される。

選ばれた一瞬
――岡鹿之助『滞船』に

ある個展の会場に入るとすぐ現われた
おおきな横長の矩形の油彩の風景。

それは海辺の家の室内にいる人間が眺める
ひろびろと開かれた窓からの空と海と陸と
そして　目近な窓のあたりの光景。

そんな遠近のひろがりが
凪いだ海を中心として
画面には見えない太陽に照らされ
燦燦と輝いたり
おだやかに息づいたりしていた。

なんという静けさ。
孤独でにぎやかな音楽が
いま終わったばかりであるかのように。
あるいは　ひそかな郷愁の音楽が
まさに始まろうとしているかのように。

このタブローの前でわたしが茫然となった一瞬から
もう三十三年も経っている。
しかも　その驚きの反芻が
いまなおつづけられているのだ。
それはほんのときたま
数年に一度のわりあいではあるが
また　それは精巧な原色版とはいえ
複製の絵によるものではあるが

わたしは多忙な生活における
多くは偶然の機会にいそいそと飛びつき
新しくされる深い憧れから
なじみの執拗な探索へと
くりかえし懐かしく舞い戻るのである。

遠景では、水平線上に厚く長くたなびく雲、そこからいくつも湧く球形に近い雲、その上にちぎれ雲の浮かぶ果てのない青空。中景では、鏡に近く凪いで日光を反射する広大な海、そこに安らぐ曙色《あけぼの》の帆の滞船三隻、それらが海にそれぞれ落とす暗く涼しげで透明な、ほぼ三角形の影。近景では、海辺の右手の小高い所にある小さな教会、その回りに立つ三本の椰子の木。目近な窓の下枠の外側では、斜め右に下降している手摺り、その内側では、両開きにした水玉模様のチュールのカーテン、そして熱帯ふう観葉植物の植木鉢。

どこにも人影がないではないか。

物語はいま秘められている。
いま人間が見えてはならない。
宗教も　歴史も　哲学も　文学もいらない。
ひたすら線と色と形と
それらの組み合わせだけで
もしかしたら音楽は
例外的に重なるかもしれないが
キャンヴァスに端正な秩序をもたらすこと。
線と色と形すべての連関が
静謐な浄福を創《つく》りだすこと。
感覚から精神に直接いたる体系こそが望ましい。
作品の全体としての生気のために
もし神秘的ななにかが足りないとするなら
偶然の恵みを待つこと。
それにしても画家は
この油彩を制作しはじめるに足りるふしぎな一瞬に
いつどこでめぐりあったのか。

　垂直な線は帆柱、椰子の木、教会の建物の数個所、手摺りを支える棒、植木鉢左右の縁《へり》、そのほか。水平な線はちぎれ雲のいくつか、水平線そのもの、帆の上下の辺のたいてい、波打際の一個所、教会の建物の数個所、窓の下枠、植木鉢の上の縁、そのほか。

これらが顕在的にも潜在的にも直角、〈完璧なものの一つの象徴〉である直角を、豊かにばら撒いている。教会の鐘楼の上の十字架は、ささやかながら画面の中央に近く、海を背景としてそのことを暗示していよう。

円に近い曲線は湧きあがる雲。なだらかな曲線は海辺の起伏、観葉植物の幹や枝や葉、カーテンのたわみ、そのほか。円と呼べるほどのものは小さな模様の水玉。

鋭くても優しくても不安定な斜線や斜角は、帆の左右の辺のほとんど、海に落ちた船影の辺のいくつか、教会の建物の数個所、手摺りの本棒、そのほか。

これらすべての線、角、また円は、そのおびただしい存在をシンフォニックに響かせあっている。この場合もちろん、それらは色と、色がもたらす色面と、そして色面がもたらす形と深く嚙みあっている。

色はすべて穏やかでいくぶん地味であるが、晴朗の雰囲気のなかにある。眩しい日光を浴びて、青い空にも白い雲にも淡く明るい灰黄がかかり、とくに海は淡くくすんだ黄にきらきら輝いて、波打際に近づくにつれ淡い青緑に移っている。滞船の帆は曙色、帆柱や舷側《げんそく》は茶色。教会の屋根、椰子の幹、窓の下の壁、観葉植物の根元などは、さまざまに茶色ないし焦茶色。椰子の葉、観葉植物の葉、植木鉢、海辺の草などはさまざまな緑。砂浜は淡い砂色。透き通る黄みの白のカーテンの水玉模様はごく淡い灰緑。

これらすべての線と色と形が
好みの油絵具を擦り込むような点描の
憑かれたようなリズム
それも無窮動に近い幸福な苦行のリズムによって
人事と自然の美しいといえるほどの均衡にまで
あるいは　すべての人を迎えるにたりる

その無人の静けさにまで
堅固かつ柔軟に
組織されていたのであった。
まさに油彩のオーケストレーション。

わたしは三十三年も
ときたまの断続的な探索ではあるが
そのときどきは熱烈に
画家の自立の基点ともいうべき
この油彩の核心となっている詩を求めた。
また　かれのほかの作品も眺めながら
この世に対する
かれの魂の最も奥深い構えはどこにあるのかと
関心を二重にするようにもなった。
そのためわたしは画業だけでなく
家系や愛情関係から健康や趣味にいたるまで
かれの人生全体を研究した。
その知識は一冊の評伝を書くにたりるだろう。
しかも　求めつづけた問題の核心の詩は
ついに捉えられなかった。

できることなら　いつの日か
わたしは蓄積したそれらの知識を
うまく無意識化した状態のなかで
あの油彩の実物に再会してみたい。
そして　あらためて
あの生生しい絵肌《マティエール》の全容に打たれ
かつて茫然となったあの一瞬を
感覚的に新しくしてみたい。
そのとき
わたしにどんな思いが生じるかはわからない。
しかし　そのとき
わたしの新しい一瞬が
画家をあの油彩の制作へと駆り立てた古い一瞬に
いくらかでも重なるのではないかという
そんな望みが
あの滞船の行先のように残っている。

〈註〉〈完璧なものの一つの象徴〉

これはピュリスムから出発したアメデ・オザンファンとシャルル＝エドゥアール・ジャンヌレ（ル・コルビュジエ）の共著『現代絵画』（一九二五年）に現われている考え、――垂直な線と水平な線の交差で生じる直角は、完璧なものの一つの象徴で、人間の活動の根本の形である、という考えのなかからの引用。

岡鹿之助は一九二五年、二十六歳のときパリに渡ったが、その後しばらくこの著作に熱中して、自分の資質に深く合致するものを見いだし、画法における根源的な影響を受けた。

Ⅲ

――秋と冬の情景を含んで

半世紀ぶりの音信

生きているのか死んでいるのか
五十年ほど消息を知らない友へ
同窓会の古ぼけた名簿をたよりに
上下二巻の
大型で手に重い本を送った。

両大戦間のパリを主な環境とするところの
それはこの世におけるわたしの
たぶんいちばん長い小説の試み。
他人の眼にはもしかしたらわたしが
六十代なかばから十年ほどの精力を愚かにも

ほとんど蕩尽《とうじん》したようにも見えるだろう制作。

返事の手紙がきた。
観測史上たぶん最も猛烈だろうと予測される
残暑のさなかに。

十数年前に工業技術院化学技術研究所を
定年でやめた後は
悠悠自適《ゆうゆうじてき》という理学博士から
「突然のことでちょっと吃驚《びっくり》しましたが
たいへん嬉しく」などと
昔ながらに端正な文字が送られてきたのだ。
わたしはといえば
二十年ほど前に大学の教職を捨て
その後は幽幽自擲《ゆうゆうじてき》の物書き。

ここでいっきに
五十九年ほども遠い昔に溯ることにしよう。
それは太平洋戦争勃発のわずか七か月前
東京駒場の春の青空を背景にして

時計台が聳えている旧制の高校で
一年生の二人は同じ寮同じ部屋となった。
二年生のときも転室しながら同じ寮室。

入学したとき東京育ちのかれは十七歳
理科のドイツ語のクラスで
化学者になろうと熱心に勉学しながらも
トーマス・マンの小説などに酔っていた。
大連から来たわたしは十八歳
文科のフランス語のクラスで
詩人になりたく気ままに暮らしながらも
ランボーの詩などに魘《うな》されていた。
そして　わたしは
四つも並んで立つおおきな寮という
寮生による気楽な自治の世界のなかで
かれにだけ
東京の匂いを感じていた。

親しくなった二人が
人生や自然についてどんな話をし

都心や郊外のどんなところで遊んだか
それは思いだすときりがない。
かれから半世紀ぶりの手紙がとどいたとき
わたしの頭のなかにやがて鮮やかに
きのうのできごとのように浮かんできたのは
皮肉にもというか
いや　まことに適切にもというか
同室の二人のあいだに生じた
いちばん重苦しい情景であった。

駒場で二年生を終えた三月に
かれはわたしに向かい
「寮の生活にはもううんざりしたよ」と言い
阿佐ヶ谷の自宅からの
通学を選んだのである。
そのため　わたしには
四つも並んでなお立っている
おおきな寮の光景のすべてが
荒涼としたものに見えてきたのであった。

「授業を数日サボって小さな旅をしないか」と
わたしはその後かれを誘った。
三年生になっている四月の末のころだ。
勉学好きなかれがそれに応じ
わたしはその夜ひとりで
道玄坂の百軒店《ひやくけんだな》のなじみのバーで飲み
酒屋では自由に買えない日本酒を
大きな水筒にいっぱいつめてもらった。
二人が「うんざり」するほど親しみつづけた
二年ほどの寮の生活への
お別れのしるしのような
小さな旅における
乾杯のために。

晴天微風に恵まれ
富士山を眺めながら山中湖のほとりを歩き
そこの高台の静かな林のなかに建つ
学校の寮の小さな木造の別荘〈嘯雲寮《しょううんりょう》〉の
粗末な部屋に寝たが
ひさしぶりに哲学の話がはずんだ。

翌日は　昼過ぎに起き
また山中湖のほとりをうろつき
行き当たりばったりに
親切な主婦のいる民家の
綺麗な部屋に泊めてもらった。
三日目に　御殿場を経て
伊豆半島に向かった。
相模湾に面して漁港のある宇佐美の
やはり高台にある
学校の寮のもう一つの簡素な別荘〈詠帰寮《えいきりよう》〉で
話は哲学から小説や映画に移った。

四日目に　行楽の終点である伊東まで
数キロの道をのんびり歩いた。
ほかに人影はまったくなく
道路の右側は植物の新しい緑
左側は海の波の明るく静かなきらめき。
第二次世界大戦どこ吹く風か
二十歳《はたち》になるかならないかの二人を
青空だけが抱きしめていた。

そして　行先には
がら空きの温泉の浴場が待っていた。

東京への帰途
熱海で列車を乗り換えると
車内はすごい混雑で
二人はデッキに立ちつづけた。
戦争のなか
生臭く絶望に近いもののさなかに
舞い戻っていた。

こんなふうに　戦争中
いちばん親しかった友との思い出が
生き生きとよみがえりはじめたが
かれからの半世紀ぶりの手紙に眺めたものは
社会での自分の仕事を果たしたあと
穏やかな日常に生きている
かれの幸福そうな現在の姿であった。
かれは専門の化学とほとんど縁を切り
午前は読書とパソコン

午後はテレビと雑用
そして週に二回テニスクラブでテニスなど
残り少ない人生を楽しむために
「利己的な生活」を送っており
「汗顔の至りです」と記していた。

六十代で初めてパリを訪れたわたしが
両大戦間のその自由な都市を
主な環境として試みた長篇の小説は
かれの実人生における体験をも
微妙に刺戟するはずであった。
というのは　かれは母親のお腹《なか》のなかにいて
パリで暮らしたことがあり
今度の手紙で知ったのだが
三十代半ばにはパリ国際大学都市に住んで
化学の研究をしたこともあるからだ。
かれはわたしが送った作品について
「読後感などお送りできればと思いますが」と
こちらに期待させる言葉も加えていた。
それにしても

かれはいまどんな老人になっているのか。
かつては稀に見る美しい少年であった。

二人は戦後どんなふうに疎遠になったか
それはむしろ平凡な話であったろう。
恵まれた順調な道を歩きつづける
化学の秀才のエリートと
帰省した大連でぶつかった敗戦から
引き揚げる運命にあった素寒貧の詩人は
専門の仕事だけでなく
生活の基調までちがってしまい
おたがいにまた結婚と家庭で忙しく
いつとはなく自然になんの痛みもなく
おたがいの夢へのいたわりを
忘れたようなぐあいになってしまった。

「家内と二人だけですからお気がねなく
お遊びにどうぞ」
かれは手紙をそう結んでいた。
両膝が弱っているわたしには

電車で郊外から都心に出て
そこで乗り換えて別の郊外に行く
片道二時間あまりはちょっと辛いので
いつまたかれに会えるかはわからない。
しかし　とにかく
五十年ほどの空白を隔てて
昔の友と暖かいなにかを通わせあったのである。

これはいったい
なんという人生の付録だろう。

戦争や病気や自殺や事故や事件などで
死んで行った周囲の人びとへの
痛恨は尽きないが
七十代のかれとわたしがおたがいに
まだ一応は元気であると知りあったこと。
さらにいえば
これからたとえ会わなくても
声さえ聞かなくても
相手の生存を意識するだけで

おたがいに　少しは
ほのぼのとした気分になるだろうということ。
それを幸福とは呼べないとしても
そこには思いもかけなかった角度から
過ぎ去った青春から中年までを
一瞬のうちに透明に浮かびあがらせる
淡いが深い偶然の香りのような
寂しい安らぎに似たなにかがあった。

しかし　それは同時に
世界への
そして自分自身への
寂しい怒りに似たなにかでもあったけれど。

（註）幽幽自擲…フランス文学者の渡辺一夫先生による造語

胡桃の実

胡桃割《くるみわ》りで割った胡桃の固い殻のなかの
やや柔らかで豊かな中味が
七十代に入ってからの嗜好品になろうとは！

昔から知らなかったわけではないその味のなかを
そのとき　遠く遙かな幼年のある日が
初夏の微風のように吹き抜けて行く
なんて出会いも
この世にはあったのさ。

それにつられたのだろう
胡桃の中味を総入歯で嚙みくだき嚙みしめるとき
過ぎ去った七十年の
いろいろな嗜好の記憶がよみがえり
それらの甘辛いカクテルの気配に眼を閉じる
なんて奇妙なおいしさも
この世にはあったのさ。

そこに集まってくれた可憐な同窓の花花は
たとえば
十代半ばに　しばしば
音楽を聴く喜びを溶け込ませた紅茶
二十代初めに　ときどき
孤立の地獄を酔わせた白乾児《パイカル》
三十代末に　名残惜しげに
デカダンスの終わりのように煙《けぶ》ったタバコ
四十代から　必要に応じ
胃酸過多をあやした脱脂粉乳《スキムミルク》
五十代に　思いがけなく
他人への幻滅を静かに消してくれた緑茶
六十代半ばから　ときたま
長い仕事の疲労を眠らせてくれた赤葡萄酒《ヴァン・ルージュ》。

ほかにもつぎつぎいくつか
時期を異にする嗜好の記憶があらわれ
なぜかみんなで群がって
おれを懐かしがらせるが

しかしまた冷やかしてもくれるのだ。
——おまえも老いたなあ
いや　餓鬼に戻ったのか。
かけがえのない憩いの時期に
胡桃の実だろうとなんだろうと
食べることが
飲むことや吹かすことよりいいなんて。

たしかに懐かしい多くのそんな憩いのあとで
おれは初めて明日を怖れぬ
捨身の滋味でも欲しくなったのか。
まさか！
それにしてもままならぬ　自分の
新しい嗜好の矢が
なぜか食べものを選んだとき
偶然か必然か
好ましい木の実の一つを目がけて
ひたすら飛んで行ってくれたとは
人の世のせめてもの救いだよな。
もし選ばれたその対象が

変梃《へんてこ》りんな昆虫であったとしたら
おれはもう
自殺するか泣くよりほかないよな。

テレビの深い画面のなかで
高く飛んでいる鴉が
嘴《くちばし》に啣《くわ》えた胡桃の実を
郊外の車道に落とした。
割れないで転がるその石果を
鴉は降りてきて嘴でまた挟み
車道の曲がり角にくっきり残っている
車輪の跡に置き直し
ただちに飛び去った。
その知恵にはいつのまにか
こちらの唾も静かに湧くさ。

自動車が無残に砕いて行った
胡桃の固い殻のなかの
やはり無残に砕かれた
やや柔らかで豊かな中味を

あの鴉とあとからあらわれたもう一羽の鴉が
飛んできて嘴でさかんにつつく。
それにしても
仲のよさそうなこの鳥たちは
近くの林かどこかでいっしょに
変梃りんな昆虫も
妙ちきりんな昆虫も
きっとおいしそうに食べているよな。

胡蝶蘭の白い花

胡蝶蘭の白く大きな花が二十九輪
もう二か月あまり
不変不動の姿勢で咲きつづけている。
自分の美しさを本能的に感じて
誇らしげに羞《は》じらい
たえず過ぎつつある今を
必死にとどめようとしているかのようだ。

〈今ここでこのようになっている〉
少年のころわたしは自分について
いつどこでもそう言えることに驚いたが
それからは老年にいたるまで
ほんのときたまではあるが
放心に近く
少年のころの驚きを思いだすかのように
たえず過ぎつつある〈今ここで〉
というふしぎな泉を抱きしめてきた。

それにしても
日本人男性の平均寿命を
自分が〈今ここで〉過ぎつつあると
感じることになろうとは。
それは幼いころ虚弱であった人間を
僥倖の意識でくすぐるが
それはまた　ほとんど罪の意識だ。
この奇妙な気分に
自分より若くて死んで行った

周囲の親しい人びとへの
悲しみ　辛さ　恥ずかしさが
ひしひしと重なってくる。

冬の午後のあかるいひととき
部屋の植木鉢のなかで
窓に近く
胡蝶蘭のじつに厚味のある
花弁や萼片《がくへん》が
やわらかな逆光に透きとおっている
完璧な白。
その豊かな白が
黄そして赤のかすかに散る
唇弁《しんべん》や蕊柱《ずいちゅう》を
やさしく囲んでいる。

胡蝶蘭の美しさは
わたしの生き残りの寂しさに
まったく無関心である。
しかし　家のなかに閉じ籠もるわたし

あるいはいつどこにいようと
自分からどうしても脱け出せないわたしを
魅惑の白による
感覚の酔いのなかに自然に突き落とし
そこから　そのまま
精神の彷徨《さまよい》に旅立つようにと
雪のなかの音楽のように
誘っている。

冬至の落日

胸のなかに鬱屈して
解き放つことができない深い情緒を
ひとつの詩として
白い紙の肌の上に
外在させはじめるきっかけとなるような
ひとつの単語。
そんな鍵がどうしても欲しく

わたしはさまよいつづけていたのだ。
広大な山野ではなく
狭小な庭のなかを
言葉の群れとたわむれる歩きかたで。

花柚《はなゆず》は鮮やかな黄色の実をたくさんつけ
柚湯の匂いをふと想像させる。
そうだ　きょうは
冬至の日
と月日に疎いわたしも気づく。

日暮れに近い淡い明るさ。
山茶花《さざんか》はうす紅《くれない》の五弁花が
蕾　満開　落花とたどる変化における
さまざまな〈今〉の姿を
むしろ乱雑に示している。

ミモザは微細な黄緑の蕾を
細く伸びたいくつもの枝に無数につけ

暮れ残る青空を背景に
それらをまるで冬を越すための
のどかな飾りのようにも
冷たい微風に揺らせている。

こんな樹木に囲まれてうろつきながら
ひとつの単語に焦心していたわたしが
不意に見たのだ
わたしの人生における
たぶん初めての冬至の落日
ことさら求めることなどなかった
なんらかの特別な日における落日を。

それは多くの偶然が重なって
奇蹟のように現われた一瞬の美であった。
驚きのなかに
わたしは茫然と立っていた。

隣りの家やすぐ近くの公園などに
植えられている落葉樹の隙間や

設けられているフェンスの隙間
それらがいくつもいくつも
なぜかじつにうまく重なって
小さな太陽が燦然と輝く
西の果てまで見せていたのだ。

さらにいえば
この家に住んで二十数年
わたしが冬至の日没のときに
この庭のこの位置に立つということも
初めてであった。

巨大な都市のはずれにおける
ささやかな暮らしのなかの
貧しげな庭の片隅
そこにこんな
永遠が隠されていたとは。

驚きのなかで感覚された
自然の美による

快い佇立《ちょりつ》の酔いが
それをもたらしたところの
偶然の重なりへの
目が覚めるような思いに刺戟されて
ひさしぶりの深い感動へと加速されたのか。

とにかく　そのとき
茫然と立ちつくす
わたしの頭のなかの白い紙の上に
待ちに待っていたひとつの単語が
それとわかる
音楽の磁気をおびて
力づよく浮かんできたのである。

それはこのところ忘れていた
都市の名前。
わたしが生まれて育ったところで
海を越えて遠い異郷にある
都市の名前。
わたしの青春の

幸福と不幸をかたどる
都市の名前。

失われた一行

夢のなかに浮かんだ　すてきな
花ではなく
笛でもなく
詩の一行。

もどかしくも午前八時
やがて十時。

目覚めのひろがる　ペンのための
白紙還元《ターブル・ラーズ》に
よみがえってきそうにないのだ
わたしがどんなに待っても
わずか一行のあの言葉が。

失われそうなその文字を求め
意識の東西
南北の果てへ
どんなに彷徨《さまよい》に出たかったとしても
そんなさまよいは
歩きかたが　そもそも
端《はな》からなかったのだ。

わたしはぼんやり
ひとりで室内に立ちつくし
おおきなガラス戸
という透明なしきりを隔てて
秋の庭に繁る木木《きぎ》と
秋の空に浮かぶ雲を
眺めるともなく眺める。

風は微か。
庭のなかはほとんど葉っぱの緑だらけ。
幹や枝に茶褐色などを

もちろん潜ませているが
薔薇　木蓮　紫陽花《あじさい》など
落葉樹は
すでに花の散ったあとの
けだるげな緑の静寂《しじま》
椿　沈丁花《じんちょうげ》　山茶花《さざんか》など
常緑樹は
やがて開く花を秘める
艶やかな緑の宴《うたげ》。
四十雀《しじゅうから》が　一羽
楓の枝から飛び立ち
庭のなかの日の光を
すばやく泳いで
小さく可憐な
影を芝に落として行く。

そのとき　わたしは
いまさらのように気づいたのだ
溢れる緑を背景《バック》に
目の前二メートルほどのところで

ぶらさがっている
褪せた桃色のプラスティック
使い古されてなお綺麗な
粗末ではあるが丈夫な
洗濯ばさみに。

それ一つだけが物干竿から
その水平から
妻によって外し忘れられたような
洗濯ばさみの軽《かろ》やかな垂直は
孤独に　ぽつんと
庭と空の光景すべてを
けなげに愛しているかのように見えた。

いや　また　ひそかに
自分は質素な人工
極小の存在《もの》だ
という日常の立場にいて
洗濯ばさみは
人工もすこし加えられた

美しい自然である庭と
自然そのものの驚異が移ろう大空に対し
せつなく　激しく
拮抗しているかのようにも眺められた。

そのとき　わたしは
夢のなかに現われて消えた詩の一行
あの久しぶりの心の支えが
洗濯ばさみと呼びあい
いまにも火花を散らして
結びつきそうな気配を感じたのである。

しかし　いつまでも
その奇蹟は起きなかった。
あの言葉の影さえ現われなかった。

わたしはガラス戸を開き
新しいものを探すかのように
狭い庭をぐるりと見まわす。
左側の奥　フェンスの手前に

忘れかけていた
ミモザの木のむざんに枯れ果てた姿。
とたんにわたしの胸のなかに
ひとつの悲しみがよみがえる。

半年前
珍しい春の雪が降った。
ぼたん雪で　長いあいだ　風もなくて
静かにゆっくり降りつづけた。
庭も空も　わたしの思いも
そのためほとんど白一色となったとき
雪におおわれたミモザの木だけは
てっぺんのところどころに
なお鋭く枝を突き出して
鮮やかにも黄色く小さく
花塊《かかい》をたくさん輝かせていた。

しかし　ミモザの木は頭でっかち
巨大な帽子のように載せた
雪があまりにも積もりすぎて

太い枝が二本もぽっきり
折れる惨劇を
演じさせられてしまったのだ。

その後うららかな晴天が多く
総状花序　ミモザの花塊は
その鮮烈　その繊美を
これまでの春と同じように
精密に咲かせはじめた。

しかし　深傷《ふかで》を負っていたのか
ミモザの木は花をやがて散らせたあと
灰緑《はいみどり》で　羽状複葉の
葉をまたつぎつぎ捨てはじめた。
もともと長くはない寿命でもあったのか
水をあたえたが恢復せず
幹や枝の肌の色も
山鳩色から青鈍《あおにび》色へと変化しはじめた。

そのあとの真夏

苗木のときから数えてわずか七年目
ミモザの木は
華麗で短いその命を
ひたすら燃えあがらせて死んだ。

秋の庭にいまも立っている
その残骸から　わたしは
眼をそらすことができなかった。
死滅という立場を頑固に
生前にすこし近い具体性で保ち
そのミモザの木のむくろは
庭と空の光景すべてに
恋着しているかのようにも
拮抗しているかのようにも眺められた。
洗濯ばさみの場合と同じく
いや　新しくも
不気味で可憐な形で。

そのとき　わたしがまたもや
夢のなかに現われて消えた詩の一行

あの異郷からの秘密の知らせと
ミモザの木の遺体が呼びあい
いまにも火花を散らして
結びつきそうな気配をふと感じたのは
自然な勢いであったろう。
しかし　やはり
その奇蹟は訪れなかった。
あたりの静寂は深まっていたけれど。

失われた詩のモチーフの復活は
諦めなければならないのか。
わたしはやがてその日の午後の空に
自分を労るかのようにも
また　揶揄するかのようにも
こんなふうに
失われた一行との
見果てぬ再会の夢を追った。

——将来わたしが書くもののなかに
まったくあるいはほとんど

同じ一行がぽっかり現われ
それとは知らずに　わたしも
ぽっかり口を開けるのではないか。
いや　もしかしたら
だれかと火星のことでも喋って
それとは知らずに　わたしは
その言葉を喉から場ちがいに発し
相手をけらけら笑わせる
ということになるかもしれない。

「それとは知らずに」
と二度も言うのは
夢のなかで浮き彫りにされた言葉は
記憶から遠く消え去ったあとで
ひょっこり　ふたたび
目覚めの意識に戻ってくるとき
蠱惑や恐怖が潜む夢の地盤からは
もうすっかり脱け出ており
夢のなかでもっていた
詩のモチーフとしての火力などなく

別の現実に浸ろうとする
新しい顔をしているから。

それでも　わたしは
ふしぎな縁《えにし》のその言葉が
異る地盤にも強く立つようにと
無意識のうちに
書きものや会話のなかで
真摯に戯れ
もしかしたら
ほのかな酔いまで知るのではないか。

あとがき

本書『一瞬』は私の十四冊目の新詩集です。前回の新詩集『通り過ぎる女たち』（一九九五年）から数えると七年ぶりになり、制作の時期を年齢でいえば七十歳から七十九歳までのあいだに書かれています。

題名の『一瞬』とは、詩的で感動的な一瞬（瞬間とも呼んでいます）を私なりに広い意味で用いたものです。まず、それが客観的に対応している時間がさまざまです。

その時間の短い場合には、たとえば、夜のプラットフォームに眺められた始発の電車の内部のがら空きの明るさが誘った脱出の夢、といった持続的な数秒のものがあります。

長い場合には、たとえば、長篇小説の制作に憑かれた夢といった、実行は断続的で、計画は少なくとも無意識において持続的な、五年ほどのものがあります。（五年ほどを一瞬とは無理のようにも思われますが、過ぎ去った人生数十年を一瞬のように感じるという言いかたも世の中にはありますから、それほどおかしくはないでしょう。）

つぎに、詩的で感動的な一瞬の内容がまたさまざまです。

たとえば、自宅の狭い庭の片隅にまったく思いがけなく見いだした冬至の落日による、まさに一瞬の驚きに重なった感動が、やがて遙かな彼方への望郷につながるという形があります。

また、夢に浮かんだ詩の一行に魅惑されますが、目覚めたあとその一瞬の記憶からせっかくの詩の一行が消え失せており、その復活を熱く期待しつづけるが空しい、というせつない形のものもあります。

さらには、虚構の話において、ある作曲家が自分の植えたパンジーの咲き乱れる美しさを溺愛し、その情緒を作曲するきっかけとなる旋律の生じる一瞬を、苦しく長く、しかしやがては喜びも混じえて待ちつづけるという形もあります。

このように、私は新しい詩集のなかで、一瞬あるいはそれに相当したりそれを暗示したりする言葉をあちこちで数多く用いています。それは詩的で感動的な一瞬にいわば赤裸裸に近い状態で殉じることが、ここ十年近く、私の詩意識にとって好ましい一つの拠りどころとなっているからです。

その拠りどころにおける私の構えは、かつて私が詩作のいろいろな時期において抱いた観念的、実験的、美学的、あるいは題材的な深い関心を、すべて一応は忘れ去り、それらのうち自分の無意識の血や肉となっているものだけを残し、実際の詩作において、偶然の動機や題材にできることなら全的に素朴な魂を開こうとするものです。

もちろん、私のこうした気持ちがいつまでつづくか、それはわかりません。

紙誌へ作品発表のときお世話になった編集者各氏に、そして、詩集出版に際してお世話になった小田久郎氏に、厚く感謝します。

二〇〇二年夏

清岡卓行

ひさしぶりのバッハ　2006

I

ひさしぶりのバッハ

悲しみの余震のなかを
去って行くバッハの背中。

他人の破滅をふかくいつくしむ端正。
自分の破滅ときびしくたたかう端正。

いつまでくりかえされるのだろうか
肩や胸や腰の揺らぎ。
重たげで軽やかな
軽やかで重たげな。

懐かしいではないか
ひさしぶりの存在感。
いや　待て
どこか少しちがうようだ。

これは　わたしの頭のなかに
たぶん初めてあらわれた
かれの後ろ姿。
どこか少し暗い影を
秘めているような
六十代　無言の劇。

かれの肖像画に見かける
頭髪または鬘《かつら》の下の
あの深い顔立ちは
なぜかこちらに向けられない。

そうだ
いつまでも聞こえてこないのだ。
胸の奥で不意に　優しく

あるいは　強く
あるいはまた　寂しく
響きはじめることを
わたしがひたすら待ち焦れている音楽
破滅に耐えて生きぬくための
あの底深く美しいメロディーは。

ヨハン・セバスティアン・バッハ。

わたしはどこにいても
たとえば
人造湖の堤防でも
並木の欅《けやき》の蔭でも
繁華街の片隅でも。

また　どんな形の音によっても
たとえば
空の涯のアダージョでも
海の底のアレグロでも
楽器と楽器の

遊びのようなメヌエットでも。

もし　その奇蹟めいたリズムが
わたしの心臓を通過して行くなら
わたしはそのとき
そのまま静かに奮い立つだろう。
そして　深呼吸をくりかえし
新しい元気へのささやかな入口を
この世界のどこかに
つつましく求めるだろう。

ヨハン・セバスティアン・バッハ。

しかし　わたしには
そのメロディーが聞こえてこない。
あるいは　どうしても思いだせない。
少年の日から老年の日まで
聞き惚れたたくさんの
バッハの作品のなかに
それは秘められているにちがいないのだが。

もしかしたら
わたしの知らない新しい楽曲へ
バッハはまさにいま
自然なリズムに乗って
向かいつつあるのかもしれない。

悲しみの余震のなかを
去って行くバッハの背中。

他人の破滅をふかくいつくしむ端正。
自分の破滅ときびしくたたかう端正。

いつまでくりかえされるのだろうか
肩や胸や腰の揺らぎ
重たげで軽やかな
軽やかで重たげな。

珍客

引っ籠もりの春の午後に
なぜか急に見たくなった
郊外の片隅に立つ
自分の家の門の前。
家のなかの廊下にある
インターホンのモニターの
白黒の画面に視入る。

アスファルトざらざらの道
いつもと変わらぬ静かさ。
マンホールの円い蓋《ふた》と
向かいの家の格子窓。
走って行く子供たちと
犬を連れて歩く老婆。
電信柱が一本。

そのとき　画面の最前景を不意に独占するかのよう

に　異様に美しいものが垂れ下がってきた。豊かな円味のある腰つきの　おおきな蕾である。
　わたしの家の庭に植えられたナニワイバラ。長く伸びたその棘だらけの数本の小枝のなかの一本が　尖端にみごとな蕾をつけ　風に揺られて位置を変えながら　門の外側のインターホンのカメラの前に　垂れ下がってきたのである。
　しかも　画面の最前景の中央にぴたりと静止し　クローズアップされたこの蕾は　なんと　五枚の花弁をじつにゆっくり開きはじめたではないか。
　開くその途中のどこかで発せられるプツッ　プツッというひそかな音まで　聞こえてくるように感じられる。
　白黒の画面ではあるが　ナニワイバラの花の実態をすでによく知っていたから　一重の花弁の純白　雄蕊の黄　花心の奥の淡い緑といった色彩が　生き生きと想像される。

訪れる人などいない
引っ籠もりの春の午後。
わたしの人生において

なんという偶然の訪れだろう。
花が開く瞬間との
かけがえなくも鮮やかな
たぶん一度だけの出会い。

樫の巨木に逢う

病棟の一階の個室の窓の外側に見えている広い庭。
夏の午後は晴れて暑く風は微か。
だれもいないそんな緑のさざなみのまんなかあたりに
異様に巨大な一本の樫の木が聳え立っている。
縁《ふち》にぎざぎざのあるやや厚い常緑の葉を
樫の木はどこまでも鬱蒼と繁茂させ
周囲の世の中に絶えることのない人間の幸不幸の気配を
敏感に受信し無心に呼吸しているかのようである。
窓の内側の冷房にいるのはベッドに仰向けに寝たわたしだけ。

その右腕にはもう三十分も点滴注射がつづけられている。
澄みきった大きな窓ガラスを境に
巨木と細腕というこれはまたなんと奇怪なコントラスト。

まったく予想もしなかったその不意打ちの極端な図式に
わたしは驚きと酔いをほんの少しだが同時に覚えた。
そして見るものを圧倒してやまない常緑樹に
讃嘆と嫉妬と脅威がやがて渦巻く気分を味わった。

直立したままおまえは歩かず走らず飛ばず泳がず
根を地中に深く広く張ってさまざまな汁を吸い
葉を空中に高く広く吊して光や水や風を浴び
怖るべき年輪のどでかい存在となって言葉を用いない。

そういえばわたしは道を歩きながら住居と樹木の結びつきに
なぜかときたま人生への懐かしさをしみじみと感じてきたが
救急車で運ばれていま入院中の二階建ての病棟と
それより高い樫の木が並ぶ光景を戸外の眼では見ていない。

わたしの連絡で点滴が終わったと知った看護婦が現われ

注射の跡を消毒して用具を片づけ廊下からドアを軽く締める。
そのカチャリという音がひろがると部屋の雰囲気が一変し
わたしの樫の木への関心はなぜか急に薄らいでしまった。

病院の外部とも連絡できるように置かれている電話機。
わたしの関心はそのなかの会話に熱く向かって行く。
なにかをだれかとぜひとも喋りまくりたい。
ただし話相手も話題もまったく思い浮かばない。

結局は自宅に掛けて不在のはずの自分と話すほか
この奇妙な無言のどん底から生きかえる道はないのか。
自分の無意識とも連絡できそうに置かれている電話機。
わたしの頭のなかで舌たらずの幻想が早くも羽ばたく。

——あさってあたり退院するということにしたいよ。
——どうとでもやりたいようにやりな。
——家に着いたら蜆《しじみ》の味噌汁のついた食事をしたいね。
——冷蔵庫のなかにそのとき砂をぬいた蜆があったらね。

——そのあと音楽の風呂を浴び八十歳と題する詩を書くか。

――佗しがらずおれは樹齢千年とでも威勢よくやったらどうだ。
――いや樹齢一年の庭の薔薇の花の開く音を部屋で待つのさ。
――今から空耳の涯に最弱音《ピアニシモ》よりも淡い音を妄想するのかよ。

このとき不意に現実の電話のベルが鳴りはじめた。
わたしの頭のなかの架空の気ままな会話は消し飛ぶ。
ベッドからあわてて降り立つわたしの足がよろめく。
だれがなにを掛けてきたかわからない期待と不安のなかで。

ピレネーのアカシヤ

あっ　アカシヤだ。

小さく白い蝶のかたちが
たくさん集まった総状花序。
小さな緑の羽のかたちが
しおらしく対《つい》に並んだ羽状複葉。

それらは乾いてひしゃげ
色も香も失せかけた押し花と押し葉だが
わたしが生まれてから二十代半ばまで
夢みるように仰いでは親しんだ
あの大連の街路樹と
まったく同じアカシヤではないか。

東京の五月の末の麗らかな朝
郊外のわたしの家のポストまで
フランス南西部の都市トゥールーズから
はるばると飛んできた一通の封書。

そのなかに
押し花と押し葉という
ふしぎに懐かしい
夢の鍵のような匂いのするものが
便箋で幾重《いくえ》にもつつまれていた。
まるで　わたしを
遠く遙かな生まれふるさとの思い出まで
一瞬のうちにみちびくかもしれない

秘密の使者のように。

わたしは茫然となった。
アカシヤの花と葉を見るのは
たぶん五十四年ぶりだ。

このところなぜか、自分の育った土地への郷愁を忘れたようになっていたわたしの虚を衝くかのように、枯れていっそう素朴で可憐なものになったこの植物の組み合わせが、不意に現われたのである。

それを送ってくれた人は、かつて長いあいだ京都大学でフランスの言語と文学を教えていたフランス人で、かれはいまトゥールーズ大学で日本の言語と文学を教えている。京都で勤務していたころ、東京に出てくると日本人の同僚といっしょにわたしの家をときどき訪ねてくれた。夫人同伴のこともあった。

かれは今回の封書を出す数日前の日曜日に、好天に誘われて夫人とトゥールーズの自宅から外出し、フランスとスペインの国境となるピレネー山脈の方に向かった。

フランス側の麓まで比較的近い距離である。その麓に足を踏み入れたとき、二人はまったく思いがけなくも、おびただしいアカシヤの木が花の満開を競いあっているような、すばらしく美しい光景にぶつかった。

かれは手紙のなかでこんなふうに書いていた。

——アカシヤの無数の花のややクリーム色がかった白い色、この色彩が、眼前の大きな眺めのなかで、下の方では草木の新緑をふちどり、上の方では山にきらきら光っている残雪の白をふちどっていました。

はっとする美しい風光!

しかし、これらの花は色よりも香りがさらにずっとすばらしいものでした。それは思わず知らず飲んでいる、とびきりおいしい日本酒(saké)によるる酔いです。

そのとき突然、わたしと妻は、このアカシヤは大連のものに似ているのではないかと話しました。そこで、あなたの生まれた都市を想像しながら、アカシヤの枝を数本手折りました。そこから花と葉を選んでお送りします。

わたしは自分の感動と混乱をいわば整えようとするかのように、アカシヤあるいはハリエンジュと呼ばれる植物について、わずかな知識によるものではあるが、その地球上におけるかつての拡がりかたのうち、忘れがたかった場合いくつかの地図をひさしぶりに頭のなかによみがえらせた。

原産地は北アメリカ。
十七世紀初めにヨーロッパに移入される。パリにはたぶん早く。
十九世紀半ば過ぎに日本へ。
二十世紀初めにロシアから大連（当時の名称を用いればダーリニ）へ。ロシア人の市長がパリを讃美し、円形広場とともにアカシヤ並木をまねしたのだという。わたしをかつて魅惑したアカシヤの始まりである。

わたしはここで、大連のアカシヤと原産地のアカシヤにかかわって身に沁みる一枚の葉書をもらったことを思いだした。二十年ほど前になるだろうか、ある日本人の文芸評論家が旅行先から送ってくれたもので、そこには、きょうの午後カナダのヴァンクーヴァーの町を妻と散歩したが、大連育ちの彼女は花ざかりのアカシヤ並木を見て、「大連のアカシヤとそっくりよ」と驚いていたと記されていた。

数年前、この文芸評論家は鎌倉の自宅で入浴中に自殺した。病死した妻の後を追うような形のものであった。

ところで、わたしの家から歩いて二、三十分の多摩湖のほとりにアカシヤの木立がいくつかあり、数年前から、五月下旬になると、そこの花が綺麗に咲いていると聞いたりしている。そのたびにわたしの胸は少し騒ぎ、自動車で連れて行ってあげようかと息子に誘われると、すぐにも出かけたくなる。しかし、どんなアカシヤの木であっても、その花に初めて会うのはなんとなく照れ臭く、また、年をとった足はそれなりに重たく、結局、こうした矛盾を家の中で噛みしめるだけである。

わたしは戦後三年目、二十六歳のとき、敗戦国民の一人として大連から東京に引き揚げてきたが、その後、東京や札幌などでアカシヤの木は見たがその花は見なかった。また、六十歳のとき再訪した大連、そして六十四歳のとき初めて訪れたパリでも、アカシヤの木は見たがその花は見なかった。いずれの場合も花の時節ではなかったという偶然によるが、とにかく半世紀以上そんな状態がつづいていた。

そういうわけで、アカシヤの木があるとはまったく想像もしなかったピレネー山脈に、つい先日咲いていたアカシヤの花が押し花となって、たぶん同じ木の押し葉とともに、突然、わたしの眼の前、胸の前に強烈に迫ってきたのである。

しかも、その形体が紙のあいだに挟まれて押されつづけ、薄く乾いて行く状態にあることに、慕情をそそる微妙ななにかがあるように感じられた。これも偶然によるが、幼いころからなぜかずっとアカシヤの押し花や押し葉には接したことがなかったので、わたしにとってそれらは新しい美であるともいえた。

出発と到着

散歩の到着点が
一時間ほどまえの
その出発点であったとは。

ひとつの方向をめざし
ほぼまっすぐ歩いたはずであるのに
そんな馬鹿げた
いや　そんな愉快な
いやまた　そんな不気味なことが
日常の　このいとしの生活に
あっていいのか。

一九四〇年
大陸からやってきた
十八歳の受験浪人のわたしは
好天の秋の午後
東京の見知らぬ町に

すぐ　少しでも親しみたかったのだろう
暇をつくって
中央線中野駅の北側から
新宿に向かい
ほぼまっすぐのつもりの散歩をしたが
一時間ほどすると
行く手の街路の先に
中野駅の南側が現われたので
仰天した。

そこから自分の下宿まではすぐで
その点　気楽であったが。

一九四一年
十九歳の旧制高校一年生のわたしは
やはり好天の秋の午後
神田神保町で古本街を眺めたあと
学校の寮が建つ駒場まで
初めて眺める町が長くつづくなかを
ほぼまっすぐ行きたいと

慎重に道順を選びながら散歩したが
一時間ほどすると
眼の前にぬっと
山手線神田駅が現われたので
驚愕した。

その場で電車に乗り
不安のなかを
まず　渋谷まで戻った。

その後　ほとんど知らない広い場所で
自分の方向感覚に頼ることはやめたが
一九四二年
夏休みで大連に帰省した二十歳のわたしに
マンの『魔の山』の主人公の青年が
そうした体験の深淵を思いださせた。

その青年はスイスの山地のサナトリウムから
ひとりで勝手に雪のなかに出かけ
いわばスキーによる散歩を楽しむが

ある午後　吹雪に出会い
人影のまったくない
広大な山腹や谷からの
帰路がさっぱりわからなくなる。

死をかたどる
美しい雪の結晶の
ほとんど無限の集まり。

青年は遠くに人家を見つけて喜ぶが
たどり着いてみると
吹雪のまえに見た小屋
屋根に石の重しを載せた
あの乾草置場ではないか。
青年は憤慨し
恐怖する。

わたしはその憤りと怖れに
懐かしいような共感を深く覚えたが
多くの人間には少なくとも可能性において

そんな舞い戻りがあるようだと
安心もした。

その後三十年あまり
わたしにこの異変はなかったが
五十代なかばからの睡眠中の夢に
出発と到着の中間の
奇怪な移動の部分だけが　ときたま
わたしを愚弄するかのように現われた。

たとえば　昆虫の名前の駅で電車に乗ると
途中のプラットフォームで
その向かい側にいたバスに乗りかえさせられ
遠い海岸まで直行だと言われる。
またたとえば　飛行機のなかで
周囲は言葉の通じない外国人ばかり
下界はどこだか知らない荒海
という幽閉に落ちこんでいる。
さらにたとえば　自分の乗る汽船が
湖から不意に空中に躍りあがり

行く手に見える連峰のなかに
つぎの湖を求めて飛んで行くという
奇想天外の危険さ
そして　おもしろさ。

しかし　七十代に入ったころから
まったくたまにしか現われなくなっていた
こうした奇怪な移動の夢は
きわめて短い時間のもの
わたしの意識では十秒ほどのものに変わった。
いや　変わったのではなく
本人がそうなるように求めたのだ。
夜明けごろ
そうした夢がはじまると
わたしはそれを少し眺めて本能的に拒み
そのまますっきり目覚めるようになった。

なぜかは知らない。

とにかく　そのとき

笑うなかれ
夢の中止点はその開始点と
まったく同じ布団のなか
それも　ほとんど
相接するばかりであった。

もともとは
出発と到着には時刻の差が
わずかながらあったことだろう。
また　それらには気分の差も
わずかながらあったことだろう
たとえば
暗さと明るさ
あるいは　明るさと暗さなど。

よかったら
自分を批判することだ。
現実から
浮き上がっていたかいないか
浮き上がっているかいないか　と。

Ⅱ

小康

年老いて自宅にこもり療養すると
年老いはじめた妻が美しく見えてきたりする。
看護してくれるからだろうか。
ではなぜ窓の外のくすんだ灰色の庭石が
眩しい存在に見えてきたりするのか。
午前十時すこし過ぎ門柱の郵便受けに
手紙らしいものの落ちる微かな音。
頭のなかは小春日和だ。
遠くに漂うのは少年の日に失った友情
淡いデカダンスを含んでいたその音楽。

ある日のボレロ

パンツ一丁で　ピアノを弾くのだ！
いいか　わかったか
それがおまえのいのりのかたちだ
目をひらくと　果てのない空は鏡
おまえは青春の管弦楽舞曲の着手に熱狂する
ひとつの旋律は変幻をくりかえし
傍らにいる親友たちにおまえはきく
デカダンスに溺れるか　それを超えるか
わたしには不幸にもそんな思い出がない

初めてのモーツァルト

初めてのモーツァルト

そのメロディーとそのリズムを
十四歳の少年は
くりかえし
くりかえし深呼吸した。
アレグロ
アンダンテ
アレグロとアンダンテ・カンタービレ
ああ　音楽に
ほのかな匂いがあったなんて。

それは　ヨーロッパの
遙かな匂い？
それとも　古今東西を問わぬ
孤独の匂い？
少年は自分の胸を
希望や悔恨が
澄みきって
遠く　あるいは近く
駈けめぐる
青空にした。

久しぶり

ほんとに久しぶりだね　と懐かしがると
照れ臭そうに　無精髭の顔をほころばせ
底近くまでおおきく欠けた　湯呑茶碗に
彼はお茶を　そっとそっと入れてくれる。

Ⅲ

多摩湖　1

淡い期待の堤防を登り　久しぶりに湖を眺めると
日没の寂しさに　おお　水は満ち溢れていた。
梅雨あけの涼しさを求めた　素足の散歩。
その一瞬　私の胸もなにかに満たされていた。

去年の暗い夏　近くの町に移り住んでから
いつ来ても湖は　ひどく渇きかかっていた。
架空の躁鬱の物語を　ほそぼそと描きつづける
私の鮭肉色の　とだえがちな欲望のように。

貯水のための古い人造湖の　手つかずの静謐。

浮ぶ舟も跳ねる魚もない　その豊かな水面に
どんな幻の色の　新しい薔薇を走らせよう？

堤防の上を歩きながら　暮れのこる町を望めば
緑の大群のなかに　まばらな家家は溺れ
私の仕事場からは　あの物語も巣立っている。

多摩湖　2

Au lieu de transformer votre corps en simple explosif,
je puis en faire un feu d'artifice complet, pétards,
chandelles romaines, grenades, soleils, etc., etc.
(Alphonse Allais.)

もし花火葬というものがあるなら　もし
死体が夜空に舞いあがって　赤や緑に
また　青や朱や黄に　火の粉となって
見果てぬ夢を散らす　そんな儀式があるなら。

おお　夏のこの夜　愚かなことを思わせてくれ。
人造湖の漣に　遊園地の花火の連発が
忘れた暗い欲望となって　ちぢれるから
私の捨てた優しさとなって　くだけるから。

信じがたいことだ　遠い冬の明るい朝
湖水の鴨の群を　刑罰のように襲った
一羽の隼の　垂直降下の　あの残忍な姿は。

照明の花火に迷い　湿った夜風に揺すられ
どこかの舞台で　黒い蔓薔薇の新梢《シュート》が
棘の音を立てながら　しかし急速に伸びている。

多摩湖　3

この晴天の暗鬱はどうだ　みずうみに
真夏の光は溢れ　思考の銅は失われ
胸の奥底の　敗残の秘密だけが

無風のなかで　じりじりと焦げている。

湖水の中心に　不意に立つもの　おお
一瞬にして消え失せる　正午のまぼろし。
それは　恨みのゆらめく焔ではなく
諦めのしぶきの　長い噴水でもなく。

私の汗みどろの渇きは　堤防に蹲る。
耳もとに　肉の重たげな鳩の羽搏き。
緑に飢えた台風でも　あした来てくれ。

あの奇怪な垂直は　なんであったか？
祈りを茂らせる　針葉の樹ではなく
沈黙を轟かす　管と弦の指揮者でさえなく。

多摩湖　4

ほとんど乾いている　冬至の晝の人造湖。

渇水？　それとも　拡張かなにかの工事？
向岸の手前で　黄色いクレーンの車が
超小型の玩具の　遠く微かな戯れをする。

こんなに広かったのか　この假初の夢は。
それに　魚もやはり　棲みついていたのか。
真中に残る繭形の水溜りで　子供が数人
動かぬ人形のように　釣糸を垂れている。

もし私の日日が　いつかほとんど乾いたら
さらに白く乾くより　ほかに術《すべ》はないから
クレーンではなく　子供の歌う風だけを。

へんに明るく暖かい　この冬至の夢の跡。
湖の底の焦茶色の土には　草も穴もなく
砂丘に似て　低くなだらかな　翼がうねる。

多摩湖 5

手には竹篦《たけべら》　老若男女が百人あまり
露《あらわ》となった湖の底を静かに掘る。
新しい惨殺体を探すのではない。
この雨あがりの午前の　軟かい褐色の土。

眼に触れる　伝統のみなもとはないか？
ナイフ型の石器。縄の模様の土器。
竈《かまど》の跡。一万年もまえの人骨や貝。
冬はもう終りだが　上鶲《じょうびたき》が寄ってくる。

完成後半世紀の今　内臓が日光浴である。
新しい導水管の　長い工事のため
水を抜かれた人造湖の　段丘の底。

狂わずに　よく生きてきたものさ
私も五十年　この世で暮している。
湖底には　桃の村があったそうな。

多摩湖　6

冬至のあくる日の正午　青い空で
太陽をわたしに隠す　雲の城。
その牆《かき》の罅《ひび》から　漏れた矢の　光の束が
人造の湖を　底まで突き刺す。

おお　神話の芽生えそうな一瞬
軽鴨の浮くさざなみの　そこだけ金の鏡。
わたしには　どんな神も棲まないのに
その鏡から立ち昇る　竜のまぼろし。

きのうの夜　幼い子と　歌って潜った
柚子風呂の芳ばしい　湯気の香りが
心のまわりに　まだ漂っているのだろうか？

夢想に手と足を奪われた　父から離れ
幼い子は自転車を　山茶花の母へ
堤防の果てへと　一直線に走らせている。

あとがき

本詩集は、清岡卓行が詩集『一瞬』（二〇〇二年）のあと、二〇〇六年六月三日に亡くなるまでのあいだに発表した八篇の詩に、一九七三年から八二年にかけて発表した「多摩湖」の連作の六篇を加え、さらに未整理のファイルのなかから偶然見出された四行詩一篇を加えてまとめたものです。

なかのいくつかは、作者の手によって、雑誌発表時のものにさらに推敲がなされています。

「ある日のボレロ」は、入院中の五月十五日、本人の希望により口述筆記したもので、病状の悪化により充分な推敲がなされていませんが、そのままとしました。

「初めてのモーツァルト」は、少年の日の音楽への傾倒を三十歳ころに詩の形でノートに書きとどめたものとして、最後の短篇小説となった「断片と線」のなかに引用されているものです。

四行詩は、未発表のものと思われます。題がなかったので、便宜上つけてあります。

清岡さんの拾遺詩集を出しましょう、と提案してくださった小田久郎氏に、心からお礼を申しあげます。慌しい日程で本を作って下さった藤井一乃氏、これまでお世話になった皆様に、感謝の気持をささげます。

二〇〇六年九月

岩阪恵子

全詩集のためのあとがき

全詩集のためのあとがき（一九八五年版）

これからも詩を書いて行くつもりである私が自分の個人綜合詩集に『清岡卓行全詩集』という題名をつけたのはおかしいことですが、ここでは全詩集という言葉を、いままでに出した単行の新詩集をすべて並べるという意味で用いることにさせていただきます。一方において、私はすでに『清岡卓行詩集』という題名の個人綜合詩集五冊（うち一冊は装幀造本を異にする別の二版をもつ）を出しており、それらの本と題名を区別することも必要だろうと思われたのでした。

収録の詩集ならびにそれに準じる創作集はつぎのとおりです。

『氷った焰』全	一九五九年	書肆ユリイカ
『日常』全	一九六二年	思潮社
『四季のスケッチ』全	一九六六年	晶文社
『ひとつの愛』Ⅲ（註1）	一九七〇年	講談社
『固い芽』全	一九七五年	青土社
『夢を植える』から（註2）	一九七六年	講談社
『駱駝のうえの音楽』全	一九八〇年	青土社
『夢のソナチネ』から（註3）	一九八一年	集英社
『西へ』全	一九八一年	講談社
『幼い夢と』全	一九八二年	河出書房新社

『初冬の中国で』全　一九八四年　青土社

（註1）『ひとつの愛』は単行の新詩集ではなく、三部構成におけるⅠが『初期詩集』（未刊）からの抜粋、Ⅱがそれまでの既刊詩集三冊からの抜粋、Ⅲがこの詩集の主体となる新作詩十七篇という綜合詩集でした。そのため、ここではⅢだけを独立させて収録してあります。

（註2）『夢を植える』は散文掌篇集ですが、散文詩と見ることもできる作品が八篇ほどあり、それらを収録しています。

（註3）『夢のソナチネ』からは（註2）と同じ理由で七篇採ったほか、この散文掌篇集における例外の部分、——四行詩十二篇で形づくった「夢の周囲の一群——間奏ふうに」をそっくり採っています。

この全詩集に収録されていない私の既存の詩作品は、『初期詩集』（未刊）を構成するはずの青春前期の旧作二十数篇と、ここ十年あまりの新作のうちの十数篇です。その新作の方は、いく通りかに分岐する主題に応じた何冊かの新詩集にまで、これから展開させたいと意図しています。

今回の全詩集を編集するにあたって、収録のいくつかの作品に加筆しました。対象となったのは、まず、『氷った焔』Ⅳにおける数篇です。これらはもと旧制高校時代（十八歳から数年）の作品で、『氷った焔』に編入のとき改作したわけですが、今度は逆にできるだけ原形に戻したのです。つぎに対象としたのは、『ひとつの愛』Ⅲにおける数篇です。これらはある事情から詩作の時間が充分ではなかった作品で、いわばその時間の補充を試みています。

過去に五冊の『清岡卓行詩集』をもっているわけですが、そのうち、一九六九年に刊行（七〇年にも別の装幀造本で二通り刊行）の大型本が、全詩集版的な内容をもっていました。そのとき出版でお世話になった思潮社の小田久郎氏に、今回の全詩集の出版でまたお世話になったことは、一つの因縁のような気がします。いわば十六年という周期。この長いようで短く、短いようで長い歳月に、私はそれまでの詩、評論、随想のほかに、新しく小説や紀行を試み、そのことに熱中さえしましたが、結局、詩への熱中も忘れることはできなかったということです。多少の感慨なきをえません。全詩集編集のために、家にある小さな複写機で既刊詩集から必要なコピーを取りながら、この人はどうやら死ぬまで詩を書きつづけて行きそうだな、と私は、自分を傍から眺めるような醒めた思いをもちました。

本書の表紙を飾っている絵は、『氷った焰』の表紙のために岡鹿之助先生からいただいた絵をふたたび用いたものです。一九五九年二月の初めごろに、私ができたてほやほやの処女詩集を先生の田園調布のお宅にお送りすると、これからちょうど海路でパリへ行くところなので、この詩集もいっしょに持って行きます、という優しいお便りをいただいたことが、遠く懐かしく思いだされます。

末筆ながら、思潮社の小田久郎氏と樋口良澄氏に、そして、肖像写真（一九七五年七月に金子光晴を偲ぶ座談会で撮影）を提供してくださった折原恵氏に感謝します。

清岡卓行

一九八五年初夏

『定本　清岡卓行全詩集』おぼえがき

『定本　清岡卓行全詩集』は、一九八五年に作者自身によって編集された『清岡卓行全詩集』に基づき、それを増補するかたちで、一九八六年以降に刊行された生前の五冊の単行詩集、そして没後に刊行された一冊の拾遺詩集を刊行順に収録しています。

新たに収録した詩集はつぎのとおりです。

『円き広場』（初期詩集）　一九八八年　思潮社
『ふしぎな鏡の店』　一九八九年　思潮社
『パリの五月に』　一九九一年　思潮社
『通り過ぎる女たち』　一九九五年　思潮社
『一瞬』　二〇〇二年　思潮社
『ひさしぶりのバッハ』（拾遺詩集）　二〇〇六年　思潮社

清岡卓行のすべての単行詩集を収録する本全詩集は、一九八五年に出された全詩集を校正・検討し、「定本」と冠しました。編集の方針は一九八五年版の全詩集に準じました。なお生前の詩集に重複して収録されている詩篇については、もっともふさわしいと考えられる詩集のなかに置き、目次の終わりに記した註のように計らいました。

（岩阪恵子記）

年譜

清岡卓行年譜

一九二二年（大正十一）　零歳

六月二十九日、中国遼寧省南部の港湾都市大連で生まれた。父母はともに高知県出身。兄三人、姉四人、弟一人。父己九思《きくし》は満鉄の土木技師で、大連築港長、哈爾浜《ハルビン》造船所長などを勤めた。几帳面な性格で数学的に緻密で正確な仕事をした。また母鹿代《しかよ》は感受性が強く、古い日本のものと新しい西洋のものが共に好きだった。父の数学的緻密さと母の芸術的資質の双方から大きな影響を受けたと考えられる。

一九二四年（大正十三）　二歳

安西冬衛らの詩誌「亜」がこの年から三年間、モダニズム詩の先駆として大連から発行された。この事実を青春期に知ってから、精神的な郷愁を覚えるようになる。

一九二九年（昭和四）　七歳

四月、大連朝日小学校入学。この年を最初に、大連代表のノンプロ野球団が、日本の都市対抗野球大会の第一回から三年連続優勝する。野球が市民生活の近代化の夢をかたどるような雰囲気の中で、以後一貫して異常なほどの野球好きになる。

一九三一年（昭和六）　九歳

小学三年生。九月、満洲事変勃発。大連は通過する兵馬で慌しくなったが、市民生活はまだのどかだった。特に、一年から六年までずっと担任（渡辺光治）は同じで、級友もほとんど変わらず、のんびりと楽しかった。小学生の頃から敗戦直後までの十数年間、自宅の近くで最も好きであった場所は、南山の麓に設けられた人工貯水池の弥生ケ池を囲む公園（現在の名称は魯迅公園）である。

一九三二年（昭和七）　十歳
この頃ようやく自分の特徴を意識するようになった。算術が得意で、苦手は図画。趣味は野球。頭が大きく痩せていたため、綽名は風船だった。大連の明るく爽やかな風土と、自由港としての国際的な雰囲気を、かけがえないものと感じ始めた。七月、小学校の夏季水泳で郊外の海岸黒石礁を知る。その後更に大連を囲む星ケ浦、傅家庄、老虎灘、棒棰島対岸の海浜などの明るく澄んだ風光に安らぎを覚える。

一九三四年（昭和九）　十二歳
遠足で旅順に行き、日露戦争の戦蹟を見学。わずか三十年前の戦争を、はるか遠い昔の出来事のように感じていた。旅順博物館では、大谷探検隊がトルファンのアスターナ墓地で発掘してもたらしたミイラに驚愕し、以後しばらくはその記憶が世の中で最も怖しいイメージとして残る。

一九三五年（昭和十）　十三歳
大連一中に入学。教師輿《こし》富雄の影響で英語が一番好きになる。また、しばらくして国文法の美しさにも興味を覚える。徹底的に嫌いだった課目は軍事教練。近くの旅順、夏家河《かかし》子、金州、更に遠くの湯崗子、奉天（現在は瀋陽）、新京（現在は長春）に足を延ばす。父の転勤地哈爾浜にも行く。

一九三六年（昭和十一）　十四歳
中学時代は帰宅の途中よく、大連の中央公園にある大連満倶と大連実業団の二球場に寄り、練習を眺めた。特に、巨人軍から古巣の大連実業団に戻っていた天才的な選手田部武雄のプレーに惹かれた。

一九三七年（昭和十二）　十五歳
中学三年生。七月、日中戦争起こり次第に戦時色が濃くなる中で、クラシック音楽や文学書に熱中する。母にレコードを買ってもらい、中学を卒業する頃まで特にドイツ古典派とロマン派を好んで聴く。フランスの新しいシャンソンにも惹かれた。文学への最初の関心は、たまたま家にあった岩波文庫や第一書房版の『佐藤春夫詩集』がきっかけでめばえ、半ば以上暗誦したが、本質的な影響は受けなかった。むしろ西欧の詩に惹かれ、ボードレール（村上菊一郎訳）やランボー（小林秀雄訳）を読んで強く憧れる。

一九四〇年（昭和十五）　十八歳
四月、旅順高校に入学したが、軍国調になじめず三ヶ月で退学。九月、東京に出て中野に下宿し、城北予備校に数ヶ月通う。中学上級生の頃から引き続き翻訳でフランス近代詩に親しみ、その研究を目標にした。中学卒業後、フランス映画にも熱中する。ルネ・クレール「巴里祭」、ジャック・フェデール「ミモザ館」「外人部隊」、ジュリアン・デュヴィヴィエ「我等の仲間」「地の果てを行く」「望郷（ペペ・ル・モコ）」等の、パリの庶民的な町やアフリカのさびれた土地を環境とした作品に特に惹かれる。少年時代から夢を見るのが好きで、この頃から断続的に夢の詩の習作を試み続ける。

一九四一年（昭和十六）　十九歳
四月、第一高等学校丙類（仏語学級）に入学し寮生活をする。野球部に入るが、頭部への死球で恐怖感を抱き、二ヶ月ほどで退部。学校の文芸誌「護国会雑誌」に投稿した処女作「ある名前に」が掲載されて漢文の先生阿藤伯海に認められ、詩作に喜びを覚える。萩原朔太郎の詩、特に『定本青猫』を愛読し深く影響される。十二月、太平洋戦争始まる。

一九四二年（昭和十七）　二十歳
阿藤伯海の浮世離れした王道趣味に、級友たちと時流拒否の気分を投影する。課外に阿藤の『唐詩選』ほかの漢詩の講読を聞き、朗読の高雅な渋さや解釈の深い美しさに打たれ、特に杜甫に惹かれる。また、この頃から原文によるランボー『地獄の季節』と『イリュミナシオン』に熱中した。ランボーは以後、最も輝かしい灯台のような存在であり続け、自ら翻訳も行うに至る。東西の詩精神の同時共存という〝清岡詩学〟の形成には、母の他に阿藤の影響も強かったことがうかがわれる。

一九四三年（昭和十八）　二十一歳

六月、一高を休学して大連に帰る。戦局苛烈となり、十二月、学徒動員の徴兵検査と召集で、初めて本籍地の高知県に行く。兵役は休学中であることと肺に既往症があったことの二点が考慮されたためか即日帰郷となり、原籍地である同県田野町で半月ほど休養。戦争中の国の海岸とは思えぬほど平和で静かな風景に打たれる。この時から終戦まで、大連と日本内地の間の往復は、朝鮮海峡でアメリカの潜水艦が発射する魚雷によってときどき撃沈されている関釜連絡船によることになる。

一九四四年（昭和十九）　二十二歳

九月、東大仏文科入学、上野広小路近くに下宿する。空襲の合間の渡辺一夫のラブレー『ガルガンチュアとパンタグリュエル』講読が印象的。空腹に苛まれながらランボーを耽読する。他に高校時代から愛読を続けた文学者・哲学者は、森鷗外、ポー、トーマス・マン、ショーペンハウアー、ベルクソンなど。一高に入学した原口統三との親密な交友が始まる。二人の関係は、ドン・キホーテとサンチョ・パンサと周囲から見られるほどだった。十一月には空襲がより本格化するが、秋のある好天の日曜日、通いなれた後楽園スタヂアムで戦時色に塗りつぶされたプロ野球の試合を見たが、なおベースボールの楽しさが漂い（一試合二ホーマーを放つ選手もおり）、かなり多くの観客が集まっていたことが忘れがたい。

一九四五年（昭和二十）　二十三歳

二月、世田谷区瀬田の叔母の家に移る。東京大空襲後の三月末、大学を休学し、暗澹たる戦局の中を一高後輩の原口統三、江川卓と渡満する。戦争で死ぬ前にもう一度見ようと思った大連にたどりつく。父母健在。この後敗戦までの約四ヶ月の家庭の自室では、死への親愛感が悩ましい程に高まる。六月、東京に戻る原口を大連駅に送る。敗戦後、ソ連軍が進駐し、秩序が逆転する混乱の中で、憂鬱の哲学を忘れる。この頃の精神構造は、初期詩篇にはっきりとうかがわれる。

一九四六年（昭和二十一）　二十四歳

戦争中隣組であった十二軒の家が引き揚げの始まる頃まで、無力ながらも自衛と生活のためにかつてなかった程仲良く助け合う。売り食い、夜警、囲碁、子供たちとの野球が思い出となる。

一九四七年（昭和二十二）　二十五歳

日本人のほとんどが引き揚げた寂しい春、沢田真知と知り合い、デパートの遼東百貨店（旧名は幾久屋）で日本人の所持品の委託販売をする。五月から、残留日本人技術者や医者等の子弟の唯一の学校である大連日僑学校で、英語と数学を教える。この就職の機縁は、残留日本人の軟式野球試合に捕手として出場し、同校の先生たちに好意をもたれたことにあった。六月、沢田真知と結婚。彼女との出会いも、純潔の論理による死の誘惑から抜け出すきっかけとなる。この頃から詩作を中断。

一九四八年（昭和二十三）　二十六歳

二月、フランス映画の新作、ルネ・クレマン「鉄路の闘い」を見て、いくらか忘れかけていた文学・芸術への夢がせつなく疼く。七月末、引揚船高砂丸で大連から舞鶴へ向かう。東京世田谷区下馬の長姉の家に間借りし、東大に復学するが、わずかな衣類のほかはどのような財産もなく、生活費を稼ぐためにほとんど授業を欠席した。二十一年十月に原口統三が逗子で入水自殺していたことを知る。十一月、長男照比古出生。

一九四九年（昭和二十四）　二十七歳

四月、プロ野球の株式会社日本野球連盟に就職。猛打賞を提案し採用され、同賞は以後残り続けて現在に至る。詩はこの頃、人間の実存や官能に柔らかくも全的に訴える金子光晴のもの以外に興味が湧かない。文学や音楽より、むしろイタリアのネオ・リアリズムや、三〇年代および戦後のフランス映画に強い関心を持ち、しばしば見て歩く。秋、日本野球連盟がセ・パ両リーグに分裂する。

一九五一年（昭和二十六）　二十九歳

九月、東京大学を卒業する。入学から七年かかった。卒論はフランスのシナリオ作家シャルル・スパーク論。映画論は好まれなかったが、渡辺一夫の温情で通過した。「世代」同人となり、吉行淳之介、大野正男、浜田新一、中村稔、菅野昭正、橋本一明、村松剛、都留晃らを知る。詩、評論の他に、シナリオ「マキの新婚旅行」も発表。セ・リーグ事務局に移り、大リーグ機構や試合日程編成方法を研究し、プロ野球選手統一契約書などを翻訳する。

一九五二年（昭和二十七）　三十歳
この年から昭和三十九年までの十三シーズン、フランチャイズ制を実現したセ・リーグのペナントレース日程を編成。引き続き、大リーグの研究を続ける。

一九五三年（昭和二十八）　三十一歳
八月、転職し、新理研映画でニュース映画や記録映画作りに関わる。この時の仕事で印象的だったのは、国会の予算委員会、フランスから来たファッション・ショウ、来日したアメリカ大リーグ選抜ティームなどを対象としたものだが、集団制作が孤独を好む性格に合わず、半年ほどで辞める。しかし、撮影や編集の現場の体験によって、ほとんど忘れていた詩作が刺戟される。

一九五四年（昭和二十九）　三十二歳
一月、詩（「石膏」）を初めて文芸誌に発表する。二月、セ・リーグ鈴木竜二会長のすすめで、セ・リーグ事務局に復帰。実質的には中断せず、試合日程編成をする。六月、「現代評論」の同人になって遠藤周作、吉本隆明、奥野健男、日野啓三らを知り、また、「今日」の同人となって大岡信、吉野弘、入沢康夫、辻井喬、吉岡実、飯島耕一、岩田宏らを知る。九月、母鹿代六十九歳で死去。

一九五五年（昭和三十）　三十三歳
詩や文芸批評のほかに映画批評も書き始める。また、フランスの詩に改めて積極的に関心を抱き、ブルトン、デスノス、ポンジュなどに惹かれる。五月、神田のある画廊での詩画展で岡鹿之助と組み、以後静寂の浄福を暗示するその画風に親しみ続ける。七月、大田区池上の東京都分譲住宅に転居。

一九五六年（昭和三十一）　三十四歳
八月、書肆ユリイカ社主の伊達得夫に依頼され、二人で北軽井沢の別荘にいる米川正夫・丹佳子夫妻を訪れて、詩誌「ユリイカ」発刊の資金を借りることに成功する。十月、伊達は同誌を創刊した。この頃から、同誌周辺の那珂太郎らと交遊しながら詩作。映画評論もなお多く書き続ける。シュルレアリスム研究会に江原順、大岡信、東野芳明らと加わる。

一九五八年（昭和三十三）　三十六歳
三月、ユリイカ主催の銀座での詩画展に参加。

十一月、次男智比古出生。十二月、「現代批評」を吉本隆明、奥野健男、武井昭夫、井上光晴と創刊、後に島尾敏雄や橋川文三も加わり、第五号まで発行する。

一九五九年（昭和三十四）　三十七歳
二月、処女詩集『氷った焰』（書肆ユリイカ）刊行。十九歳の頃思い描いた、詩集→卒業→就職→結婚という生活設計が、まるで逆の順序で実現した。この頃、新橋のバーなどで連日のように酒を飲む。六月、小田久郎が「現代詩手帖」を創刊する。八月、詩誌「鰐」を、吉岡実、大岡信、飯島耕一、岩田宏と創刊。

一九六〇年（昭和三十五）　三十八歳
十月、最初の評論集『廃墟で拾った鏡—詩と映画』（弘文堂）を刊行。

一九六一年（昭和三十六）　三十九歳
前年末から一月にかけて、放送詩「地球儀」ほかをNHKラジオで二回試みる。一月、伊達得夫死去。「鰐」を代表して弔辞を読む。十二月、父己九思八十歳で死去。

一九六二年（昭和三十七）　四十歳
八月、詩集『日常』（詩人論＝吉本隆明、思潮社）刊行。詩が初めて外国の出版物（The Literary Review）で訳される。秋、宮川淳に招かれて港区愛宕山のNHK研究所でフランスから直送のブルトン「ナジャ」によるラジオ劇を聞き刺戟を受ける。二十年以上喫ったタバコをやめる。そのかわりのように、十代半ばから続いている音楽熱が一層高まり、音楽会通いやレコード蒐集が始まる。音楽の他に、映画、野球も、趣味の次元を超えて清岡文学の創造に大きく関わり続ける。この頃、学生時代に専門として選びながら半ば忘れていたフランス語を思う。

一九六三年（昭和三十八）　四十一歳
セ・リーグ勤務では、イースタン・リーグの仕事も引き受ける。その傍ら、法政大学、國學院大学、多摩美術大学でフランス詩や芸術論の非常勤講師も勤める。転職を考えて働きすぎ、喉と足の裏が痛くなる。この年に詩集は出していないが、金子光晴が「文藝」の年間ベスト・ワンに「清岡卓行の詩集」をあげ、最も尊敬する詩人の支持に感動した。

一九六四年（昭和三十九）　四十二歳
二月、一九六四年度ペナントレースの日程編成を終了し、後任者がくる五月まで事務を担当してセ・リーグを退職する。すでに四月から法政大学の専任教員となってフランス語を教え、宗左近、粟津則雄らの同僚となっていた。この年だけ、國學院大学と多摩美術大学にも出講。

一九六五年（昭和四十）　四十三歳
四月、恩師阿藤伯海死去。十一月、京都大学大学祭の座談会で大学院生の宇佐美斉に出逢い、彼の「清岡卓行論」を読んで二十代前半の青年に理解されたことを知る。

一九六六年（昭和四十一）　四十四歳
五月、創刊の詩誌「詩と批評」（昭森社）の編集に黒田三郎、長田弘とともに関わる。六月、初めての書き下ろし評論『手の変幻』（美術出版社）を刊行し、小島信夫、宮川淳らから評価されて元気を出す。十月、詩集『四季のスケッチ』（晶文社）刊行。十一月、東大（駒場）で「詩における生へのリズムと死へのリズム」という題で講演する。十二月、「詩学」が清岡卓行特集をし、渋沢孝輔らの詩人論が載る。

一九六七年（昭和四十二）　四十五歳
三月、宮川淳の評論集『鏡・空間・イマージュ』の中に、書き下ろしの一章として『氷った焰』賞揚の文章が含まれていることに感動する。

一九六八年（昭和四十三）　四十六歳
二月、現代詩文庫『清岡卓行詩集』（解説＝那珂太郎・吉野弘、思潮社）を辻征夫の編集で刊行。三月、翻訳『ランボー詩集』（河出書房新社）刊行。妻の看病をしながら長篇詩「最後のフーガ」を書き、「文藝」の編集者をしていた詩人の清水哲男からの依頼を機に同誌に掲載する。七月、妻四十一歳で死去。

一九六九年（昭和四十四）　四十七歳
四月から一年間、法大から国内留学を認められる。そのことで自由な時間ができたことと、妻との死別が小説の試みに向かわせ、第一作「朝の悲しみ」（「群像」五月号）が植谷雄高、中村光夫、小田切秀雄、安岡章太郎、佐伯彰一、遠藤周作らから評価されて元気を出す。十一月、小説の試みの第二作「アカシヤの大連」（「群像」十二月号）を発表。また、全詩集限定版『清岡

卓行詩集』(詩人論＝宇佐美斉、思潮社)刊行。

一九七〇年(昭和四十五)　四十八歳
一月、「アカシヤの大連」で第六十二回芥川賞受賞。三月、岩阪恵子と結婚。同月、岡山県を旅して阿藤伯海の墓参、小説集『アカシヤの大連』(講談社)、現代詩人論集『抒情の前線』(新潮社)刊行。同月、高見順賞選考委員(第一〜二回)となる。五月、大連日僑学校のクラス会に出席する。六月、吉本隆明と対談(「言語表現としての芸術—詩・評論・小説」、「群像」)。九月、亡き妻とその背景及び周辺に関する詩篇の集成である『ひとつの愛』(講談社)刊行。十一月、翻訳デュラス『ヒロシマ、私の恋人』(筑摩書房)刊行。

一九七一年(昭和四十六)　四十九歳
二月、小説集『フルートとオーボエ』(講談社)刊行。四月、現役の詩人の筆蹟集である編著『イヴへの頌』(詩学社)刊行、同月「フルートとオーボエ」が脚色され、NHKのラジオ物語として放送される。八月、「アカシヤの大連」がTBSラジオで朗読される。九月、原口統三との交遊を描いた小説『海の瞳』(文藝春秋)刊行。十一月、『アカシヤの大連四部作』(講談社)刊行。十収録した「朝の悲しみ」「アカシヤの大連」「フルートとオーボエ」「萌黄の時間」を〝四部作〟と呼んだのは、これらが約一年半という比較的短い期間に互いに深く関連する主題と素材によって連続的に書かれたことによる。

一九七二年(昭和四十七)　五十歳
三月、金子光晴と対談(「傷だらけの戦後」、「ユリイカ」)。四月、二十九年ぶりに高知県土佐に旅行し、「ふるさと土佐」(「朝日新聞」)を連載。同月、小説集『鯨もいる秋の空』(講談社)刊行。八月、東村山市多摩湖町に転居。大連時代の自宅近くにあった人工貯水池弥生ケ池に、やはり人工湖である多摩湖がよく似ていてとても気に入った。八月、初の随筆集『サンザシの実』(毎日新聞社)刊行。九月、カラー版『清岡卓行詩集』(詩人論＝宮川淳、角川書店)刊行。同月、日中国交回復。十月、渡辺一夫と対談(渡辺一夫『白日夢』巻末、毎日新聞社)。十一月、NHKのテレビドラマ「朝のかなしみ」(勅使河原平八脚本・演出)が放送される。

一九七三年(昭和四十八)　五十一歳
二月、〝大連五部作〟(〝四部作〟に「鯨もいる秋の空」を加える）を収録した文庫版『アカシヤの大連』（解説＝高橋英夫、講談社）刊行。高橋英夫によって示された詩、小説、評論などすべてにわたる全体的な深い理解に感動する。三月、『現代の文学』第三十五巻に「清岡卓行集」（作家論＝三木卓、月報に随想＝江川卓、講談社）収録。五月、薔薇の栽培を始め、数年間熱中する。九月、安西冬衛らの同人詩誌「亜」全三十五冊を初めて見て「凝縮された国際性」を再確認する。同月、書き下ろし小説『花の躁鬱』（挟み込み対談＝佐伯彰一、講談社）刊行。

一九七四年（昭和四十九）　五十二歳
六月、「高見順の詩」（『高見順全集』第二十巻解説）で、詩と小説を並行して書く高見の感性の運動に親身の内在的な分析を加える。十月、『萩原朔太郎「猫町」私論』（文藝春秋）を刊行し、十九歳以来の朔太郎熱に一区切りをつける。十一月、後楽園球場での王貞治とハンク・アーロンのホームラン競争の魅力に酔う。

一九七五年（昭和五十）　五十三歳
二月、再婚後の長男秀哉出生。五月、渡辺一夫死去、「哀悼渡辺一夫先生」（「読売新聞」）を徹夜で書く。六月、詩集『固い芽』（青土社）刊行。六月、金子光晴死去、「哀悼金子光晴先生」（「東京新聞」）等の追悼文を書き、弔辞を読む。かけがえのない二人の先達渡辺、金子の相次ぐ死は、したたかにこたえた。八月、文庫版『海の瞳』（解説＝清水徹、文藝春秋）刊行。九月、「創作ノート」（「週刊読書人」）を翌年十月まで連載。十月、阿藤伯海の詩と生涯を描いた小説『詩禮傳家』（文藝春秋）刊行。十一月、郡山で詩における生と死のかかわりについて講演する。

一九七六年（昭和五十一）　五十四歳
三月、京都嵯峨野の桜見物に出かけ、「桜の名人」（「太陽」）を書く。五月、小樽へ旅行し「小樽紀行」（「朝日新聞」）を連載する。同月、京都と奈良の仏像をいくつか見学し、「浄瑠璃寺初訪」（『浄瑠璃寺』の一部、淡交社）を書く。六月、八枚以下一枚半以上（四百字詰）の〝夢のモンタージュ〟の手法による掌篇散文集『夢を植える』（講談社）刊行。十一月、日本作家代表団（井上靖、巖谷大四、伊藤桂一、清岡卓行、辻邦生、大岡信、秦恒平）の一員として二十八年ぶりに中国大陸に渡り、十七日間にわたって北京、大同、杭州、紹興、蘇州、上海を訪れる。清岡文学の転換点ともいうべき大きな意味を持つ旅であり、これを契機に、コースに入っていなかった「記憶の宝庫」としての生まれ故郷大連への望郷の思いが、切ないまでにつのる。

一九七七年（昭和五十二）　五十五歳
三月、随想集『窓の緑』（小沢書店）刊行。同書収録の「自作について」は、創作の秘密を知る上に重要な示唆を与える。六月、新選・現代詩文庫『清岡卓行詩集』（解説＝飯島耕一・小海永二・思潮社）刊行。十月、宮川淳死去。同月、「文學界」新人賞の選考委員となり、以後八年間続ける。十二月、『現代文学大系』第九十五巻に「清岡卓行集」（解説＝饗庭孝男、月報に随想＝大野正男、筑摩書房）収録される。

一九七八年（昭和五十三）　五十六歳
四月、岡鹿之助死去。阿藤、渡辺、金子、岡と青春期から中年期にかけて敬愛・親炙した先達らと、また、宮川という優れた理解者であった後輩との相次ぐ死別に落胆し、一つの時間帯の終わりを意識した。七月、中国紀行をまとめた『藝術的な握手』（文芸春秋）刊行。

一九七九年（昭和五十四）　五十七歳
二月、『藝術的な握手』で第三十回読売文学賞受賞。三月、東京国立博物館での「中国シルクロード文物展」に深い興趣を覚え、展示品を題材に連作詩を書き始める。五月、十二指腸潰瘍となり、中旬から約一ヶ月間法大を欠勤して通院。手術せずに薬による治療を選び、過労を避けた。これを機に文筆に専念することを決意する。八月、家族と伊豆の海水浴に行く。十月、法政大学新応援歌を作詞し、中村哲総長に渡す。法大への別れの挨拶のつもりであった。

一九八〇年（昭和五十五）　五十八歳
三月、十七年間勤めた法大を退職する。「憧れの無職」にありつけたという解放感と、安定した収入から離れる頼りなささをこもごも味わう。五月、多摩湖畔に移り住んで以後の日常を主な素材に中国や大連との関わりで半生を確認した小説集『邯鄲の庭』（講談社）刊行。十月、「シルクロード文物展」に取材した連作詩集『駱駝のうえの音楽』（青土社）刊行。十二月、随想集『桜の落葉』（毎日新聞社）刊行。

一九八一年（昭和五十六）　五十九歳

中華人民共和国成立後、大連は旅順などと合併して「旅大」と呼ばれていたが、この年「大連」と改称されて再び地図にその名を現わす。六月、清水哲男・平出隆と野球についての鼎談（司会＝小笠原賢二、「週刊読書人」）をする。七月、『夢を植える』に続く〝夢のモンタージュ〟による掌篇散文集『夢のソナチネ』（集英社）刊行。九月、岡、渡辺、金子への追悼詩を含む詩集『西へ』（講談社）刊行。十月、連載小説「薔薇ぐるい」を「毎日新聞」（挿画＝福島誠）に開始し、翌年四月中旬まで続ける。新聞連載は初めてのことで不安で落ち着かなかったが、脇地炯記者の強い支持で勇気が出た。

一九八二年（昭和五十七）　六十歳
四月、知命を過ぎた父が幼い子に抱く愛憐の情を根本動機とした連作詩集『幼い夢と』（河出書房新社）刊行。八月「日仏の明日を考える会」の依頼で、現代日本の短篇小説と詩を翻訳しフランスで出版する企画の詩部門の編集委員を、大岡信と引き受ける。九月、小説『薔薇ぐるい』（新潮社）刊行。十一月、日中文化交流協会代表団（井上靖、清岡卓行、緑川享、大越幸夫、武満徹）の一員として十七日間にわたり、上海、北京、済南、淄博《しはく》、鄭州、洛陽をまわる。途中から単身、四泊五日の日程で大連を訪ねる。引き揚げ後から、実に三十四年ぶりの帰郷。この現実の帰郷に深く心はなごむが、同時にまた、遠く失われた「記憶の宝庫」である大連への郷愁は一層活発に生動し始め、以後、表現上の時空と方法は大きく広げられ変奏され続けることになる。

一九八三年（昭和五十八）　六十一歳
前半の半年ほどの間に、中国旅行を題材にした小説や随筆を集中的に執筆する。四月、家族と吉野山の桜をながめた後京都に出て、寺院の庭園や仏像を見学する。八月、三十四年ぶりの大連帰郷を描く連作集『大連小景集』（講談社）刊行。十二月、『現代の詩人6　清岡卓行』（鑑賞＝宇佐美斉、肖像＝高橋英夫、中央公論社）刊行。

一九八四年（昭和五十九）　六十二歳
一月、芸術選奨選考委員となり、以後三年間続ける（その後一九九二年から三年間、一九九六年から三年間それぞれ同委員となる）。九月、二度にわたる中国旅行から生まれた詩十一篇を収めた『初冬の中国で』（青土社）、プロ野球に関する随想

・詩を集成して野球への持続的な溺愛ぶりを示した『猛打賞』（講談社）刊行。

一九八五年（昭和六十）　六十三歳

三月、『初冬の中国で』で第三回現代詩人賞を受賞。四月、セ・リーグ前会長鈴木竜二を囲むパーティに出席し、久しぶりにプロ野球内部の雰囲気にひたった。五月、二回目の新聞連載小説「李杜の国で」を「朝日新聞」（挿画＝安野光雅）に開始し、翌年一月中旬まで続ける。フィクションによって、日本詩人団の中国旅行を描いた小説である。十一月、初期詩篇二十数篇と新作十数篇を除く全詩を収めた『清岡卓行全詩集』（思潮社）刊行。栞の「自筆略歴」はコンパクトな清岡文学への批評史であり、読み物としても堪能できる逸話もあって面白い。十一月、イヴ＝マリ・アリューによって、詩が数篇仏訳される。

一九八六年（昭和六十一）　六十四歳

三月、詩歌文学館賞選考委員となり、以後三年間続ける。（その後一九九三年から翌年にかけても同委員となる）。四月、『李杜の国で』（朝日新聞社）刊行。六月、痛風の発作を初めて体験。八月、平出隆ら詩人たちの野球チーム「ファウルズ」の試合（後楽園スタジアム）の始球式をする。九月、編集の一員として参加した仏訳『日本現代詩選集』が、フランスのガリマール書店から刊行される。十二月、随想集『別れも淡し』（文藝春秋）刊行。

一九八七年（昭和六十二）　六十五歳

一月、子供の将来を考えて、本籍を高知県から東京都に転籍する。五月、〝大連もの〟のより自在な展開である長篇小説『大連港で』（福武書店）刊行。また同月、青春前期に熱く憧れた都市であるパリに初めて旅行し、ポンピドー・センターでの「日本現代文学シンポジウム」に井上靖、佐伯彰一、大岡信、大江健三郎、石井晴一と出席、小講演「日本現代詩にあらわれたルナルディスム」を行う。同講演は後に『パリの五月に』に収録される。

一九八八年（昭和六十三）　六十六歳

二月、『大連小景集』を含む新編集の文芸文庫版『アカシヤの大連』（解説＝宇佐美斉、講談社）刊行。三月、現代詩人賞選考委員となる。十月、初期文語詩篇三十一篇を収めた『円き広場』（思潮社）刊行。表題作を初めとして、東西の詩精神の同時共存による均衡の力学と硬質なイメージが顕著であり、両親の資質の影響が明らかに認められる。

一九八九年（昭和六十四・平成元）　六十七歳
一月、岡鹿之助、藤田嗣治、金子光晴、ロベール・デスノス、マン・レイ、イサドラ・ダンカンらを描く小説「マロニエの花が言った」の長期連載を「新潮」で開始する。三月、『円き広場』で第三十九回芸術選奨文部大臣賞受賞。五月、文庫版『李杜の国で』（解説＝古屋健三、朝日新聞社）刊行。八月、二十四篇の夢を素材に、恐怖とユーモアを一体化させて厚みのある〝夢のモンタージュ〟に成功した詩集『ふしぎな鏡の店』（思潮社）刊行。

一九九〇年（平成二）　六十八歳
二月、『ふしぎな鏡の店』で第四十一回読売文学賞受賞。受賞インタビューで、夢を描き続けることの楽しさを強調する。また、小説は詩に対する批評で双方補い合う関係にあるので今後も両方続ける、とも語る。五月、文庫版翻訳、デュラス『ヒロシマ私の恋人』（解説＝宇佐美斉、筑摩書房）刊行。九月、文芸文庫版『手の変幻』（解説＝平出隆、年譜＝小笠原賢二、講談社）刊行。十一月、加筆新編集版『薔薇ぐるい』（挟み込み対談＝平出隆、日本文芸社）刊行。新しく編集された別冊『薔薇の詩のアンソロジー』と共に一つの函に収めた本書は、詩と小説を車の両輪のように不可分な営為として位置づける創作姿勢を形象化した点で象徴的な意味を持つ。

一九九一年（平成三）　六十九歳
八月、叢書版『萩原朔太郎「猫町」私論』（解説＝高橋英夫、筑摩書房）刊行。九月、東京都練馬区内のある寺の墓地に立つ両親など一族の墓は長兄の息子に委ね、そのすぐ近くの別の寺の墓地に自分の家族の新しい墓を立てる。十月、四年半ほど前のパリへの旅行を題材とする第一部と、遠い過去のパリにおけるランボー、デスノス、藤村、嗣治、鹿之助、光晴を追想する第二部で構成された詩集『パリの五月に』（思潮社）刊行。十一月、紫綬褒章を受ける。同月、編集・解説した文庫版『金子光晴詩集』（岩波書店）刊行。

一九九二年（平成四）　七十歳

一月、翻訳『ランボー詩集』（河出書房新社）の新版を一部加筆して刊行。三月、『パリの五月に』で第七回詩歌文学館賞を受賞する。八月、前橋市が創設した萩原朔太郎賞の選考委員となり、以後六年間続ける。十二月、『清岡卓行大連小説全集』上・下巻（日本文芸社）刊行。

一九九三年（平成五）　七十一歳
七月、新しく「蘇州で」を書き下ろして加え、文芸文庫版『詩礼伝家』（解説＝高橋英夫、作家案内＝小笠原賢二、講談社）刊行。九月、短篇集『蝶と海』（講談社）刊行。

一九九四年（平成六）　七十二歳
十二月、『新選・現代詩文庫102』の増補、新編集版として、現代詩文庫『続・清岡卓行詩集』（詩人論・作品論＝飯島耕一、小海永二、思潮社）刊行。

一九九五年（平成七）　七十三歳
五月、文庫版『大連港で』（解説＝武藤康史、ベネッセコーポレーション）刊行。同月、編集・解説をした文庫版萩原朔太郎『猫町 他十七篇』（岩波書店）刊行。六月、詩・小説・評論にわたる作家としての業績に対し、第五十一回日本芸術院賞受賞。七月、一九八九年から連載を続けていた「マロニエの花が言った」を「新潮」八月号に七十二回分を書いたあと、しばらく休載する。十一月、詩集『通り過ぎる女たち』（思潮社）刊行。

一九九六年（平成八）　七十四歳
一月、中国の雑誌「世界文学」に特集が組まれ詩十五篇、「アカシヤの大連」、エッセー二篇が翻訳され、清岡卓行論も掲載される。三月、中国大連市の大連日本人学校から依頼を受けていた「大連日本人学校校歌」を作詞。（作曲は團伊久磨）。六月、随想集『郊外の小さな駅』（朝日新聞社）刊行。七月、「現代詩の行方をめぐって」と題し荒川洋治、大岡信、鈴村和成、那珂太郎と座談会（「群像」八月号）。十月、「幼年期において同一の狭い時空を共有した唯一の文学者」と記した遠藤周作死去、聖イグナチオ教会での葬儀に参列する。十一月、『通り過ぎる女たち』で第三十四回藤村記念歴程賞受賞。十二月、日本芸術院会員になる。

一九九八年（平成十）　七十六歳
五月、連載を中断していた「マロニエの花が言った」の完結篇である「パリに結ぶ夢の深さ」（四七〇枚）を「新潮」六月号に掲載。以後翌年一月にかけて「マロニエの花が言った」全篇に加筆、推敲。十一月、勲三等瑞宝章を受ける。

一九九九年（平成十一）　七十七歳

二月、「私の履歴書」を日本経済新聞に二十七回にわたって連載する。八月、長篇小説『マロニエの花が言った』上・下巻（新潮社）刊行。本書は、二十世紀における最も魅惑的な文学芸術の空間を二つの世界大戦のあいだのパリと捉え、その地に集ったさまざまな芸術家たちの青春を熱く豊かに描いたもので、詩と批評と小説の力が存分に生かされた作家としての集大成とでもいうべきものである。その力の源となったひとつは、少年時代からの途切れることのないパリへの憧れであった。十月、「多中心的長篇小説の愉しみ—『マロニエの花が言った』をめぐって」と題し高橋英夫と対談（「新潮十一月号」）。十二月、『マロニエの花が言った』で、第五十二回野間文芸賞受賞。

二〇〇〇年（平成十二）　七十八歳

一月、久世光彦『聖なる春』（新潮文庫）に解説を書く。

二月、一高以来の友人、高木友之助死去。三月、河盛好蔵死去、追悼文を産経新聞に書く。四月、「河盛好蔵の人間味と豊饒」と題し安岡章太郎と対談（「新潮」六月号）。同月、「私の生き方—一九四五年夏の大連—清岡文学の原点と青春後期回想」と題してインタビューが掲載される（「公研」五月号）。九月、河盛好蔵『藤村のパリ』（新潮文庫）に解説を書く。

二〇〇一年（平成十三）　七十九歳

十一月、現代詩文庫『続続・清岡卓行詩集』（作品論・詩人論＝鈴村和成、辻征夫、清水哲男、小笠原賢二、思潮社）刊行。同月、安岡章太郎と対談（日本芸術院会員記録）。

二〇〇二年（平成十四）　八十歳

四月、那珂太郎と対談（日本芸術院会員記録）。六月、短篇集『太陽に酔う』（講談社）刊行。八月、間質性肺炎と診断され、新山手病院（東村山市）に二週間ほど入院する。同月、詩集『一瞬』（思潮社）刊行。九月、再び十日間ほど入院、以後在宅酸素療法を行い、定期的な通院検査のほかは外出を控える。十一月、『一瞬』で第二十回現代詩花椿賞受賞。

二〇〇三年（平成十五）　八十一歳

一月、『太陽に酔う』と『一瞬』で第四十四回毎日芸術賞受賞。抒情詩が軽視されがちな風潮のなかで、抒情詩の回復を願い可能性を拓き続けた詩人にとって、『一瞬』が評価されたことは大きい。三月、間質性肺炎のため新山手病院に十日間ほど入院する。以後通院を往診に切り替え、まったく外出しなくなる。

二〇〇四年（平成十六）　八十二歳

四月、頭から顔の右側にかけて帯状疱疹に悩まされる。五月、現代詩人会主催「日本の詩祭２００４」で先達詩人として表彰される。十月、身近な親しい後輩であった小笠原賢二死去。十二月、石垣りん死去。若い評論家と尊敬する詩人の死に打撃を受ける。

二〇〇五年（平成十七）　八十三歳

八月、片目の一部が見えなくなり、眼底検査の結果、網膜の細動脈硬化とわかる。

二〇〇六年（平成十八）

二月、間質性肺炎の急性増悪のため二十二日から四月四日まで新山手病院に入院。五月十三日再び同病院に入院。同月十五日、意識がはっきりした際、本人の希望により「ある日のボレロ」を口述筆記するも、推敲はなされなかった（『文藝春秋』七月号）。これが最後の詩作品となった。六月三日午前六時四〇分間質性肺炎により入院先で死去。十月、拾遺詩集『ひさしぶりのバッハ』（思潮社）刊行。同月、講談社主催で「清岡卓行さんを偲ぶ会」が開かれる。発起人に、大岡信、高橋英夫、那珂太郎、吉本隆明。十一月、最晩年の短篇と随想をまとめた『断片と線』（講談社）刊行。

＊

二〇〇七年（平成十九）

六月、随想集『偶然のめぐみ』（日本経済新聞出版社）刊行。

十一月二日から十二月十九日まで、高知県立文学館にて「清岡卓行追悼展」が開催される。

二〇〇八年（平成二十）

六月、『清岡卓行論集成』ⅠⅡ巻　宇佐美斉・岩阪恵子編（勉誠出版）刊行。

十月、『定本清岡卓行全詩集』（思潮社）刊行。

＊一九九二年の項までは、小笠原賢二氏が清岡卓行自筆の六種類の年譜を参照し、更に自伝エッセイ・小説をはじめとする諸資料に当たって補ったうえ、本人の校閲を得て編んだ『清岡卓行大連小説全集・下巻』収録の年譜を用いた。それ以降は岩阪恵子による。

解題　著作目録

解題・解説

単行詩集

『氷った焰』

一九五九年二月一日発行　発行者伊達得夫　東京都新宿区上落合二―五四〇　書肆ユリイカ　一八三㍉×一八四㍉　一三〇頁　背継上製丸背貼函入　定価四五〇円　限定五〇〇部　表紙岡鹿之助　装幀沢田真知　「Ⅰ」四篇　「Ⅱ」五篇　「Ⅲ」四篇　「Ⅳ」六篇　「Ⅴ」七篇の二十六篇を収録。あとがき　本文新字新かな。

　この詩集では、甘美な抒情と抑制されたエロティスムが、超現実のイマージュとなってみごとな詩にまとめられている。清岡詩の登場の意味は、戦後という時代の層にあって、内的なレアリスムとしてのシュルレアリスムが、内部の生命の全的な劇化となって、みごとに開花したところにあった。当時、映画批評の世界にいた清岡卓行は、戦後的廃墟と混乱のなかで、戦前の詩からすると奇跡的とも言える新しい詩を推進させた。これにより、戦後詩人として清岡卓行の存在は確固たるものとなった。大陸の大連での敗戦体験と引揚者としての喪失感、絶望、それを救う青春の恋愛体験と希望を背景にして、十五年の歳月をかけてできた処女詩集である。敬愛する岡鹿之助の絵が函入りの表紙を飾る美しい詩集である。

『日常』（現代日本詩集4）
一九六二年八月一日発行　発行者小田久郎　東

京都千代田区神田神保町一―三　思潮社　二一一ミリ×一四九ミリ　九〇頁　フランス装　定価三六〇円　装幀真鍋博　十六篇を収録。解説吉本隆明　自筆年譜付。本文新字新かな。

　第一詩集が出版されてからの三年間に書かれた詩をまとめた第二詩集である。言語の場としての東京での現実の生活にあって、「日直」や「オーボエを吹く男」に見られるように、日常を題材にした実存と諧謔の両義性をもつ作品が生まれた。清岡卓行にとって、この時期の日常とは、戦後の市民社会を支える家庭と仕事が中心である。戦後の過酷な時代にあって、生活者である詩人の日常の思想が、詩学としての芸術にたかめられている。家庭や仕事のさりげない日常と夢や詩作の非日常との弁証法は、清岡詩に一貫する重要なモチーフである。彼のポエジーは終生その融合となる。独自の現実把握のレアリスムと非日常としての夢とが、詩法における構成美を見せている。吉本隆明は、解説のなかで、詩集『日常』への讃辞を惜しまなかった。

『四季のスケッチ』

一九六六年十月十日発行　発行者中村勝哉　東京都千代田区外神田二丁目一―四　晶文社　二二〇ミリ×一五五ミリ　一四四頁　背継上製丸背貼函入　定価一〇〇〇円　限定四〇〇部　装幀平野甲賀　「Ⅰ　四季のスケッチ」四篇　「Ⅱ　散文的な四行詩」三十篇　「Ⅲ　ソネットの試み」二篇　「Ⅳ　散文詩」三篇　「Ⅴ」七篇の四十六篇を収録。本文新字新かな。

　清岡卓行の第三詩集は、自由詩、定型の散文的な四行詩、十四行詩と、さまざまな詩の形式を試みた端正で抒情豊かな詩集である。定型の詩法による創作は、詩人の特異な西洋音楽への嗜好をも垣間見せるが、詩の立体性の復活と古今の詩のもつ伝統的形式であるカトラン（四行詩）やソンネ（十四行詩）とも内的に結ばれる契機を得ている。これらの詩法によって、以後、持続的で旺盛な詩の生成が可能となった。また、「四季のスケッチ」というタイトルには、戦前の抒情詩の伝統を継承しつつ、象徴的な詩法とシュルレアリスムの要素を内在化させた、明らかに戦後の市民社会の解放性を歌う抒情が見える。

『ひとつの愛』

一九七〇年九月二十八日発行　発行者野間省一　東京都文京区音羽二―一二―二一　講談社　一八八ミリ×一五九ミリ　二三〇頁　上製角背・ビニ

ールシート付貼函入　定価七〇〇円　装画鷹山宇一　装幀横山明　「1」十篇　「2」二十五篇「3」十七篇の五十二篇を収録。本『全詩集』には、初期詩篇および初期の三詩集と重複する「1」と「2」を除いた「3」の十七篇を収録。あとがき　本文新字新かな。

この第四詩集の特徴は、「ひとつの愛」というタイトルがすべてを物語っていることにある。小説「アカシヤの大連」四部作の原点ともいうべき妻との愛の生活を基盤とする詩人の喪失感が、美しいほどに刻印された詩集である。この頃から、清岡卓行は「アカシヤの大連」の作家として、新たな固有名を獲得した。現実の喪失を余韻のなかに取り出す詩人の魂の悲痛な告白には、風土的故郷の大連と生活の場としての東京の銀座、上野、後楽園スタジアムと、いまだ見ぬパリへの憧憬が、背景に色濃く投影されている。「最後のフーガ」は、愛する詩人ランボーの苦行を反芻しながらの訳業と妻の看護が状況的に共鳴した長篇詩である。奇蹟的というほど読者からむかえられた詩集である。

『固い芽』

一九七五年六月十日発行　発行者清水康雄　東京都千代田区神田神保町一―二九市瀬ビル　青土社　二二五ミリ×一九一ミリ　九六頁　上製布クロス装角背貼函入　定価一四〇〇円　装幀著者二十九篇を収録。本文新字新かな。

この第五詩集は、故郷と妻を喪失した生活者としての詩人が、再婚を期に、新たな生への意志を象徴的に表現した詩からなっている。戦後の空気と新しい現実の生活のなかで織りなされた美しい言葉を紡いだ詩集である。この時期、詩人は新たな市民生活へとその歩みをすすめたが、恩師の渡辺一夫や敬愛する詩人金子光晴との対談や、血縁の郷里高知への帰還も果されている。また、この時期には、教職生活と文筆生活の基盤を求めて、東村山市多摩湖町への移転があった。こうした生活上の体験が、文学的風土と生活風景の変化となって、詩的な調和をえた可憐で新鮮な抒情詩の集積を生み出している。自由詩、四行詩、十四行詩を駆使して編まれた甘美な愛と含羞のリリスムを湛えた詩集である。

『夢を植える』

一九七六年六月二十九日発行　発行者野間省一　東京都文京区音羽二―一二―二一　講談社　二

二三㍉×一三六㍉　一九二頁　上製角背貼函入　定価一三〇〇円　挿絵福島誠　二十二篇を収録。十二点の挿絵入。本『全詩集』には、後半の「チーズ」「かける」「風呂屋で」「ある会話」「萩の花」「遅すぎる」「ペガサス」「柳絮を浴びる裸女」の八篇を除いた十四篇を収録。あとがき　発表覚書　本文新字新かな。

本書は、あとがきに「夢を描く掌篇小説の試み」とあるように、創作としての想像力と直観を支える睡眠中の夢を題材とする散文詩風の作品である。「バナナの皮」では、端正で平易なレアリスムの散文によって記述された夢が、意外な運動のイマージュに展開する作品となっている。あとがきには、ミッシェル・レリスの『夜なき夜、昼なき昼』から影響を受けたと書かれている。自動筆記や自由連想法と言うシュルレアリスムを意識することによって得られた、創作の方法の成果がうかがえる。独立した二つのショットが衝突する夢の効果は、異化作用としてのモンタージュ理論によって、詩のイマージュが統合される手法である。この一冊目の散文掌篇集の試みは、この系列に連なる以後の旺盛な詩作に発展した。

『駱駝のうえの音楽』

一九八〇年十月二十九日発行　発行者清水康雄　東京都千代田区神田神保町一—二九市瀬ビル　青土社　二一二㍉×一五七㍉　一四二頁　上製角背貼函入　定価二五〇〇円　装幀奥野玲子　「東京国立博物館　陝西・甘粛・新疆出土　漢—唐　中華人民共和国シルクロード文物展」の十二のオブジェをテーマにした十二篇を収録。各詩の末尾には、それぞれに該当するオブジェのカラー写真を掲載。あとがきに代える随想「ある抒情のかたち」　本文新字新かな。

この第六詩集は、一九七九年の春から夏にかけて開催された「中華人民共和国シルクロード文物展」を契機として制作された連作詩篇からなっている。詩の言葉と調和した十二点のカラー写真とアート紙を使用した瀟洒な詩集である。オブジェそのもの、中国古典詩、個人的な幻想の三つのイマージュが、垂直的な詩のなかにひとつとなって複合する。その詩は、立体的な構造を意識して書かれている。清岡卓行の詩的精神には、大陸からの引揚者という挫折感と絶望や痛みが、詩の背景で響いている。しかし、大連での大陸的で鷹揚な生活と旧制第一高等学校の恩師阿藤伯海による薫陶や漢詩や唐詩の教養がなければ、このように美しい中国の文物や古代史と交響したシルクロード幻想の詩群は生れなかったであろう。

『夢のソナチネ』

一九八一年七月十日発行　発行者堀内末男　東京都千代田区一ツ橋二—五—一〇　集英社　一九四ミリ×一三七ミリ　二三二頁　上製丸背　定価一三〇〇円　装画岡鹿之助「シノセファール（狼の頭をもった人躰）」—リトグラフィ・一九七八年制作—　装幀岩阪恵子　散文詩十五篇と「夢の周囲の一群—間奏ふうに—」の四行詩十二篇と散文詩十五篇の四十二篇を収録。本『全詩集』には、散文詩「断片集」「ミイラと乾葡萄」「重要な手紙」「遊覧バス」「蜃気楼のなかの風」「あるアナーキスト詩人」「死体の侵入」「光景の分裂」「ある二人の女の詩人」「幼い忍耐」「深夜のフィルム編集」「歯痛」「忘れた傘」「竿秤」「空港へ」「へんな歯」「時計のないバー」「ある殺人事件」「サーベル」「逆立ちして歩く」「電車のなかの櫛」「蝶の坂」の二十二篇を除く八篇とすべての四行詩十二篇の二十篇を収録。あとがき　本文新字新かな。

　本書も『夢に植える』につづく二冊目の夢を描く散文掌篇集である。四行詩の「夢の周囲の一群—間奏ふうに—」を中心とした、夢を題材とした散文詩の集積である。ベルクソンの言う意識の流れと連動する夢の映像または映画的な展開による描写が、詩人の願望や驚きや恐怖の投射として、描かれている。言うまでもなく、清岡詩の創作の秘密には、こうした夢と詩人の内面の機微が、美しいレアリスムによる形象をかたどりながら、芸術的幻影の世界を立体的に形成する現代詩としての詩学が存在する。散文詩や四行詩の定型のなかで、映像のカットにおける切断と接続が睡眠中に見た夢を凝縮させ、詩の言語による創作へと昇華した散文詩集と言えるだろう。

『西へ』

一九八一年九月四日発行　発行者三木章　東京都文京区音羽二—一二—二一　講談社　二二四ミリ×一三九ミリ　一一〇頁　上製布クロス装角背貼函入　定価一六〇〇円　装幀岩阪恵子　「Ⅰ」二篇「Ⅱ」九篇「Ⅲ」四篇の十五篇を収録。あとがき　本文新字新かな。

　この第七詩集の第Ⅰ章は、岡鹿之助、金子光晴、渡辺一夫といった生前敬愛した三氏への挽歌を中心とする色彩豊かで典雅な詩からなる。日没に近い時刻の西武園駅へ向かう電車内部での大きな夕陽の光との遭遇は、逝去した恩師や詩人への思い出と悲しみが重なり、二つのモチーフは思いがけない出会いとなって詩的直観を喚起した。このような手法は、清岡詩が得意とする顕著な傾向である。詩集の装幀にも使用してきた岡鹿之助の絵に対するオマージュも捧げられている。第Ⅱ章では、大学をやめて文筆へ専念する時期とも重なる日常の詩的な劇化の成果と諧謔の表現が見られる。第Ⅲ章には、故郷へのノスタルジーを奏でる幼少年期の記憶を外面化する詩が置かれ、総じて柔らかい感性と鋭角的言語との協奏によって捉えられた詩集である。

『幼い夢と』
一九八二年四月二十五日発行　発行者清水勝　東京都渋谷区千駄ヶ谷二―三二―二　河出書房新社　一九五ミリ×一三七ミリ　一二八頁　上製丸背　定価一二〇〇円　装幀安野光雅　二十五篇を収録。あとがき　本文新字新かな。

　この第八詩集は、「中年も終りに近い父が、幼い末っ子と同じ地球のうえであとどれだけいっしょに生きていられるだろうか」と考えたときの、一抹の寂しさをつづった感性豊かな詩の創作集である。「文藝」連載時の担当編集者であった平出隆にも支えられて、明るい童画を意識させるような爽やかな詩篇の集積となっている。五十歳を過ぎて得た末っ子を媒介にした詩人の生活と創作の場所は、大連の風景に似ていると言われた東村山の多摩湖畔である。あたたかい家庭と土のある生活のなかで、子どもとの対話と親子関係が、純粋な詩精神による交響詩となって、音楽の楽譜のような連作へと高められた。安野光雅の淡い緑とグレーの彩る装画が、童心が揺れるこの詩集の印象をみごとに表わしている。

『幼い夢と』（特装限定版）
一九八二年十一月二十五日発行　発行者清水勝　東京都渋谷区千駄ヶ谷二―三二―二　河出書房新社　二四〇ミリ×一五八ミリ　一二八頁　上製布クロス装丸背二重函入　定価九八〇〇円　限定二〇〇部　装幀安野光雅　二十五篇を収録。口絵に著者自筆詩「明るい青空を背に／紅白玉入れの連弾が／点描の／花火の夢を」　あとがき　本文新字新かな。付録として安野氏の装画の絵葉書二枚付。

『初冬の中国で』＊第三回現代詩人賞受賞
一九八四年九月十七日発行　発行者清水康雄　東京都千代田区神田神保町一―二九市瀬ビル　青土社　二一二ミリ×一五一ミリ　一三〇頁　上製角背貼函入　定価一九〇〇円　装幀奥野玲子　中国旅行を契機に作られた十一篇を収録。雑誌発表　あとがき　本文新字新かな。

　清岡卓行は、一九七六年と一九八二年の二回、中国を旅行する機会に恵まれている。旅行の期間は、初冬と呼ぶのにふさわしい時節だった。これらの訪問によって、幼い頃から親しんだ『唐詩選』の世界が、詩人の無意識からよみがえる。旅の身体移動と大陸の風土や風景との再びの出会いによって可能となった第九詩集である。清岡卓行は、漢詩を背景にもつ現代詩人のひとりである。そこには、漢詩や唐詩のエクリチュールの垂直性が、立体的な詩の構成力となっている。中国の土地の名と人の名が、大きな感動となって詩の制作を後押ししている。この時、詩人の眼は、大連に遡行する創作営為を超えて、より深甚な中国文化へと大きく見開かれる現代性を獲得することになった。

『円き広場』（初期詩集）＊第三九回芸術選奨文部大臣賞受賞
一九八八年十月三十日発行　発行者小田久郎　東京都新宿区市谷砂土原町三―一五　思潮社　二四五ミリ×一七〇ミリ　一二八頁　上製布クロス装丸背貼函入　定価二二〇〇円　エッチング浅川洋子　「Ⅰ」十篇　「Ⅱ」四行詩九篇　「Ⅲ」十二篇の初期詩篇のうち既発表十四篇と未発表十七篇の三十一篇を収録。あとがき　本文新字旧かな。

　この第十詩集は、初期の習作を再構成して編んだものである。文語体による青春期の詩を収録する初期詩集は、斬新な出発となった口語自由詩の『氷った焰』とは対照的な詩集である。ここには、二度の中国への訪問に基づいて、精神の古層大連の日の幻影と恋愛の詩情へと遡行する姿がある。若き清岡卓行は、戦時期に詩的出発を遂げたが、当時の「四季」派や「日本浪曼派」の抒情やヨーロッパのロマン主義とある意味で通底する詩的トポスのなかに、ひらがなによる四行詩や伝説的な存在の原口統三、江川卓との交友の詩も位置づけられよう。この詩集は、抒情詩人清岡卓行が、『アカシヤの大連』によって小説家となった原点である記憶の場所を、純粋性そのままのポエジーとして歌った序奏とも言える。名著の名にふさわしい幻の初期詩集である。

『ふしぎな鏡の店』＊第四一回読売文学賞（詩歌俳句賞）受賞

一九八九年八月一日発行　発行者小田久郎　東京都新宿区市谷砂土原町三―一五　思潮社　二三二ミリ×一五九ミリ　一二八頁　上製丸背　定価二四〇〇円（本体二三三〇円）　装幀菊地信義「Ⅰ」七篇　「Ⅱ」四行詩十二篇　「Ⅲ」五篇の二十四篇を収録。あとがき　本文新字新かな。

この第十一詩集の表題となった詩「ふしぎな鏡の店」には、「宮川淳氏に」と副題がつけられている。宮川淳は、夭逝したフランス文学者であり、引用や表層の効果を論ずる評論家であった。清岡卓行の初期の詩を評価したのは、こうした宮川淳や宇佐美斉である。清岡卓行にとって、若き日のシュルレアリスム研究会への参加と内的な関心は、戦後詩人としての日常と非日常の往還運動による詩の立体的な生成に欠かすことのできないファクターであった。特に、映画のモンタージュ理論は、夢から得たふたつのイマージュをひとつの詩芸術へと昇華する手法である。こうした映像やイマージュを動的につかむ手法を取り入れた自由詩とともに、四行詩の定型詩的な詩作においても、夢を素材とする手法は、表層の効果を動的に表現した詩作の重要な位置を占めている。二十四の夢に音楽と幻想が織りなされる詩集である。

『パリの五月に』＊第七回詩歌文学館賞受賞

一九九一年十月二十日発行　発行者小田久郎　東京都新宿区市谷砂土原町三―一五　思潮社　二二六ミリ×一六一ミリ　一九二頁　上製丸背　定価二八〇〇円（本体二七一八円）　装幀芦澤泰偉　装画岩阪恵子　写真海原純子　「パリの五月に」十五篇　「追想のパリ」六篇の二十一篇を収録。附録として「日本現代詩にあらわれたルナルディスム」（小さな講演）を収録。あとがき　本文新字新かな。

この第十二詩集は、長年の夢と憧れであったパリ滞在が現実となることで制作された詩集である。そのきっかけは、日仏文化交流を目的としたフランスでのシンポジウムに加わったことによる。このパリ滞在は、思い出の底から、東洋のパリ・大連の円き広場の風景を引き出すことにもなった。パリを追想する詩篇は、「島崎藤村が見た夢」「藤田嗣治の自画像」「岡鹿之助と海」「金子光晴は風のように」「ロベール・デスノスの恋人」となって、畢生の大作『マロニエの花が言った』の執筆を促すモチーフとなる。象徴詩やシュルレアリスム運動のメッカであった一九三〇年代のパリ。この美しい都市に集まってきた人物を主人公とする詩と小説と評論を一体化した作品は、評伝風小説というのにふさわしいものであった。時空間を超えたパリの風景に詩人の足跡を残した詩集である。

『通り過ぎる女たち』＊第三四回藤村記念歴程賞受賞

一九九五年十一月二十五日発行　発行者小田久郎　東京都新宿区市谷砂土原町三―一五　思潮社　二三一ミリ×一五八ミリ　一五二頁　上製丸背　定価三二〇〇円（本体三一〇七円）　装幀フォーマット菊地信義　「I―植物にかかわって」二篇　「II―外国の都市で」三篇　「III―夢のあと夢のなか」三篇　「IV―また植物にかかわって」二篇　「V―絵画のうちとそと」三篇　「VI―海の日没をともなう唄」二篇の十五篇を収録。あとがき　本文新字新かな。

清岡卓行の詩は、日常と非日常を結んで往復する詩的磁場に生成する。そのなかで重要な位置を占めるものが、現代詩のポエジーに形をあたえる夢の考察とその効果的な使用である。詩における夢の効果とは、ふたつの映像的表象を異化作用として、直観的にひとつに合体させるものである。ミューズとしての女性との出会いや芸術的幻影との接触が、夢の効果のようにはたらいて、詩人の創作を促している。晩年の清岡卓行は、薔薇を中心とする植物性（フローラ）と石の鉱物性に、詩的なオブジェを体感していた。詩人にとって、記憶の底から女性に詩を捧げることは、無意識的な夢の効果と同じく、詩の生成と密接に連なるミューズの存在とかかわることである。それは、『氷った焔』以来の抑制されたエロティスムと自然のフローラや鉱物に似た詩的オブジェとの交感に等しいものであろう。愛と夢を孤独な観念のなかに織りなす第十三詩集。

『一瞬』＊第二〇回現代詩花椿賞・第四四回毎日芸術賞受賞（小説集『太陽に酔う』とともに）

二〇〇二年八月二十日発行　発行者小田久郎　東京都新宿区市谷砂土原町三―一五　思潮社

二三一ミリ×一五七ミリ　一四六頁　上製丸背　定価（二八〇〇円＋税）　装幀吉川秀哉　「Ⅰ―春の情景を含んで」五篇　「Ⅱ―夏の情景を含んで」四篇　「Ⅲ―秋と冬の情景を含んで」五篇の十四篇を収録。あとがき　本文新字新かな。

　この第十四詩集は、詩的で感動的な一瞬をそれぞれの詩のモチーフとしている。さりげない生の断面である日常を円熟した思考が捉えた。このような日常のなかの特殊な一瞬には、芸術としての普遍性へと到達する詩人の美学を暗示するものがある。ここでは、詩集『西へ』の詩に出てくる西武園駅の周辺で見た落下寸前の丸い大きな太陽と同じ詩のトポスが、一瞬として、詩の生成に関与している。一方で、子どもの成長とともにある晩年の詩人は、生命《いのち》の時間論のなかにいた。あとがきの詩論には、「詩作のいろいろな時期において抱いた観念的、実験的、美学的、あるいは題材的な深い関心」を「忘れ去り」「無意識の血や肉となっているものだけを残し」「偶然の動機や題材にできることなら全的に素朴な魂を開こうとする」とある。清岡卓行の批評眼が、日本の四季の情景を描く抒情詩を志向しながら、『一瞬』という詩集の創作の過程論として開陳されている。

『ひさしぶりのバッハ』
二〇〇六年十月十一日発行　発行者小田久郎　東京都新宿区市谷砂土原町三―一五　思潮社　一九六ミリ×一三七ミリ　九〇頁　上製丸背カバー　天地折返　定価（一八〇〇円＋税）　装幀吉川秀哉　装画小峰東子　「最晩年の八つの詩篇と既刊詩集未収録の七つの詩篇」として「Ⅰ」五篇「Ⅱ」四篇　「Ⅲ」六篇の十五篇を収録。初出一覧　あとがき岩阪恵子　本文新字新かな。

　この詩集は、岩阪恵子夫人があとがきに書くように、清岡卓行の拾遺詩集である。そのなかの「ある日のボレロ」は、入院中の詩人が口述筆記を行った生前最後の詩である。「樫の巨木に逢う」や「小康」に語られるナラトロジーのように、病床にあった詩人を慰めたものは、家族の看護と自然の風景と、遙か遠くから想起されてくる思い出と、部屋に流れる終生愛してやまなかった西洋音楽であったろう。清岡卓行の詩と小説と評論の創作におけるトリロジーは、最晩年においても、詩人の意志を継ぐ夫人のたすけによって、本詩集と短篇集『断片と線』、随想集『偶然のめぐみ』に結実し、ひとつの成就を果している。

全集・アンソロジー

『清岡卓行詩集』（現代詩文庫5）
一九六八年二月一日発行　発行者小田久郎　東京都新宿区市谷砂土原町三―一五　思潮社　一九〇ミリ×一二五ミリ　一五二頁　並製　定価三二〇円　装幀国東照幸　「未刊詩篇から」五篇　「詩集〈氷った焔〉から」十三篇　「詩集〈日常〉から」十二篇　「詩集〈四季のスケッチ〉から」三十一篇の六十一篇の詩を収録。他に「詩論」二篇　「自伝」一篇　「作品論」吉野弘　「詩人論」那珂太郎。裏表紙文・粟津則雄。

『清岡卓行詩集』（全詩集版・限定版）
一九六九年十一月二十五日発行　発行者小田久郎　東京都新宿区市谷砂土原町三―一五　思潮社　二三四ミリ×一六八ミリ　五四〇頁　上製突きつけ丸背二重函入　定価三〇〇〇円　限定一〇〇〇部　装幀吉岡実　献詞「美しいものの運命をたどるかのように／若くしてこの世を去った／真知に／きみとの二十一年の生活に咲いた／これらの貧しい花花を」「初期習作」十四篇　『氷った焔』Ⅰ四篇　Ⅱ五篇　Ⅲ四篇　Ⅳ―間奏ふうに六篇　Ⅴ七篇　あとがき　『日常』十六篇　清岡卓行論＝吉本隆明　年譜　『四季のスケッチ』　Ⅰ―四季のスケッチ四篇　Ⅱ―散文的な四行詩三十篇　Ⅲ―ソネットの試み二篇　Ⅳ―散文詩三篇　Ⅴ七篇　「未刊詩篇」十七篇の一一九篇の詩を収録。清岡卓行論＝宇佐美斉　おぼえがき。

『清岡卓行詩集』（普及版）
一九七〇年一月三十一日発行　発行者小田久郎　東京都新宿区市谷砂土原町三―一五　思潮社　二二〇ミリ×一五七ミリ　五四〇頁　並製機械函入　定価一八〇〇円　一五〇〇部　装幀吉岡実　献詞「美しいものの運命をたどるかのように／若くしてこの世を去った／真知に／きみとの二十一年の生活に咲いた／これらの貧しい花花を」「初期習作」十四篇　『氷った焔』Ⅰ四篇　Ⅱ五篇　Ⅲ四篇　Ⅳ―間奏ふうに六篇　Ⅴ七篇　あとがき　『日常』十六篇　清岡卓行論＝吉本隆明　年譜　『四季のスケッチ』　Ⅰ―四季のスケッチ四篇　Ⅱ―散文的な四行詩三十篇　Ⅲ―ソネットの試み二篇　Ⅳ―散文詩三篇　Ⅴ七篇　「未刊詩篇」十七篇の一一九篇の詩を収録。清岡卓行論＝宇佐美斉　おぼえがき。（＊一九六九年刊『清岡卓行詩集』（全詩集版・限定版）の普及版である。）

『清岡卓行詩集』（特装限定版）

一九七〇年十二月一日発行　発行者小田久郎　東京都新宿区市谷砂土原町三—一五　思潮社　二二八ミリ×一七四ミリ　五四〇頁　上製革装丸背・ボール外函の中に布クロスの内函入（二重函入）　定価九〇〇〇円　限定五五部　装幀吉岡実　巻頭に著者自筆詩「朝／きみの肉体の線のなかの透明な空間／世界への逆襲にかんする／最も遠い／微風とのたたかい」　献詞「美しいものの運命をたどるかのように／若くしてこの世を去った／真知に／きみとの二十一年の生活に咲いた／これらの貧しい花花を」「初期習作」十四篇『氷った焔』Ⅰ四篇　Ⅱ五篇　Ⅲ四篇　Ⅳ—間奏ふうに六篇　Ⅴ七篇　あとがき　『日常』十六篇　清岡卓行論＝吉本隆明　年譜　『四季のスケッチ』Ⅰ—四季のスケッチ四篇　Ⅱ—散文的な四行詩三十篇　Ⅲ—ソネットの試み二篇　Ⅳ—散文詩三篇　Ⅴ七篇「未刊詩篇」十七篇の一一九篇の詩を収録。清岡卓行論＝宇佐美斉　おぼえがき。

『日本の詩集18　清岡卓行詩集』
一九七二年九月十日発行　発行者角川源義　東京都千代田区富士見町二—一三　角川書店　一八四ミリ×一六二ミリ　二五六頁　上製角背・カバー付貼函入　定価九六〇円　装幀日下弘　本文カット斉藤義重　写真協力前田真三・オリオンプレス・角川書店写真室　口絵として十二点のカラー写真に十一篇の代表詩を抜粋　初期習作十一篇　詩集『氷った焔』十五篇　詩集『日常』十四篇　詩集『四季のスケッチ』三十四篇　詩集『ひとつの愛』十一篇の八十五篇を収録。解説宮川淳　年譜付。

『現代の詩人6　清岡卓行』
一九八三年十二月二十日発行　発行者高梨茂　東京都中央区京橋二—八—七　中央公論社　一八二ミリ×一二八ミリ　二七二頁　上製丸背函入　定価一五〇〇円　編集大岡信・谷川俊太郎　装幀安野光雅　写真奈良原一高　口絵として七点のカラー写真に代表詩七篇を抜粋　『氷った焔』六篇　『日常』七篇　『四季のスケッチ』「Ⅰ—四季のスケッチ」二篇「Ⅱ—散文的な四行詩」十篇「Ⅲ—ソネットの試み」一篇「Ⅴ」二篇の十五篇　『ひとつの愛』五篇　『固い芽』九篇　『駱駝のうえの音楽』五篇　『西へ』四篇　『幼い夢と』七篇　『夢のソナチネ』「夢の周囲の一群」（抄）三篇と散文詩一篇　他に散文一篇　「自作について」のエッセイ二篇の詩六十二篇と散文一篇とエッセイ二篇を収録。肖像「六つの稜線」

高橋英夫　鑑賞宇佐美斉　年譜付。折込付録「ことば・日本語・詩（三）」対談大岡信・谷川俊太郎。

『清岡卓行全詩集』
一九八五年十月二十八日発行　発行者小田久郎　東京都新宿区市谷砂土原町三―一五　思潮社　二二四ミリ×一六四ミリ　六四八頁　上製布クロス装丸背貼函入　定価六八〇〇円　口絵に肖像写真一点　函・表紙絵岡鹿之助　『氷った焔』全　二十六篇　あとがき　『日常』全　十六篇　年譜　『四季のスケッチ』全　四十六篇　『ひとつの愛』Ⅲ　十七篇　あとがき　『固い芽』全　二十九篇　『夢を植える』　散文詩八篇　『駱駝のうえの音楽』全　十二篇　ある抒情のかたち　『夢のソナチネ』散文詩七篇と四行詩十二篇の十九篇　『西へ』全　十五篇　あとがき　『幼い夢と』全　二十六篇　あとがき　『初冬の中国で』全　十一篇　あとがき　全詩集のためのあとがきを収録。折込として「清岡卓行全詩集／栞」谷川俊太郎　吉野弘　高橋英夫　北村太郎　イヴ＝マリ・アリュー　宇佐美斉　渋沢孝輔　清水哲男　片岡文雄　那珂太郎　平出隆　吉本隆明　自筆略歴―詩とそれへの批評を中心に―を収録。

『続・清岡卓行詩集』（現代詩文庫126）
一九九四年十二月十日発行　発行者小田久郎　東京都新宿区市谷砂土原町三―一五　思潮社　一八八ミリ×一二五ミリ　一六〇頁　並製　定価（一一六五円＋税）　装幀芦澤泰偉　「初期詩集〈円き広場〉から」Ⅰ十篇　Ⅱ四行詩八篇　Ⅲ八篇　「詩集〈ひとつの愛〉から」十篇　「詩集〈固い芽〉から」二十三篇　「掌篇小説集〈夢を植える〉から」六篇の六十五篇の詩を収録。他に「エッセイ」四篇　「詩人論・作品論」飯島耕一・小海永二。裏表紙文・高橋英夫。（＊本書は一九七七年六月刊『新選現代詩文庫102　新選・清岡卓行詩集』を、増補・新編集したものである。）

『続続・清岡卓行詩集』（現代詩文庫165）
二〇〇一年十一月二十日発行　発行者小田啓之　東京都新宿区市谷砂土原町三―一五　思潮社　一八八ミリ×一二五ミリ　一六二頁　並製　定価（一一六五円＋税）　装幀芦澤泰偉　「散文詩集〈駱駝のうえの音楽〉から」八篇　「詩集〈夢のソナチネ〉から」五篇　「詩集〈西へ〉から」十二篇　「詩集〈幼い夢と〉から」十六篇　「詩集〈初冬の中国で〉から」七篇の四十八篇の詩を収録。

他に「短篇小説」一篇 「作品論・詩人論」鈴村和成・辻征夫・清水哲男・小笠原賢二。裏表紙文・北村太郎。

（岡本勝人編）

著作目録

詩集

『氷った焔』（限定版）一九五九年（昭和三四）二月　書肆ユリイカ

『日常』解説吉本隆明　一九六二年（昭和三七）八月　思潮社

『四季のスケッチ』一九六六年（昭和四一）十月　晶文社

『ひとつの愛』一九七〇年（昭和四五）九月　講談社

『固い芽』一九七五年（昭和五〇）六月　青土社

『駱駝のうえの音楽』一九八〇年（昭和五五）十月　青土社

『西へ』一九八一年（昭和五六）九月　講談社

『幼い夢と』一九八二年（昭和五七）四月　河出書房新社（特装限定版は一九八二年（昭和五七）十一月　河出書房新社）

『初冬の中国で』一九八四年（昭和五九）九月　青土社　＊第三回現代詩人賞受賞

『円き広場』一九八八年（昭和六三）十月　思潮社　＊第三九回芸術選奨文部大臣賞受賞

『ふしぎな鏡の店』一九八九年（平成元）八月　思潮社　＊第四一回読売文学賞（詩歌俳句賞）受賞

『パリの五月に』一九九一年（平成三）十月　思潮社　＊第七回詩歌文学館賞受賞

『通り過ぎる女たち』一九九五年（平成七）十一月　思潮社　＊第三四回藤村記念歴程賞受賞

『一瞬』二〇〇二年（平成一四）八月　思潮社

＊第二〇回現代詩花椿賞・第四四回毎日芸術賞受賞
『ひさしぶりのバッハ』（拾遺詩集）　二〇〇六年（平成一八）十月　思潮社

小説

『アカシヤの大連』　一九七〇年（昭和四五）三月　講談社　＊第六二回芥川賞受賞（全日本ブッククラブ版は一九七一年（昭和四六）十月講談社）
『フルートとオーボエ』　一九七一年（昭和四六）二月　講談社
『海の瞳〈原口統三を求めて〉』　一九七一年（昭和四六）九月　文藝春秋
『アカシヤの大連四部作』（豪華大型版）　一九七一年（昭和四六）十一月　講談社
『鯨もいる秋の空』　一九七二年（昭和四七）四月　講談社
『花の躁鬱』　折込対談　佐伯彰一「小説のなかの『日常』」　一九七三年（昭和四八）九月　講談社
『詩禮傳家』　一九七五年（昭和五〇）十月　文藝春秋
『夢を植える』（散文掌篇集）　一九七六年（昭和五一）六月　講談社
『邯鄲の庭』　一九八〇年（昭和五五）五月　講談社
『夢のソナチネ』（散文掌篇集）　一九八一年（昭和五六）七月　集英社
『薔薇ぐるい』　一九八二年（昭和五七）九月　新潮社（別冊『薔薇の詩のアンソロジー』（編訳）との二冊函入で再刊。折込対談「薔薇、あるいは詩と批評と小説の緊密な結合」平出隆　一九九〇年（平成二）十月　日本文芸社）
『大連小景集』　一九八三年（昭和五八）八月　講談社
『李杜の国で』　一九八六年（昭和六一）四月　朝日新聞社
『大連港で』　一九八七年（昭和六二）五月　福武書店
『蝶と海』　一九九三年（平成五）九月　講談社
『マロニエの花が言った』上・下巻　一九九九年（平成一一）八月　新潮社　＊第五二回野間文芸賞受賞
『太陽に酔う』二〇〇二年（平成一四）六月　講談社　＊第四四回毎日芸術賞受賞
『断片と線』（短篇とエッセイ）　二〇〇六年（平成一八）十一月　講談社

評論

『詩と映画／廃墟で拾った鏡』　一九六〇年（昭和三五）十月　弘文堂

『手の変幻』　一九六六年（昭和四一）六月　美術出版社

『抒情の前線―戦後詩十人の本質』　一九七〇年（昭和四五）三月　新潮社

『萩原朔太郎『猫町』私論』　一九七四年（昭和四九）十月　文藝春秋（筑摩叢書として再刊。解説・高橋英夫「清岡卓行のやわらかさ」　一九九一年（平成三）八月　筑摩書房）

エッセイ

随筆集『サンザシの実』　一九七二年（昭和四七）八月　毎日新聞社

随筆集『窓の緑』　一九七七年（昭和五二）三月　小沢書店

『桜の落葉』　一九八〇年（昭和五五）十二月　毎日新聞社

『猛打賞―プロ野球随想』　一九八四年（昭和五九）九月　講談社

『別れも淡し』　一九八六年（昭和六一）十二月　文藝春秋

『郊外の小さな駅』　一九九六年（平成八）六月　朝日新聞社

随想集『偶然のめぐみ』　二〇〇七年（平成一九）六月　日本経済新聞出版社

紀行

『藝術的な握手―中國旅行の回想』　一九七八年（昭和五三）七月　文藝春秋　＊第三〇回読売文学賞（随筆紀行賞）受賞

翻訳

『世界名詩集大成　五　フランス篇Ⅳ』　呉茂一ほか編集委員　安東次男訳者代表　デスノス「暗闇」を翻訳　一九五九年（昭和三四）十一月　平凡社

『ポケット版　世界の詩人　六　ランボー詩集』〈『韻文詩篇』『地獄の季節』（全）『イリュミナシヨン』（全）〉　解説「ランボーその人・その詩」　一九六八年（昭和四三）三月　河出書房新社

『ヒロシマ、私の恋人　かくも長き不在』　マルグリット・デュラス他　「ヒロシマ、私の恋人」を翻訳　一九七〇年（昭和四五）十一月　筑摩書房（新装版は一九八五年（昭和六〇）七月　筑摩書房）

『新編ランボー詩集』〈『韻文詩篇』『地獄の季節』

〈全〉『イリュミナシオン』〈全〉〉解説　一九九二年（平成四）一月　河出書房新社

全集・アンソロジー

『戦後詩人全集　第五巻』解説・壺井繁治　一九五五年（昭和三〇）五月　書肆ユリイカ

『現代詩全集　第四巻』「戦後詩史Ⅳ」吉本隆明解説・鮎川信夫　一九五九年（昭和三四）十月書肆ユリイカ

『現代詩人全集　第一〇巻　戦後Ⅱ』（角川文庫）解説・鮎川信夫　一九六三年（昭和三八）三月角川書店

『現代詩体系　第三巻』天沢退二郎編・解説〈『氷った焔』『日常』『四季のスケッチ』〉一九六七年（昭和四二）三月　思潮社

『清岡卓行詩集』（現代詩文庫５）一九六八年（昭和四三）二月　思潮社

『現代文学の発見　第一三巻　言語空間の探検』大岡信編・解説　一九六九年（昭和四四）二月學藝書林

『日本詩人全集　第三四巻　昭和詩集（二）』大岡信編・解説　一九六九年（昭和四四）七月新潮社

『清岡卓行詩集』（全詩集版・限定版）清岡卓行論・宇佐美斉　一九六九年（昭和四四）十一月思潮社

『日本の詩歌　第二七巻』（現代詩集）〈「セルロイドの矩形で見る夢」「真夜中」〉鑑賞・小海永二　一九七〇年（昭和四五）三月　中央公論社

『戦後詩体系　第二巻』嶋岡晨・大野順一・小川和佑編〈『氷った焔』『日常』『四季のスケッチ』『清岡卓行詩集』〉一九七〇年（昭和四五）十一月　三一書房

『清岡卓行詩集』（普及版）清岡卓行論・宇佐美斉　一九七〇年（昭和四五）一月　思潮社

『清岡卓行詩集』（特装限定版）清岡卓行論・宇佐美斉　一九七〇年（昭和四五）十二月　思潮社

『日本の詩集　一八　清岡卓行詩集』（カラー版）〈『氷った焔』『日常』『四季のスケッチ』『ひとつの愛』〉解説・宮川淳　一九七二年（昭和四七）九月　角川書店

『全集・戦後の詩　第四巻』（角川文庫）鮎川信夫・大岡信・小海永二編　解説・小海永二　一九七二年（昭和四七）十一月　角川書店

『現代の文学　第三五巻』〈「朝の悲しみ」「アカシヤの大連」「フルートとオーボエ」〉巻末作家論・三木卓「対象を失った愛」年譜　月報20・

江川卓「清岡さん・原口・ぼく」一九七三年（昭和四八）三月　講談社

『現代日本文学大系　第九三巻』〈『氷った焔』〉解説・篠田一士　一九七三年（昭和四八）四月　筑摩書房

『日本現代詩体系　第一三巻　戦後期（三）』〈『氷った焔（抄）』『日常（抄）』『四季のスケッチ（抄）』〉大岡信編・解説　一九七六年（昭和五一）七月　河出書房新社

『筑摩現代文学体系　第九五巻』〈「朝の悲しみ」「アカシヤの大連」「夢を植える（抄）」〉自筆年譜　人と文学・饗庭孝男　月報64・大野正男「若き日の清岡卓行」一九七七年（昭和五二）十二月　筑摩書房

『新選・清岡卓行詩集』（新選・現代詩文庫102）一九七七年（昭和五二）六月　思潮社

『芥川賞全集　第八巻』「アカシヤの大連」選評・三島由紀夫・石川達三・舟橋聖一・丹羽文雄・井上靖・瀧井孝作・大岡昇平・石川淳・永井龍男・中村光夫・川端康成　受賞のことば　一九八二年（昭和五七）九月　文藝春秋

『現代の詩人　六　清岡卓行』肖像・高橋英夫　鑑賞・宇佐美斉　年譜　一九八三年（昭和五八）十二月　中央公論社

『清岡卓行全詩集』栞（谷川俊太郎ほか十一名・自筆略歴）一九八五年（昭和六〇）十月　思潮社

『昭和文学全集　第三〇巻』〈「アカシヤの大連」「詩禮傳家」「二胡幻想」「邯鄲の庭」「初冬の大連」「大連の海辺で」「夢のソナチネ（抄）」〉解説・高橋英夫「清岡卓行・人と作品」年譜　一九八八年（昭和六三）五月　小学館

『清岡卓行大連小説全集』上・下巻　二巻ともに解題・武藤康史編　月報付　一九九二年（平成四）十二月　日本文芸社

『続・清岡卓行詩集』（現代詩文庫126）一九九四年（平成六）十二月　思潮社（『新選・清岡卓行詩集』の増補版）

『続続・清岡卓行詩集』（現代詩文庫165）二〇〇一年（平成一三）十一月　思潮社

『定本　清岡卓行全詩集』資料集（発表済み、単行本未収録原稿）二〇〇八年（平成二〇）十月　思潮社

翻訳詩アンソロジー

Anthologie de poésie Japonaise contemporaine (Préface de Yasushi Inoue, Takayuki Kiyooka, et Makoto Ôoka)（井上靖、大岡信と共編）一九八

六年（昭和六一）九月　Gallimard

Like Underground Water : Poetry of Mid-Twentieth Century Japan（ハードカバー）　Edward G. Lueders : Naoshi Koriyama 編訳　三篇収録　一九九五年（平成七）十一月　Copper Canyon

Like Underground Water : Poetry of Mid-Twentieth Century Japan（ペーパーバック）　Edward G. Lueders : Naoshi Koriyama 編訳　三篇収録　一九九七年（平成九）二月　Small Pr Distribution

編著・解説

『現代詩全集』全二巻（鮎川信夫ほかと共に編集委員）　一九五九年（昭和三四）六月　書肆ユリイカ

『金子光晴全集』全五巻（秋山清、安東次男と共に編集委員）　一巻に「解説―主観的一瞥―」　一九六〇年（昭和三五）七月～一九七一年（昭和四六）八月　書肆ユリイカ→昭森社

『IL』金子光晴新詩集　解説　一九六五年（昭和四〇）五月　勁草書房

『わが埋葬』高見順詩集　解説　一九六五年（昭和四〇）九月　思潮社

『現代詩大系　二　鮎川信夫・関根弘・谷川雁・那珂太郎・三木卓』　編・解説　一九六七年（昭和四二）一月　思潮社

『現代詩大系　五　安東次男・黒田喜夫・吉野弘・谷川俊太郎・中江俊夫』　編・解説　一九六七年（昭和四二）九月　思潮社

『日本詩人全集　三二　明治・大正詩集』　編・解説　一九六九年（昭和四四）三月　新潮社

『現代詩鑑賞講座　第十一巻　戦後の詩人たち　現代詩篇V』伊藤信吉ほか編　第二部　関根弘・中桐雅夫・田村隆一ほか　鑑賞・巻末に「超現実と記録」　一九六九年（昭和四四）九月　角川書店

『夢の軌跡』アンドレ・ブルトン編（山中散生・小海永二と共に編集委員）「序」を翻訳　一九七〇年（昭和四五）三月　国文社

『イヴへの頌』（限定一二〇〇部）　編　一九七一年（昭和四六）四月　詩学社

『吉行淳之介全集　第一巻』　解説「吉行淳之介の出発」　一九七一年（昭和四六）七月　講談社

『新編人生の本　五　生きがいを求めて』江藤淳・曾野綾子編　解説「「生きがいを求めて」について」　一九七二年（昭和四七）二月　文藝春秋

『岡鹿之助作品集』　解説「岡鹿之助の絵の静けさ」　一九七四年（昭和四九）五月　美術出版社

『高見順全集　第二十巻』　解説「高見順の詩」

一九七四年（昭和四九）六月　勁草書房

『日夏耿之介詩集』（現代詩文庫1011）解説「日夏耿之介の詩の魅力」　一九七六年（昭和五一）二月　思潮社

『青葉しげれる　他七編』（旺文社文庫）安岡章太郎著　解説「秀才の奇妙な怠惰」　一九七六年（昭和五一）十一月　旺文社

『世界の詩　七四　井上靖詩集』編・解説「井上靖の詩・序説」　一九八一年（昭和五六）四月　弥生書房

『山本健吉全集　第十二巻』　解説　一九八三年（昭和五八）八月　講談社

『風流尸解記』（講談社文芸文庫）金子光晴著　解説「哀惜にみちた挽歌」　一九九〇年（平成二）九月　講談社

『金子光晴詩集』（岩波文庫）編・あとがき　一九九一年（平成三）十一月　岩波書店

『猫町　他十七篇』（岩波文庫）萩原朔太郎作　編・解説　一九九五年（平成七）五月　岩波書店

『聖なる春』（新潮文庫）久世光彦著　解説　二〇〇〇年（平成一二）一月　新潮社

『金丸桝一詩集』（日本現代詩文庫103）解説「言葉の愛（抄）」　二〇〇〇年（平成一二）四月　土曜美術社出版販売

『藤村のパリ』（新潮文庫）河盛好蔵著　解説　二〇〇〇年（平成一二）九月　新潮社

文庫

『アカシヤの大連』（講談社文庫）解説・高橋英夫　自筆年譜　一九七三年（昭和四八）二月　講談社

『海の瞳〈原口統三を求めて〉』（文春文庫）解説・清水徹　一九七五年（昭和五〇）八月　文藝春秋

『アカシヤの大連』（講談社文芸文庫）解説・宇佐美斉「清岡卓行の空間」　作家案内・馬渡憲三郎「清岡卓行」　著書目録　一九八八年（昭和六三）二月　講談社

『李杜の国で』（朝日文庫）解説・古屋健三　一九八九年（平成元）七月　朝日新聞社

『ヒロシマ私の恋人』（ちくま文庫）マルグリット・デュラス著（翻訳）解説・宇佐美斉「愛と死と狂気の物語」　一九九〇年（平成二）五月　筑摩書房

『手の変幻』（講談社文芸文庫）人と作品・平出隆「ふしぎの手」　年譜・小笠原賢二　著書目録　一九九〇年（平成二）九月　講談社

『詩礼伝家』（講談社文芸文庫）解説・高橋英夫「深みのある達成」　作家案内・小笠原賢二「二

律背反の帰趨」　著書目録　一九九三年（平成五）七月　講談社
『大連港で』（福武文庫）　解説・武藤康史　一九九五年（平成七）五月　ベネッセコーポレーション

対談・鼎談・討議・講演

木下順二と対談「現代劇の復活」「新日本文学」一九五六年（昭和三一）七月号
江原順・東野芳明・針生一郎・村松剛・大岡信・中原佑介・飯島耕一と研究討論「シュールレアリスム研究(4)」「美術批評」一九五六年（昭和三一）十二月号
飯島耕一・木原孝一・鍵谷幸信・清水康雄・原崎孝・中川敏と座談会「シュルレアリスム詩の再検討」「現代詩手帖」一九六一年（昭和三六）七月号
伊藤信吉・鮎川信夫・清水康雄と座談会「〈近代修身〉のゆくえ」「現代詩手帖」一九六三年（昭和三八）三月号
山本健吉・安東次男・福永武彦・野間宏と座談会「現代小説と現代詩」「群像」一九六七年（昭和四二）一月号
西脇順三郎・草野心平・村野四郎・伊藤信吉と座談会「詩の歓」「無限」一九六八年（昭和四三）二四号
金井美恵子と対談「詩人がなぜ小説を書くか」「三田文学」一九七〇年（昭和四五）五月号
吉本隆明と対談「言語表現としての芸術―詩・評論・小説」「群像」一九七〇年（昭和四五）六月号
円地文子・大江健三郎と座談会「日本語の伝統と創造」「群像」一九七一年（昭和四六）八月号
黒田三郎・中村稔・関根弘・嵯峨信之・木原孝一と座談会「荒地の遺産」「現代詩手帖」一九七二年（昭和四七）一月臨時増刊号「荒地　戦後詩の原点」
富岡多恵子と対談「詩人が小説を書く時―詩と散文の接点をめぐって―」「文學界」一九七二年（昭和四七）三月号
金子光晴との対話「傷だらけの戦後―『風流戸解記』を中心に」「ユリイカ」一九七二年（昭和四七）五月号
吉本隆明・大岡信・鮎川信夫と共同討議「詩論とは何か」「ユリイカ」一九七二年（昭和四七）十二月号
渡辺一夫と対談「幽々自擲」　渡辺一夫『白日

夢』巻末　一九七三年（昭和四八）一月　毎日新聞社

吉本隆明と対話「小林秀雄の現在」「ユリイカ」一九七四年（昭和四九）十月号

安東次男・飯島耕一・松本亮と追悼座談会「金子光晴の人と作品」「現代詩手帖」一九七五年（昭和五〇）九月号

清水哲男・平出隆と座談会「日本人にとって野球とは何か」（司会小笠原賢二）「週刊読書人」一九八一年（昭和五六）六月二十九日付

「日本現代文学シンポジウム」井上靖・佐伯彰一・大岡信・大江健三郎・石井晴一と講演「日本現代詩にあらわれたルナルディスム」一九八七年（昭和六二）五月　フランス・パリ　ポンピドー・センター

安岡章太郎と対談「昭和という時代の文化」「海燕」一九八九年（平成元）一月号

荒川洋治・那珂太郎・大岡信・鈴村和成と討議「現代詩の行方をめぐって」「群像」一九九六年（平成八）八月号

高橋英夫と対談「多中心的長篇小説の愉しみ―『マロニエの花が言った』をめぐって」「新潮」一九九九年（平成一一）十一月号

安岡章太郎と追悼対談「河盛好蔵の人間味と豊饒」「新潮」二〇〇〇年（平成一二）六月号

テレビドラマ

『朝のかなしみ』勅使河原平八の脚本・演出　一九七二年（昭和四七）十一月　NHK

作詞

「法政大学新応援歌」一九八〇年（昭和五五）四月

「大連日本人学校校歌」作曲團伊久磨　一九九六年（平成八）三月　中国大連市大連日本人学校

雑誌特集

「詩学」清岡卓行小特集　詩人論＝渋沢孝輔　自撰作品十篇　一九六六年（昭和四一）十二月号

「詩学」昭和六〇年度H氏賞：現代詩人賞特集　受賞のことば　選考のことば　作品抄『初冬の中国で』より　清岡卓行論＝渋沢孝輔・宇佐美斉　一九八五年（昭和六〇）六月号

「世界文学」詩十五篇「アカシヤの大連」エッセイ二篇の翻訳紹介　清岡卓行論　一九九六年（平成八）第一期　世界文学杂志社（北京）

「現代詩手帖」特集　清岡卓行『一瞬』を読む　那珂太郎　佐伯彰一　三木卓　木坂涼　宇佐美斉　小笠原賢二　池井昌樹　小池昌代　二〇〇

二年（平成一四）十一月号

追悼文

「読売新聞」平出隆　二〇〇六年（平成一八）六月七日付朝刊
「朝日新聞」中村稔　二〇〇六年（平成一八）六月七日付夕刊
「日本経済新聞」菅野昭正　二〇〇六年（平成一八）六月七日付朝刊
「毎日新聞」栗津則雄　二〇〇六年（平成一八）六月八日付夕刊
「東京新聞」高橋英夫　二〇〇六年（平成一八）六月八日付夕刊
「東京新聞」匿名「大波小波」　二〇〇六年六月十六日付夕刊
「週刊読書人」清水昶　二〇〇六年（平成一八）六月二十三日付
「毎日新聞」三木卓「この人・この3冊」　二〇〇六年（平成一八）七月二日付朝刊
「現代詩手帖」追悼　清岡卓行　那珂太郎　中村稔　入沢康夫　宇佐美斉　清水哲男　平出隆　野村喜和夫　八木幹夫　木坂涼　齋藤恵美子　二〇〇六年（平成一八）七月号
「ユリイカ」追悼　清岡卓行　大岡信　平出隆　二〇〇六年（平成一八）七月号
「千年紀文学」追悼　清岡卓行　宇波彰　二〇〇六年（平成一八）七月三十一日
「文學界」追悼　清岡卓行　菅野昭正　二〇〇六年（平成一八）八月号
「群像」追悼　清岡卓行　吉本隆明　高橋英夫　平出隆　二〇〇六年（平成一八）八月号
「新潮」追悼　清岡卓行　清水哲男　二〇〇六年（平成一八）八月号
「群像」高橋英夫　二〇〇六年（平成一八）九月号

研究・論考

『清岡卓行論集成』全二巻　宇佐美斉・岩阪恵子編　高橋英夫　宮川淳　吉本隆明　宇佐美斉　小笠原賢二　岡本勝人ほか百数十名による論考・書評・時評・追悼文をほぼ収録　二〇〇八年（平成二〇）六月　勉誠出版

（岡本勝人編）

定本　清岡卓行全詩集

著　者　清岡卓行
発行者　小田久郎
発行所　株式会社　思潮社
〒一六二―〇八四二　東京都新宿区市谷砂土原町三―十五
電話〇三（三二六七）八一五三（営業）・八一四一（編集）
FAX〇三（三二六七）八一四二　振替〇〇一八〇―四―八一二一
印刷所　三報社印刷株式会社
製本所　小高製本工業株式会社
発行日　二〇〇八年十月二十日